新たな異文化解釈

中央英米文学会 編

松柏社

まえがき

　本書『新たな異文化解釈』は、中央英米文学会が編輯した《英米文学語学関係の記念論文集》の第1輯『読み解かれる異文化』(「創立30周年記念論文集」、松柏社、1996年)、第2輯『問い直す異文化理解』(「創立40周年記念論文集」、松柏社、2007年)に次ぐ第3輯(「創立45周年記念論文集」)に相当する。今回の記念論文集には、最終的に都合14名の会員の研究論文を収載することができた。掲載論文はすべて編輯委員会によって査読・審査を経たものであることは言うまでもない。いずれも長年のたゆまぬ研鑽・精進の結果としての作品であることを願うばかりである。ここに読者諸賢の御高覧に供し、広く忌憚のない御批判を仰ぐことができれば幸いである。

　我々は欣然と《異文化の文林の中に》足を踏み入れて、気の赴くままに文学の宝庫をあちこちと経巡り、逍遙遊を試みながら、書きたい主題について書きたいことを、誰に遠慮気兼ねもなく書くという我々の年来のささやかな願望がたまたま結実したのが本学会の年刊機関誌『中央英米文学』(通巻第45号 [2011(平成23)年12月10日] 発行済み)である。考えてみれば、人は幾つになっても、《異文化との邂逅(巡り合い)・異文化体験》はいつも新鮮かつ魅惑的なものだと言っていいのだ。

　ところで、本学会も、月日の経つのは早いもので、あと数年もすれば、創立50周年という節目を迎えることになるかと思うと、草創期・創立当初からの、いわば、生き残りの最古参会員の一人であるわたしにとっては、まことに感慨深いものがある。半世紀に垂んとする当学会の歴史・来し方を今ここで少しばかり回顧し、ごく大雑把に掻い摘んで記録

に留めておくことをお許し願いたい。

　顧みるに、今を去ること45年有余も前のことになるが、中央大学大学院英文学専攻博士課程の院生数名が中心となり、さらに修士課程の院生の有志諸君にも参加してもらい、総勢20名余りで、1966(昭和41)年4月に《中央大学大学院英米文学研究会》を立ち上げ、取り敢えず、年間5～6回の《研究発表会》を持つことになった。研究会を立ち上げて1年半ほど経ち、頃合いを見計らって(研究発表会も10回余り持ったところで)、漸く同人誌的色彩の濃い年刊機関誌『中央英米文学』の創刊第1号を発行する運びとなった。

　発刊に際しては、畏れ多くも中野好夫(1903－85)先生に機関誌の《題字》を揮毫していただいた。(先生の毛筆について敢えて言えば、先生はさすがに明治生まれの人だけあって、我々の予想を超えて能筆家であったのには一驚した憶えがある。)また我々院生一同はその当時才気溢るるお仕事ぶりに畏敬の念を抱き、頭脳明敏にして透徹した批評眼を持った磯田光一(1931－87)先生——先生は当時中央大学文学部助教授の任にあられ、すでに処女評論集『殉教の美学』(冬樹社、1964[昭和39]年；《増補版》、1969[昭和44]年)を著し、新進気鋭の怜悧な文芸批評家・英文学者として颯爽と文壇に登場していた——に忝(かたじけな)くも《巻頭言》として「新雑誌の人々へ」を寄稿していただいて、何とか『中央英米文学』の創刊号を発行することができたのは幸いであった(1967[昭和42]年10月1日発行、A5判、本文9ポイント活字、上下2段組、90ページ余、原版刷り)。そう言えば、雑誌に《定価》を表示せず、非売品のようにしたところ、中野先生がすかさず「何だ、売らんのか。貴族の商売じゃな」と笑いながらおっしゃったのをわたしは今懐かしく想い起こすのだ。

　何しろ今から45年も前のことだから、印刷手段は、当然のことながら、旧態依然たる《活版印刷》が主流であった。因みに、ここで一言挿記すれば、《活字(Type)》(金属[鉛合金]で造った字型。活字は繰り返

し使用するところから「活きている字」の意。)を組んで造る印刷方式である《活字印刷術 (Typographie)》は、周知のように、15世紀 (我が室町時代) にドイツの印刷業者グーテンベルク (Johannes Gutenberg, *c*. 1398 – 1468) によって発明されたものだが、その技術が日本で一般的になるのは、数百年後れの明治時代になってからだという。我々は初めから敢えて《邦文・欧文タイプオフセット印刷》を採らず、アルカイックな活版印刷に拘泥していたのは、各種の学会誌や大学の紀要などの向こうを張る会員の燃えるような意気込み・気概の表白と考えていいかもしれない。

"Fools rush in where angels fear to tread." ではないが、身の程知らずにも、瀟洒な、洗練された雑誌造りを、公的資金の援助を一切受けずに、研究会の自力で何とかやってのけたのは、(手前味噌で、わたしが言うのも可笑しな話だが)「まことに天晴(あっぱれ) (Well done!)」であったと言わねばならぬだろう。それにしても、我が国における活版製版は、何分にも費用が嵩(かさ)み過ぎるきらいがあるので、資金面で大変な負担となったことは言うまでもない。(組版を近隣諸国に、いわゆる海外発注すれば、随分安上がりになるのであったが……。)

これは古参会員の中でも内情を知る者は今はほとんどいないと思うので、多少暴露的に触れておきたい。機関誌発行の諸経費を極力節約するため、外部の幾人かの知人から紹介していただいた都内の某下町の印刷所を数社、今は亡き大学院同期の藤井健三 (1934 – 2011) 氏と一緒に歩き廻って交渉し、見積ってもらってみたが、何分こちらの限られた、乏しい予算ゆえ、とても金額的に折り合うはずもなかった (100ページの見積りで80万〜100万は掛かるという)。ほとほと困り果てて、先輩の今は亡き中島時哉 (1933 – 2000) 氏や大学院同期の牧野輝良氏に相談してみたところ、幸いにして、(株)学書房 (世田谷区太子堂) の齊藤好光社長が出血サーヴィスを覚悟の上でお引き受けして下さることになった。

齊藤社長は確か東大の教養部でたまたま朱牟田夏雄（1906 − 87）先生の教え子であった由、伺った憶えがある。素晴らしく立派な雑誌（創刊号［1967（昭和42）年］及び第2号［1968（昭和43）年］）を造って下さった学書房の御好意に対して、甚だ遅ればせながら、改めて我々は深い感謝の念を表明しないわけにはいかぬのだ。思えば、学書房のお力添えのお蔭で機関誌編輯の基本・要（かなめ）となる判型・活字のポイント・段組・本文用紙（紙質）・装幀などを含めた《雑誌の形態（Format）》が決定・確定したのは、まことに有難いことであった。昨年発行の第45号に至るまで、創刊号のこの基本形態を踏襲してきていることは言うまでもない。

　しかしながら、『中央英米文学』（第3号、1969［昭和44］年）は、拠ん所ない、言うに言われぬ事情があってのことだろうが（今となってはわたし自身にもよく判らないが）、中島時哉氏の紹介で、（株）興文社（神田神保町）の鈴木淳社長のお世話になり、発行している（整版所はオリエンタル・プレスであったような気がする）。

　幸いにして、何とかやっと第3号の発行まで漕ぎ着けたわけだが、この種の雑誌発行の正念場・勝負所は、実のところ、ここからなのは言うまでもあるまい。考えてみると、たまたま中野好夫先生に機関誌の題字を揮毫していただいたために、少なくとも初期の頃からの会員の心底には、「中野先生の眼が黒いうちは、どんなことがあっても、本誌を沈没（頓挫）させては先生に合わせる顔がない」ということから、然るべき心意気だけは潜在的にあったように思えてならないのである。

　さて、『中央英米文学』（第4号、1970［昭和45］年）からは、（株）朝日出版社（千代田区飯田橋、のちに西神田に移転）の原雅久社長（俠気に富む好漢）にお引き受けいただき、漸く軌道に乗ったと言えるのだ。危うく世に言う《3号雑誌》の汚名だけは被らずに済み、以来、都合16年有余にわたって年刊機関誌を安定的に発行し続け得たのは（第21号［1987（昭和62）年］まで）、何と言っても、朝日出版社のお蔭であり、当学会は浴し

た御厚恩を決して忘れてはならないのである。担当の、今は亡き和久利栄一常務から編集の細かい実務を色々と教わりながら（これは大変いい勉強になり、後年、自著の編集に大いに役立つことになったのは言うまでもない）、少なくとも第4号から第18号（1984［昭和59］年）までは、柏屋印刷所（早稲田鶴巻町）に大変お世話になった。和久利さんに同道して印刷所への最終出張校正に出向いた際に毎回お会いした塚田秀社長は（確か将棋の塚田正夫［永世九段・名誉十段］と御兄弟との由、和久利さんから伺った憶えがある）、たまたまアメリカ文学の我が西川正身（1904－88）先生と全くのそっくりさんで、瓜二つであったのを今わたしは懐かしく想い起こすのだ。校正作業が夜に少しずれ込んだりすると、すかさず鰻重などを取り寄せて御馳走して下さるのであった。柏屋の社長には本当に良くしていただき、当学会は、遅ればせながら、改めて長年にわたる御高誼にあずかり、深く感謝申し上げる次第である。

　ここで当会の名称について少しばかり挿記させていただくが、『中央英米文学』（第1号－第5号、1971［昭和46］年）を発行した翌年の1972（昭和47）年4月には、会の名称を《中央英米文学研究会》（機関誌について言えば、第6号、1972年－第10号、1976［昭和51］年）に変更している。それは、大学院を修了した連中が、幸いにして、また不思議なくらいと言うべきか、次々とあちこちの大学の専任職にあり就いていったからである。さらに、第10号を発行した翌年の1977（昭和52）年4月には、会員数も圧倒的に増えたこともあって、どうやらこの辺が本会も潮時だろうと思い、会の名称を敢えて《中央英米文学会》（機関誌について言えば、第11号、1977年以降）に変更し、今日に至っている次第である。

　『中央英米文学』（第19号、1985［昭和60］年）は、和久利氏が柏屋印刷所に代わって（株）住友出版印刷（北区西が丘・和田信一社長）に製版を発注している。それというのも、あろうことか、柏屋の跡取りの息子さんに、お気の毒至極にも、御不幸があったというどうにも致し方がない

諸事情のためであった。哀惜措く能わず。"Those whom the gods love die young."（神々が愛し給う者は夭折す。──メナンドロス）

　ところで、今や印刷技術も大幅に近代化し、製版も往時からの、旧態依然たる《活版印刷》（今時としては甚だ贅沢と言う他ない）の時代から画期的かつ飛躍的な進歩を遂げ、現今は、まさに《コンピューター組版（電子組版）》の全盛時代であると言ってよい。第一、組版代の単価が活版の時よりも比較にならぬほど安い上に、納期も随分短縮されるし、また仕上がり具合も活版印刷と較べてみて、ほとんど遜色がなくなってきたのだから、我々としても時代の趨勢として活版印刷から電子組版に乗り換えていったとしても何ら不思議ではないのである。それはむしろ当然の帰結であると言えるだろう。

　年刊機関誌発行も第22号からいよいよコンピューター組版に切り替えるわけだが、ここからは記述を多少端折らせていただくことにする。第22号（1988［昭和63］年）から第24号（1990［平成2］年）までは、タカギ工芸社（高木大介社長）の御厄介になり、また第25号（1991［平成3］年）から第29号（1995［平成7］年）までは、井口保二社長のお世話になっている。

　多少の紆余曲折を経て、第30号（1996［平成8］年）以降、昨年の第45号（2011［平成23］年）に至るまで、良心的な出版・印刷の（有）七月堂（世田谷区松原）のお世話になり、この16年余りは再び安定的発行を続けている（発行日は毎年12月10日）。社長の知念明子氏並びにコンピューター組版担当の内山昭一氏（氏は、異色の昆虫食研究家でもあり、『昆虫食入門』［平凡社新書635、2012年4月刊］の著者でもある）には御高配を賜り、厚く御礼申し上げます。今後とも宜しくお願い申し上げる次第である。

　さて、前述もしたように、今は亡き磯田光一先生は、『中央英米文学』の創刊号の《巻頭言》「新雑誌の人々へ」において、これから英米文学研

究を志す若い人々に向かって、大変貴重な助言を書き記しておられる（先生は当時まだ36歳）。400字詰め原稿用紙3枚（1,200字）余りの短文だが、おそらく先生のいかなる単行本にも再録されてはいないものだろう。あまりにも有意義な文章の割には人の目に触れることが少なく、いささか勿体ないような気がしないでもないので、御参考までに、ぜひ以下に全文を再び掲載させていただくことにするが、冀わくは、広く若い世代の文学研究者諸賢の目に留まらんことを！

《考えてみると、文学研究には、それ自身のうちに異様な背理が含まれている。「作品」がまさに「作品」としての自律性をもっているかぎり、その研究はたえず無意味に堕する危険を含んでいる。そして一流の研究者は、その「無意味」をいかにして「有意味」に高めるかについて、つねに懐疑と自己批評とをしいられている。しかも、対象が外国文学であるばあい、その困難は倍増するといわざるをえない。

　その困難とは何であろうか。第一にあげられるのは、異なる精神風土に生れた作品を、いかに正当に理解するかという基礎作業にかかわっている。そして、その基礎作業が一応の水準に達したときに、次にもうひとつの問題がひかえている。それは「作品」の正解とは何かという、これはまた困難な問いなのである。研究における客観性とともに、研究者の主体のあり方が問題になってくるのは、ここにおいてである。それは研究の批評性といいなおしてもよい。ひとつの事象を素材にして、各自はそれなりの「神話」を創造する。そしてその「神話」のリアリティは、事実の客観性に支えられるとともに、そこにあらわれる研究者の「顔」に支えられたものでなければならない。文学研究は、一方において厳正な学問性をもつと同時に、他方、「神話」としての性格をもたざるをえない。文学研究がたんなる科学

的実証性をはなれて、それ自身「文学」たりうるか否かは、「作品」としての論文にあらわれた論者の表情のリアリティによってきまるといってよい。たんなる解説や、諸学説のつなぎ合わせなら、さほど困難なことではない。

　過去一世紀の日本の英文学研究史をふり返ってみるとき、現在でも読むに耐える研究は、作品としての論文が何かのかたちで論文筆者の人間の陰影をもっているばあいに限られる。研究を科学に一元して考えるかぎり、実証的事実の新発見は、それ以前の研究の真理性をくつがえし、その意味では「進歩」がある。それは自然科学史が「進歩の歴史」であるというのと同じである。

　しかし、文学史というもののあり方を考えるばあい、はたして「文学」に進歩がありうるであろうか。もしひとつの思想によって、他の思想が全面的に否定されつくすとすれば、その思想の精神的リアリティはどうなるのか。少なくとも文学史を「進歩」の次元で考えるかぎり、「古典」は意味をもたない。そして私がここでいいたいのは、研究が「文学」たりうるためには、つねに作品としての論文を現代の尖鋭な「古典」たらしめる努力が必要であるということである。

　新しく発足する雑誌に、あまり高度の要求をするのは無理かもしれないが、しかし理想だけは高くもっているに越したことはない。この雑誌の書き手である若い世代が、少しでも私の期待に応えてくれる「作品」を書いてくれることを願ってやまない。》

　いかにも明敏犀利(さいり)で透徹した知性と都会人の繊細鋭利な感性と非凡な文学的才能に恵まれていた磯田氏が、編集担当の院生からの不躾(ぶしつけ)な依頼に快く応じられて、大学院生を念頭に置いて、ごく気軽に書き下ろされたと覚しいこの秀逸としか言いようのない一文は、研究機関誌に書き捨てのままにしておくにはあまりにも勿体ない、含蓄のある、啓蒙的な文

章であると言わねばならない。少なくともわたし自身は、この短い文章を、この40有余年の間に、折りある毎に、何度読み返したことであろうか。いつ読み返してみても、その都度、この一文は、心に深い、新たな感銘を与え、かつ襟を正さずにはおれぬ《文学研究の指針》を我々に suggest してくれる、極めて示唆的かつ啓発的な文章であると言わねばなるまい。とは言うものの、単なる思い付きで、人の意表を衝くような奇抜かつ突飛なことを書けという謂では決してない。「論者の顔」というのは——論者の個性・人柄・人となり・体臭・陰影・存在感のようなものは、あまり剝き出しにはせず、あくまでも自然と滲み出てくるというか、「巧まずして顕る」ぐらいが慎ましくて一番いいのではなかろうか、とだけ付け足しておこう。

　また当学会は、創立当初から公的資金などの援助・紐の付いた支援を乞うのを潔しとせず、いや、一切受け付けぬことを建前としてきている。我々は、いわゆる独立独行の精神を、初志を愚直なまでに貫徹してきたことを少しは自負していいかもしれない。とはいえ、上述のように、半世紀近くにわたって多くの出版社・印刷所などの御理解と御厚情にあずかり有難く、改めて御礼申し上げねばならぬのは、当学会の嬉しい義務である。

　創立50年近い年月の間には、大変残念なことながら、会員の中から十指に余る物故者が出るに至った。中には、本会の発展に随分貢献された方々もいらっしゃる。まことに哀惜の念に堪えない次第である。幽明界を異にされた方々の在りし日の《温顔("old familiar faces")》を想い起こしながら、お名前を以下に列記させていただいて記録に留めておきたい（敬称略・因みに、現役の頃の職名を付記する）。——秋山照男（青山学院女子短大教授）、中島時哉（法政大学教授）、大橋進一郎（城西大学女子短大教授）、田辺治子（麻布大学教授）、鈴木寿郎（日本大学教授）、山本恵一（都立高校教諭）、石川祐平（法政大学・駒澤大学・立正大学講

師)、塩谷秀男(関東学院大学教授)、吉田清(九州女子大学教授)、岡田充雄(日本大学教授)、細谷教雄(宮城県公立高校教諭・白石市の古刹、当信寺住職)、藤井健三(中央大学教授)。これらの方々は、病魔・悪性疾患に取り憑かれ、残念無念にも、西方浄土へと旅立たれてしまわれた。返すがえすも痛惜に堪えない次第である。合掌。

　最後になったが、しかし決して最小ではないが、本書の上梓に際して、第1輯及び第2輯の発刊の時と同様に、松柏社(千代田区飯田橋)の森信久社長に大変お世話になった。このたび頂きました御高誼に対して、当会を代表して、心からお礼を申し上げます。

　　　　　2012(平成24)年11月3日　文化の日

　　　　　　　　　　　　　　　　　　　　齋藤　久

目　次

まえがき

英 国

アルフリッチのゲルマン的異教に対する態度
　　──古英語説教「異教の神々について」を読み解く　　和田　忍 ── 2

人の死をめぐる若い医師の思索
　　──トマス・ブラウン『医師の信仰』についての小論　　宮本正秀 ── 23

西欧文化における自然と理性
　　──18世紀英文学理解のために　　坂　淳一 ── 43

エドワード・フィッツジェラルド英訳
　　『オマル・ハイヤームのルバイヤート』（初版、1859年）の世界
　　　　　　　　　　　　　　　　　　　　　　　　　　齋藤　久 ── 79

アメリカ

無宿者としてのジャック・ロンドン　　齋藤忠志 ── 134

日露戦争従軍記者ジャック・ロンドンにおける日本観
　　──黄禍論者としての虚像　　石本理彩 ── 152

ジャック・ロンドンと薩摩文人──宮原晃一郎と山本實彦（さねひこ）の場合
　　　　　　　　　　　　　　　　　　　　　　　　　　森　孝晴 ── 186

ヘミングウェイ『エデンの園』註解　　　　　　安達秀夫 ── 201

ボブ・ディランのフォークとエスニシティをめぐって
　　──フォークからロックへ　　　　　　　　渡部孝治 ── 237

ビッグシップのアイリッシュ
　　──ダシール・ハメットのリアリズムと
　　　『赤い収穫』におけるアイルランド移民　　長尾主税 ── 265

『ディア・ハンター』のロシア、ベトナム、そしてアメリカ
　　　　　　　　　　　　　　　　　　　　　　熊谷順子 ── 290

その他

文化的表象としてのルクレティア
　　──古代ローマから19世紀末までの絵画と著作をとおして　若林　敦 ── 308

21世紀における表現行為の可能性
　　──文化・表象・虚構を考える　　　　　　石井康夫 ── 352

正宗白鳥序説──不条理劇からの一視点　　　　中林良雄 ── 382

あとがき　　　　　　　　　　　　　　　　　　　　　　415

英国

アルフリッチのゲルマン的異教に対する態度

古英語説教「異教の神々について」を読み解く

和 田　忍

1. はじめに

　アルフリッチの古英語版「異教の神々について」("De falsis diis" in *Homilies of Ælfric*) には、異教への信仰を避けて、唯一絶対の存在であるキリスト教の神を信仰するよう促す内容のことが述べられている。このテキスト前半部分には英語における曜日の名称のもととなった、ゲルマン的異教の神々についての記述がある。そして、アルフリッチ (Ælfric、c. 955 – c. 1010) は6世紀に活躍したブラガの聖マーティン (St Martin of Braga, c. 520 – c. 580) による『野蛮人への叱責について』で説明されたギリシア・ローマ世界の古典的な異教の神々に上記のゲルマン的異教の神々を対応させ、キリスト以外の異教の神々を信仰すべきでないと論している。ゲルマン的異教の神々に対する非難は「異教の神々について」のテキスト後半部分に登場する『聖書』のなかの寓話などにおける異教の神々に対する非難と異なるものになっている。

　本稿では、まず、アルフリッチの人物像と時代背景、写本とテキスト情報、先行研究について述べる。そのあと、アルフリッチによるゲルマン的異教信仰に対する態度について、第5章で以下の2点から考察する。第1にアルフリッチ古英語版「異教の神々について」の章全体の内容から

ゲルマン的異教信仰に対するアルフリッチの態度について考察する。続いて、第2として、アルフリッチ版古英語テキストとウルフスタン版古英語テキストとの比較を行う。以上を踏まえて、「アルフリッチは、自身のテキストを通じてゲルマン的異教に対して厳しい批判の態度をとっていたのではないだろうか」という問題点について考える。

2. アルフリッチ及び当時の社会状況について

アルフリッチは10世紀中葉から11世紀初頭にかけての古英語期後半の時代を生きた聖職者であり、イングランド南東部のウィンチェスター(Winchester)でアゼルウォルド(Æthelwold)より教えを受け、サーン・アバス(Cerne Abbas)の修道院僧やエンシャム(Einsham)の修道院長として活躍した。彼は古英語で数多くの書物を書き残したという点でも古英語(文学)研究に関して重要な人物である。とくに説教についての著作は数多く、有名なものとして『カトリック説教集』(*Cathoric Homilies*)や『聖者伝』(*Lives of Saints*)があげられる。

アルフリッチが「異教の神々について」を書き記した時期である西暦1000年頃のイングランドの社会状況は激動の時代であった。当時、盛んに繰り広げられていたデーン人(Danes)によるイングランドへの侵入と、それに続くデーン人によるイングランドでの定着はイングランド国民にこれまでにない脅威を与え続けるものであった。アルフリッチが活躍する直前の時代(9世紀後半)を生きたアルフレッド大王(Alfred the Great, *c.* 849 – *c.* 899)は一時的にデーン人を撃退したものの、最終的にはデーンロー(Dane law)と呼ばれるイングランドに定着したデーン人のための地域(イングランド北東部の大半)を制定しなければならなかった。(Map参照)

Map

(Barber (1993), p.129)

　アルフレッド大王といえば、節度あるキリスト教社会を維持するために異教徒であるデーン人と戦い、キリスト教への信念からさまざまな文芸著作にかかわり、キリスト教的国家の秩序を作り上げようと試みた人物である。アルフレッド大王の時代を経て、10世紀後半になるとデーン人の侵入と定着が再び激しくなり、イングランドの修道院や教会は多大な被害を被った。しかし、その頃、ヨーロッパ大陸でのベネディクト派 (Benedictine) の修道院改革に端を発した修道院復興運動がイングランドにも波及し、イングランドにおける修道院・教会ともに活気を取り戻しつつあった。こうした中で、アルフリッチはアルフレッド大王の

信念を受け継ぐような形でキリスト教信仰の強化を図ったと考えられる。アルフリッチによる『カトリック説教集』や『聖者伝』といった著作は、読者に対してわかりやすい表現やリズミカルな韻律を用いて書かれている部分が多く見られ、混乱した時代にキリスト教を深く根付かせるための工夫がなされていたと見受けられる。また、アルフリッチはイングランドに定着した異教徒であるデーン人に対してキリスト教を受け入れさせる術としても自身の書物を利用したと考えられる。異教徒のデーン人が慣れ親しんでいたゲルマン的異教の神々やその信仰の一端に触れながら、ゲルマン的異教信仰よりもキリスト教こそが信仰するに値する素晴らしい教えであり、野蛮な異教信仰をやめることをデーン人に対して説き伏せる目的もあったはずである。アルフリッチの「異教の神々について」に関する説教が後に現れる聖職者のウルフスタン（Wulfstan、?－1023）に利用されたことはその理由をさらに強めることとなる。ウルフスタンはウスター（Worcester）で司教、そしてヨーク（York）で大司教に叙せられたが、特に後者のヨークはデーン人居住地域の中心とも言える地域であった。その地域の大多数を占めているデーン人のキリスト教化がより必要であり、そのためにウルフスタンはアルフリッチの説教をうまく活用したと考えられる。

　以上、西暦1000年頃のイングランドは、デーン人の侵略を受け続けながらも、アルフリッチをはじめとする聖職者たちの活躍でキリスト教を根付かせる活動が活発に行われ、その後こうした努力の効果が現れることとなる。

3. 今回扱う説教集について

　前段で述べたように、アルフリッチはキリスト教関連の作品を大量に書き残している。今回取り扱うテキストである「異教の神々について」

は大著である『カトリック説教集』に収められているものではなく、それとは別にアルフリッチが書き遺した説教のうちの一節である。「異教の神々について」のテキスト前半部分にキリスト教徒の観点からギリシア・ローマの神々に結びつける形でゲルマン的異教信仰の対象であるオージン（Óðin）、トール（Þorr）、フリッグ（Frigg）等の北欧神話の神々の名を例示している個所がある。後半部分では『聖書』にある「サムエル記」「ダニエル書」などからの引用に基づいてゲルマン的異教とは別の異教信仰に対する批判を述べる内容が続く。そしてテキスト全体を通じて、異教の神々を信仰するのではなく、キリストのみを信仰すべきである、という内容を強調する説教となっている。

　ここで、アルフリッチによる「異教の神々について」の写本情報、及び今回使用するテキストについて触れておく。この「異教の神々について」のテキストは、「Cambridge, Corpus Christi College MS 178」（通称R写本）にのみ内容的に完全な形式で書き残されている。その他4つの写本にもアルフリッチによる「異教の神々について」のテキスト内容が収められているが、これら4写本は部分的な内容を残しているだけにとどまっている。また、このテキストに関しては後にウルフスタンによって内容を改訂された写本も存在する。（下記参照）

「異教の神々について」のテキストを含む現存写本
(1) Cambridge, Corpus Christi College MS 178 (R)
　　（完全版のテキストを含む）
(2) Oxford, Bodleian Library, Hatton 116 (S)
(3) British Library, Cotton Junius E. vii. (W)
(4) Cambridge, Corpus Christi College, 303 (C)
(5) Cambridge University Library, Ii. I. 33 (L)
(6) Oxford, Bodleian Library, Hatton, 113 (T)

（ウルフスタンによって改訂されたテキストを含む）

　この「異教の神々について」が作成された年代に関して、ジョン・ポープ（1957）編集版における解説では、この作品はアルフリッチ初期の作品に位置づけられるが、後に改訂されていると述べている。また、ピーター・クレモース（1959）によると、「異教の神々ついて」のテキストが992年から1002年の間に作成された、と具体的に言及している。こうした意見から、このテキストは1000年頃に作成されたのは確かで、その数年後に改訂された可能性が高いと思われる。テキスト内容については、このアルフリッチによる「異教の神々ついて」に関する記述はマルチヌス・ブラガレンシス（Martinus Bragarensis）、すなわち冒頭で紹介したブラガの聖マーティンによる『野蛮人への叱責について』（De correctione rusticorum "On the correction of the rustic"）に触発されて書かれた、と考えられている。今回、使用するテキストはEETS259および260のポープによる編集本を用いる。この編集本で「異教の神々について」のテキスト分量は676行である[1]。

4. 古英語版アルフリッチ「異教の神々について」に関する先行研究

　本稿で扱っているアルフリッチによる「異教の神々について」に関する研究はこれまでに多くなされてきた。リチャード・ノース（Richard North, 1997）は古英語著作におけるゲルマン的異教の神々についてイングランド以外の様々な原典の記述から考察している。主にイングランドにおけるゲルマン的異教の資料と古アイスランド語を中心としたゲルマン的異教の資料との比較として、具体的にはウォーデン（Woden）とオージン、スーノル（Þunor）とトール等について論じている。クレア・ルイス（Clare A. Lees, 1999）はキリスト教の美学（aesthetics）の側面からア

ルフリッチのテキストを考察している。そして、アルフリッチはキリスト教の教義に沿って自身のスタイルを創造し、真の信仰の早急な必要性や魂の救済について力点を置いている、と解説している。また、ウルフスタンによって再構築された「異教の神々について」のことも述べており、そこではデーン人の習慣に関する内容のみが扱われていて、アルフリッチによるこのテキストの本来の意図を継承していないと論じている。また、マシュー・タウネンド (Matthew Townend, 2002) も「異教の神々について」のテキストにおけるアルフリッチとウルフスタンについて言及している。アルフリッチが、この時代のイングランドでゲルマンの異教について、どのような知識を持っていたのかという問題をゲルマン的異教の神々に関する資料から考察している。また、タウネンドは、アルフリッチの「異教の神々について」のテキストがイングランドで長い間続く偶像崇拝に対する脅威に関する緊急の警告文であることを示している。この他にもウルフスタンによる「異教の神々について」のテキストを編集したドロシー・ベツルム (Dorothy Bethurum, 1966) も様々な考察を行っているが、この点に関して後ほどまた触れることとする。デイヴィッド・ジョンソン (David Johnson, 2008) は、異教の神々がキリスト教のエウヘメロス的解釈から生まれ、後にそれらを悪魔化させた、と解説している。このジョンソンの論も同様に後ほど改めて触れる。ここで、エウヘメロス論 (euhemerism) についてその概念を述べておく。エウヘメロス論とは、ある名の知れた、有力であった人間が、その死後、同世代人たちの讃辞を通じて神格化されて信仰対象の神となる、という論である。この論は、キリスト教護教論者によって、異教を批判する際に利用された[2]。

5. アルフリッチ版古英語テキストにおける考察

まず、「**1. はじめに**」でも述べたとおり、アルフリッチ古英語版「異教の神々について」の章全体の内容からゲルマン的異教信仰に対するアルフリッチの態度についての考察を行う。この考察を行う前に、このテキストの全体的な内容構成について、以下に簡単に述べておく。

　　　アルフリッチ版古英語テキスト「異教の神々について」の内容構成
(1) キリストは三位一体の神であり、創造者であるといった神への賛辞。
(2) アダムとイブやノアの箱舟の逸話。
(3) そのノアの箱舟の逸話のなかで、悪魔が人間をだまし、そして人間は神を裏切り、自然物を含む他のものを信仰するようになった話。
(4) （イングランドにおいて）曜日の語源となる異教の神々についての話。
(5) 『旧約聖書』の「サムエル記」に基づく逸話のダゴンの話。
(6) 『旧約聖書』の「ダニエル記」におけるベルとドラゴンの逸話に基づく話。
(7) 「アレクサンドリアのセラピス」の話。
(8) 「(魔術師)グレゴリーによるアポロの撃退」の話。
(9) キリストをたたえる話。

アルフリッチ版「異教の神々について」の内容構成に関しては以上の通りである。

5.1. アルフリッチ古英語版「異教の神々について」の章全体の内容からのゲルマン的異教信仰に対するアルフリッチの態度についての考察

アルフリッチ版テキストのなかで異教の神々がどのように扱われているのかを調査するために、これらの神々に対して悪意を示す形容詞の箇所を取り上げた。(**表**参照)このテキスト全体で異教の神々に対して悪意がある意味の形容詞が付けられる箇所を調べると、参照にあるとおり、7例を確認できた。また、この7例は特定のギリシア・ローマおよびゲルマン的異教の神々について述べているテキストの88行目から190行目までの部分に集中している。

god's name	line	words
① Saturn	105	swiðlic and wælhreow (powerful and cruel)
② Jupiter (Þór)	110	hetel and þrymlic (evil and powerful)
③ Jupiter (Þór)	113	swa swiðe gál, þat... (so very lustful that...)
④ Mercury (Óðin)	134	swiðe facenfull and swicol (very dishonest and deceitful)
⑤ Jupiter (Þór)	145	se hetola Iouis... (the evil Jove...)
⑥ Venus (Fricg)	151	Ious dohter, swa fracod on galnysse þæt... (Jove's daughter, so indecent in her lustfulness that...)
⑦ Venus (Fricg)	176	þære sceamleasan gydenan (the shameless goddess)

(**表**の見方: 左側のコラムには対象となる神々の名前を示し、カッコ内にでその古ノルド語名が記載してある。真ん中のコラムは使用テキスト中での行数、また右側のコラムはその具体例である。例えば、①のサタンの部分では105行目にswiðlic and wælhreowと古英語例があり、その例の下に現代英語対訳を付している。)

この説教のなかで、具体的な異教の神々に対して悪意がある意味の形容詞を伴わせているのは、イングランドにおいて曜日の名称となっている異教の神々の名前のみである。これは、アルフリッチによる「異教の神々について」の説教にこめられた強い意図がデーン人に対するキリスト教改宗、およびキリスト教の普及定着にあったからではないかということを推測させる。アルフリッチが異教徒のデーン人による侵略に対して多大な恐怖を抱いていたであろうということは、前段の10世紀末のイングランドの社会状況の説明で述べたとおりである。キリスト教における説教の趣旨は、もちろん、キリスト教の神を讃えて、キリスト教信仰の偉大さを伝道するためである。しかし、このアルフリッチの説教「異教の神々について」では、キリスト教の崇高さ、素晴らしさを伝道することのほかに、「異教の神々を信仰してはならない」という意図があり、その対象としてゲルマン的異教の神々もあげられている、と考えられる。ジョンソン(2008: 38-39)によると、7世紀以降、当時の人々はそれ以前の古代の異教の神々に対する興味は薄れていたが、北部ゲルマン的異教に関しては定かではない、と言及している。はっきりとした強い認識ではないのかも知れないが、多少なりともゲルマン的異教の神々に対する知識はイングランドに居住する人々の心の中にあったと思われる。さらにアルフリッチのテキスト中の表現で、(1)「その神(マーキュリー)はすべての異教徒たちの間で崇拝されており、デーン人たちの使う言語でオージンという別の名前で呼ばれていた。」(139行目から140行目)や、(2)「ジュピターは異教徒たちにすべての異教の神々の中で最も尊敬を集めていた。そしてジュピターはその異教徒たちの間でトールと呼ばれていた。」(122行目から124行目)というように、まずギリシア・ローマの神々の名前を挙げて、その神々はゲルマン的異教の神々と同じである、という読み替えをしている部分もある。(上記引用(1)(2)の原文は、次

の通りである。）

- ゲルマン的異教の神々を古英語ではなく、古ノルド語で表現している例

(1) Ðes god wæs arwyrðe betwyx eallum hæþenum, and he is Óðon gehaten oðrum naman on Denisc.(ll. 139-40)

(2) Þes Iouis is arwurðust ealra þæra goda þe þa hæþenan hæfdon on heora gedwylde; and he hætte Þór betwux sumum þeodum. (ll. 122-24)

（テキスト中の囲い枠は筆者による）

ここで、ギリシア・ローマの異教の神々をゲルマン的異教の神々と対応させるのに、アングロ・サクソン語（古英語）を使わずにデーン人たちの使っていた古ノルド語で表現しているという点は、北ヨーロッパから移住し、古ノルド語を使用していたデーン人たちに対する注意喚起であるように受け取れる。ギリシア・ローマの「マーキュリー」（Mercury）に相当するゲルマン的異教の神の名として、古英語の名前である「ウォーデン」（Woden）ではなく、古ノルド語名である「オージン」（Óðin）という語が出現するのはこのアルフリッチ、ウルフスタンの「異教の神々について」のテキストと同じで、アルフリッチによって書かれた『聖者伝』の中にある「聖マーティン」の話の2つのみである。つぎに、(3)として、「聖マーティン」の関連個所を示そう。

(3) アルフリッチ『聖者伝』の「(31) 聖マーティン」の章におけるゲルマン的異教の神々が古ノルド語で出現する場面：

and hine ge-sewen-licne on manegum scin-hiwum

> Þam halgan æteowde on þæra hæþenra goda hiwe
> hwilon on ioues hiwe þe men ge-haten þor
> hwilon on mercuries þe men hatað oþon
> hwilon on ueneris þære fulan gyden
> þe men hatað fricg…
> (Ælfric's Lives of Saints, Part IV, p. 264, ll. 712-16)

"and he showed himself visible in divers phantasms
to the saint, in the appearance of the gods of the heathen;
　　sometimes in Jove's form, who is called Thor,
　　sometimes in Mercury's who is called Odin,
　　sometimes in that of Venus, the foul goddess,
　　whom men call Fricg…"
（Ælfric's Lives of Saints, Part IV, p. 265, ll. 712-16）
（古英語、現代英語対訳ともにテキストより抜粋。ただし、テキスト中の囲い枠は筆者による）

わざわざデーン人の言葉である古ノルド語でゲルマン的異教の神の対応を示すということは、そしてアルフリッチ及びその同時代人のウルフスタンのみがそれを示しているということは、この時期にデーン人に対する大きな脅威があったことが再確認できる。そして、ギリシア・ローマの神々に対して、直接的に悪意を示す形容詞を加えた形で表現するということは、それらの神々と同一視されるデーン人がこれまで信仰してきたゲルマン的異教の神々に対して厳しい批判を加えているのと同じだ、と考えられる。この曜日の名称に関する異教の神々についての話の後に続くのは「聖書寓話」などのほかの異教の神々の内容である。それら異教の神々はダゴンやベルといった偶像であり、また、ドラゴンのような

動物でもある。最終的に、そのいずれも破壊、退治されて、そのもの自体が消滅してしまう。対象が消滅してしまえばその対象への信仰もなくなってしまうダゴンなどの話に対して、対象への信仰をやめない限りなくならないサタンのような存在には、それ自体に対して悪く言い放ち、「ゲルマン的異教の神々は悪い存在である」ことを示すしかなかった、と考えられる。

5.2. ウルフスタン版古英語テキストとの比較

つぎに、アルフリッチ版古英語テキストを利用して書き直した、ほぼ同時代人であるウルフスタンによる古英語テキストとの比較による考察に移ろう。その後に、参考として、ラテン語原典との比較における考察も含めることにする。写本情報の段で述べたとおり、ウルフスタン版古英語テキストはアルフリッチ版テキストの一部のみを扱っている。ポープ (1969) は、具体的には、アルフリッチ版テキストの72行目から161行目の部分を扱っていると言及している。この部分はギリシア・ローマの異教の神々とそれに対応するゲルマン的異教の神々について述べる部分とほぼ一致している。本稿ではゲルマン的異教について考察しているので、ここでも前章で扱った異教の神々に対して悪意を示す形容詞がついている箇所のウルフスタン版テキストでの対応箇所の比較検討を行っていくことにする。(表参照) もちろん全体的にほぼ同一の語彙を用いて表現されているのだが、一部にアルフリッチ版テキストとの違いが見られる。まず、この表におけるアルフリッチ版との全体的な違いを述べておきたい。ウルフスタン版とアルフリッチ版とで異なる点は、後者の⑦におけるヴィーナス (Venus) の表現が欠けている点、そして黒丸で示したアルフリッチ版に見られないウルフスタンによる加筆された表現を伴う点である。

god's name	line	words
① Saturn	41	he wæs swa wælhreow (he[Saturn] was so cruel)
② Jupiter（Þór）	45	se wearð hetel feond. (he was a evil fiend.)
③ Jupiter（Þór）	47	swa swyðe gál, þat... (so greatly wicked that...)
④ Mercury（Óðin）	66	swiðe facenfull 7 ðeah full snotorwyrde swicol on dædum 7 on leasbregdum. (very dishonest and though quite wise of speech deceitful in deeds and lyings)
● Mercury（Óðin）	70-71	Ðes gedwolgod... (This false god...)
⑤ Jove（Þór）	76	se hetula Iouis... (the evil Jove...)
⑥ Venus（Fricg）	78	Ious dohter, 7 seo wæs swa ful 7 swa fracod on galnysse þæt... (Jove's daughter, and she was so foul and so wicked in frivolity that...)

（表の見方は、前段のアルフリッチ版のテキストを分析した表の見方と同様である。神の名前の前にある数字はアルフリッチ版の表と対応させている。）

5. 3. ここまでの比較に関する考察

ここで、アルフリッチ版テキストの ① サタン（Saturn）の例を振りかえってみると、swiðlic and wælhreow「力強くて、残酷な」という表現がとられているが、swiðlic はその後に続く悪い意味の wælhreow「残酷な」を強めるレトリックとも考えられる。そのように考えると、ウルフスタンは「残酷さ」について直接的な強調の語を加えて表現したとも受け取れる。この部分から、ウルフスタンは、アルフリッチ版テキストに

おけるギリシア・ローマの古典的な異教の神々への信仰を批判する部分をわかりやすい表現で強調するという手法で、ゲルマン的異教の神々を信仰していたデーン人を牽制したと考えられる。同様に3つ目の例のジュピター（Jupiter）に関してもやや似た傾向が見て取れる。ウルフスタンはhetel feond「ひどく残忍な者」という表現をしているが、アルフリッチはhetel and þrymlic「残忍で、力強い」としている。þrymlicが前出のswiðlicと同じ役割を果たしているように見受けられる。また、ウルフスタン版「異教の神々について」のテキスト中にはþurh deofles lare (through devil's teaching)「悪魔の教えを通じて」という表現が5回（17-18行目、19-20行目、53行目、69行目、79行目）も出現する。

　ベツルム（1966: 335）の編集本『ウルフスタンの説教』における注釈にもあるように、異教徒の神々はエウヘメロス的解釈で説明される、という点が中世ヨーロッパで広く一般的であり、至る所でキリスト教徒によってそれら異教徒の神々についてそのように述べられているという事実がある[3]。また、アルフリッチは、ギリシア・ローマの神々を信仰する異教を批判するのに、それらの神々は元来人間であったとするエウヘメロス論を援用していた、といわれている[4]。さらに、キリスト教ではサタンは元来、神の使い「ルシフェル」（Lucifer）であったものが堕落して悪魔になったとされているが、その際にサタンが人格を有する存在であると考えられていたからこそ、ゲルマン的異教の神々と同様に扱えたと考えられる。聖書的に悪の代表であるサタンを筆頭として、ゲルマン的異教の神々の名前を並べると、ゲルマン的異教の神々への信仰は悪であるという強いメッセージになり得る。ウルフスタンもアルフリッチのこうした意図を受け継いでうまく表現していることが理解できる。

5.4. ラテン語テキストとの比較（参考）

　つぎに参考として、アルフリッチによる「異教の神々について」を作

成する際に原典としたとされる6世紀に活躍したブラガの聖マーティンによる「野蛮人への叱責について」のラテン語テキストを簡単に示すことにする。ここではギリシア・ローマ世界の古典的な異教の神々についての説明部分をつぎに引用しよう。

ラテン語テキストとの比較（ブラガの聖マーティン『野蛮人への叱責について』）

① Jupiter

…ut alius Iovem se esse diceret, qui fuerat magus et in tantis adulteriis incestus ut sororem suam haberet uxorem, quæ dicta est Iuno, Mineruam uero et Uenerem filias suas corruperit, neptes quoque et omnem parentelam suam turpiter incestauerit. (The one called himself Jupiter, who was a magician and whose incestuous adultery was so great that he took his own sister as wife, whose name was Juno; he corrupted his daughters, Minerva and Venus, shamefully committing incest even with his grand-daughters and all his family.)

② Mars

Alius autem dæmon Martem se nominauit, qui fuit litigiorum et discordiæ commissar.

(Another of these demons called himself Mars, who was the cause of strife and discord.)

③ Mercury

Alius deinde dæmon Mercurium se appellare uoluit, qui fuit omnis furti et fraudis dolosus inuentor; cui homines cupidi quasi deo lucri, in quadriuiis transeuntes, iactatis lapidibus aceruos petrarum pro sacrificio reddunt.

(Yet another of these demons preferred the name of Mercury, and he was the inventor of all theft and crafty deceit; to him greedy men render sacrifice as if he was a god of profit, throwing down heaps of precious stones at crossroads.)

④ Saturn

Alius quoque dæmon Saturni sibi nomen adscripsit, qui, in omni crudelitate uiuens, etiam nascentes suos filios deuorabat.

(Another of these demons, having given himself the name of Saturn and living in all cruelty, even devoured his own children.)

⑤ Venus

Alius etiam dæmon Uenerem se esse confinxit, quæ fuit mulier meretrix. Non solum cum innumerabilibus adulteris, sed etiam cum patre suo Ioue et cum fratre suo Marte meretricata est.

(Yet another of these demons pretended to be Venus, who was a slut. Not only did she commit countless adulteries, but she was even her own father, Jupiter's, slut, and Mars, her brother's.)

(ラテン語テキストはCaspari, Carl Paul, ed., *Martin Von Bracara's Schrift de Correctione Rusticorum: Zum Ersten Male Vollstandig und in Verbessertem Text Herausgegeben* (Christiania: der Mallingschen Buchdruckerei, 1883) による。現代英語訳はhttp://freespace.virgin.net/angus.graham/Braga.htm より引用。)

聖マーティンのラテン語テキストにはジュピター (Jupiter)、マーズ (Mars)、マーキュリー (Mercury)、サタン (Saturn)、ヴィーナス (Venus) という異教の神々に対して悪意を示す形容詞は直接ついていな

い。ただ、これら異教の神々はデーモン（dæmon: demon「悪魔」）として扱われていることで一致している。ジュピターにはデーモンという語が入っていないが、この文章を含む段落に出てくるものがすべて悪魔であると言及されている。ここから、アルフリッチは自分の著作の中で、ギリシア・ローマ世界の古典的な異教の神々に直接悪意を示す形容詞をつけて、さらに「悪いもの」としての印象を強めていることがわかる。これらの神々をゲルマン的異教の神々に重ね合わすことで、ゲルマン的異教の神々も同様に「悪い存在」に仕立て上げられていると考えられる。

6. おわりに

冒頭「1. はじめに」において提起した「アルフリッチは、自身のテキストを通じて、ゲルマン的異教に対して厳しい批判の態度をとっていたのではないだろうか」という問題点について考察した結果、以下のような理由があげられるとの結論に至った。第1の理由は、ゲルマン的異教の神々は元来、人間であって神ではないということを論すため、というものである。これはウルフスタンによる古英語版テキストの方がアルフリッチによるテキストよりも厳しい批判を加えているとの印象を与えるからだと思われる。また、第2の理由として、アルフリッチの「異教の神々について」は、そのテキスト全体の構成からゲルマン的異教への信仰に対する批判が浮き彫りになるように感じられ、その点でアルフリッチのゲルマン的異教崇拝に対する効果的な非難であるとの印象をも読者に対して強く抱かせるものである。アルフリッチの「異教の神々について」のテキストは、その前半部分で、ギリシア・ローマの古典的な異教の神々に対してエウヘメロス論を通じて批判したブラガの聖マーティンの著作内容を利用し、ゲルマン的異教の神々をそれと同列に扱って、間接的に批判している。続くテキスト後半部分では、人格化されていない

異教の神々を採り上げて、キリストのみが唯一の神であることを強調している。このアルフリッチのテキスト全体を概観すると、ゲルマン的異教の神々は、後半部分の人間でない神々と同じように、信仰の対象とならないと論じているように受け取れる。それゆえ、テキスト後半の異教の神々を信仰していた人々が罰せられて、殺される様子はゲルマン的異教の神々を信仰した場合にも同様に該当する、とのメッセージ性のこめられた内容になっていると考えられる。

　もちろん、アングロ・サクソン時代のイングランドにおいて、特にデーンロー地域に多数居住し、ゲルマン的異教を信仰していたデーン人に対する窘めという社会状況的な要因も、上記に挙げた問題点における要因のひとつと思われる。実際、アルフリッチの原文テキストから見て、ゲルマン的異教に対して直接的なことばで強い非難を与えているわけではない。しかし、「異教の神々について」におけるテキスト構成状況を考慮すると、アルフリッチはゲルマン的異教に対して厳しい非難の立場をとっていたとみなすことができる。

註

(1) Pope, John C., ed., *Homilies of Ælfric: A Supplementary Collection*, EETS 259 and 260, 2 Vols., Oxford: Oxford University Press, 1967-68.
(2) "...euhemerism: the gods were only men famous or powerful men, who had been deified after their death through the adulation of their contemporaries." (*Dictionary of the History of Idea*, Vol. III, p. 286b.)
(3) The euhemeristic explanation of the gods of the pagans is a commonplace of medieval thought and can be found wherever Christians write about the older gods. (Bethurum 1966: 335)
(4) In part following an earlier Latin source, Ælfric gives a Christian, euhemeristic view of the origins of Roman paganism; he treats the Roman gods as having originally been men who were then deified in error. (Acker et al, p. xi.)

参考文献

[Primary sources]

Bethurum, Dorothy, ed. *The Homilies of Wulfstan*. Oxford: Clarendon Press, 1957.

Caspari, Carl Paul, ed. *Martin Von Bracara's Schrift de Correctione Rusticorum: Zum Ersten Male Vollstandig und in Verbessertem Text Herausgegeben*. Christiania: der Mallingschen Buchdruckerei, 1883.

Pope, John C., ed. *Homilies of Ælfric: A Supplementary Collection*. EETS 259 and 260, 2 Vols. Oxford: Oxford University Press, 1967-68.

[Secondary sources]

Audrey, Meaney. "Paganism." *The Blackwell Encyclopaedia of Anglo-Saxon England*. Ed. Michael Lapidge and others. Oxford: Blackwell, 1999, pp. 351-52.

Bethurum, Dorothy. "Wulfstan." *Continuations and Beginnings: Studies in Old English Literature*. Ed. Eric G. Stanley. London: Nelson, 1966, pp. 210-46.

Barber, Charles. *The English Language: A Historical Introduction*. London: Cambridge University Press, 1993.

Charles-Edwards, Thomas. "Conversion to Christianity." *After Rome: Short Oxford history of the British Isles*. Ed. Thomas Charles-Edwards. Oxford: Oxford University Press, 2003, pp. 103-39.

Clemoes, Peter. "The Chronology of Ælfric's Works." *The Anglo-Saxons: Studies in some Aspects of their History and Culture presented to Bruce Dickens*. Ed. Peter Clemoes. London: Bowes & Bowes, 1959, pp. 212-47.

Godden, Malcolm. "The Relations of Wulfstan and Ælfric." *Wulfstan, Archbishop of York: The Proceedings of the Second Alcuin Conference*. Ed. Matthew Tewnend. Turnhout: Brepols, 2004, pp. 353-74.

Green, D. H. *Language and History in the Germanic World*. Cambridge: Cambridge University Press, 1998.

Greenfield, Stanley B. and Daniel G. Calder. *New Critical History of Old English Literature*, Revised Edition. New York: New York University Press, 1986.

Hadley, D. M. *The Vikings in England: Settlement, Society and Culture*. Manchester: Manchester University Press, 2006.

Hunter, Michael. "Germanic and Roman antiquity and the sense of the past in Anglo-Saxon England." *Anglo-Saxon England 3* (1974), pp. 29-50.

Hutton, Ronald. *The Pagan Religions of the Ancient British Isles: Their Nature and Legacy*. Oxford: Blackwell, 1991.

Jesch, Judith. "Scandinavians and 'Cultural Paganism' in Late Anglo-Saxon England." *The Christian Tradition in Anglo-Saxon England Approaches to Current Scholarship and Teaching.* Ed. Paul Cavill. Cambridge: D. S. Brewer, 2004, pp. 55-68.

Johnson, David F. "Euhemerisation versus Demonisation: The Pagan Gods and Ælfric's De Falsis Diis." *Pagans and Christians: The Interplay between Christian Latin and Traditional Germanic Cultures in Early Medieval Europe.* Ed. T. Hofstra, L. A. J. R. Houwen and A. A. MacDonald. Proceedings of the Second Germania Latina Conference May 1992, pp. 35-69.

Ker, N. R. *Catalogue of Manuscripts Containing Anglo-Saxon.* Oxford: Clarendon Press, 1957.

Lawson, M. K. *Cnut: The Danes in England in the Early Eleventh Century.* London: Longman, 1993.

Lees, Clare A. *Tradition and Belief: Religious Writing in Late Anglo-Saxon England.* Minneapolis: University of Minnesota Press, 1999.

Niles, John D. "Pagan survivals and popular belief." *The Cambridge Companion to Old English Literature.* Ed. Malcolm Godden and Michael Lapidge. Cambridge: Cambridge University Press, 1991, pp.126-41.

North, Richard. *Heathen Gods in Old English Literature,* Cambridge: Cambridge University Press, 1997.

Stanley, Eric G. *The Search for Anglo-Saxon Paganism.* Cambridge: D. S. Brewer, 1975.

Sørensen, Preben Meulengracht. "Religions Old and New." *The Oxford Illustrated History of the Vikings.* Ed. Peter Sawyer. Oxford: Oxford University Press, 1997, pp. 202-24.

Taylor, Arnold. "*Hauksbók and Ælfric's De Falsis Diis.*" *Leeds Studies in English,* New Series, Vol. 3. Ed. A. C. Cawley and R. C. Alston (1969), pp. 101-09.

Townend, Matthew. *Language and History in Viking Age England: Linguistic Relation between Speakers of Old Norse and Old English.* Studies in the Early Middle Ages, Vol. 6. Turnhout: Brepols, 2002.

Whitelock, Dorothy, ed. *English Historical Documents c. 500-1042,* Vol. 1. London: Eyre Methuen, 1979.

人の死をめぐる若い医師の思索

トマス・ブラウン『医師の信仰』についての小論 *

宮 本 正 秀

1 ブラウンの医学教育

　トマス・ブラウン (Thomas Browne, 1605 – 82) は、独特の文体と驚異的な博識によって17世紀の文化と文学に特異な足跡を残している。彼の名前は、若き医師としてキリスト教神学に関する諸問題、とくに神の叡知と慈悲について論じた『医師の信仰』(*Religio Medici*, 1643) によってイングランドの読者に広く知れわたる。近代科学の黎明期における新旧両方の知的体系の軋轢という問題に、誤謬と欺瞞という視点から切り込んだ大著『伝染性謬見』(*Pseudodoxia Epidemica*, 1646) は、博覧強記の知識人という人物像を決定づけた。空位期も終わりを告げようとしていた1658年に刊行された『壺葬論』(*Hydriotaphia*, 1658) においては、出土した古代の埋葬の骨壺をめぐる考察において、古典文学を自由自在に引用する一方で、その当時はいまだ成立していなかった考古学にも通じるような科学的な分析力を披露している。また、『壺葬論』と合本で刊行された『キュロスの庭園』(*The Garden of Cyrus*, 1658) では、古代ペルシャの王子キュロスの庭園において樹木を「五点形」に配置する造園法が採用されていたことを起点として、古今の人間の営みから自然界の様々な事物にいたる、彼の関心が及ぶすべての事象の中に「五点形」を見つけ出そうとする。議論は古代の戦争における陣形から、植物の花芯の構造

にまで及びとどまるところを知らず、ブラウンはひたすら観察と考察を続け、ひたすら語り続ける。一見したところでは途方もなく無意味な作業であるが、その背後には、自然界のすべての事象に創造主である神の意志が刻印されているというゆるぎない確信があった。自然と人工を問わず、すべての事柄に共通するなにかを見つけることができるならば、それを創造主の刻印と見なすことによって、作り手と作品の関係を確認することができるのである。近代科学の黎明期においては、自然を観察し、そのメカニズムを解明しようとする知識人たちの営みの一切は、敬虔なキリスト教の信仰に裏打ちされていたが、『キュロスの庭園』に記されているブラウンの自然観察は、科学と信仰が密接に結びついていた時代の知識人の特徴をユニークなかたちで記録している。

　ところで、ブラウンは様々な分野でその特異な才能を発揮し、特徴ある著作を残しているが、彼は文筆を生業としていたわけではなかった。彼の本業は医師であり、著述や自然研究などの活動はアマチュアとして取り組んでいたに過ぎない。後年、ブラウンは「博識の医師」(the Learned Doctor) として広く人々から尊敬を集めることになるが、彼の知性は、医師となるための研鑽の過程で培われたのであった。

　ロンドンの商業地区チープサイドに生まれた彼は、ウィンチェスター・カレッジの伝統的なカリキュラムのもとでギリシアとラテンの古典文学の素養を修得した後、1623年にオックスフォード大学に入学する。ブラウンが入学時に在籍したブロードゲイツ・ホールは、翌年新しいスポンサーを得て、ペンブルック・カレッジと名称を変えることになる。その際に就任したのが、後に医学教授の職を長年にわたって務めることになるトマス・クレイトンであった。クレイトンは、オックスフォード大学に解剖実習を公開で行うための劇場型の講義室を設立した人物としても知られている。[1] つまり、ブラウンの入学とほぼ同時に、オックスフォードにも近代的な医学教育が導入されたのである。1629年に修士

号を取得すると、その翌年、ブラウンはさらなる研鑽を積むためにヨーロッパ大陸にわたる。彼が最初に赴いたのは、医学教育において高い評価を確立していたモンペリエ大学であった。さらにブラウンは、ウェサリウスの解剖学で知られるパデュア大学を経て、1633年にライデン大学において医学博士の学位を取得する。およそ3年間におよぶ大陸での留学生活については、ほとんど記録が残されていないこともあり、その詳細を知ることはできないが、パデュアやライデンといった知識の最前線に身を置く機会を得たことが、彼のその後の人生に決定的な影響を残したことだけは確かである。このように医師となるべく研鑽を積む過程で、彼は、ギリシアやラテンの古典に基づく伝統的な知識に加えて、当時、急激に進歩しつつあった自然研究についての知識と情報を蓄積する機会に恵まれたのであった。医師として地位を確立した後に、ブラウンは百科全書的な大著『伝染性謬見』を世に問うことになる。知識のすべての分野を網羅し、新旧の無数の著作を自由自在に操ってみせるブラウンの力量に知的好奇心に溢れる読者たちは驚愕し、彼はいつしか「博学の医師」と呼ばれるようになったのである。

　ところがブラウンは、自然界の研究にその身を投じようとはしなかった。それどころか、彼は活動の拠点をロンドンではなく、イングランド東部の都市ノリッジに定め、開業医としてその生涯を送ったのであった。17世紀イングランドにおいて自然研究の活動拠点といえば、王立協会が思い出されるであろう。王立協会は、もともとロンドンの紳士たちの社交の場であり、彼らにとって、知的好奇心を満足させてくれる話題のひとつが自然界の事象であった。自然研究が紳士の社交の一環である以上、自然研究の表舞台に立つためにはロンドンに活動の拠点を持つことが必須の条件であり、地方都市であるノリッジに住むブラウンは、自然研究においては、アマチュアとして活動する以外の選択肢を待たなかったのである。

2　存在するすべては神の作品

　地方都市で開業医として生きる道を選択したとはいえ、ブラウンは自然研究の中心地であるロンドンとの関係を完全に絶ってしまったわけではなかった。すでに述べたように、『伝染性謬見』によって博覧強記の知識人としての評価を確立したブラウンは、ヘンリー・オルデンバーグやジョン・イーヴリン、ジョン・オーブリィといった初期の王立協会の活動において中心的役割を果たし、17世紀イングランドの自然研究の牽引車的な役割を担った人士たちと書簡によって情報を交換する関係を築いている。しかしながら、彼の名前がロンドンの知識人に知られるきっかけを作ったのは『伝染性謬見』ではなく、その3年前に刊行されたデビュー作『医師の信仰』における、医学とキリスト教神学、さらには自然研究に関する議論であった。

　しかしながら『医師の信仰』は、出版を念頭に置いて執筆されたわけではなく、その元となる文章は、全く個人的な目的のために書き綴られたものであった。『医師の信仰』が著者の意志に反して刊行されることになった経緯については、序文「読者諸賢へ」に記されている。著者自身の説明によると、後に『医師の信仰』として刊行される文章は、彼が研修医としての業務に勤しむかたわら書き綴った「個人的な備忘録」であったという。その執筆が、研修医としての活動を開始した1633年に始められたとすれば、当時ブラウンは28歳の若者であったことになる。若き研修医が自らの個人的な思いを綴った「備忘録」が何らかの事情により、知人たちの間で回覧されるようになり、いくつもの写本が作成されて、さらに多くの読者が読むところとなったのである。[2]

　『医師の信仰』の原稿が、本当に「個人的備忘録」としてのみ執筆され

たかについては多少の疑問が残るところではある。あるいは、写本の回覧という限定的な形での公開を念頭に置きながら、「個人的備忘録」という設定で執筆されたのかもしれないが、このあたりの事情についても、記録が残されていない以上、推測に頼るしかない。いずれにせよ原稿は友人たちの間で回覧され、次第に読者の数を増やしていった。序文「読者諸賢へ」に記されているところでは、原稿は回覧される過程で何度も転写され、その度ごとに誤記を重ねていったという。さらに1642年には、劣化した写本に基づく非公認版が著者匿名の形で何者かによって刊行された。この事態を受けて、トマス・ブラウンの名前を著者として明記した形で公認版の『医師の信仰』が刊行されるにいたったのである。

『医師の信仰』が、もともとは出版を意図せずに、著者の個人的な思いを綴ったものであるとするならば、そこには著者の信念とも呼ぶべき、思想の根幹をなす思いが綴られていると考えてよいだろう。著者が冒頭に付した欄外註によると、「医師3人が集まれば、そのうち2人は無神論者」という俗信があったという。『医師の信仰』を著わしたブラウンの目的は、医師に対する悪評を覆し、キリスト教徒としての正しい生き方を、医師としての職務を全うするなかで実践していくという決意を表明することにほかならなかった。

第1部・第13節においてブラウンは、自然界の事物や事象に対して知的探求を徹底的に行うことこそが、敬虔なキリスト教徒として神に対して果たすべき責務であると説いている。

　　この世界が創られたのは、獣たちにとっては棲家となるためであったが、私たち人間にとっては研究と考察の対象としてであった。これは理性を神に負っているからであり、私たちは獣ではなかったことに感謝し、神に敬意を表さなければならない。理性がなければ、世界はいまだ存在しなかったも同然であったろうし、あるいは世界

が存在すると考えたり話したりする被造物が生まれていなかった、天地創造の第6日目以前のままであったにちがいない。(第1部・第13節)

　ブラウンが紡ぎだすすべての文章の根幹には、存在するすべては神によって創造されたという信念がある。著作における彼の議論は、その強力な博識ゆえに際限なく脱線し、読者を翻弄してしまうことも珍しくない。ただし、議論がどれほど逸脱しようとも、世界のすべてが神の創造によるという、哲学とキリスト教信仰の両面における根本的な枠組みを踏み越えてしまうことは、決してなかったのである。
　自然界の事物のすべてを、ブラウンは自らの知的探求の対象として位置づけ、それを自身の信仰の証を立てるための最善の方法と定めている。いうまでもないが、彼にとっての自然研究の目的は、神の御業を賞讃することであり、そのためになすべきことは、自然界のあらゆる部分にまで創り主の精密な技巧が及んでいて、おざなりに放置された箇所など一片もないことの確認である。第1部・第15節において彼は、アリストテレスの『動物部分論』から「自然は一切の無駄を行わない」という一文(3・1)を、哲学において「唯一、議論の余地のない公理」として引用する。さらに彼は、それに続く箇所で、「自然界にはグロテスク模様は存在しない」とも述べる。グロテスク模様とは、古代ローマの装飾様式の一つで、人間、動物、果実、武器などを雑多に並べた、唐草模様のような図柄で、自然界のあらゆる被造物に加えて、人間の技巧までもが秩序を欠いたかたちで入り乱れる混沌状態を意味している。存在するすべての事物が神の創造物であるとすれば、そのすべてに創り主の意志が反映されているはずであり、無秩序なまま放置されている隙間などあるはずはない――ブラウンはそのように確信しているのである。
　ブラウンは自然界の細部に目を配り、そこに精緻な構造が存在してい

ることを確認する。ゾウやラクダ、さらにはクジラといった巨体を誇る生物が見るものを呆然とさせるほどの圧倒的な説得力を持つことは、彼も認めるところである。しかしながら、彼が賞讃するのは、そのような壮大なスケールを誇る大作ではなく、アリやミツバチ、さらにはクモといった微細で精密に作られた作品である。これらの小さな生き物について彼は、「微細な仕組みには、さらに精緻な数学が組み込まれており、小さな市民たちの共同体は創造主の叡智をより的確に示している」と語る。ブラウンにとっては、自然界の事物に神の仕事の痕跡としての秩序を見つけることは、それらの事物の美を賞讃することにほかならないのである。

　私の思うところでは、神の御業には遍く美が存在し、たとえどのような種類の被造物であれ醜悪なものなど存在するはずはない。いかなる理論によって、ヒキガエル、熊、象を醜いと言えるのか、私には理解できそうもない。これらは創造されるさいに、内なる形の働きを最も適切に表現するように外観を授けられており、神の訪れが遺漏なくあることを伝えているのである。神はご自身がお創りになられたものがことごとく善だと考えておられる。これらの生き物もまた、醜悪さをお嫌いになる神の意志、すなわち秩序と美の意識にかなっているのである。（第1部・第16節）

存在するすべてが神の作品であるとするならば、世界に秩序と美を欠いたものなど存在するはずはない、とブラウンは確信している。これは自然界に向き合うさいの、彼の信念であった。17世紀のイングランドにあって、世界は神の創造物という認識は、大多数の人々に共有されていたが、その中にあってブラウンは、その認識に対するこだわりが誰よりも強かったと考えられる。

3　科学と神学の融合

　若き日のブラウンは、研修医として患者の肉体と向き合う経験を重ねることにより、世界は神の作品であるとの思いをさらに強く感じるようになっていたはずである。「創世記」に「神はご自分にかたどって人を創造された」(1・27)とあるように、世界が創造された時点において、人間には他の動植物を支配するという特権的な地位が与えられていた。世界の創造主である神を頂点とし、天使などの霊的存在や人間を経て、動植物などの生命を与えられた存在、さらには鉱物などの無生物にいたるすべての被造物を網羅する「存在の階梯」について考えてみるならば、そのなかで中間地点を占める人間という存在には、なんらかの特別な使命が期待されているようにも考えられる。ブラウンは、「存在の階梯」のなかでの人間という存在を定義して、「肉体的本質と霊的本質を兼ね備えた両棲類的存在」と述べている。また、人間が果たしている役割については、「これら二つを結ぶ中間の形として、神と自然の秩序を証明」することだとしている。（第1部・第34節）すなわち、神によって創造されたすべての存在を貫く秩序を解明することは、人間が果たすべき責務であるが、それと同時に、人間という存在それ自体が自然界の秩序を証明している——ブラウンはそう考えるのである。

　このような認識は、ブラウンの思想の特異性を示すものではない。17世紀においては、1人の人間を1個小宇宙的な存在と見なし、大宇宙、すなわち自然界と対比させる見方は広く共有されていた。ただし、この表現は修辞的に使われる場合も少なくなかったようで、ブラウン自身も「当初は、ひびきのよい修辞上の文彩」でしかないと考えていた。しかし彼は、「精密な判断と再考を重ねた結果」その表現にまぎれもない真実が含まれているという結論を得るにいたる。人間を小宇宙として認識する

までの思考の経緯を彼は次のようにまとめている。

> まず、私たちはひとつの粗雑な塊として存在する。すなわち、ただ存在するだけで、いまだ生命を持つことも許されず、感覚や理性を授かることもない単なる被造物の一員としてこの世にある。その後は、植物、動物、人間としての生を重ね、最終的に霊としての生を受ける。要するにひとつの神秘的な属性を保持したまま、全世界にとどまらず全宇宙を網羅する五種類の属性を順次経験するのである。(第1部・第34節)

生命を持つことさえ許されていない粗雑な塊に始まり、植物を経て動物にいたる経緯とは、人間が生まれる以前の、胎児として過ごす期間にほかならない。胎児の解剖学的研究は、当時の医学における最先端分野のひとつであった。研究を牽引したのは、ブラウンが医学を学んだパデュア大学で解剖学教授を務めたアドリアン・シュピーゲル (Adriaan van den Spiegel, 1578 − 1625)で、その研究は『胎児形成論』(*De formato foetu liber singularis*, 1626) として彼の死後に刊行されている。シュピーゲルがパデュア大学の解剖学教授のまま世を去ったのが1625年。若きブラウンがパデュアで医学を学んだのは、その数年後の1630年代の初頭のことであり、直接の指導こそ受けていないものの、若き日のブラウンが、パデュアの地でシュピーゲルの後継者たちから胎児の解剖学研究を学んだ可能性は十分にある。シュピーゲルはまた、植物の薬効についても優れた業績を残している。ブラウンの蔵書は息子でありロンドンで医師として活躍したエドワード・ブラウンに引き継がれ、その後、競売に掛けられることになるのだが、その際の目録には、シュピーゲルの解剖学と本草学に関する著作が含まれている。[3]

ブラウンによれば、私たち人間はさまざまな段階の生を経験し、最終

的に霊的存在にまでたどり着くという。これもまた、17世紀において
多くの人々に共有されていた認識であったが、ブラウンの場合は、医師
として患者の臨終に立ち会うことで、それは単なる知識以上の、実際の
体験によって証明された事実として認識されていたようである。

　　観察されているところでは、臨終の間際に人は時として自らの能
　力を超えて語り、理性を働かせるという。その瞬間、魂は肉体の
　結紮（けっさつ）を逃れ、本来の自己に回帰して理性を発揮し、人間の域を超越
　するほどに力強く議論を展開するであろう。（第2部・第11節）

母胎において過ごす期間、人間にはすでに感覚と理性が与えられている
ものの、それを発揮するための対象を持たないために、植物的魂と同様
の生を送らざるをえない。出産を経て人間は、母胎内にいたときとは別
の被造物のように、理性を発揮することになるのだが、それでも創り主
である神に似た部分を朧げに示しているに過ぎない。その能力を存分に
発揮するためには「後産とも呼ぶべき肉体の殻をさらに投げ捨てて、最
終の世界に産み落とされるときを待たなければならない」のである。（第
1部・第39節）人間の死を存在の終焉と考えるのではなく、霊的部分が開
放され、存在の次の段階にステップアップする瞬間と捉える認識を、ブ
ラウンだけでなく同時代の人々の多くもまた受け容れていた。ただし、
どれほどの現実性をそこに感じていたかは、現代の私たちには想像す
ることさえ容易ではない。時代の精神が現代の方向に大きく舵をきっ
た17世紀にあって、魂の変転を実感する人がどれほどいたであろうか。
はなはだ疑問に思わざるをえない。

　ブラウンは医師としての業務のかたわら、終生にわたり自然界の事象
に鋭い観察眼を注ぎ、その知的好奇心は衰えることがなかった。『伝染
性謬見』は出版物として成功を収め、著者ブラウンは自然研究者として

もその評価を確立し、後に王立協会で活躍する人士からも助言を求められるほどになる。彼の観察眼はきわめて正確で、観察対象の構造を細部にいたるまで精密に描写するだけでなく、たとえばカメレオンの舌が昆虫を捕食する瞬間を見事に捉えて描写するなど、高性能カメラに匹敵するほどの性能を発揮することさえあった。ただし、彼の自然観察を根底から支えていたのは、自然界の創造者である神の意志と摂理を読み取ろうとする神学的な意識であり、そこには自然科学（当時の言い方では自然哲学）とキリスト教の信仰が常に共存していたのである。科学と神学が共存する二重構造的な意識は、彼の医師としての業務にまで波及し、臨終の瞬間に魂は肉体から開放されるという伝統的な認識を、彼は実感をともなった形で受け容れることができたのである。

　自然観察とキリスト教の神学が融合した瞬間について、ブラウンはこのように記している。

　　　蚕で観察したあの奇妙で神秘的な変容によって、私の哲学は神学に変わった。理性を当惑させるかと思われるこうした自然の作用は何か神性をしのばせる点を含み、凡庸な観察者の目が発見する以上の内実を孕んでいる。（第1部・第39節）

　ブラウンは、人間という存在を1個の小宇宙と呼び、それを世界の縮図としてみる一方で、人間の中に潜む肉体的部分と霊的部分からなる二重の構造を自然界の微小世界の観察によって実感する。彼は、その二重構造ゆえに人間を両棲類的存在と呼ぶ。職業としての医学であろうと、自然観察であろうと、彼の鋭い観察眼は休むことを知らない。彼の知的好奇心においても、自然研究とキリスト教神学があたかも二重の構造を構成するかのように共存しており、存在の階梯における人間と同様に、両棲類的性質を備えている。人間が世界の縮図とも言うべき小世界であ

るとすれば、両棲類的探究心を駆使する彼の知的活動は大小二つの世界を同時に視野に収める広いスケールを誇るだけでなく、時には二つの異なった次元を頻繁に往復する機動力も備えていることになる。蚕の羽化と人間の臨終という、本来ならまったく異なった次元に属する二つの現象を一つに結び合わせ、それによって自然科学を神学に変容させるあたりに、トマス・ブラウンの両棲類的知性の特質を見ることができるであろう。

4 死と向かい合う研修医としての日々

　トマス・ブラウンはヨーロッパの大学で医学を学び、最先端の知識を習得した後イングランドに戻り、4年間にわたり研修医として働かなければならなかった。これは外国の大学で博士号を取得した者が、国内で医師として活動するための規定に従ったものである。ブラウンが研修医として働いた場所については、ヨークシャーとオックスフォードシャーの2説があるが、いずれにしても、パデュアやライデンといった、最新の知識が集結する場所から、活動の場を最新鋭の知識から程遠い場所に移さなければならなかったのである。身分は研修医であったが、イングランド国内の教育しか受けていない医師と比べて、ブラウンはその知識と技能において、はるかに優れていたと考えられる。ましてや、ロンドンやオックスフォードなどの知的活動の中心から離れた場所にあっては、たとえ研修医の身分であったとしても、彼の知識と技能が格段の尊敬を集めたであろうことは想像に難くない。

　それでもやはり、ブラウンは医師として無力感を感じないわけにはいかなかったはずである。当時としては最先端の技能を身につけていたとはいえ、現代的な医学がようやく第1歩目を踏み出して間もない時代のことである。医師として研鑽を積むにつれて、人の死は彼にとってます

ます身近なできごとと感じられるようになっていったはずである。人間の肉体の脆弱さについて、彼はつぎのように述べている。

　　人体各部を精査した私は、その構造がいかに脆い単繊維に依存しているかを知っており、むしろ絶えず患っている状態でないことのほうに驚かざるをえない。（第1部・第44節）

　パデュアやライデンの大学で最先端の解剖学を学んだ医師から発せられたこの言葉は、同僚の医師や彼の患者に特別な説得力を持って受け容れられたはずである。[4]
　これに続く箇所で、彼はまた、人間の生涯に「死へと通ずる扉が無数にあることを思えば、死が1度しかないことを神に感謝したい」とも述べている。前章で述べたとおり、ブラウンは、臨終の瞬間、魂は肉体から解放されると考えていた。これは、肉体と魂の関係についての伝統的な認識であるが、研修医として働きながら、臨終の瞬間に立ち会う体験を重ねることで、若きブラウンは、それを単なる知識ではなく、経験によって実証された動かしがたい事実として受け止めたのである。
　『医師の信仰』における眠りについての考察は、人の死をさらに身近なものとして位置づけている。眠りにより人の理性は解放され、そのなかで巡らされる空想は、覚醒時の思考よりもはるかに優れていると、ブラウンは考えている。彼は、陽気な気質を一切持ち合わせていない自分でも、夢の中でなら一篇の喜劇を書き上げることができるであろうし、記憶力が夢の中で学んだことを保持することができるのであれば、睡眠時を選んで研鑽に励み、神に祈りを捧げるだろうとさえ述べる。（第2部・第11節）魂と理性が解放され、肉体の結紮を逃れ、その潜在能力を存分に発揮するという意味で、睡眠と夢は、人間の能力を飛躍的に向上させるという潜在的な可能性を含んでいるが、その一方で、睡眠は「生にお

いてもっともよく死を表す部分」という一面もある。眠りとはまた、堕落する以前の、「死とは無縁の状態にあったアダムが経験した死」でもあり、「生と死の中間点を生きること」でもある。ブラウンは眠りを、死ぬことの予行演習と位置づけることで、死を日常的な出来事として受け容れているのである。

　もちろんブラウンは、人の死それ自体を望ましい出来事と考えているわけではない。医師として日常的に人の死に関わっているからといって、「死体運搬人や墓堀人のように感覚が麻痺」しているわけでもなければ、死の不安を忘れているわけでもないことを、彼は読者に対してあらかじめ明言している。(第1部・第38節)人間が死という宿命から逃れることができないのは、アダムが犯した罪の結果であるという認識もまた、当時、多くの人々が共有するものであった。医師として患者の死に直面する際の彼の誠実な態度は、彼の死後に刊行された『ある友人への手紙』(*A Letter to a Friend*, 1690)に記されているとおりである。ただし、彼は人の死をやみくもに恐れることはしないし、それを忌まわしいものとして拒絶しようともしない。彼はひとりのキリスト教徒として、粛々と死にいたる宿命を受け容れる道を選ぶのである。世界が終末を迎える日に、神の恩寵と正義の働きにより、キリスト教徒として正しい人生を過ごしていれば、人は救済されると彼は信じて疑わないのである。

　ブラウンは、自分が救済されることを信じてはいるが、自らそれを断言することはない。人間に許されているのは、救済される確実性を高めるように努力し、その可能性が高いことに満足を覚えることまでであり、実際に救われるかどうかは、人間が関知できる範囲をはるかに超えた問題である。彼によると、ひとりの人間が救済されるかどうか、それはすべて神の慈悲と恩寵によって決定される。しかも、それは過ごした人生に応じて決定されるのではなく、すべてがあらかじめ決定されているのである。(第1部・第59節)ブラウンの考えるところでは、神は時間の制約

を受けることはなく、神の行動に対して時制の区別をつけることは不可能である。なぜならば、「時間」そのものもまた、世界の始まりに際して神によって創造されたものに過ぎないからである。神の意志は時間を超越した形で一気に発せられるのであり、人間的な時間軸では遠い未来に置かれている終末のラッパはすでに吹き鳴らされており、救済されるものはすでにアブラハムの胸に抱かれ、そうでないものはすでに炎の中に見捨てられているという。(第1部・第11節) 17世紀の読者にとっては、ぞっとするような迫力を持った、時間についての認識であったと思われる。しかしながら、ブラウンの筆はここで終わらない。

　　神からすれば千年も一日と同じだと聖ペテロは述べたが、その言葉は控え目なものであった。哲学者に倣って言えば、千年にもわたって継続する瞬間瞬間の時間の流れさえ、神にとっては一瞬にも満ちはしない。私たちにとっての未来も、神の永遠にとっては現在である。神のおられる全期間はまさに永遠という一点にほかならず、そこには継続も部分も、また変遷も分割もありえない。(第1部・第11節)

同節の冒頭近くで、彼は「(神の)叡智を思うことで自らの悟性を活気づけ、永遠を考えることで困惑させる」と述べている。彼は、キリスト教徒としての責任を果たすべく、被造物に施された神の叡智のすべてを読み解こうと持てる知性のすべてを注ぎ込みながらも、それが遠い未来の、終末の日において自らの救済を確実にするとは考えない。彼はただ、ひたすらに信じることに徹するという姿勢を貫こうとするのであるが、とりもなおさず、それは神こそが時間それ自体の創り主であり、時間を超越した存在であるからにほかならない。『ダニエル書』の第7章において、幻の中で予言を告げる神は、「日の老いたる者」(the Antient of dayes)と称され、白髪の老人のように描写されるが、世界に与えられた時間を超越して存在する神に対して「古さを表わす形容語句」を使用することに、彼は違和感を禁じえないのである。(第1部・第28節)

　時間に支配されているという感覚は、ある種の強迫観念としてルネサンス期を生きた人々の精神を強力に支配していた。シェイクスピアのソネットに代表されるように、子孫をもうけ、そこに生き続けることで永遠の命を手に入れようとする着想は、単なる修辞上のレトリックを越えた切実さで人々の心を捉えていた。しかしブラウンは、それさえも単なる誤謬として切り捨ててしまう。ブラウンが求めるのは、神の普遍の記録、すなわち『ヨハネ黙示録』第20章に述べられている「命の書」にその名が記されることにほかならない。彼は、「自らに与えられた歳月という線は夜に引かれ、さまざまな出来事は目には見えない筆によって記されている」と述べ、自分自身の末路についてまったくの無知であることを潔く認めている。(第1部・第43節)ブラウンにとって重要なのは、世界の終末に際してその名が「命の書」に記されている者が神によって救済されるという、その一点に尽きるのである。

　終末の日に死者が甦ることを、キリスト教徒としてブラウンは一点の疑問を抱くことなく確信することができる。その一方で、そのような奇跡的な事態が、どのような形で実行されるかについて、彼はあえて詮索しようとはしない。当時の自然研究の知見では、磁石の極示性の理論的説明は不可能であったが、磁石が北を指し示すことは誰の目にも明らかな現象である。哲学では、理性による推論が不可能でも、感覚によって確認できる事象が少なくない。ましてや神学においては、理性的な推論はおろか、感覚で確認することもできない事柄が真理であったとしてもまったく不思議ではない、と彼は考えるのである。

　　私は、散逸した遺灰が再び一つになると信じている。塵となって

分散した亡骸も変容を繰り返し、鉱物、植物、動物、四大に組み込まれるという遍歴の果てに、神のお声が発せられると元の姿に戻る。そして、再び結びつき、あらかじめ定められた原初の形態を構成するのである。天地創造の際に混沌とした塊が分解して個々の種(しゅ)となったのと同様に、終末において種が滅亡するときには、個別の存在に分かたれる事態が生じるのであろう。(第1部・第48節)

　まさに天地創造に匹敵する大スペクタクルが展開され、死者がよみがえる、と彼は一点の曇りもなく信じることができるのである。

5　死者の復活と救済

　ブラウンは、キリスト教徒としての神学的見地から死者の復活を確信するだけでなく、それが決して不可能なことではなく、自然界の事象を研究することによって科学的に実証できると主張する。その根拠として彼は、草や木が灰となってしまっても本質的な要素、すなわち「形相」(the forms)は完全に破壊されているわけではなく、火という貪欲極まりない元素の猛威さえも及ばない不燃の部分に退いているにすぎないという事実を挙げる。

　　これは植物の灰から植物を甦らせる実験、要するに燃え殻から茎や葉を復活させることによって証明される。人間の技がこれらの下等なものに対して可能であることを、神の御指がはるかに完璧で、しかも分別を備えた構造物に対して行なえないと断言するのは、なんという瀆神であろうか。(第1部・第48節)

　彼が哲学的根拠として言及しているのは、フランスのパラケルスス主

義者ジョセフ・デュシェーヌ（Joseph Du Chesne, 1546 – 1609）が行ったとされる、植物の灰の溶液を入れた実験容器を冷気に当てると、その側面に植物の葉の模様が浮き出るという実験のことらしい。[5] なお、デュシェーヌは、クエルケタヌス（Quercetanus）というラテン語化した名前でも知られており、ブラウンの若き友人ヘンリー・パワー（Henry Power, 1623 – 68）からの手紙の中にその名前が記されている。[6] パワーは別の手紙において、植物の葉を「氷結したなかに映し出す」実験がブラウン自身の手により明確な形で行なわれるのを希望するとも書き記しており、少なくともある時期において、デュシェーヌの実験にブラウンが一定の関心を示していたことは確かなようである。[7]

　医師という職業柄、ブラウンは日常的に人間の死と直面する生活を送らなければならなかったはずである。文筆家としてのデビュー作である『医師の信仰』が執筆されたのは、彼が医師としての活動の第1歩を踏み出したばかりの、研修医時代のことであった。ブラウンの医師研修については、具体的な事実を示す記録や資料が乏しく、現代の私たちはただ想像と推測に頼るしかないが、日々繰り返される病と死のドラマに、若き医師トマス・ブラウンは大いに悩み、煩悶したにちがいない。たとえ当時としては最高の研究機関において、最先端の知見を習得したエリートであろうとも、現実の死を目の当たりにしての動揺は決して小さくはなかったはずだ。そのような状況のなかで、若きトマス・ブラウンは臨終間際の患者が発するうわ言に、人間の魂が肉体の死後も生きながらえることを示す証拠の断片を見つけだし、かろうじて心の平穏を保ったのかもしれない。また、パラケルスス主義者が書き記した、不確かであやふやな実験は、世界の終末において、朽ち果てた残骸から死者が甦るという、天地創造に匹敵する奇跡的な光景へと彼の想像力を導くのであるが、これとても日々繰り返される人の死が、若き医師にとっていかに切実な問題であったのかを示しているのである。

註

＊本稿は、『オベロン』(英米文学研究雑誌)、68号(2011年)に掲載された論文に、加筆修正したものである。
(1) Huntley, pp. 37-38; Frank, pp. 517-19.
(2) 『医師の信仰』が、筆写原稿から活字本へと形を変えることで多くの読者を獲得した1640年前後は、イングランドにおいて出版の形態が筆写から活字へと完全に切り替わった時期でもあった。イングランドにおける出版形態の変遷についてはHalold Love, pp. 3-34 の詳細な議論を参照。
(3) *CATALOGUE*, pp. 39, 42, 44, 51.
(4) 第2章でのべたように、『医師の信仰』は、当初は写本として限られた人々の間で回覧されていた。そのような状況では、著者と読者の関係は、大量に生産される活字本の場合よりも親密で、お互いに個人を特定できるような場合もあったと考えられる。
(5) L.C. Martin, p. 308.
(6) ヘンリー・パワーは、顕微鏡を使った観察記録を収めた著作『実験哲学』(*Experimenntal Philosophy*, 1664)を刊行した人物としても知られている。翌年にロバート・フックの『ミクログラフィア』(*Micrographia*, 1665)が詳細な図版付きで刊行されたために、パワーの業績は言及されることが多くはないが、顕微鏡観察の先駆的な著作としての価値は決して小さくない。
(7) G. Keynes, IV, pp. 258, 260.

参考文献

A CATALOGUE OF THE LIBRARIES OF SIR THOMAS BROWNE AND DR EDWARD BROWNE, HIS SON (A Facsimile Reproduction): with an introduction, notes, and index by Jeremiah S. Finch. Leiden: E.J. Brill / Leiden University Press, 1986.

Browne, Sir Thomas. *Religio Medici and Other Works*. Ed. L. C. Martin. Oxford: Clarendon Press, 1964.

―――. *The Works of Sir Thomas Browne*, 4 Vols. Ed. Geoffrey Keynes. London: Faber & Faber, 1968.

Frank Jr., Robert G. "Medicine," *Seventeenth-Century Oxford.* Ed. Nicholas Tyacke, *The History of The University of Oxford,* Vol. IV. Oxford: Clarendon Press, 1997.

Huntley, Frank Livingstone. *Sir Thomas Browne: A Biographical and Critical Study.* Michigan: University of Michigan Press, 1962; An Arbor Paperbacks, 1968.

Love, Harold. *The Culture and Commerce of Texts: Scribal Publication in Seventeenth-Century England.* Amherst: University of Massachusetts Press, 1993 ; 1998.

西欧文化における自然と理性

18世紀英文学理解のために

坂　淳　一

序

　われわれ日本人は、自然のうちに季節の移ろいを感じ、花鳥風月に美と慰めを見出してきた。また、どこまで本当にそう思うかは別として、万物に八百万の神が宿るというアニミズム的な自然観にも慣れ親しんでいる。そのため、西洋の自然観の中でも、イギリス・ロマン派を代表する詩人ワーズワス (William Wordsworth, 1770 – 1850) のように、自然の中に神々しいものを見出そうとする自然神秘主義的な態度は、比較的理解しやすいように感じる。

　たとえば次のワーズワスの詩「発想の転換をこそ」("The Tables Turned," 1798)の第6連を見ていただきたい。

　　春の緑の一瞥がもたらす感動は、
　　すべての賢者以上に、人間について、
　　人間の善と悪という倫理の問題について、
　　我々にさまざまなことを教えてくれる。（平井正穂訳）

一読して、それほど大きな違和感を抱く人はいないだろう。

　だが、つぎのアレグザンダー・ポープ（Alexander Pope, 1688 - 1744）の詩、『批評論』(An Essay on Criticism, 1711) の一節はどうであろうか。ポープは、英国の古典主義文学を代表する詩人と言われるが、フランス風整形式庭園を批判する文も書いており、いわゆる風景式庭園の先駆的造園家という一面も持っている。

　　まず自然に従え、自然の正しい規準によって
　　判断力をつくれ、規準は常にかわらないからである、
　　誤りのない自然は、いつも神聖にかがやく
　　明晰で不易で普遍の光であり、
　　あらゆるものに生命と力と美をわかち、
　　芸術の源泉となり目的となり試練となるものである。

　　　　　　　　　　　　　　　　（矢本貞幹訳、68-73行目）

　こうなると、我々が慣れ親しんだ花鳥風月としての自然でないことは明白であり、なにやら全く異質な自然に出会ったと感じられるだろう。しかし、ポープの詩を見たうえで最初のワーズワスの詩をふり返ってみると、「人間の善と悪という倫理の問題について、／我々にさまざまなことを教えてくれる。」という自然は、ポープの「まず自然に従え、自然の正しい規準によって／判断力をつくれ、規準は常にかわらないからである、」という部分とあまり変わらないことが見えてくる。

　規準や正しい法則を表わす自然について、加藤光也は「詩人と庭園：ポープの場合」の中で、それを「オーガスタン時代の芸術理論で普遍の規範を指すと理解された〈自然 Nature〉という観念」(64頁) と述べているが、この単なる花鳥風月ではない、規範としての自然、普遍的な原理としての自然について理解することが、古典主義時代の英文学、さらには

そのアンチ・テーゼとして生まれたロマン主義文学の理解のためにも不可欠なのである。

　この論考は、ギリシア哲学から受け継がれた西欧文化における自然の概念、さらにはその自然と密接に結びつけられてきた理性の概念を理解し、18世紀英文学ならびにロマン主義英文学理解の一つの道を見出そうとする試みである。

1　現代英語における「自然 (nature)」の定義

　研究の出発点として、まずは現代英語における"nature"の定義を、OEDに基づいて確認しておきたい。ⅠからⅣまで、大きく分けて四つの意味が記されている。

　Ⅰは「(事物・人)の本質・性質」、Ⅱは「(人・動物の)生得的な気質」、Ⅲは「(人・動物を突き動かす遺伝的な)衝動・力」、そしてⅣがいわゆる「自然」に関する意味である。そして、Ⅳの中に二つの重要な意味が含まれている。

　まずは「11. a. 物質的世界の中で働き、あらゆる現象の直接の原因になると考えられる、創造性と規則性をもたらす物理的な力」という定義がある。用例としてスウィフトの「おお、何と素晴らしき自然の御技よ、黒い雌鳥から白い卵が生まれるとは！」という文が引かれている。この意味は、18世紀英文学を考えるにあたって、とりわけ重要になってくる。後にまた論じたい。

　次に、「13. a. 物質的な世界、あるいはそこに存在するすべての事物および現象、しばしば地球それ自身の様々な性質や産物を表わし、人間の文明の性質や産物と対比される」という定義がある。現代の日本人が「自然」と言って真っ先に思い浮かべる海や山や森といった自然物を表わす意味に最も近いものはこれであろう。

さらには、「14. a. *the or a state of nature*；(a) 人間の生まれたままの道徳的な状態、神の恩寵を受けた状態との対比で (b) 組織化された社会が出来る前の人間の状態 (c)（人が）未開の、（動物が）飼い慣らされていない状態 (d) 肉体的に裸であること」といった定義もあり、これは「未開、野生」のイメージと言ってよいだろう。

細かな意味は他にもまだまだあり、すべてを書きだすことはとてもできない。我々日本人が英語の"nature"に接した場合、「自然」あるいは「性質（または本質）」と訳すことが多いが、それだけではすまない細かなニュアンスがこの語にはある。特に本論ではⅣの「11. a」にある「自然の創造性、規則性」の意味が重要になってくるので記憶しておいていただきたい。

2　古代ギリシアにおける「自然（ピュシス、φύσις）」の意味するもの

英語の"nature"の語源をたどると、ラテン語の"nātūra,"さらにはギリシア語の"φύσις"（ピュシス）へと至る。そこで次に、古代ギリシアにおける「自然（ピュシス）」の意味するところを、主として伊東俊太郎『文明と自然』によりながら、まとめておきたい。

同書の第Ⅲ部、第1章「ギリシアにおける『自然』」によれば、「ピュシス」は「生む、生み出す、生やす、生長させる」という意味を持つ「ピュオー」（φύω）という動詞に由来しており、その第一の原義は「誕生、生長、生成」であるという。

そして次に出てくる「ピュシス」の第二の語義は、その「誕生、生長、生成」の結果として出てくる、その事物の「本性、性質、性状」ということになる。これは今日の英語における"nature"の意味としてもよく用いられているものであるが、その最初の用例はホメーロスの『オデュッ

セイアー』第10巻にあるという。武宮諦も「自然と人為」において、「アリストテレスも『自らの内にそれ自体として動の原理を有するもののもっている本性(ウーシア)』とそれを規定し、これを『自然(ピュシス)』の第一の本来的な意味である、とした。」(36頁)と説明している。

　そして第三の語義として、「ピュシス」は自然の持っている「秩序」や「力」を表わし、とくに前者は「自然に従って(カタ・ピュシン)」(kata physin)という表現をとるとき、「自然のつくっている秩序に従って」の意になるという。これは"nature"で言えば、スウィフトの例文が引かれていたOEDの「11.a」の意味に相当し、「創造性と規則性をもたらす物理的な力」という"nature"の語義につながっており、古典主義時代の英文学における"nature"の語義としても、きわめて重要なものとなっている。

　そして第四の語義として、悲劇詩人エウリピデス(前485－406年頃)の時代になって、ついに自然全体を表わす「ピュシス」が用いられるようになった。

　ところで、その頃には、秩序だった全宇宙を表わす「コスモス」(κόσμος)も用いられるようになっていた。ギリシア思想研究者の山川偉也は「始原としてのギリシャ」の中で、「コスモス」という語を「世界秩序」ないし「宇宙秩序」という意味で最初に用いた人は、紀元前500年頃のヘラクレイトスであると述べている。したがって、紀元前5世紀には、全自然を表わす「ピュシス」と全宇宙を表わす「コスモス」が揃ったわけである。この「コスモス」(秩序ある宇宙)の反対概念が「カオス」(混沌)であった。

　この「ピュシス」が、後にほぼそれらの意味を維持したまま、ラテン語においては「ナートゥーラ(nātūra)」という訳語に置き換えられたのだが、「ナートゥーラ」もギリシア語の「ピュシス」と同様に「生まれる(ナースコル、nāscor)」という動詞から派生したのだという。『古典ラテン語辞典』で確認してみると、"nātūra"の意味は「1.　生れ　2.　自然、自

然の性状、構造、体格　3. 人の本性、気質、性格　4. 創造主、自然の法則、道理・秩序、世界、宇宙、森羅万象」とあり、「ピュシス」の主要な意味がほぼ継承されていることが確認できるが、加えて「世界、宇宙、森羅万象」となると、一部ギリシア語における「コスモス」の意味が含まれるようになっていることも分かる。

　そしてこの「ナートゥーラ」が、後に英語に入って「ネイチャー」となり、日本語としては「自然」と訳されるに至ったのである。この「自然」はもちろん元来は漢語で、『老子』に初めて出てくる古い言葉で「自分のままである状態」「（他者に左右されていない）あるがままの状態」の意味らしい。しかし中国思想史においても「自然」の意味は変遷がいろいろあるようで、こちらの追及はここで止めておきたい。関心のある方は、『文明と自然』の第Ⅲ部第4章「中国における『自然』」を読まれたい。なお、同書では日本やアラブ世界における自然観についても様々な考察がなされている。

　ギリシアの自然観で肝要なのは、それが魂を有し、命あるものだということである。廣川洋一は「ソクラテス以前における自然概念」の中で次のように総括している。

> 　自然万有を何か生命ある元（アルケー）のものから生みだされた生命あるものどもとみることは、……自然万有が生命原理としての「魂」(φυχή)（プシューケー）をもつことを意味する。自然万有が生命あるもの、生けるものである、とはプシューケーをもつことにほかならない。「生まれでたもの」としての自然の総体はまた同時に「生命あるもの・生けるもの」であるとともに「プシューケーをもつもの」でもあるといわなければならない。「ピュシス」の意味の主たる道筋は、ここにあるとみることができるだろう。(9頁)

この命ある自然は、紆余曲折を経てルネサンス時代に甦ることになるのであるが、それはまた後に論ずることにしよう。

3　大地母神（Great Mother もしくは Earth Mother）崇拝

　「ピュシス」はギリシアの自然哲学の長い歴史の中でその語義が成長・発展していった言葉であったが、西欧社会における自然観を理解するためには、それよりさらに歴史の古い大地母神崇拝についても確認しておく必要がある。これは自然が命を生み出すものであることから始まった、母なる大地への信仰のことであるが、古くは紀元前6500年〜3500年の旧石器時代のヨーロッパにおいて、妊婦を模ったヴィーナス像的なものが数多く作られ、発掘によって出土しているという。この手のものは日本を含めて世界中に存在し、後に豊穣の女神や愛の女神といった形で擬人化されてゆくのである。そのような女神には、ギリシアのデメテルやアフロディテ、エジプトのイシス、古代バビロニアのイシュタル、フェニキアのアシュタルテ、さらにはケルト民族のダヌー（ダーナ）など様々なものがある。このあたりの詳しいことについては、矢島文夫の『ヴィーナスの神話』を参照されたい。

　以上のように、大地母神崇拝の歴史は、先ほどの「ピュシス」という言葉以上に古いものなのである。ラテン語、フランス語など、ヨーロッパの多くの言語において「自然」が女性名詞であるのも、自然と女性を結び付けてきた、この古い伝統によるのであろう。「ピュシス」も「ナートゥーラ」も「生む」の意の動詞から作られたというところからも、「自然」は「生み出すもの＝母、女性」であるという大地母神の伝統が言葉の中で継承されてきたと言ってもよいだろう。

　半面で、『文明と自然』第Ⅰ部の付章でも論じられているが、命を与える物は命を奪うものでもあり、自然（すなわち女性）は、秩序を破り、

災害をもたらし、疫病を起こすといった恐ろしい一面も持っていると考えられていた。それがギリシアのラミアやヘカテー、メソポタミアのリリト（リリス）などの魔女的な存在に擬人化されたり、中世からルネサンス期にかけては魔女狩りという社会現象を生み出したりもしたのである。「自然」には「生み出す」だけではなく、「命を奪う」「秩序を乱す」「破壊する」といった、負のイメージも同時に存在する。すべての人間の母でありながら、楽園追放の原因ともなったイヴにも、その両面が見てとれるだろう。

4　18世紀英文学における自然——スウィフトの場合

　それでは、これまでに論じた自然の意味を踏まえて、今度はポープと同時代人のジョナサン・スウィフト（Jonathan Swift, 1667 - 1745）の作品に表われる "nature" という単語の使い方を調べ、18世紀における英国の文学者たちの自然観を見てみたい。『ガリヴァー旅行記』（*Gulliver's Travels*, 1726）の「フウイヌム国渡航記」における、いくつかの「自然」の用例を引用する。

　　彼らの言葉では、「フウイヌム」という単語は馬を意味しており、語源的には「自然の生んだ最高傑作」を意味していた。（329頁）

　　……もしぜひ見せろと仰言(おっしゃ)るのなら、早速裸になってその証拠をお見せしよう、ただ、自然が隠すようにと命じている部分をむき出しに見せるのだけは勘弁していただきたい、と私は主人に言った。すると、――だいたいお前の言っていることは何から何まで実に奇妙だが、特に一番最後の個所が全く分らない。自然が自分の方から与えておいて、しかもその与えたものを隠しておけ、とわれわれに命

ずるなんて、そんな馬鹿な話があるか。(331頁)

……われわれの体にいろんな苦痛が生ずるのを、万物を完全なものとして造りあげている自然が黙認するというのは、おかしな話だ……(356頁)

　これらを見てみると、OEDの定義における、Ⅳの「11. a. 物質的世界の中で働き、あらゆる現象の直接の原因になると考えられている、創造性と規則性をもたらす物理的な力」の意味で自然が用いられていることがわかる。しかしキリスト教的に言うのであれば、「自然が造った」ではなく、「神が造り給うた」となりそうなものである。特に第3の用例における「万物を完全なものとして造りあげている自然」は、万物の創造を自然が神に代わって行っているかのような印象さえ受ける。この「創造する自然」は、大地母神的な異教性も感じられるが、それ以上に、ルネサンスと17世紀科学革命、17〜18世紀の啓蒙思想、さらにはその過程における自然宗教の勃興などの影響によって生まれたものと思われる。
　それでは、中世、ルネサンス期、そして18世紀へと変貌し続けていった科学思想と自然の概念についてまとめ、「創造する自然」の由来するところを探り出してゆこう。

5　中世からルネサンスまでの自然と科学

　キリスト教がもたらした自然観では、神、(神の似姿としての)人間、(人間が支配すべきものとしての)自然、という位階があり、自然はその最も低いところにある。このような自然は、「物の本性」にも「万物を生み出す力」にもつながらない。したがって「創造する自然」の概念は、キリスト教以前の、大地母神崇拝やギリシア・ローマの自然思想に由来す

ると考えるほかはないだろう。先ほど述べたイヴのイメージの中にもキリスト教以前からある大地母神的両面性(母にして災いをもたらすもの)は生きているが、キリスト教が自然観を豊かにしたと言えるようなものは見出せないのである。そもそも『聖書』は、父なる神と、子なるキリストと、そして人間との間の契約の書であり、天地創造後の自然の仕組みや発展についてはほとんど解説がない。その「生み出す」力に関しても、キリスト教以前においては自然に(また女性に)属するものであったが、キリスト教ではそれは父なる神の御業ということになった。生み出すものとしての自然の地位は貶められ、逆に神の似姿とされた人間の地位は極端に高められた。これは極めて大きなパラダイム・シフトであったと言えよう。

　ヨーロッパ中世末期の13世紀において、ローマ・カトリック教会公認の宇宙観として位置づけられた天動説も、神の似姿である人間が存在する地球が全宇宙の中心だというキリスト教的宇宙観に基づいているが、そのモデルとなったのは13世紀以来重視されるようになってきたアリストテレスの同心天球宇宙論であった。もっともアリストテレスの思想では、地球は土であり、重いから中心なのであって、天球は軽いから周縁なのだが、このあたりのことをキリスト教神学に取り込んだ経緯については、中村治「アリストテレスの系譜」を参照されたい。

　上記のような観点からすれば、地動説は、太陽を中心にすえ、地球をその周りを回る惑星の一つと見なすのであるから、人間を神に次ぐ者の座から追い落として宇宙の支配下に戻すという異教的な努力とも取れたのではないだろうか。地動説はルネサンス運動と並行して起きたが、これはルネサンス運動にはプラトニズム復興という側面、すなわち異教的な世界観の復権という側面があったことと無縁ではない。その立役者となったのは、プラトン・アカデミーの中心人物であるマルシリオ・フィチーノ(Marsilio Ficino, 1433 – 99)やピコ・デラ・ミランドラ(Giovanni

Pico della Mirandola, 1463 – 94)、さらにはジョルダーノ・ブルーノ（Giordano Bruno, 1548 – 1600)など、一連の神秘思想家たちであった。

　ギリシアやイスラム世界からの文献の流入はすでに12世紀には始まっていたようであるが、1453年のコンスタンティノープル陥落に際して、その地にいられなくなった学者たちが、東ローマ帝国で保存されていた古代ギリシア・ローマの古典文献を持ってイタリアに逃げてきたことが特に大きかったようだ。その中には1460年にコジモ・デ・メディチ（Cosimo de' Medici, 1389 – 1464) が写本を入手し、前述のフィチーノがギリシア語からラテン語に翻訳した17冊もの「ヘルメス選集」が含まれていたのである。ここには哲学、宗教的な文献（ネオ・プラトニズム、グノーシス主義、カバラなどが含まれる）、占星術に関する文献、錬金術に関する文献、魔術に関する文献が含まれており、ルネサンス文化のオカルト性を大いに深めたようである。多分に秘儀的な内容でありながら、これらの文書の影響力は広範囲に渡りかつ永続性のあるもので、地動説で有名なコペルニクスや、後に論じるケプラー、ニュートンらの天文学者にまでその影響力は及んでいる。ヨーロッパの空気を変えたと言っても過言ではないほどのインパクトだったようである。

　この時代の魔術に対する態度については、村上陽一郎が「自然哲学と魔術」の中で興味深い説を展開している。村上はこの論文の中で、キリスト教神学が異教文化であるギリシアの自然哲学をどのように取り入れてきたかについて論じ、その受容の第1期はアウグスティヌス（Aurelius Augustinus, 354 – 430)の時代であったとする。氏はアウグスティヌスの世界観にとって、最も強力な導き手となったのはプラトンであると述べている。そして第2期は、いわゆる12世紀ルネサンスの時期である。この時期、それまであまり顧みられることのなかったアリストテレスの哲学が、イスラム世界を経由して怒涛のように押し寄せたと村上は説く。そしてそれをキリスト教神学に取り入れたのがトマス・アクィナ

ス (Thomas Aquinas, 1225 – 74)で、彼は13世紀になっても最大の教父として重んじられていた前述のアウグスティヌスを尊重しながらも、そのプラトン主義は慎重に排除していったようである。J.ペリカンは『中世神学の成長』の第6章「神学大全」において次のように説明している。

> アウグスティヌスの批判を行うためにトマス・アクィナスは、伝統から伝統へと訴えかけ、アウグスティヌスの教理の正統的な実質を無傷に保ちつつ、そのプラトン主義との「折衷的な文脈から聖アウグスティヌスを救出することによって、真理を再確立すること」へと進んでいった。(379頁)

こうした努力の中から「スコラ神学」が生まれたわけである。こうしてプラトンの影響の強かったアウグスティヌス以来の神学が、アリストテレスの哲学を援用しつつ修正され、村上の言葉を借りれば、「非常に静的な秩序、論理と論証の合理性に基づく整然たる秩序」(243頁)に重きを置く神学へと変貌した。こうして魔術の居場所はなくなった。これが中世の状況である。

それが再びルネサンスの宗教思想において、プラトン的、あるいはネオ・プラトニズム的神秘思想の方へと大きく揺さぶられたのである。この新しい状況の中で、自然界の万物は「霊」を取り戻し、「世界有機体説」が広まり、マクロ・コスモスたる宇宙とミクロ・コスモスたる人体は同じ有機体同士として呼応・照応し合うという、ルネサンス期に特有の思想が生まれた。この思想とネオ・プラトニズムの関係について、澤井繁男は次のように解説する。

> 新プラトン主義やヘルメス思想はキリスト教からは異端とされ、魔術の名を付されて中世の長いあいだ地下の水脈のなかで生きつづ

西欧文化における自然と理性　55

けてきて、ようやくフィチーノの翻訳によってルネサンス期に地上に出てくるわけである。

そこで魔術の知の最大の特色といえば、〈生命の秩序的連鎖〉と〈事物間の共感と反感〉である。これは宇宙（マクロコスモス）と地上（ミクロコスモス）との感応による、有機的統一体を第一義としている。

まずここでいう〈生命の秩序的連鎖〉とは、遡源可能なる一者から万物への光の流出のことをさしている。つまり、一者 → 叡智（知性）→ 魂 → 植物的魂へと光が流出し、さらにこんどは、植物的魂 → 魂 → 叡智（知性）→ 一者へと遡行するわけである。……プラトン哲学にアリストテレスのヌース（知性）の哲学を取り入れたプロティノスの哲学が、新プラトン主義の主調音となっている。（『ルネサンス文化と科学』47-48頁）

これは古代ギリシアの、自然万有も人もともに 魂（プシューケー） を持つ生けるものであるという、ただ同質性を説くだけの思想とはだいぶ異なってきている。宇宙と人とは動的に影響し合うという神秘思想へと発展しているのである。それゆえに、自然の様々なプロセスを人がコントロールする秘儀があると考え、自然哲学は錬金術や占星術などの「術」と結びついて自然魔術となり、単なる知ではなく、物理的な手わざを伴うものへと発達したわけである。ここに、多分に魔術的な、ルネサンス期ならではの自然哲学の特徴がある。

6　17世紀科学革命の意味

錬金術や占星術とは違う、もっと純粋に科学的な分野の状況も見ておこう。17世紀になると、徐々にではあるが、天文学や科学は宗教や神

秘思想から離れて独立していった。ウェストフォールの「科学の勃興と正統キリスト教の衰退」は、ケプラー、デカルト、ニュートンという三人の科学者の、主として天文学者としての側面について解説し、彼らがどのような点で宗教とつながり、どのような点で離反しているかを解説した論考である。この三人の中で、もっとも年長で、ルネサンス末期に活躍したヨハネス・ケプラー（Johannes Kepler, 1571 – 1630）についてのウェストフォールの論考について考えてみたい。

　ウェストフォールは、ケプラーが献身的なキリスト教徒であり、その著書『宇宙の調和』の第5巻を「聖なる説教、創造主たる神への真の賛歌」と名づけていることなどを紹介している。ケプラーはある書簡の中で「創造主は偶然によっては何事もなさらない」と書いており、創造主がこの世界を造るにあたって幾何学的原理を用いたという確信を持っていたという。このような思考法は彼の自然哲学のほとんどすべての問題に現われていて、例えば1年が365日と4分の1日とは考えられず、神は元型的数の一つである360日となるように地球の回転力を調整されたはずだと必死に考えたことなどが紹介されている。

　しかし一方で、ケプラーはキリスト教の本質からすでに遠ざかりつつあること、ルネサンスの影響もあってプラトン主義的な傾向もあることが指摘されている。キリスト教の本質から離れているということに関して、ウェストフォールはこう指摘する。

　　　かつて中世神学では、神が人間に対して救済を与えるという関係に関心の中心があった。……これに反し、ケプラーの視点は創造主としての神に据えられている。……救済という概念を否定することはしないが、ケプラーがそれに寄せる関心は弱い。……かくして、ケプラーは、キリスト教思想の焦点の方向を変化させただけではなく、自然を『聖書』と同じ位置、つまり神の顕示の場にまで高めた

のだ。……ケプラーのピュタゴラス的な神、つまりこの自然世界の創造の業のなかで、永遠に神秘な幾何学的で調和的な関係を顕している神は、キリスト教の伝統的な神の概念とはかなり異なっている。(241-42頁)

つまり救済者としての神ではなく、この世界を幾何学的・数学的な法則によって創造した神を追い求めているのである。こうなると、イエスの受肉による贖いも、復活も、関心の外に追いやられてしまう。そして「自然を『聖書』と同じ位置、つまり神の顕示の場にまで高めた」ということが重要である。ケプラーからニュートンにいたる17〜18世紀の科学史は、惑星の楕円軌道を定義した「ケプラーの法則」からすべての質量ある物体に作用する「万有引力の法則」まで、この宇宙を支配する原理と秩序の発見の歴史であり、そうした過程で科学者たちは、宇宙の中に、そして自然の中に、創造主の御業を見出していったのだ。そして自然は神そのものとなってゆく。序章に引用した、ワーズワスやポープの、善悪の規準ともなり、人間を導く規範ともなる自然観は、こうして自然科学の分野でも同時に形成されていったのである。

またウェストフォールは、ケプラーにとって「宇宙は意図的に構築された秩序あるコスモス」(242頁)であり、「ケプラーが自分の哲学を仕上げていくにあたって、現実が数学的な秩序に従っているという考え方を借りてきたのは、主としてプラトニズムからであって、『聖書』からではない。」(243頁)と説く。さらに、ケプラーはジョルダーノ・ブルーノが説く唯物的な法則が偶然的に支配する宇宙観を恐れており、「ケプラーにとってはすべての事物は魂を備えた存在である」(245頁)と指摘する。これは古代ギリシアのイオニア学派の哲学者たちが持っていた「自然万有は生命原理としての魂(プシューケー)を持つ、生命あるもの」という自然観とも、前章で述べたルネサンスの「世界有機体説」とも通じるものである。

しかしイングランドにおいては、ピューリタン革命によって、こうした異教的な宇宙観は再び地下に潜り、復活の時を待つこととなった。その時こそが古典主義時代なのである。王政復古の後、オーガスタン・エイジにおいて自然はどのような姿で復活したのか、ポープの作品を通じて検証してみよう。

7　18世紀英文学における自然――ポープの場合

ポープの『批評論』は全744行で、ほぼ全体が英雄対連(horoic couplet)の形式で書かれている。その中で「自然(nature)」はちょうど20回用いられているが、「自然」の意味によってそれらを4種類に分類し、それぞれの使用回数を数え、大文字のNatureか小文字のnatureかも確認してゆきたい。

まずはOEDの定義におけるⅣの「11. a. 物質的世界の中で働き、あらゆる現象の直接の原因になると考えられる、創造性と規則性をもたらす物理的な力」を、①「自然」の創造性を表わすもの、②「自然」の規則性を表わすもの、の2つに分ける。

続いて、Ⅳの「13. a. 物質的な世界、あるいはそこに存在するすべての事物および現象、しばしば地球それ自身の様々な性質や産物を表わし、人間の文明の性質や産物と対比される」に該当するものは、③「自然」そのものを表わすもの、と分類し、その他の意味(「人間の感情」の意味)の用例は、④「その他」と分類する。Natureが文頭に来ている場合を含めて、大文字で始まっているものには(大)、小文字で始まっているものには(小)を付し、合わせて各々が使われている行数を記した。

(次頁の**表**を参照)

①「自然」の創造性	5例	（大）21、（大）27、（大）52、（小）205、（大）724
②「自然」の規則性	9例	（大）68、（大）70、（大）89（同行に2回）、（大）90、（大）135、（大）297、（大）487、（大）652
③「自然」そのもの	5例	（大）133、（小）140、（小）157、（小）243、（小）294
④ その他	1例	（小）380

　こうして見てみると、自然界の事物を表わす③の用例は5例あるが、その多くは小文字の"nature"である。それに対して、スウィフトが『ガリヴァー旅行記』で多く用いている「自然の創造性」を表わす①は、やはり用例は5つであるが、ほとんどが大文字で始まる"Nature"の形であることが分かる。「自然の規則性」を表わす②は9例もの用例があり、これまたほとんどすべてが大文字の"Nature"である。

　ここから推察されるのは、「自然の創造性や規則性」を表わす大文字の"Nature"は、万物を生み、万物を統制する、多分に擬神化された、あるいは普遍法則としての特別な「自然」だということである。そして「自然」の事物を表わす③は、その多くが小文字で、ただ被造物という扱いになっている。前者はスピノザ（Baruch de Spinoza, 1632－77）が言うところの「能産的自然（natura naturans）」、後者は「所産的自然（natura naturata）」に相当すると言ってよいだろう。

　それでは、①と②について、実際の用例をいくつか見てみよう。

　① 「自然」の創造性
　　自然は愚者にしようと思ったのに知ったか振りになる人もある。
　（27行目）

　　　自然はあらゆるものにふさわしい限度を定め、

高慢な者の思い上がった知恵をたくみに抑えた。(52-53行目)

もっと正しい古代の原則を擁護しようといって ／ 創作の根本的な法則をここに回復した人があった。／ その詩人があらわれ、その規則と実践によってこう語る、／「自然の第一の傑作とはすぐれた文章である。」(721-24行目)

② 「自然」の規則性
まず自然に従え、自然の正しい規準によって ／ 判断力をつくれ、規準は常にかわらないからである、／ 誤りのない自然は、いつも神聖にかがやく ／ 明晰で不易で普遍の光であり、(68-71行目)

法則は考え出したのではなく、むかし見つけ出したのだから、／ やはり自然ではあるが、筋道を立てた自然である。／ 自然は、自由とおなじく、はじめに自らつくったのと ／ おなじ法則によって規制されるだけである。(88-91行目)

自然を写すことは古代の法則を写すことである。(140行目)

ここに見られる「自然の創造性」あるいは「自然の規則性」は、前章で見たケプラーの思想の延長上にあると言えよう。神の摂理を体現するものとしての自然に加えて、大地母神的な、生み出す力としての異教的な自然という側面も若干あり、キリスト教以前の自然観も表われている。「誤りのない自然は、いつも神聖にかがやく」とあるように、ここには単なる宇宙の有機体説を超えた、自然の神格化が見られる。ケプラーからニュートンにいたる自然科学者の努力は、この宇宙は神の摂理による壮大な設計によって出来ており、天体の運行から事物に働く重力まで、す

べて神による法則に支えられているという確信に貫かれていた。そして彼らの発見した様々な法則は、神の摂理の証であった。バジル・ウィリーは、『十八世紀の自然思想』の第3章「宇宙論的保守主義」の中で、この時代の文学者や哲学者の持っていた自然観を次のように説明している。

> 自然神学のこの時代にはある種の形而上学的楽観主義が流布していた……もし〈自然〉が神自身の法典であるのなら、……それは可能な諸計画のうちで最善の計画を持っているに相違なく、また世界は可能な諸世界のうちで最善の世界であるに相違ない、ということになる。(47頁)

> 当時のイギリスの作家たちのほとんどが、自分たちは啓蒙の時代に生きているのだと感じていた。宇宙は説明されてしまっていたし、しかも ——彼らの満足感をさらにあおったことには—— 一人のイギリス人、しかも敬虔なイギリス人[ニュートン]、によって説明されてしまっていた。(49頁)

このように、18世紀イギリスの著作家たちは、神の摂理たる法則によって支配された神聖なる自然（ないし宇宙）への楽観的な信頼に包まれていたのである。ポープは「アイザック・ニュートン卿のための墓碑銘」("Epitaph Intended for Sir Isaac Newton") において、次のように書いている。

> 自然と、自然の諸法則とが、夜の闇に隠されていた。
> 神は言った、ニュートンあれ！と。するとすべては光となった。

世界は理性の光に包まれていた。そしてその光を見出したのは科学者た

ちであり、啓蒙思想家たちであった。

　啓蒙思想家を代表するオランダのスピノザは「神即自然」という言葉で知られているが、このスピノザの宗教思想について大久保正健は次のように解説する。

　　　また、スピノザは、聖書の読み方について、新しいモデルを提出した。彼は聖書を解釈する場合の原則として「聖書は聖書からだけ解釈できる」という立場をとり、まず、一切の神学的（教義学的）前提を排除する。そのことによって、同時に、教派的な立場も排除される。彼は「真理の基準」についてカトリックの立場も、プロテスタントの立場もとらない。彼は、聖書を解釈する最高の基準は、個人のなかにある人類共通の「理性という自然の光」であるから、超自然の光（啓示）も、外的権威（教会）も必要ない、と言うのである。これは、各人が、ただ理性によって聖書を読めばよい、ということである。(「理神論の系譜」78頁)

スピノザのこうした理神論的な態度を、無神論だと言って非難した人々もいたようであるが、その後スピノザの思想は大いに見直され、ゲーテ(Johann Wolfgang von Goethe, 1749－1832)、ワーズワス、シェリー(Percy Bysshe Shelley, 1792－1822)、ジョージ・エリオット(George Eliot, 1819－80)らの文学者にも影響を与えたことは周知の通りである。

　『キリスト教神学事典』には、理神論について「一般的には，理神論者とは，あの時代に宗教信仰を啓蒙主義の諸原理，特に理性という規範によって検討し，神について何を信ずることが理性にかない，また何を信ずることが理性に反するかを明らかにしようとした人々のことである」(585頁)という説明がある。従って理神論とは、スピノザやジョン・ロック(John Locke, 1632－1704)、ヴォルテール(Voltaire, 1694－1778)ら

に至る啓蒙思想に伴って発展した、理性を重視する宗教思想と理解すればよいだろう。

　こうして宗教は理性によってとらえられるものとなり、救世主としてのキリストは忘れられ、創造主としての神は舞台裏に退き、万物を生み出す力は神から自然へと返還された。そして自然自身の力と法則で、万物は秩序正しく生成・発展するという古典古代の自然観が復活したのである。ただし、古代ギリシアの自然観において自然万有と人間を結ぶ共通項であった「魂(プシューケー)」は、啓蒙思想のこの時代にあっては「理性」に取って代わられた。ルネサンス時代にも、宇宙と人間はともに「魂(プシューケー)」を持つと考えられ（ネオ・プラトニズムの影響）、それによってマクロコスモスとミクロコスモスが照応するというオカルト的な自然観が生まれた。しかし啓蒙思想の古典主義時代においては、自然と人間を結ぶ絆は理性となったのである。

　18世紀英文学の背景にある「自然」をめぐる思想については、これでおおよそ確認できたかと思う。そこで次に、上記の啓蒙思想についての様々な解説に現れた、もう一つのキーワードである「理性」について解明してゆきたい。

8　哲学史・宗教史における理性について

　「理性」は英語では "reason" であるが、その語源は古典ラテン語の "ratiō" である。だが、その思想的な意味合いについては、もっと古く、ギリシア哲学の時代にまでさかのぼって考える必要がある。哲学史上における理性の問題は主として認識論の問題として扱われるので、ドイツ観念論を中心とする哲学研究で知られる山崎正一の『世界大百科事典』第22巻（1967年）における解説によりながら、以下に「理性」の意味するところをまとめてゆきたい。

人間が世界を認識しようとするとき、まず初めに働くのは「感覚」(Sinnlichkeit) である。これは具体的・個別的・感覚的な事物・事象を認識する能力であり、認識能力の中では最も下位に属する。

　その上の認識能力として、「悟性」(Verstand) がある。これは矛盾律に従って、前提から結論を推理する思考能力である。この能力によって、人は感覚が知覚し得ることの一歩先まで推論することができるが、その結論の確実さは前提の確実さに依存している。前提の確実さを確かめるために、この前提を結論とするようなさらなる前提へとさかのぼる逆推論を行うことは可能だが、これらの前提と結論の総体を把握することは悟性によっては不可能である。

　そこで必要になるのが、これらの全体を一挙にとらえ得るような、直観的ないし直覚的な能力であり、これが「理性」(Vernunft) と呼ばれるのである。理性は具体的現実のすみずみまで貫徹し、それらを支配している理法・道理をとらえることのできる認識能力である。

　それでは、この世界を支配している理法・道理とはいかなるものであろうか。西洋哲学の上では、それはこの世界の根元に関する議論として現われる。ヘラクレイトスは宇宙の根本は火であると説いたが、この根本のことを彼は「ロゴス」(logos) と呼んだ。アナクサゴラスは宇宙の根本を「ヌース」(nous) と呼んだ。

　この「ロゴス」が後にラテン語で「ラティオ」(ratiō) と訳され、近代の「フェルヌンフト」(Vernunft)、すなわち「理性」へとつながるのであるが、ヘラクレイトスやアナクサゴラスにおける「ロゴス」や「ヌース」は、認識能力というよりは、むしろその能力によって認識されるべき宇宙の理法そのものの方を意味していた。

　さらにこれがプラトンになると、前述の悟性にあたる数学的認識を「ディアノイア」(dianoia) と呼び、理性にあたる認識能力として「ヌース」を説き、この「ヌース」の力によって我々はイデアの認識たる「エピス

テーメー」(episteme)すなわち理性的認識を得るのだと考えた。
　その後、アリストテレスは、「ヌース」は人間の魂のうちに働くが、それ自身は人間を超えた神的なものであると考えるようになり、さらにネオ・プラトニズムの思想で有名なプロティノスに至っては、「ヌース」は宇宙を支配する「宇宙霊魂」(psyche tu kosmoy)よりもなお一段高いところにあるものと考え、人間の魂をはるかに超える神的なものであると説くにいたった。
　一方、ユダヤの宗教思想家フィロンは、ヘラクレイトスが宇宙の根本であるとした「ロゴス」を、神と世界とを媒介するものとみなし、人間の理性はその一部であると考えて、それを「ヌース」と呼んだ。
　このようにして、宇宙の法則たる「ロゴス」や、その人間に宿る部分である「ヌース」(理性)は宗教的・神学的意味を有するに至り、キリスト教の教理の中に取り入れられていったのである。そのことが最も端的に表われているのは、『ヨハネによる福音書』の冒頭部分である。ここで、山崎の解説からは少し離れて、その冒頭部分について考えてみたい。

　　初めに言があった。言は神と共にあった。言は神であった。この言は、初めに神と共にあった。万物は言によって成った。成ったもので、言によらずに成ったものは何一つなかった。言の内に命があった。命は人間を照らす光であった。(1.1-4)

この「言」はギリシア語の原典では「ロゴス」(λόγος)である。
　ここで古典ギリシア語の"λόγος"の意味を『ギリシア語辞典』で確認してみると、大きくⅠとⅡの二つの系列に分けられて、さらにそれぞれが前者は9項目、後者は7項目に分類されている。前者のⅠは(ラングではなくパロルとしての)「言葉」に関する意味群で、「(行為に対して)言葉、話された言葉、(韻文に対する)散文、神託・金言」などの意味が書

かれている。後者のⅡには「会計報告、計算、評価」などという世俗的な意味もあるが、「③道理、理法、理屈 ④原理、原則；規則」といった意味があり、これが前述の哲学的な理法・法則としての「ロゴス」の意味に相当するだろう。さらには「⑤理由、わけ、根拠」(これらは現代英語の"reason"の意味でもある)、⑥「割合、比、比例」の意味があり、これらⅡのグループに属する語義は、ほぼそのまま古典ラテン語の"ratiō"の意味として受け継がれている。

　「言は神であった。」「万物は言によって成った。」この「言」(ロゴス)に「(神の)言葉」の意味と「宇宙の理法・法則」の意味の双方を読み取るならば、神格化された「ロゴス」や「ヌース」の思想が、おそらくはアリストテレスやフィロンを経由して、聖書にも受け継がれているとみなすことが出来るだろう。上述のヘラクレイトスの考え方に従ってこの部分を解釈すれば、「言のうちに命があった」とは、「ロゴスのうちにヌースがあった」となり、命(＝ヌース、理性)は人間を照らす光だったということになる。

　この「光」という言葉にもギリシア的な意味と、キリスト教的な意味がある。『研究社新英和大辞典』で"light"を引いてみると、「11 精神的または霊的な光；事物を解明する光、啓蒙の光(enlightenment)；(問題などを解明する)光明(elucidation)；(心を照らす)霊光(inner light)；真理」とある。この「(心を照らす)霊光(inner light)」というのは、クウェイカーが言うところの「内なる光」のことであり、心の中に感じられるキリストの光である。これを感じたとき、クウェイカーたちは身を震わせ(quake)たのであろう。『聖書事典』では、『新約聖書』の「光」について、以下のように説明している。

　　……神は光であり，信徒はその光の中を歩かなければならないとする(Ⅰヨハ1・5-7)．その光をもたらすのはキリストであるから，彼は

まことの光であり……キリストを信ずる者は光の子であり……世の光と呼ばれ……(696頁)

　また、『創世記』においては闇に覆われていたところに神が「光あれ」と命じたところから天地創造が始まっている。これはギリシア的に言えばカオスしかなかったところに神の言（ロゴス）が与えられ、コスモスが誕生したということであり、言（ロゴス）とは世界に秩序を与える光であることが分かる。
　『研究社新英和大辞典』の「光」の定義11に戻ると、「霊光」以外の語義は、すべて事物の真実を突き止める理性の力としての光である。啓蒙思想が"enlightenment"であることも、それが理性の光を与えるものであることに由来する。このように、「光」は理性でもあれば、神でもある。
　このような「光」の二面性を踏まえて、『世界大百科事典』第12巻（2005年）の水波朗による「自然法」の解説を読んでゆくと、この2つの「光」の働きの違いが見えてくる。水波によれば、13世紀の神学者トマス・アクィナスは、自然的理性の〈光〉（明証性）と超自然的理性の〈光〉とを分別し、前者は自然の世俗的世界・哲学および自然神学・国家と政治などを司り、後者は超自然の啓示の世界・恩寵と啓示神学・教会と宗教を司るとしたという。この自然的理性は、キリスト者であるとないとに関わらず、万人に共通する人間の本性であり、その〈心の則〉としての自然法の基盤になるという考え方である。一方で、トマス・アクィナスは超自然的啓示の法としての〈神法〉について考え、これは恩寵の超自然的光に接したキリスト者にのみ妥当するものだとした。少し論を先取りするかたちになるが、18世紀のいわゆる理神論者たちは、この「自然的理性の〈光〉」(lumen naturale)によってキリスト教は解明し得るとし、「超自然的理性の〈光〉」(lumen supranaturaleまたは「恩寵の光」lumen gratiae)によらずしては解明し得ない「奇跡」の類は排除しようとした人

たちである。"by the light of nature" という熟語があるが、これは「直感で、自然に、教えないでも」の意味である。そのように、ア・プリオリ（先天的）に人が持っている「自然の光」による善悪の判断基準、それが自然法である。

　このように、自然法思想は、自然の原理であり、人間の原理でもあるところの普遍的な規範に基づいているのである。『世界大百科事典』第10巻（1965年）の阿南成一による「自然法」についての解説を引用したい。

　　ストア派によれば，宇宙を支配するロゴス（自然法則）はミクロコスモスたる人間においては〈正しい理性〉recta ratio として現われ，これが道徳的原理とされる。ストア派においては理性と自然とはこのように一つであり，法もその基礎を〈正しい理性〉すなわち自然の中におくと考えられた。ストア派の代表的哲学者キケロも人間の内に存する法たる〈生得的法〉lex nata が法一般の基礎で，それは〈正しい理性〉と同じであるがゆえに普遍妥当的であり，いかなる人間的決定にもまさると述べている。

すでに紀元前からあった、このようなロゴス＝理性＝自然という、自然法思想の中心ともなる考え方が、18世紀英国で古典文学の伝統を甦らせようとしていた、ポープなどの古典主義文学者たちの中にも生きていたわけである。

9　原罪と堕落について

　人間を照らす光が理性であるとしたら、キリスト教における人間の原罪と堕落を考える際にも、この理性の光がどうなったのかを考える必要があるだろう。ここで注目したいのは、エラスムス（Desiderius

Erasmus, 1466? – 1536)とルター(Martin Luther, 1483 – 1546)の自由意思に関する論争である。エラスムスは1524年に『自由意志』(*De Lebero Arbitrio*)を著して、人間には自発的に善を行いうる自由意思があると説いた。これに反発したのがルターで、彼は翌年に『奴隷意志』(*De Servo Arbitrio*)を書いてエラスムスに反論した。

　エラスムスはカトリック教会の原罪理解を踏まえて、それまでの様々な神学者たちの議論を尊重し、原罪によっても人間は自由意思を完全に失ったわけではないと主張している。先ほどトマス・アクィナスの「自然的理性の〈光〉と超自然的理性の〈光〉」について述べたが、カトリック教会は、このトマス・アクィナスの考え方を受け入れた上で、人間は原罪によって後者の「超自然的理性の〈光〉」のみを失ってしまったと考えているのだ。そして堕落後の人間は、

> ……神を観想する能力や、信仰、希望、愛というキリスト教的徳のうちに生きる力は失われてしまった。罪に堕ちた人は、教会のサクラメントを通して与えられる恩寵によってのみ、これらの失われた能力を回復することが出来るとされた。(『キリスト教神学事典』439頁)

と考えている。しかし同時に、「自然的理性の〈光〉」は堕罪によっても失われてはおらず、「依然として分別、正義、勇気、自制などの自然的な徳を実践する能力を持っている」(『キリスト教神学事典』439頁)と考えるので、神の法は見えなくなっても、自然法はその心の中にあるとみなしているのである。

　この点に関するエラスムス自身の議論を見てみよう。彼は『自由意志』で、『旧約聖書』続編の『シラ書(集会の書)』の第15章に関する意見を述べている。『シラ書(集会の書)』には次のような部分がある。

主が初めに人間を造られたとき、
　　自分で判断する力をお与えになった。
　　その意志さえあれば、お前は掟を守り、
　　しかも快く忠実にそれを行うことができる。
　　主は、お前の前に火と水を置かれた。
　　手を差し伸べて、欲しい方を取ればよい。
　　人間の前には、生と死が置かれている。
　　望んで選んだ道が、彼に与えられる。(15.14-17)

この個所について、エラスムスは次のように解説する。

　……この個所は、私たち人類の最初の人アダムが、願望すべきものと避けるべきものとを区別する、毀損されない理性をもって造られていることを、明らかにしている。更に毀損されない意志もつけ加えられていた。(20頁)

　　人間においては、意志はまさしく自由であったから、新しい恩恵の助けなしにも、無罪のうちに保たれうるであろうけれども、新しい恩恵の助けなしには、主イエスがおのれのものに約束したもうた永遠の生命の祝福を獲得することはできない。これらのことははっきりした聖書的証拠によって証明されえなくとも、正統派の教会教父たちによって信頼できるように解説されている。(21頁)

　　私たちがそれによって判断するものである魂の力——それを君がヌース(νοῦς)、すなわち、心または知性と呼ぶことを好もうと、あるいはロゴス(λόγος)、すなわち、理性と呼ぶことを好もうと、それはどうでもよいが——この力は罪によっておぼろにされただけで

あって、消滅せしめられたのではない。(21頁)

これらの説明を見れば、エラスムスが過去の教父たちの伝統を尊重していることが分かるし、「ロゴス」と「ヌース」という言葉についても、前章でまとめた哲学史上の意味を踏まえていることも確認できる。宗教的にも、哲学的にも、エラスムスは伝統主義的な態度をとっていると言えるだろう。

ところがルターは、『奴隷意志』の中で、アダムとイヴが神に背いて以来、人間は堕落して罪深い存在となったのであり、不敬虔で堕落した裔(すえ)から造られたその後の人間はすべて堕落しており、その本性はすっかり破壊されていると繰り返し説く。したがって人間の意志は悪を志向するばかりで、神の導きがなければ善は為しえない、というのがルターの主張である。神は全能であるから、神が知らないところで人間がこっそり自発的に善行をすることが可能だなどと考えるのは、神を侮り、自ら神になろうとするも同然の不敬な態度であるとルターは主張する。「全能の神」を前提とするならば、多少強引な印象は受けつつも、我々の推論的悟性はこの主張に一定の説得力を認めるだろう。

しかしここで問題としたいのは、「原罪によって人間の本性はすっかり破壊されている」という彼の主張である。プロテスタントは、とくにルターは、トマス・アクィナスの「二つの理性の光」に関する説を受け入れなかったのである。理性は一つである、人間の理性は堕罪によってすっかり破壊されている、したがって神の法も自然法も人の心からは失われている、と考えたのだ。それゆえ、エラスムスとルターの議論は永遠の平行線となる。前提からして違うからである。理性は破壊されたと考えるがゆえに、プロテスタント神学は、20世紀になるまで自然法については論じてこなかったという。ストア派がいうところの〈正しい理性〉recta ratio が破壊されていては、自然法もあり得ないわけだ。こ

うした文脈で考えれば、18世紀の英国において法則としての自然、法則としての理性が復権したというのは、ピューリタン革命期には否定されていたロゴスへの信頼を取り戻したということであり、古典主義とは、様々な側面はあろうが、何よりも「ロゴス主義」「理性主義」の復権であり、自然法の復権であったと言うことができるだろう。

　だからといってオーガスタン・エイジがカトリック的な時代だったというわけではない。思想的には自然法の基となる自然的理性の光が認められていたが、カトリックの国王に起因する2つの革命（1640年代のピューリタン革命、1687－8年の名誉革命）以後、イングランド王位はカトリックに対しては閉ざされた。しかしながら、時代は反カトリックというより、宗教的熱狂そのものを敬遠する方向に進んでいたという方が妥当であったようだ。ポープは終生カトリックであったし、スウィフトは英国国教会の聖職者だが、カトリックのポープとは親友同士であった。一方で、『桶物語』(*A Tale of a Tub*, 1704)でやっつけているように、またデフォー(Daniel Defoe, 1660?－1731)に対する反感から察せられるように、非国教徒(Dissenters、国教会に異議を唱えるピューリタン的な人々)に対するスウィフトの嫌悪は激しい。この時代の英国は、ピューリタン革命に始まり名誉革命で幕を閉じた、半世紀にわたる宗教的動乱にうんざりしていたのだ。ようやく秩序と平和の時代が来たことを喜ぶ機運がみなぎり、そこに啓蒙思想の影響が入って、理性と秩序を重んじる古典主義の時代となったのである。名誉革命のようなカトリックによる騒ぎもたくさんだが、ピューリタン革命を引き起こすような情け容赦のないプロテスタンティズムも御免こうむるというのが、この時代の風潮であったといえよう。

10　『ガリヴァー旅行記』における理性

このような理性を重んじる時代にありながら、スウィフトの目に映る人間の姿は、とても理性的なものではなく、獣性と獣欲丸出しの「ヤフー」であった。スウィフトが示す強烈な人間嫌悪は、本来合理的・理性的であるべき人類への期待と、目の前の現実との激しいギャップからきているのである。

　とくに彼が攻撃してやまないのは、正義を曲げて自己の利益を図る政治家と法律家であった。たとえば、巨人国ブロブディンナグに行ったガリヴァーは、この国の国王にイギリスの政治家と法律家について説明したところ、次のように評価される。

　　「なあ、グリルドリッグ［ガリヴァーのこと——筆者註］、お前は自分の祖国に対して見事な讃辞を呈した。立法者になるために最もふさわしい資格は、無知と怠惰と悖徳（はいとく）だということをはっきり証明したし、さらに、法律を解説し解釈し適用する最適格者は、法律を勝手に歪（ゆが）めたり混乱させたり曖昧（あいまい）にすることに興味をもち、またそういう能力を発揮できる人間だということをも、証明した。確かにお前の国には、最初の意図こそ見事だったといえる制度が、多少その面影（おもかげ）を保って残ってはいるが、様々な腐敗作用にあって半ばは消失し、他の残りも殆どぼやけたり消えたりしてしまっているようだ。……お前の国の大多数の国民は、自然のお目こぼしでこの地球上の表面を這（は）いずりまわることを許されている嫌らしい小害虫の中でも、最も悪辣（あくらつ）な種類だと、断定せざるをえないと思うのだ。」(180-81頁)

　また、第4篇「フウィヌム国渡航記」では、人間が行う戦争の様子をガリヴァーがフウィヌムの「主人」に対して説明したところ、主人から次のように言われる。

> しかし、もし理性の所有者だと称している者がこれほどの残虐行為を犯しうるとすれば、その理性の力は完全に腐敗堕落しきっていて、単なる獣性よりもさらに恐るべきものとなっているのではないか、と疑わざるをえない。(348頁)

このように、まるでエラスムスに対するルターの論難のように、人間の理性はすっかり腐敗していて、もはや善悪の判断などできなくなっているではないかという指摘ばかり受けるのである。そしてガリヴァーは、次第に人間の堕落ぶりと馬の高徳さに目覚め、ついには馬に感化されて次のように人間を批判し始める。

> これらの気高いフウイヌムたちは、あらゆる美徳を好むという先天的な性質を生来与えられており、したがって、いやしくも理性的な動物に悪が存在するということは、とうてい考えることも見当もつかないのである。そんなわけで、彼らの最も大切な処世法は、「理性」を涵養せよ、しかして、その命ずるところにひたすら服従せよ、ということである。彼らの間にあっては、われわれの場合と違って、理性は解決困難な考究の対象とはならない。つまり、われわれは理性の問題を、その両面から、ああでもないこうでもないと言って、もっともらしく議論するが、理性は、ここでは、単刀直入、確乎たる信念として生きているのである。理性が、情念や利害によって汚染されたり曇らされたり退色させられたりしていなければ、当然そうあって然るべきであろう。(379頁)

スウィフトは、『ガリヴァー旅行記』の中では宗教的な談義は最小限にとどめ、ほとんど政治と法律の世界の諷刺だけを展開し、最後の引用にあるように、理性は実践に役立ててこそ意味があるのであって、これにつ

いてあれこれ詮索するのは無益なことだとしている。空理空論を嫌い、実践を重んじるスウィフトらしいところである。「ラピュータ」や「アカデミー」における役に立たない科学への諷刺と同様な態度と言ってよいだろう。したがって、こんな議論は彼のお気に召さないかもしれないが、スウィフトは、エラスムスについて論じたところで述べた「自然的理性の〈光〉と超自然的理性の〈光〉」のうち、啓示の世界や恩寵の認識を司る「超自然的理性の〈光〉」については論ぜず、哲学・自然神学および国家と政治などを司る「自然的理性の〈光〉」の方を問題にしているわけである。エラスムスは、原罪後にもこの「自然的理性の〈光〉」は残り、人間は現世的な善は志向することができるとしていたが、ガリヴァーの目には、人間はもはや「自然的理性の〈光〉」も失って、世俗の善さえ実現できない堕落しきった存在にしか見えなかった。しかし全的堕落ゆえにすべてを神の恩寵に委ねようとするプロテスタンティズムに回帰することもできず、教会による救済を求めてカトリシズムに走ることもできない。あくまでも自然的社会の中における自然的理性の実現こそがスウィフトの願望なのであって、「超自然的理性の〈光〉」の喪失が問題なのではない。1700年頃からの理神論の台頭もあり、神も宗教も、通常の理性よって合理的に理解し得るものと考えようとしていた時代である。それなのに、現実の人間は、理性の声に耳を傾けず、ひたすら欲望と快楽と虚栄を求めて堕落の道をひた走っていると見えたのである。そしてガリヴァーは、単なる獣性以下のヤフー的状態に陥った人間を見限って、理性的存在の象徴となった馬を慕いながら生きてゆくことになる。18世紀英国人にとって、理性とは、まさに人間を人間たらしめる、人間性のアルファにしてオメガだったのである。

結び

以上、西欧文化における自然と理性の表わすものについて、18世紀英国の文学者、ポープとスウィフトを例にとりながら思想史的に論じてみた。自然はロゴスの支配する調和的世界であり、人間は理性が支配する知性的な生き物であるという確信の中で、18世紀の文学者は生きていた。そしてそれはギリシア哲学以来の、法則と秩序を体現する自然ならびに理性への信頼に貫かれていた。そうした理性への絶対的信頼を含めた古典時代への回帰こそが、オーガスタン・エイジの思想だったのである。

　しかし1800年が近づくにつれて、理性への信頼は揺らいでゆく。アメリカ独立革命、フランス革命と続けて動乱が起きる中で、ピューリタン的な千年王国待望論が甦り、理性の力よりも感情の力が支配的になってゆく。この状況について、バジル・ウィリーは以下のように説明する。

　　一八世紀も進むにつれて、人間の「自然」はまったくその「理性」などではなくて、その本能、感情、「感性」であることが発見された。そればかりか、人びとはこの発見を誇り、理性それ自体を「自然」からの逸脱と見なし始めた。われ考う、ゆえにわれあり（Cogito ergo sum）は、ルソーにつながる、われ感ず、ゆえにわれあり（je sens, donc je suis）によって取って代わられるのである。（121頁）

　この新たなるパラダイム・シフトは、シャフツベリー（Anthony Ashley Cooper, 3rd Earl of Shaftesbury, 1671 – 1713）、ヒューム（David Hume, 1711 – 76）、そしてフランスのルソー（Jean-Jacques Rousseau, 1712 – 78）などによって推し進められた。ここではそれについて論じる紙幅はもはやないが、冒頭で引用したワーズワスの「発想の転換をこそ」の最後の2連がこの思想的転換を鮮やかに表現しているので、その引用をもって本論を締めくくりたい。

自然が与えてくれる教訓は快く胸をうつ。
　　我々の小賢しい知性ときたら、
　　事物の美しい姿を台なしにしてしまうだけだ、——
　　人間は分析せんとして対象を扼殺(やくさつ)している。

　　科学も学問ももう沢山、といいたい。
　　それらの不毛の書物を閉じるがいい。
　　そして、外に出るのだ、万象を見、万象に感動する
　　心を抱いて、外に出てくるのだ。（平井正穂訳）

こうして「理性の時代」の幕は下り、「感情の時代」の扉が開いたのである。

引証文献

伊東俊太郎『文明と自然——対立から統合へ——』刀水書房、2002年
大久保正健「理神論の系譜」『イギリス思想の流れ』鎌井敏和ほか編著、北樹出版、1998年
加藤光也「詩人と庭園：ポープの場合」『一橋論叢』第85巻第6号、1981年6月
澤井繁男『ルネサンス文化と科学』（世界リブレット28）、山川出版社、1996年
中村治「アリストテレスの系譜」『中世哲学を学ぶ人のために』世界思想社、2005年
平井正穂編『イギリス名詩選』岩波文庫、1990年
廣川洋一「ソクラテス以前における自然概念」『古代の自然観』（中世研究第6号）、上智大学中世思想研究所編、創文社、1989年
武宮諦「自然と人為」『自然とコスモス』（新・岩波講座 哲学5）、岩波書店、1985年
村上陽一郎「自然哲学と魔術」『宗教と自然科学』（岩波講座 宗教と科学4）、岩波書店、1992年
矢島文夫『ヴィーナスの神話』三秀舎、1970年
山川偉也、野家啓一「始原としてのギリシャ」『現代思想』（特集 甦るギリシャ）Vol.27-9、青土社、1999年8月

ウィリー，バジル『十八世紀の自然思想』三田博雄ほか訳、みすず書房、1975年

ウェストフォール，リチャード・S．(村上陽一郎訳)「科学の勃興と正統キリスト教の衰退——ケプラー、デカルト、ニュートンの研究」『神と自然——歴史における科学とキリスト教』、みすず書房、1994年

エラスムス，デシデリウス『評論「自由意志」』山内宣訳、聖文舎、1977年

スウィフト，ジョナサン『ガリヴァー旅行記』平井正穂訳、岩波文庫、1980年

ペリカン，J.『中世神学の成長 (600 – 1300年)』(キリスト教の伝統——教理発展の歴史 3)、鈴木浩訳、教文館、2007年

ポープ，アレグザンダー『批評論』(英米文芸論双書 3)、矢本貞幹訳注、研究社、1967年

ルター，マルティン『ルター』(世界の名著 18)、松田智雄責任編集、中央公論社、1969年

『研究社新英和大辞典』第5版、研究社、1980年

『ギリシア語辞典』古川晴風編著、大学書林、1989年

『キリスト教神学事典』A.リチャードソン、J.ボウデン編、古屋安雄監修、佐柳文男訳、教文館、1995年

『古典ラテン語辞典』國原吉之助著、大学書林、2005年

『聖書』新共同訳、日本聖書協会、1991年

『聖書事典』相浦忠雄ほか編、日本基督教団出版局、1961年

『世界大百科事典』第10巻、平凡社、1965年

『世界大百科事典』第12巻、平凡社、2005年

『世界大百科事典』第22巻、平凡社、1967年

The Oxford English Dictionary, Second Edition. Oxford: Clarendon Press, 1998.

Pope Alexander. *Alexander Pope: The Major Works*. Oxford: Oxford University Press, 2008.

Swift, Jonathan. *Gulliver's Travels*. London: Penguin Classics, 1985.

Wordsworth, William, *Wordsworth: Poetical Works*. Oxford: Oxford University Press, 1988.

エドワード・フィッツジェラルド英訳
『オマル・ハイヤームのルバイヤート』
(初版、1859年) の世界

齋藤　久

《絶望の底にまで陥らんとして陥らぬ甘美なる憂愁、苦々しき懐疑と激しき反抗の叫び、美的享楽への妖しき誘惑、これらの感情が様々に乱れ混じて不思議な抒情の世界を展開している。(1)——井筒俊彦》

I. オマル・ハイヤームの『ルバイヤート』のペルシア語原典の《定本》の確定の困難さについて——いわゆる《さすらいの四行詩》の問題

不世出の言語学者・哲学者・イスラーム学者で『コーラン(クルアーン)』(*Koran*[*Qur'ān*])(2)の本邦最初の原典訳(「岩波文庫」、1957 – 58年；1964年改訳、新漢字・新仮名遣い)の訳者として知られる井筒俊彦(1914 – 93)博士は、上掲のエピグラフに続いて、次のように述べている。

《併しながら彼(オマル・ハイヤーム)の名の下に集められた『ルバーイー集』中の全作品が彼の真作ではなく、この『ルバーイーヤート』は大体同傾向の人生観を抱懐する多くの詩人たちのルバーイーが、オマル・ハ

イヤームの作を中核として時と共に次第に集積されて出来上った
ものであって、真作の部分は寧ろ非常に少数であろうと推察され
ている。⁽³⁾》

　この文章は今から半世紀以上も前に書かれたものだが、どうやらい
まだにオマル・ハイヤーム (Omar [ʻUmar] Khayyām, *c.* 1048 − *c.* 1131)
自身が書いた『ルバイヤート』(*Rubāʻiyāt*) の各篇の《ペルシア語の原詩》
が特定できていないようである。現在まで約120種もの写本・刊本が
知られているようだが、オマルが書いた《詩篇の数》は、諸説紛々で確
定し難く、今以て《定本 (authorized manuscript [edition])》の決定版
がないと言ってよいのである。考えてみるに、オマル・ハイヤームは、
何分にも今から900年近くも前の人であるから、《ペルシア語の原詩》
や《詩篇の総数》が特定・確定できないのは、致し方ないと言うべきか
もしれない。そう言えば、400年程前のあのシェイクスピアのことでさ
え、碌に判らないのだから、特定できないのも無理からぬことと言わ
ねばなるまい。

　直木賞 (1969年) 作家の陳舜臣 (ちんしゅんしん) (1924 −　) 氏は、ペルシア語原典から
翻訳した『ルバイヤート』の《解説》において、次のように書いている。

　《写本でも、多いのになると、ケンブリッジ大学所蔵のものは
八百首以上を載せており、石版刷の諸本にいたっては、千首以上
に及ぶものも多く、ロウゼン⁽⁴⁾の計算によれば、現在オマルの作と
されている四行詩は五千首に近い数に上るが、純粋のものはせい
ぜい二百五十首ないし三百首程度であると推定している。⁽⁵⁾》

　因みに、ペルシア語原典から邦訳した小川亮作訳『ルバイヤート』

(「岩波文庫 32-783-1」、1949年)は、イランの作家サーデク・ヘダーヤト (Sādeq Hedāyat, 1903 − 51) が検出した版(『ハイヤームの四行詩集』[タラーネ][Tarānehā-ye Khayyām. Tehran, 1934])に拠る全143篇を、また岡田恵美子編訳『ルバーイヤート』(「平凡社ライブラリー 679」、2009年)は、ヘダーヤト版及びやはりイランのモハンマド・フォルーギー (Mohammad Forūghī) とカーセム・ガニー (Qāsem Ghanī) 両氏の検出した版(『ニーシャープールの賢者ハイヤームのルバーイヤート』[ハキーム][Robā'iyāt-e Hakīm Khayyām-e Nīshāpūrī. Tehran, 1942])に拠る全100篇をそれぞれ所収している。

　我が国におけるペルシア文学・ペルシア語学の碩学、黒柳恒男 (1925 −) 東京外国語大学名誉教授は、ペルシア語原典からの邦訳『ルバイヤート』(『アラビア・ペルシア集』、筑摩書房、「世界文学大系68」、1964年；『インド・アラビア・ペルシア集』、筑摩書房、「筑摩世界文学大系9」、1974年)の名訳者として夙に知られているところである。[6] さらに黒柳教授は、「原文・音訳・対訳・註」を付した見開き両ページにわたる本格的な《対訳註書》『ルバーイヤート』(大学書林、1983年)を刊行している(フォルーギー＆ガニーの検出・選定したテクストに拠る178篇を含む)。その《対訳註書》に付した解説「ルバーイヤート邦訳」において、黒柳教授は、次のように述べている。

　　《第二次大戦後1949年から52年にかけて三種のルバーイヤート古写本が現れて欧米の学会を驚かせた。その中で最古のものは詩人の死後わずかに半世紀を経て写され、252首を収めていた。ケムブリッジ大学のアーベリー教授[7]はこの写本を真作と判断して、1952年に研究・英訳書を発表し、ソビエトからもこの写本の写真版、刊本、ロシア語訳が1959年に刊行され、仏訳も出版され、イラン人学者もこれを認めた。筆者も当時の学会の風潮に従い、1964年『世

界文学大系、アラビア・ペルシア集』(筑摩書房)にこの写本により252首の訳詩を発表した。しかしその後イラン人学者や碩学ミノルスキー教授らの研究の結果、これらの古写本はいずれも贋作であることが判明した。(8)》

　因みに一言註記すれば、A・J・アーバリー (Arthur John Arberry [ά:bəri]、1905 – 69) は、アラビア語・ペルシア語及びイスラーム学の碩学で(非イスラーム教徒による英訳本 The Holy Koran の訳者でもある)、久しくケンブリッジ大学アラビア語教授であった(かつては「アーベリー」と表記されることが多かったが、近頃は発音通りに「アーバリー」と表記されるようになった)。アーバリー教授は、非常に重要かつ基本的な研究書として、The Romance of the Rubáiyát. Edward FitzGerald's First Edition Reprinted with Introduction and Notes (London: George Allen & Unwin Ltd., 1959)を刊行している。

　黒柳教授は、当時の学会の潮流・大勢に従って、三種の古写本の中で最も古い写本を底本に選んで翻訳したわけであるが(後にその写本が贋作と判明するのだが)、それにもかかわらずその簡潔平易な訳詩は今以て《名訳》であることには何ら変わりがなく、その文学的価値をいささかも貶めているようにはとても思えないのである。

　オマル・ハイヤームは、何しろ今から遡ること900年近くも前の遙か11-12世紀のペルシアの科学者・自由思想家であり(因みに、平泉の《中尊寺金色堂》の建立が1109年頃である)、第一次資料・文献類がほとんど全く散佚・消失してしまっている以上、いまだに全幅の信頼の置ける《決定的定本》が存在しないのも当然であり、翻訳の《底本》の決定は、止むを得なかったことと言わねばならぬだろう。オマルの《真作》のテクストの《真実性(authenticity)》の立証が甚だ困難である以上、《定本》のテクストが特定・確定できないのも無理からぬことと言わねばなるま

い。もしかすると、いまだに《ヘダーヤト版》と《フォルーギー＆ガニー版》が《標準版(standard text[manuscript])》であり続けていると言っても差し支えないかもしれない。

　ロシアの東洋学者(オリエント)でペルシア語の碩学、ヴァレンティン・A・ジュコーフスキー(Valentin Alekseevich Zhukovsky, 1858-1918)が発表した著名な論文「オマル・ハイヤームと《さすらいの》四行詩」(Omar Khayyām and the "Wandering" Quatrains, 1897)以来、『ルバイヤート』の各篇がハイヤーム自身の《真作》か、それとも後世の《偽作》の紛れ込みか、をめぐる問題がOmariansの間で恰好の論議の的となって久しいと言うか、いや、今日に至っていると言ってよいのである。――いわゆる《さすらいの[さまよえる]四行詩(Wandering Quatrains)》論争。

　また、1898年、ロンドンとボストンで出版され、今以て《基本的研究書》の一冊と見做されているのは、エドワード・ヘロン＝アレン(Edward Heron-Allen, 1861 – 1943)が編輯した、オックスフォード大学ボドリーアン図書館(Bodleian Library)所蔵の《オマル・ハイヤームのウーズリー写本(The Ouseley[9][úːzli] MS. of Omar Khayyām)》のファクシミリ複写版[10](全158篇；訳註付き)であると言えよう。

　オマル・ハイヤームは生涯の大半を数学と哲学を研究・教授しながら過ごして来たようだが、もしかすると、研究と教育の合間の徒然を慰める余技として、極めて趣味的に、思いつくままに、四行詩(ルバーイー)を詠み、書き綴っていたのかもしれない。オマルは、大胆なくらい反イスラーム的かつ無宗教的思想などの点から、もしかすると、生存中に自作の四行詩を積極的に公にすることを憚り、差し控えていたのかもしれない。詩人としてのオマルは、気心のよく知れた友人や門下生のごく一部の間で多少知られていた程度で、どうやら生前詩人としては広く知れ渡っていたとは思えないのである。『ルバイヤート』として纏められ、世間に広く流布するようになったのは、おそらく彼の死後のことであろうと言われ

る。そういうわけで、12－13世紀の文献類には、オマル・ハイヤームは、偉大な天文学者・数学者・哲学者として言及・紹介されてはいても、詩人としての言及がほとんど全く見られないというのも必ずしも不当とは言えないのである。

II. エドワード・フィッツジェラルドの『ルバイヤート』との出会いとその翻訳観について

　さて、エドワード・フィッツジェラルド (Edward FitzGerald, 1809 – 83) 英訳の *Rubáiyát of Omar Khayyám* (1859) について、「英訳聖書 (欽定訳聖書1611年) に次いで、今までで最も優れた、かつ最も有名な翻訳」(The finest and most famous translation ever made, next to the English Bible) と言われてきたことに対して疑念を挟む者はほとんどいないであろう。フィッツジェラルドのお蔭もあって、『ルバイヤート』ほど多くの外国語に翻訳され、またこれほど世界中で愛読されてきた詩集も珍しいであろう。今や敢えて《世界(的)詩人 (world poet)》と呼んでも決して過言ではないほどオマル・ハイヤームは人々に親しまれているのである。どうやら世界中に『ルバイヤート』のマニアックな愛読者がいると言われる。そう言えば、中には、金に糸目を付けずに、古くから世界中で出版されているありとあらゆる版本(エディション)を（言語は全く問わず）偏執狂的(モノマニアック)に片っ端から蒐集し愛蔵している《『ルバイヤート』蒐集狂 (*Rubáiyát bibliomaniac*)》と呼ばれる愛書狂・蒐集狂も相当数存在するらしいから、何とも驚き入る外ないのである。

　考えてみるに、たかが英訳四行詩とはいえ、少しも色褪せたり古びたりせずに《文学作品》として歴史の風雪に堪えて長い生命を保ち続け、世界中でいまだにこれほど高い世評と甚だ多くの新しい熱心な愛読者を

獲得しつつあるなどとは、おそらく生前のフィッツジェラルド自身は夢にも思わなかったことであろう。このことは、たとえ翻訳詩といえども、一流の文学であることの何よりの証しとなると言っていいかもしれない。そうなのだ——優れた文学作品というものは、時代の変遷と国境を超越して、古臭くならずにいつも新しいのだから。『ルバイヤート』は、その読者に対して、《現実からの逃避 (escape from reality)》——《単調無味な環境から冒険心に富んだ希望へ (from drab circumstance into adventurous hope)》——《否定的疑念から積極的歓喜へ (from negative doubt into positive delight)》の暫しの逃避行として充分役立ち得ることを我々は二つ返事で請け合うことができるのだ。

　ここらでそもそもオマル・ハイヤームとエドワード・フィッツジェラルドとのたまさかの邂逅について言及しておかねばならない。彼の交友関係の中に、オックスフォード大学出身のエドワード・バイルズ・カウエル[11] (Edward Byles Cowell, 1826 - 1903) という17歳も年下で、早くから東洋・東方(中近東)文学の研究に専心して、サンスクリット語(梵語・インド古語)、ペルシア語、アラビア語などを研究していた新進気鋭の言語学者・文学者 (Orientalist) がいた。1856年8月、カウエルは、就職口が決まって、インドのカルカッタの州立大学 (Presidency College) に赴任することになった (《英国史》などを担当)。彼は赴任に際して、お別れの記念品 (parting gift) として、オックスフォード大学ボドリーアン図書館に所蔵されていた、いわゆる《オマル・ハイヤームのウーズリー写本》からカウエル自らが転写した、いわゆる《Cowell's transcription of the Ouseley MS of Omar》を一部フィッツジェラルドに贈呈した日 (1856年7月某日) だと特定してもおそらく差し支えないであろう。その時以来、《オマルのウーズリー写本からのカウエルによる転写本》がフィッツジェラルドの絶えざる伴侶となったと言っても過言ではないだろう。何故ならば、フィッツジェラルドの『ルバイヤート』

には、初版から（死後出版の）第五版までのテクストがあることを考え合わせてみれば、おのずと明らかになるからである――すなわち、初版（1859年、全75篇）、第二版（1868年、全110篇）、第三版（1872年、全101篇）、第四版（1879年、全101篇）及び第五版（1889年［単行本としては翌1890年］、全101篇）の五種。少なくとも後半生の三十有余年の長きにわたって、『ルバイヤート』はフィッツジェラルドの《枕頭の書(livre de chevet; bedside book)》の一部を成していたのであろう。カウエルが自ら精魂を込めて手書きで転写した美しいペルシア文字の原詩の写本が、フィッツジェラルドをして、まるで物の怪に取り憑かれたかのように、偏執狂的と言ってもいいほど執拗に彼の既に訳了していた英訳四行詩を全般にわたって次々と《改訂改訳》へと駆り立て続けさせるに至ったものと言っていいのである。

フィッツジェラルドは、『ルバイヤート』の初版英訳本を既に一部献呈してあったカウエルに向かって、こう言ったと伝えられている。

　　《およそ誰も買いもしないようなものを何故印刷したりするのか自分にもよく判らない。しかし人は最善を尽した場合……原稿を印刷して終わりにしたいものだ。翻訳においてわたしのように難儀をした者はほとんどいないと思う。[12]》

フィッツジェラルドは、三年程前（1853年頃）から既にカウエルの指導で、ペルシア語の学習と《ペルシア研究(Persian studies)・オリエント学研究(Orientalism)》を始めていたのだ。フィッツジェラルドにしてみれば、カウエルがインドへの赴任に際して彼に想い出となる《お別れの記念品》として置いていった美しいペルシア文字の《カウエル写本》を前にして（1856年7月）、一念発起、俄に翻訳を思い立ったとしてもあながち不思議ではないだろう。

韻律詩に移し替えるのに相当難儀したとはいえ、いつになく楽しい仕事であったに相違なく、どうやら1857年の年末までには《英訳原稿》が一応完成していたらしく、翌1858年1月には訳稿をフレイザーズ・マガジン社に送付している。しかしながら、どういうわけか、一年余り梨の礫(つぶて)であったらしく、やむなく出版社に訳稿の返却を求め、翌1859年2月15日に、フィッツジェラルド (満50歳直前) は訳者名を匿名にして、私家版『オマル・ハイヤームのルバイヤート』(*Rubáiyát of Omar Khayyám, The Astronomer-Poet of Persia. Translated into English Verse.*) という小型四折判小冊子 (small quarto pamphlet, xiv+22 pp.) を250部ロンドンの古書店 (1847年創業) バーナード・クォリッチ (Castle Street, Leicester Square: Bernard Quaritch) から刊行する (いわゆる《初版 (全75篇)》と呼ばれるもの)。

フィッツジェラルドの奔放自在の訳筆によっていささか潤色 (colouring) を施されたと言えなくもない『ルバイヤート』の《詩型》について若干述べておくことにする。因みに一言挿記すれば、《四行詩集(ルバイヤート) (Rubáiyát)》とは、ペルシア語の《四行詩(ルバーイー) (rubá'í)》(quatrain) の複数形(プルラル)のことである。フィッツジェラルドの英訳四行詩は、各篇の聯(スタンザ)が一行五詩脚から成る《弱強五詩脚 (iambic pentameter)》の《10音節 (decasyllable)》の詩行四行聯から成る《押韻詩 (rhymed verse)》である。《押韻 (rhyme)》は、ペルシア語の原詩のルバーイーに倣って、通例《aaba》と三行目のみ韻を踏まない (unrhymed) 押韻法に拠っている (この一行を《去勢句(ハシー) (khasī)》という)。ごく例外的には、《aaaa》と四行とも共通の脚韻を踏んでいる聯も幾つかある。御参考までに、初版に限って言えば、第10番、第26番、第32番、第49番の四篇は、明らかに四行とも共通の韻を踏んでいる (rhymed) スタンザである。

《四行詩(ルバーイー)》の構成は二つの《対聯句(バイト) (bayt)》を重ねて四行詩とする。ルバーイーは、漢詩における《七言(しちごん) (あるいは五言(ごごん)) 絶句》のように一種の

《起承転結》とも言うべき有機的構成を成し、最後の四行目は、全体の結末をつけるものとして通常重要な意義が託されることが多い。寸鉄詩的に僅か四行詩のうちに様々な世界観・人生観を鮮やかに凝縮させて表現し得るこの詩型は、格言類を愛好するペルシア人に古くから愛用されてきたものである。

御参考までに、例えば、初版第1番の《韻律分析（scansion; scanning）》を試みておこう。

　　　　Awake! for Morning in the Bowl of Night
　　　　Has flung the Stone that puts the Stars to Flight:
　　　　　And Lo! the Hunter of the East has caught
　　　　The Sultán's Turret in a Noose of Light.

この詩篇は、各行が弱強脚（iambus）五箇から成り、三行目のみ脚韻を踏んでいない（いわゆる《去勢句》）、典型的な押韻形式《aaba》であると言わねばならない。思うに、《弱強五詩脚・10音節》で、しかも《脚韻（end rhyme）》を踏ませて、《英訳押韻（定型）韻文詩》に移し替えるのは、いかに詩才に恵まれた者にとっても、並大抵のことではあるまい。

今や《書簡の名家》と謳われるフィッツジェラルドだが、それにしても、フィッツジェラルドという男は、プリンストン大学出版部から出ている浩瀚な四巻本の書簡集[13]を見れば分かるように、実に筆まめな男であった。1857年、『ルバイヤート』の翻訳に着手していた最中のフィッツジェラルドは、E・B・カウエル教授に宛てて、こんな内容の手紙を書き送っている。

《……逐語訳（literal Translation）のようなものは読んで面白くない（unreadable）だろうとわたしは思います。わたしの筆の遊びに

やったことが、原文とわたし自身の読むに値する詩句とを入れ替えたりせずに、詩型と表現の上で、原文の価値を損なうほど、逐語的でない (unliteral) のみならず、また東洋風でなくなる (*unoriental*) のではないかと恐れもするのです。(中略) ペルシアの詩人たちを好きなように勝手気儘に取り扱うのはわたしの楽しみですし、彼らは (わたしの考えに拠れば) 畏れ多すぎてこういう逸脱を許さぬほどの詩人ではないし、また優れた詩人に磨き上げるためには少しばかり技巧 (*Art*) を実際には必要とするのです。
——フィッツジェラルド、「E・B・カウエル宛書簡」、1857年3月12日付。(14)》

さらに、フィッツジェラルドは、同じくカウエル教授に宛てた別の手紙の中で、次のように書いている。

《……わたしの翻訳はその詩型 (*Form*) からも、またその細部 (*Detail*) の多くの点においても、貴兄の御興味を惹くことでしょう、およそ逐語訳に非ざるもの (unliteral) ですが。多くの四行詩が搗き交ざっているのです。(Many Quatrains are mashed together.) そして一つの大きな長所であるオマルの単純明快さ (Omar's Simplicity) が多少失われたのではないかと思います。
——フィッツジェラルド、「E・B・カウエル宛書簡」、1858年9月3日付。(15)》

ところで、この辺でオマルのペルシア語の原詩とフィッツジェラルドの英訳詩との間の関係に当然言及しないわけにはいかぬだろう。しかしながら、この問題は、筆者がもともと埒外の門外漢ゆえ、《ペルシア語・ペルシア学及びオマル学》に疎く、不案内で、正直言って、一介の英文

学者の能力・力量を遙かに超えるものであることを認めないわけにはいかぬのだ。従って、この分野の細部にわたる研究は、いきおい斯界の専門家に委ねるしか致し方がないので、わたしとしては、先ずは、以下に研究書類を幾つか挙げるにとどめさせていただくことにする。

Edward Heron-Allen, *The Rubā'iyāt of Omar Khayyām : A Facsimile of the MS. in the Bodleian Library at Oxford*(Boston: L. C. Page & Co., 1898)

Edward Heron-Allen, *Edward FitzGerald's Rubâ'iyât of Omar Khayyâm with their original Persian sourses collated from his own MSS.*(London: Bernard Quaritch, 1899)

Edward Heron-Allen, *The Second Edition of Edward FitsGerald's Rubá'iyát of 'Umar Khayyám*(London: Duckworth & Co., 1908)

A. J. Arberry, *The Romance of the Rubáiyát* (London: George Allen & Unwin Ltd., 1959)

いずれにせよ、前述のように、筆者にはこれに関して語る能力も資格も全く持ち合わせていないので、ここでは何ら躊躇することなく、我が畏敬する典雅な学匠詩人(poeta doctus)で、*Rubáiyát*の先駆的な文語体韻文訳詩集の名訳者(1921[大正10]年)・註釈者(1926[大正15]年)である竹友藻風(庸雄)(1891－1954)が編んだ註釈書、*Longer English Poems*(研究社、「英文学叢書」、1926年；1982年[repr.])の《NOTES》に付した解題の中にある簡にして要を得た、本質・核心を衝いたと思われる箇所を、御参考までに、以下に引用・紹介させていただくことを許されたい。

《FitzGeraldの翻訳は極めて自由なもので、厳密に言へば

translationと言ふよりも寧ろcritical interpretationと言つた方が事実に近い。この意味より考へるならばCrabbeの選集、*Readings in Crabbe*と*The Rubáiyát*その他の翻訳は同一系統の批評的精神に属するものである。(中略)その著作が出版せられた時の事情を考へて見ても分るやうに、もともと楽しみに試みたやうなもので、名前さへ出さなかつた位であるから、原文を読む人の参考にしようとか、広く江湖に認められやうとかいふやうな野心は少しもなく、唯英語を用ゐて原作より受ける心もちを出さうとしたものであるに過ぎない。翻訳と言ふものが原作の一字一字を他の国語に移したものであるとすれば、FitzGeraldの翻訳は乱暴なものである。然しながら翻訳も亦ひとつの文学上の作品である、訳された国語を用ゐる国の文学に新しい一つの貢献をなすものであると考へることが出来るならば、*The Rubáiyát*の如きはその意味に於ける神工(しんこう)の技を尽したものである。(後略)

　FitzGeraldが原作にないstanzaを挿入したり、原作の一つのstanzaを幾つものstanzasに分けたり、また幾つものstanzasより一つのstanzaを作つたりしたのは、Rossettiの謂ふparaphraseの一種の形であると考へることが出来る。然しながらFitzGeraldのとつた方法は必ずしも容易なものではない。翻訳とは言ひながら批評と創作とを兼ねたやうなものであるから、訳者が広く、また深い学殖と共に精妙な趣味、直覚的な透察力を具へたものでなければ期し難い。FitzGeraldの翻訳したものは言葉でなくして言葉の中に潜む精神であつたからである。[16]》

　そう言えば、「翻訳は一種の批評である」[17](「翻訳論」)と喝破したのは、我が吉田健一(1912－77)である。さらに、氏は、「翻訳に就て確かに言へることの一つは、我々が原作に何かの形で動かされたのでなければ、

碓な仕事は出来ないといふことである」[(18)]とも付け加えている。言い換えれば、原作に感動した者のみが翻訳者としての資格があるというのは真っ当な見解であるのだ。

とまれ、フィッツジェラルドは、どうやらもともと纏まりを欠いていたと覚しいオマルの一連の四行詩を巧妙に工夫を凝らして結合・搗き交ぜにして、《知的統一性と一貫性(intellectual unity and consistency)》を持った、甘美な憂愁の調べを湛えた、《相連なる一篇の哀詩》に仕立て上げようと試みたと言えるのである。

III. わたしがあくまで《初版（1859年）》に拘泥する理由

19世紀の英国が生んだ、社会的地位や世俗的名利などに一切執着せず、若くして故郷を隠栖の地に選んで、いわゆる"country gentleman"として閑居生活を送った高踏的・高等遊民的な文人エドワード・フィッツジェラルドの《生き方(l'art de vivre)》——富裕な経済的基盤にしっかりと支えられて初めて可能なことだが——にわたしは強く惹かれる者である。それで思い出したが、フィッツジェラルドという人は、どうやら我が夏目漱石(1867 - 1916)の提唱した、例の《低徊趣味》(手許にある研究社の『新和英大辞典』[第五版]に拠ると、"an attitude of rejection of mundane affairs and relaxed enjoyment of nature and art"とある)型の文人であったと言って差し支えないかもしれない。彼は21歳でケンブリッジ大学トリニティ学寮(コレッジ)(Trinity College, Cambridge)——ヘンリー八世が1546年創設——を卒業後、間もなく世俗の煩わしさから逃避して(例の「俗塵の外に超然として」とか、Thomas Gray[1716-71], *Elegy Written in a Country Churchyard*[1751]の例の"Far from the madding crowd's ignoble strife"[l. 73]などを想い起こさせるが)、郷里の、イン

グランド東部の北海に臨むサフォーク州ウッドブリッジ（Woodbridge, Suffolk, England）で余裕のある隠遁者の、いわゆる《人生に対する傍観者的態度（a spectatorial attitude to life）》で以て、さしずめ閑静な田園・庭園などを独り思索に耽りながら、心の赴くままにゆっくりと行きつ戻りつ散策を楽しむ——我が吉田健一風に言えば、ゆったりと流れる時間に身を任せながら、余裕ある気分で自然や芸術や人生を味わい、詩趣・詩的境地に遊ぼうとする、極めて超俗的・趣味的・道楽的な《ディレッタント詩人》であったと言えるのではなかろうか。

　古代ギリシアの哲人エピクーロス（Epikouros[Epicurus], 341 – 270 B.C.）の例の「隠れて生きよ（ラーテ・ビオーサス）」（Λάθε βιώσας[lathe biōsas]; Remain hidden in life）ではないが、フィッツジェラルドには若い頃から老成したと言うか、どことなく我が中世の《隠者文学者》然としたところがあったように思われてならぬのだ。思うに、19世紀の英国の有産階級出身で文学趣味を有する、高学歴の、道楽半分の《ディレッタント（dilettante）》として、風雅に徹する風流人とは言えなかったが、言葉の最善の意味における《ブルジョア・ディレッタンティズム（bourgeois dilettantism）》、《低徊趣味》を存分に享受することができた者の一人が他ならぬフィッツジェラルドであったと言っていいだろう。

　因みに註記すれば、「ロンドンに飽きる時、人は人生に飽きるのだ。というのは、ロンドンには人生が与えてくれるすべてがあるからだ。」（When a man is tired of London, he is tired of life; for there is in London all that life can afford.—James Boswell, *The Life of Samuel Johnson*[1791], "Remark to Boswell," Sat., Sept. 20, 1777）とボズウェルに向かっていみじくも喝破したのは、18世紀の大の《ロンドン贔屓（Londonphilia）》として知られるドクター・ジョンソン（Samuel Johnson, 1709 – 84）であったが、彼と全く対蹠的に、フィッツジェラルドは大の《ロンドン嫌い（Londonphobia）》であったと言われる。[19]

さて、前述したように、フィッツジェラルド英訳の『ルバイヤート』には、初版から第五版までの五種の異なるテクストがある。しかしながら、大雑把に分類すれば、初版、第二版及び第三版以下の版（多少の異同が見られる）の三種類のテクストに大別できると言っていいだろう。わたし自身は、たとえ他人が何と言おうとも、他の四種の版よりも1859年刊行の《初版》のテクスト（「一箇の自己完結した、独立した文学作品」と見做す）に拘泥し、かつ思い入れが甚だ深く、初版をこの上なく鍾愛・偏愛する者であることをここで告白しておかねばならぬのだ。
　御参考までに、初版、第二版及び第三版の各版所収の第1番のテクストを以下に列挙し、御高覧に供することにしよう。

1

　初　版（1859年）Awake! for Morning in the Bowl of Night
　　　　　　　　　Has flung the Stone that puts the Stars to Flight:
　　　　　　　　　　And Lo! the Hunter of the East has caught
　　　　　　　　　The Sultán's Turret in a Noose of Light.

　第二版（1868年）Wake! For the Sun behind yon Eastern height
　　　　　　　　　Has chased the Session of the Stars from Night,
　　　　　　　　　　And, to the field of Heav'n ascending, strikes
　　　　　　　　　The Sultán's Turret with a Shaft of Light.

　第三版（1872年）Wake! For the Sun, who scatter'd into flight
　　　　　　　　　The Stars before him from the Field of Night,
　　　　　　　　　　Drives Night along with them from Heav'n, and strikes
　　　　　　　　　The Sultán's Turret with a Shaft of Light.

　多くの研究者・註釈者が挙って指摘しておられるように、ルバーイー第1番に限って言えば（さらにこれは或る意味でかなり象徴的でもあり、

ほぼ全篇についても言い得ることだが)、初版のテクストの方が他の二種のテクストよりも明らかに最も優れていると言ってよいのである――すなわち、詩的霊感(感興)・詩的感情(センチメント)・詩美・詩趣・情熱・気魄・迫力・生気・光輝(きらめき)、等々の点から言って。

　たまたま入手して、筆者の手許にある『神秘主義者の葡萄酒――オマル・ハイヤームのルバイヤート――一つの心霊学的解釈』(Wine of the Mystic: The Rubaiyat of Omar Khayyam: A Spiritual Interpretation, 1994) の著者パラマハンサ・ヨガナンダ (Paramahansa Yogananda, 1893-1952) は、いかにもインド人らしく、隠喩(メタファー)の謎のヴェールの背後に潜む神秘主義的本質の解明に努めたが(正直言って、わたしは彼の《解釈》に全く随(つ)いて行けぬのだが)、やはり彼が《初版》のテクストを選んだ大きな理由として、詩人の「ファースト・インスピレーションは――自ら溢れ出る、自然で、かつ純真であり――しばしば最も奥深い、かつ最も純粋な表現である」("first inspiration—being spontaneous, natural, and sincere—is most often the deepest and purest expression.")[20] 点を挙げている。

　ヨガナンダはまた次のようにも言っている。

《With the help of a Persian scholar, I translated the original *Rubaiyat* into English. But I found that, though literally translated, they lacked the fiery spirit of Khayyam's original. After I compared that translation with FitzGerald's, I realized that FitzGerald had been divinely inspired to catch exactly in gloriously musical English words the soul of Omar's writings.[21]

　ペルシア人の或る学者の助けを借りて、わたしは原詩の『ルバイヤート』を英語に翻訳してみた。しかし、逐語的に訳してみたけれども、ハイヤームの原詩の燃え滾(たぎ)るような精神に欠けていることに

わたしは気付いた。わたしは自分の翻訳とフィッツジェラルドの翻訳とを比較してみて、フィッツジェラルドには素晴らしく音楽的な英語の中にオマルの作品の神髄を正確に捕捉すべく神によって霊感が与えられていたことが判った。》

　フィッツジェラルドの初版に対して、これほど見事で説得力のある讃辞は、おそらく他ではそう容易には見付からぬであう。一読三歎、神憑(がか)り的な出来映えの英訳四行詩集には、ただ鑽仰(さんぎょう)するしかないということであろうか。
　またアメリカの女流詩人ジェシー・B・リッテンハウス (Jessie Belle Rittenhouse, 1869－1948) は、今から百年以上も前に、豪華版『ルバイヤート』、いわゆる "Rittenhouse Edition"(Boston: Little, Brown, and Company, 1900) に付けた25ページに及ぶ長文の《Introduction》において、フィッツジェラルドの改訂・改訳された第二版には、《原詩の訳文が大いに改変され、事によると、幾分力が殺(そ)がれてしまっているかもしれぬ ("the original renderings [were] much modified, and somewhat weakened, perhaps")》し、また《燃ゆるが如き情熱と漲る気魄の喪失 ("loss of fine and verve")》が見られることを指摘している。[22] フィッツジェラルドは改訂のたびに字句を何度も練り直したり書き直したりしているが、時には一篇丸ごと書き改めたりしている。彼の場合、しばしば指摘されているように、推敲・彫琢が必ずしも改良を意味せず、時には皮肉にも改悪に終わることもあったのである。それは、評判の良かった小説や映画などの続篇や姉妹篇がしばしば本篇あるいは正篇よりも遙かに気魄・生気が失せて、全く詰まらないものに堕してしまっていることが甚だ多いのとどこか相似たところがあるような気がするのだ。
　優れて音楽的に豊麗な色彩の英詩に自由に訳出され(訳者の人知れぬ努力と苦労は、如何(いか)ばかりかと察するに余りあるが)、近代英訳詩集中

の白眉と言われるフィッツジェラルド版『ルバイヤート』は、あらゆる教養のある、英語を話す人々の間で、一世紀半以上にもわたって、大いに愛読されてきたし、またその多くの詩行は、余韻嫋々(じょう)として読者を魅了し、かつ熱烈にもてはやされ、一般にも広く知れ渡っていることは周知の事実である。

IV. 『オマル・ハイヤームのルバイヤート』の《人生観・世界観》などをめぐって——ハイヤーム的哲学の幾つかの基本的傾向

ところで、我々はこの辺でそろそろオマル・ハイヤーム並びにフィッツジェラルドの《人生観(view of life)・人生哲学(philosophy of life)・世界観(view of the world)》に少しばかり言及しなければならぬだろう。とは言うものの、フィッツジェラルドの翻案と言ってもいいほど潤色を施された英訳詩集だけから、我々がオマル・ハイヤームの人生観・人生哲学・世界観などの検証を試みることは、或る意味で、かなり危険性を孕んでいると言わざるを得ないだろう。あくまでもフィッツジェラルドの場合、訳詩集は、彼の物を見る視点を、言ってみれば、薄膜状の濾紙を通して、一度 濾 過(フィルタリング)されているものと受け取るのが妥当であるだろう。

しかしながら、11-12世紀の波斯人(ペルシア)・オマルと19世紀の英国人・フィッツジェラルド——両者の人生観なり世界観なりは、英訳四行詩集において、たまたまほとんど区別し難く、かつ渾然と融合していて、そこには一条の脈絡が認められると考えざるを得ないのだが、さらに我々は、少なくとも《ハイヤームの原詩の燃え滾(たぎ)るような精神(fiery spirit)と神髄・精髄(soul)》が幸いにして時空を超えて訳詩集に脈々と受け継がれ、力強く、しなやかに脈搏(う)っていることを確信しないわけにはいかぬだろう。

ここで少しばかり挿記させていただかねばならぬことがあるのだ。周知のように、岩波文庫版『ルバイヤート』の名訳者として知られ、ロシア語とペルシア語に秀でていた外交官の小川亮作(1910 – 51)は——小川の早世は返すがえすも惜しまれてならぬが——ペルシア語の原典から(原詩ルバーイーのリズムや脚韻を念頭に置きながら)直接翻訳された方である。小川は、その名訳四行詩集の巻末に付けた60ページ余りに及ぶまことに行き届いた、至れり尽せりの《解説》の中で、オマル・ハイヤームの特徴・傾向を簡潔に、過不足なく、実に見事に要約・解説しておられるので、御参考までに、次にぜひ引用することを許していただきたい。

　　《要するにオマル・ハイヤームはイスラーム文化史上ユニークな地位を占める唯物主義哲学者であり、無神論的反逆をイスラーム教に向け、烈々たる批判的精神によって固陋な宗教的束縛から人間性を解放し、あらゆる人間的な悩みを哲学的ペシミズムの純粋さにまで濾過し、感情と理性、詩と哲学との渾成になる独自の美の境地を開発したヒューマニスト思想家であった。
　　強い個性、深い思想、広い視野、鋭い批判的精神、透徹した論理、高い調べ、平明な言葉、流麗な文体、直截適切な比喩的表現——これらがハイヤームの詩の特徴である。特にその詩形式の完結した美しさとそれに盛られた内容の豊かさとは何人の心をも惹きつけずにはおかない。[23]》

　ついでに言えば、わたしの知り得る限りでは、最も簡にして要を得た評言の一例として、フランスの怜悧な批評家で瞠目すべき英文学者のルネ・ラルー(René Lalou, 1889 – 1960)の『イギリス文学』(*La Littérature anglaise*, 1944)を挙げることができるのだ。ペルシア語の原詩の作者オ

『オマル・ハイヤームのルバイヤート』(初版)の世界　99

マル・ハイヤームの虚無感と19世紀ヨーロッパの一人の高等遊民的知識人たる英訳者エドワード・フィッツジェラルドの厭世観とが丁度好い塩梅(あんばい)に綯い交(なま)ぜになっている点と、人間のどうにも抗し難い盲目的な宿命に対するオマルの諦念・忍従を指摘している点は見事と言うしかないのである。

　《一節四行のペルシアの原作を巧妙に組み直して近代化したこの訳詩は、それ自体が充分に独創的な作品となっている。フィッツジェラルドはその原作から東洋の伝奇的な魅力を借りて来て、官能的な美しさの結晶である彼の訳に、一人の洗練されたヨーロッパ人の厭世観と、人間の欲望とそれに対する盲目的な運命の応じ方の間に見られる矛盾を前にしての、沈痛な諦念を表現している。[24]》

　それはさて措き、そろそろ本論に立ち戻らなければならぬ。小川亮作訳(「岩波文庫版」、1949年)も岡田恵美子訳(「平凡社ライブラリー版」、2009年)も共に、前述のイランの作家サーデク・ヘダーヤトの《校訂本》『ハイヤームの四行詩集(タラーネ)』(1934年、全143篇)に準拠して、8つのカテゴリーに分類して訳出している——すなわち、①「説き得ぬ謎(なぞ)(創造、この不可解なもの)」、②「生きのなやみ(生きる苦しみ)」、③「太初(はじめ)のさだめ(太初からの運命)」、④「万物流転(ばんぶつるてん)(廻(めぐ)る天輪)」、⑤「無常の車(土から土へ)」、⑥「ままよ、どうあろうと(なるようになるさ)」、⑦「むなしさよ(無)」、⑧「一瞬をいかせ(一瞬(ひととき)を知ろう)」。しかしながら、わたし自身は、あくまでもフィッツジェラルドの英訳『オマル・ハイヤームのルバイヤート』(初版、全75篇、1859年)の世界に現れたる、いわば、《ハイヤーム的哲学の幾つかの基本的傾向(Several Basic Trends of Khayyamic Philosophy)》をわたしなりに極く大雑把に要約して8つのカテゴリーに分類し、代表的な詩篇を例示しながら、掻い摘んで述べて

みたいと思う。オマル・ハイヤームの四行詩集は——どうやらもともとが無秩序に配列されていたものらしいことが知られているが——19世紀の英国人フィッツジェラルドの奔放自在な訳筆と詩集の趣向を凝らした結構・構成力のお蔭で、《黎明（曙）》と《雄鶏》と《薔薇》と《小夜啼鳥(ナイチンゲール)》のイメージを用いて始まり、《夜（夕暮れ時）》と《月》と《墓》のイメージで以て終わらせるという、有機的な再構成の《新しい一冊の詩集》へと、文字通り、時空を超えて、まるで《不死鳥（フォイニクス）》のように、700年余りの時を隔てて突如甦るに至ったものと言っていいのである。フィッツジェラルドの英訳四行詩集の上梓がたまたま一つの大きな契機となって、『オマル・ハイヤームのルバイヤート』は、世界中のほとんどありとあらゆる文学言語 (literary languages) に翻訳され、いつの間にか世界中に遍く流布するようになったのは今や周知の通りである。

1　葡萄酒礼讃（讃酒詩）——伝統・慣習に囚われぬ闊達自在の《自由思想 (free thought)》——「飲酒」を《イスラーム法 (sharī'a[シャリーア])》規定の五範疇の第5番目の《禁止行為(ハラーム) (ḥarām)》とすることへの反抗——「いざ飲まんかな、我々は死ぬべきが故に」(Bibamus, moriendum est.[Let us drink, for we are mortal.] ——Seneca)

VI

And David's Lips are lock't; but in divine
High piping Péhlevi, with "Wine! Wine! Wine!
　Red Wine!"—the Nightingale cries to the Rose
That yellow Cheek of hers to incarnadine.

第6番
ダヴィデ王の口唇(くちとは)は永遠に閉ざされて久しいが、神聖な声高らかに囀(さへづ)るやうなパフラヴィー語で、「葡萄酒！　葡萄酒！　葡萄酒よ！

『オマル・ハイヤームのルバイヤート』(初版)の世界　101

　　赤き葡萄酒よ！」——小夜啼鳥(ナイチンゲール)は薔薇に向つて啼きしきるのだ、
　あの黄色く萎えた薔薇の頬(な)を深紅色(からくれなる)に染めよと言はぬばかりに。

XXXIV

Then to this earthen Bowl did I adjourn

My Lip the secret Well of Life to learn:

　And Lip to Lip it murmur'd ——"While you live

Drink !—— for once dead you never shall return."

第34番

　そこでわたしは何人(なんびと)にも測り知り得ぬ生命(いのち)の泉を究明しようとして
　この陶製の大酒盃(おほさかづき)に我が唇を近寄せて行つた。すると大酒盃は
　唇から唇にかう囁いた——「生きてゐる間は、酒を飲むがよい！
——
　ひとたび死んだら最後、お前は決して帰つて来るわけにはゆかない
　　のだから。」

御参考までに、下記の詩句を挙げておく。

《πῖνε, παῖζε· θνητὸς ὁ βίος, ὀλίγος οὑπὶ γῆ χρονος·
ἀθάνατο ὁ θάνατος ἐστιν, ἂν ἅπαξ τις ἀποθάνῃ.
　——Amphis, *Gynaecocratia* (*Government by Women*), Fragm.
飲め、遊び戯れよ。生命は死すべきもの。
地上で過ごす時間は僅か、ひとたび死んだら最後、死は不死なり。
　——アンピス（紀元前4世紀の喜劇詩人）『女の政治』、断片。》

　ベン・ジョンソン（Ben Jonson, 1572 − 1637）の流れを汲む《王党派
抒情詩人（Cavalier lyrists）》中の第一人者で生涯の大半をイングランド

南西部のデヴォンシア (Devonshire) 州の片田舎の牧師として送ったロバート・ヘリック (Robert Herrick, 1591 – 1674) には、短詩約1,400篇余を収めた『ヘスペリディーズ（金苹果園）』(*Hesperides*, 1648) という詩集があるが、その中に、こんな気の利いた「サッポーに」と題する六行詩があるので、紹介しておこう。

To Sappho

Let us now take time, and play,
Love, and live here while we may;
Drink rich wine; and make good cheere,
While we have our being here:
For, once dead, and laid i'th grave,
No return from thence we have.

——Robert Herrick, *Hesperides* (1648) Cf. L. C. Martin (ed.), *The Poetical Works of Robert Herrick* (Oxford: Clarendon Press, 1963), p. 238.

サッポーに

さあ、ゆつたりと構へて、遊び戯れ、恋をし、
能ふ限り、この世で長生きをしよう。
芳醇で濃厚のある葡萄酒を飲まう。
この世に生きてゐる間は、楽しく御馳走を食べよう。
といふのも、ひとたび死んで、墓穴に横たはれば最後、
もうそこから還つてくるわけにはゆかないのだから。

『旧約聖書』にも、「我等食ひ、かつ飲むべし、明日は死ぬべければなり。(我々は食い、かつ飲もう、明日は死ぬのだから。) ——「イザヤ書」、第22章第13節、 他。」(Let us eat and drink; for to-morrow we shall die.)とある。

《生ける者つひに死ぬるものにあれば
　この世なる間(ま)は楽しくをあらな
　——『萬葉集』巻第3-349、太宰帥大伴卿「酒を讃むる歌13首」、第12首。》

　誰に憚ることもなく、簡明直截に詠ったこの第34番は、オマルの哲学・思想の真骨頂を示すものである。来世(afterlife[死後の生])の幸福や輪廻転生など端(はな)から信じず、《現世》を唯一の実在と考える徹底した現実主義者(リアリスト)であったオマルの面目躍如たるものがあると言えよう。
　それにしても、《酒》は、人間にとって、例の『オデュッセイア』でホメーロスが言うところの、この世の憂さを晴らす《忘悲愁薬酒(ネペンテス)(nepenthes)》の如きものと言うべきかもしれない。

　2　「人生は空虚な夢にすぎぬ」(Life is but an empty dream.)
——「限られた存在の不安」——人生は儚く、明日の命も知れぬという《無常観》——ホラーティウス風の哲学的刹那主義——《今を楽しめ(今日という日を摘み取れ)》(カルペ・ディエーム)の哲学(Horatian *carpe-diem* philosophy)の大胆率直な表白

XV

And those who husbanded the Golden Grain,
And those who flung it to the Winds like Rain,
　Alike to no such aureate Earth are turn'd
As, buried once, Men want dug up again.

第15番

黄金色(こがねいろ)に実つた穀物を倹しくひたすら貯め込んだ者も、またそれを湯水のやうに四方八方(あちこち)に撒き散らした者も、いづれも同様にひとたび葬られたら最後、誰も再び掘り起して欲しいと願ふやうな金色目映い(こんじきまばゆい)ばかりの土に変ることはないのだ。

XX

Ah, my Belovéd, fill the Cup that clears
To-day of past Regrets and future Fears—
  To-morrow? — Why, To-morrow I may be
Myself with Yesterday's Sev'n Thousand Years.

第20番

ああ、我が最愛の人よ、酒盃(さかづき)になみなみと酒を酌(く)いでくれ、
《今日》といふ日から過去の悔恨と未来の恐怖を拭ひ去るのだ──
明日だつて？　──さう、明日になれば、斯く言ふわたし自身だつて
過ぎし日の七千年の間に逝(ゆ)きし人々の仲間入りをする羽目になるか
  もしれぬぢやないか。

XXXVII

Ah, fill the Cup: —what boots it to repeat
How Time is slipping underneath our Feet:
  Upborn To-morrow, and dead Yesterday,
Why fret about them if To-day be sweet!

第37番

ああ、酒盃になみなみと酒を酌いでくれ。──時間はわたしたちの
  足下(あしもと)を
滑るやうに速やかに過ぎ去つて行くと繰り言を言つてみても何にな

らう。
まだ生れぬ《明日》や、すでに逝つた《昨日》のことで、何故やきもき思ひ煩(わづら)ふことがあらう、
《今日》といふ日が楽しければ、よいではないか！

3　苦行的禁欲主義の否定──エピクーロス主義的享楽主義 (Epicureanism; Epicurean hedonism) のすすめ──現世の《楽園・桃源郷》讃美

XI

Here with a Loaf of Bread beneath the Bough,
A Flask of Wine, a Book of Verse—and Thou
　Beside me singing in the Wilderness—
And Wilderness is Paradise enow.

第11番

亭(てい)々と茂る大樹の大枝の下で麺麭(パン)の塊(かたまり)が一箇と、
葡萄酒が一壺(ひとつぼ)、詩集が一巻あれば──それに汝(そなた)が
荒野(あれの)でわたしの傍らで歌を歌つてゐれば──
それだけでもう荒野も申し分のない楽園となるのだ。

この一篇は、全篇中、最も有名な四行詩(ルバーイー)で、オマルの《中心思想 (central idea)》を最も簡明かつ濃密に詠み込んだ傑作と言うべきである。さらにこの一篇は、ジョン・キーツが妹ファニーに宛てた手紙の一節を思い出させるものがある。

《Give me books, fruit, French wine and fine weather and a little music out of doors, played by somebody I do not know.

——John Keats, "Letter to Fanny Keats"(28 August, 1819)
　僕に書物、果物、フランスの葡萄酒と晴天を、それに僕の見知らぬ人によって演奏される戸外の音楽を少々与えて下さい。
　——ジョン・キーツ「ファニー・キーツ宛の手紙」(1819年8月28日付)》

　とまれ、酒席にはうら若き美女を侍(はべ)らせるに越したことはないだろう。——「酒は燗　肴は刺身　酌は饒(たぼ)」、「楽しみは　後ろに柱　前に酒　左右に女　懐に金」。「肉積んで山を成し　酒流れて河を成す」といえども、「酒は飲むべし　飲まるべからず」ということだろう。
　ついでに言えば、「葡萄酒と女と唄を愛さぬ者は一生涯馬鹿のままで終わるのだ」(Wer nicht liebt Wein, Weib und Gesang,/Der bleibt ein Narr sein Leben lang.[Who loves not wine, woman and song / Remains a fool his whole life long.])という名高い警句があるのは知る人ぞ知るであろう。出典は昔から例のドイツの宗教改革者マルティーン・ルター(Martin Luther, 1483 − 1546)とされてきているが、いまだに確証がなく、出所不明。因みに、例の「ワルツ王」のヨハン・シュトラウス(Johann Strauß, the Younger, 1825 − 99)に《酒、女、唄(*Wein, Weib und Gesang*, 1869)》と題する円舞曲(ワルツ)がある。オマル・ハイヤームについて言えば、さしずめ《葡萄酒とうら若き美女と詩(うた)》——いや、より精確に言えば、《赤葡萄酒と嫋(たお)やかな乙女と堅琴と夜鶯(ブルブル)(の啼き声)を愛さぬ者は一生涯馬鹿のままで終わるのだ》ということになるだろう。
　この上掲の最も有名な一篇は、人生に対する享楽主義的傾向の生き方へのオマルの積極的賛同の表白であり、飲食の歓びは、取りも直さず、《生きる歓び(joie de vivre; joy of living)》であり、尽きせぬ美酒佳肴の果てに羽化登仙(うかとうせん)を果たすを以て最も理想とすると言わんばかりである。人生の儚さ・無常迅速・死に後れては恥とはいえ、何も人生死に急ぐこ

とは決してないのである。我々は、「心中快々として楽しまず」などというのは度外に置いて、須く人生を思う存分エンジョイすべきなのだ。

英国の古典学者でケンブリッジ大学トリニティ学寮《古代哲学史教授》であったF・M・コーンフォード (Francis Macdonald Cornford, 1874-1943) は、『ソクラテス以前以後』(*Before and After Socrates*, Cambridge University Press, 1932) において、エピクーロスは「原子論という唯物論哲学を受け入れたが、それは科学としてすぐれているからではない。人間の魂は不死などではなく、死後の報酬も罰も予期する必要はないことをそれが請け合ってくれるからだ。無に帰することの確かな望みは、宗教からそのさまざまな恐怖を奪い去るのである。しかしそのような望みは絶望と区別しがたい。少なくとも諦めと区別するのは非常に難しい。エピクーロスふうの勧告には侵しがたい憂愁が宿っている」[25]と指摘した後、エピクーロスの言葉を引用している。

《さあ、だから、現にある善きものどもを楽しもうではないか。そして若盛りの頃のように速やかにご馳走を頂戴しよう。高価なワインや香油で身体を満たそう。春の花の一輪も傍らを過ぎゆくままに見逃してはならない。バラのつぼみが萎れるまえに、その花冠を頭に載せよう。われわれの誰ひとり、官能の悦びの分け前なしに去らせてはならない。われわれの悦楽のしるしをすべての場所に残そう。なぜならこれがわれわれに割り当てられた取り分であり、われわれが抽き当てた籤はこれだからだ。[26](出典不明)》

4 事物の本質や実在の真の姿は論証的に認識することができず、「人間の死と宿命という難問 (the Knot of Human Death and Fate)」や「生命の泉 (the Well of Life) の究明」などをめぐって《不可知論 (agnosticism)》に行き着く――不可知論的宿命論 (agnostical fatalism）――「誰かよく己の運命を統御し得よう」(Who can control his fate? ――Shakespeare, *Othello*, V. ii. 264.)

XXXI

Up from Earth's Centre through the Seventh Gate
I rose, and on the Throne of Saturn sate,
　And many Knots unravel'd by the Road;
But not the Knot of Human Death and Fate.

第31番

大地の中心からわたしは天空をぐんぐん上昇して行つて
第七天の門を潜り抜けて、土星の玉座に坐つた、
そして旅の途中で数多(あまた)の難問を解き明かした。
だが、人間の死と宿命といふ難題だけはどうにも解き明かせなかつた。

LII

And that inverted Bowl we call The Sky,
Whereunder crawling coop't we live and die,
　Lift not thy hands to *It* for help—for It
Rolls impotently on as Thou or I.

第52番

穹窿(そら)と呼ぶあの逆さに伏せた大酒盃(おほさかづき)、その下に閉ぢ込められて、
這ひ廻りながら、わたしたちは生き、かつ死んで行くのだ、
天空に両手を差し伸べて助けを求めるなかれ――といふのも、天空(そら)だつて
汝(そなた)やわたしと同じやうに、気力(ちから)なく運(めぐ)り続けてゐるに過ぎぬのだか

ら。

どうやら人生を達観し、一種独特の悟りの境地に達していたと覚しきオマル・ハイヤームのような大学者であっても、宇宙・万物の根源を知悉(ちしつ)しようと欲すれども、人智・科学的智のどうにも及び得ない領域があると言って歎くのである。「人間の死と宿命」、とりわけ、人類が太古の昔から際限なく考え続けてきた《死》というものについては、科学的にはいざ知らず、少なくとも哲学的には依然として判らない点があって、いきおい我々は《不可知論的(agnostical)》にならざるを得ないのである。所詮、人間は己の運命を統御し得ない、無力な犠牲者にすぎぬのだ。『ルバイヤート』自体が人生の測り知れぬ諸々の謎や諸問題を解こうとする《nonconformist(一般社会規範に従わない人)》の苦闘(もがき)(struggle)の物語だと規定することもできるだろう。

5 「厳然たる神秘的な真実としての死は、人生の唯一の避け難い帰結であり、死後の生(来世)の証拠はない」——《唯物論的無神論(materialistic atheism)》——現実主義者として神の存在(神の摂理や意志)を否定する《死生観》——現世否定・来世讃美への反動・反抗として《現世肯定・讃美》

XXI
Lo! some we loved, the loveliest and the best
That Time and Fate of all their Vintage prest,
　Have drunk their Cup a Round or two before,
And one by one crept silently to Rest.

第21番
見よ！　わたしたちが愛した人々は、時の翁(おきな)と運命の女神が

すべて当り年の葡萄を圧搾つて造つた最上最良の葡萄の美酒を
かつて円居して大酒盃で一渡りか二渡り飲み交はしたかと思ふと、
一人づつ黙つてひつそりと永遠の眠りに就いて行つたではないか。

XXIII

Ah, make the most of what we yet may spend,
Before we too into the Dust descend;
  Dust into Dust, and under Dust, to lie,
Sans Wine, sans Song, sans Singer, and—sans End !

第23番

ああ、与へられた残り時間を精一杯活かして使ひ給へ、
わたしたちもまた塵の中に降りて行く前に。
塵になれば塵に帰つて、塵の下の臥所に横たはるのだ、
葡萄酒もなく、唄もなく、歌姫もなく、そして——終りもないのだ!

イスラームの世界観では、存在世界は《現世》と《来世》の二重構造から成り立つと考える。死の向こう側、つまり、現世の彼方には来世があり、来世こそは《不滅の宿》という捉え方をオマル・ハイヤームは真っ向から否定して憚らぬのだ。

6 「アッラーの他に神はなし」(Allah il Allah) ——《イスラーム教的決定論(Islamic determinism)》 ——絶対的意志(absolute will)であるアッラーの神によって統御される《絶対的(運命)予定説(absolute predestination)》 ——決定論的世界観(deterministic view of the world)

LI

The Moving Finger writes; and, having writ,
Moves on: nor all thy Piety nor Wit
　Shall lure it back to cancel half a Line,
Nor all thy Tears Wash out a Word of it.

第51番

動く指が文字を書き記す。書き終へてしまへば、また次に進んで行く。
汝<small>そなた</small>がどんなに信仰が篤<small>あつ</small>く、またどんなに智力<small>あたま</small>を働かせてみても、
その指を呼び戻して、半行たりとも抹消させるわけにはゆかぬだろうし、
またどんなに泪<small>なみだ</small>を流して泣き喚<small>わめ</small>いてみても、その一語たりとも洗ひ流すわけにもゆかぬだらう。

LIII

With Earth's first Clay They did the Last Man's knead,
And then of the Last Harvest sow'd the Seed:
　Yea, the first Morning of Creation wrote
What the Last Dawn of Reckoning shall read.

第53番

大地の最初の粘土<small>つち</small>を捏ねて造化の神々は最後の人間の肉体を造られ、
それから最後の収穫<small>とりいれ</small>の種子<small>たね</small>を蒔かれた。
さうなのだ、天地創造の太初の晨<small>あした</small>が書き記してゐるのだ、
最後の審判の日の最後の曙が読むことになつてゐる文字を。

LVII

Oh, Thou, who didst with Pitfall and with Gin

Beset the Road I was to wander in,
　Thou wilt not with Predestination round
Enmesh me, and impute my Fall to Sin?
　　　第57番
おお、御身(おんみ)は、わたしがいづれ迷ひ込むことになる路(みち)の
　あちこちに陥穽(おとしあな)を設へたり、罠(わな)を巧みに仕掛けて待ち伏せて居られた、
　御身は予め運命が定められてゐる予定説で以てわたしを網に陥れておいて、
　わたしがむざむざと罠に掛かつたからと言つてよもやそれをわたしの罪のせゐにはなさりますまい？

　《予定説》というのは、神の全智と全能に基づいており、神の摂理と恩寵の教義と密接に関係している。伝統的なユダヤ教神学は、万事が究極的には神に依存するという一般的な意味において運命予定説的であると言ってよい。また、イスラーム教は、絶対的意志として考えられる神（すなわち、アッラー）によって支配される《絶対的予定説》を教える。キリストの使徒、聖パウロ［パウルス］(Paulos, ? – c. A. D. 65)や（北アフリカ Hippo の）聖アウグスティーヌス (Aurelius Augustinus, 354 – 430) や聖トーマース・アクィーナース (Thomas Aquinas, c. 1225 – 74) に見られ、特にカルヴァン (Jean Calvin[Johannes Calvinus], 1509 – 64) においてはその中心的な教義（いわゆる《二重予定説 (double predestination)》——天国へ行く者と地獄に堕ちる者は生前から定まっ(き)ているという説）。

　御参考までに、一言無くもがなの註記をすれば、イスラーム教は、誰も知るように、《一神教 (monotheism)》であるが、フィッツジェラルドの英訳詩集では、先刻お気付きのように、ギリシア神話やローマ神話の

《多神教（polytheism）》に置き換えているというか、少なくとも訳者が脳裡にイメージしている場合が多々見られることに留意する必要があるだろう。これは読者に欧米人を想定していたからかもしれぬ。

7 《栄枯盛衰（ups and downs）は世の習い》——享楽主義的厭世観（Epicurean pessimism）——厭世的世界観（pessimistic view of the world）

XVI

Think, in this batter'd Caravanserai

Whose Doorways are alternate Night and Day,

 How Sultán after Sultán with his Pomp

Abode his Hour or two, and went his way.

第16番
とくと考へてみ給へ、夜と昼と交互に二つの戸口のある
この使ひ古し、荒れ果てた 隊商宿（キャラヴァンサライ）に、
代々のスルターンが代るがはる華麗かつ物々しい行列を随（したが）へて
一、二時間滞留しただけで、いづこともなく旅立つて行つた様を。

XVII

They say the Lion and the Lizard keep

The Courts where Jamshýd gloried and drank deep;

 And Bahrám, that great Hunter—the Wild Ass

Stamps o'er his Head, and he lies fast asleep

第17番
その昔ジャムシード王が栄耀栄華を極め、盛大な酒宴を張つた王宮（みやる）
も、

今はただ獅子と蜥蜴の棲息する棲処と化してゐるといふ。
またあの類稀な狩りの名手、バフラーム王にしても——野生驢馬が頭上を踏みしだいて歩かうとも、熟睡から一向に眼醒めぬといふ。

《天地は万物の逆旅(旅宿)にして、光陰は百代の過客なり。而して浮性は夢の若し。歓を為すは幾何ぞ。——李太白「春夜桃李園に宴するの序」》

我々は、当然のことながら、「月日は百代の過客にして行きかふ年も又旅人也。」(松尾芭蕉『奥の細道』の冒頭)や「されば天地は万物の逆旅、光陰は百代の過客、浮世は夢幻といふ。」(井原西鶴『日本永代蔵』)を想い起こさぬわけにはいかぬだろう。

バフラーム王は、サーサーン王朝ペルシア帝国第14代皇帝バフラーム五世(在位420-438)。王妃を伴って《野生驢馬狩り(グール)》を愛好したため、「バフラーム・グール(野生驢馬のバフラーム)」(Bahrám Gúr; Bahram of the Wild Ass)と綽名されたが、最後はグール狩りに行き沼沢地(スウォンプ)に落ちて行方不明になったという。なお、12世紀のペルシアの詩人ニザーミー作、黒柳恒男訳『七王妃物語(ハフト・パイカル)』(平凡社、「東洋文庫191」、1971年)に拠れば、「彼は狩りにおいて野生驢馬(グール)を愛した／人がどうして墓を避けられようか」(16ページ)や「蹄に踏まれた荒野一面は／あまたの野生驢馬(グール)の山で墓(グール)と化した」(17ページ)とあるのを参照されたい(ペルシア語の《グール(gúr)》は、いわゆる《同音同綴異義語(homonym)》である)。

8 「あらゆる存在の否定を含めて、懐疑論(scepticism)の極端な一形態」としての《虚無主義(nihilism)》への傾斜——《イスラーム教の絶対性(absoluteness)・無謬性(infallibility)》を疑った、厳格なイス

ラーム教国が生んだ《不信の大知識人・類稀な知的巨人オマル》

XXXVIII

One Moment in Annihilation's Waste,

One Moment, of the Well of Life to taste—

　The Stars are setting and the Caravan

Starts for the Dawn of Nothing ── Oh, make haste !

第38番

絶滅の荒地(あれち)にしばしの間逗留して、

しばしの間、生命(いのち)の泉の水を味はふ──

穹窿(きゅうりゅう)に懸かる星々は沈み出し、隊商(キャラヴァン)は

無の曙に向つて旅立つのだ──おお、急いでくれ！

XLVII

And if the Wine you drink, the Lip you press,

End in the Nothing all Things end in ─Yes ─

　Then fancy while Thou art, Thou art but what

Thou shalt be—Nothing—Thou shalt not be less.

第47番

もし汝(そなた)が飲む葡萄酒も、そつと押し当てる紅(くれなゐ)の唇も、

すべての物が遂に行き着く無に帰するのであれば──全くその通り
──

それなら考へてもみ給へ、生きてゐる間の汝(そなた)とて、いづれまた帰す
るもの

──つまり、無に過ぎぬのだ──それ以下のものになるわけにもゆ
かぬだらう。

つい先頃、中世ペルシアの神秘主義詩人アッタールの代表作『鳥の言葉——ペルシア神秘主義比喩物語詩』(平凡社、「東洋文庫821」、2012年)の本邦初訳を上梓されたペルシア語・ペルシア文学の宿学、黒柳恒男東京外国語大学名誉教授のまことに簡にして要を得た解説を拝借しよう。

《(オマルは)浮世の変転、人生の無常、はかなさを痛感して嘆き、葡萄酒、薔薇、竪琴、美女をたたえ、人生の苦悩をこれらで癒そうと努め、時には徹底した宿命論者となり、世を痛烈に批判し、道徳者、神学者を嘲笑し宗教的束縛からの解放を説く。彼がこれほど宗教に反感を示したのはアラブ起源のイスラーム教に対するイラン人としての民族的感情に起因するとも言われる。[27]》

11世紀の後半から12世紀の第1四半期にかけて、文字通り、八面六臂の大活躍をしたペルシアの《知的巨人(an intellectual giant)》オマル・ハイヤームは、考えてみるに、当代を代表する最高の知性の持ち主の一人として、冷徹な眼差しで人生の本質を諦観し、「人生の束の間の儚さ・空虚(むなし)さ」を深く鋭く見つめ続けているうちに、人生や世の中の真理や価値、また人間存在そのものが空虚でほとんど無意味なものに思えるようになるのだ。彼は生きることの嗟嘆や懐疑、苦悶や諦念、希望や憧憬や絶望などを詠ったが、一見悠々たる楽観の境地にあるように見受けられるけれども、案外、心の奥底では絶えず懐疑的かつ虚無的な苦悩——知性の憂愁(うれい)(melancholy of intelligence)・智慧の悲哀(かなしみ)(grief of wisdom)に苛(さいな)まれ、持て余していたのかもしれない。傍目には盤石の如く泰然自若と構えているかに見えても、その悠々たる楽観の衣裳(ころも)の下に、我々は、不信の大知識人の宿命とも言えるオマルの底知れぬ心の闇に閉ざされたペシミズムを見て取らぬわけにはいかないのだ。そう言えば、世界最古の長篇小説で我が古典文学の最高峰『源氏物語』(1008年頃)の作者、紫

式部 (*c.* 978 − 1014) が苦悶と憂愁に満ちていたのと丁度同じように。

　仏教で謂うところの《諸行無常 (All earthly things pass away)》といい、また古代ギリシアの《泣く哲学者 (the Weeping Philosopher)》ヘーラクレイトス (Herakleitos [Heraclitus], *c.* 535 − *c.* 475 B.C.) の《万物は流転す (πάντα ῥεῖ [panta rhei]; All things flow)》といい、無常迅速の無明世界たる娑婆にあって、なんだかんだ偉そうなことを言ってみたところで、憂愁を取り払ってくれるのは、とどのつまり、《酒と女と詩歌》ということに行き着くのであろう。室町時代の小歌の珠玉311首を収めたアンソロジー『閑吟集』(1518 [永正15] 年成立) の中の「何せうぞ、くすんで／一期は夢よ、ただ狂へ」(どうする気だい、真面目くさって。所詮、人生は夢よ、遊び狂え、舞い狂え。) という現実を肯定し、陶酔する心を詠った名高い小歌を想い起こされる向きもおありかもしれない。

　オマル・ハイヤームは、ごく大雑把に要約すれば、自由奔放な思想家、懐疑論者、宿命論者、不可知論者、理性的・悟性的悲観論者、唯物主義的無神論者、現世的・刹那的享楽主義者、等々であったと言っていいだろう。千年近く前のペルシアの古詩『四行詩集』がどうやら現代の我々の心をいたく惹きつけて放さぬのは、おそらくオマルがたまたま《近代人の精神性・精神構造 (mentality; mental structure) 及び知的かつ精神的自由 (intellectual and spiritual freedom) の持ち主》であったからに他ならないからであろう。また、この英訳四行詩集の奥深い底流に一種の《通奏低音 (basso continuo)》として滲透している《ロマン主義的憂鬱感》が《ヴィクトリア朝後期の厭世主義文学》に何らかの影響を及ぼしたであろうことは何人にも否定し難いのである。

　古代ギリシアの哲学者エピクーロスの例の「隠れて生きよ」(λάθε βιώσας) ではないが、オマル・ハイヤームにはどこか我が中世の隠者文学者然としたところがあり、彼が懐疑的、厭世的、宿命的不可知論者であるとはいえ、「世を儚んで自堕落に生きよ」と語り掛けているわけでは

決してないのだ。むしろ我々はオマルのことを、《人生の無常観》をしっかりと認識した上で、我が『徒然草』ではないが、人生は無常で一寸先は闇だからこそ、生きるに値するのであり、「今を懸命に楽しんで、より善く生きよ」(《酒と女》といえども、所詮、限りある生身の人間にとって一時の慰めにしかすぎぬ)、そしてついに死ぬべき時が来たら、観念の臍(ほぞ)を固め、潔く滅び果てよ、という人生哲学の持ち主として捉えていいのではないだろうか。懐疑的悲観論者とはいえ、オマルは、《現世の歓びと美しさ》を肯定し、そこにわずかな《救い》を見出そうとしているかに見えるのだ。

　このことは19世紀の英国の高学歴の、いわば《高等遊民(強いて英訳すれば——"highly educated nonworker")》的詩人・翻訳家、エドワード・フィッツジェラルドの《精神性、人生観・人生哲学、世界観》などとどうやらほぼ重なり合い、相一致するところがあったからこそ、フィッツジェラルドにはオマルの詩的発想法を見事に借用かつ踏襲して、敢えて言えば、翻案的手法・換骨奪胎的技法を自在に駆使して、彼独自の斬新で格調の高い、彫琢を極めた美しい英訳韻文四行詩を次々と生み出していったものと思われるのだ。

　イランのシーラーズ大学(Shiraz University)の比較文学・英文学教授のAlireza Anushiravani氏は、次のような洞察力に富む、傾聴に値する指摘をしているので、御参考までに、以下に紹介しておこう。

　　《ハイヤームの荒れ狂う心は、愕然としたことには、自分では見出し得ぬ答えを捜し求めているのだ。答えの出ない問題に深く挫折して、彼は遂に飲酒と「この日を摑め」(カルペー・ディエーム)(今を楽しめ)に頼るようになる。しかしこれは、ハイヤームと言えばいつも決まって聯想させてきた快楽主義と混同してはいけない。彼が止むを得ず最後にアルコールに頼るのは、享楽主義者(エピキュリアン)としてではなく、厭世的哲学者の解

決法なのだ。理性的な哲学者として、彼は葡萄酒を飲むという過度に単純化した快楽よりもむしろ人生の短さと無意味さ(the brevity and meaninglessness of human life)に関心を持つのだ。[28]》

さらに同氏は、同じページで、こう指摘している。

《『ルバイヤート』で用いられている言葉は人生の相容れない二つの面を例証しているのだ。"the flower, the nightingale, grass, spring, gardens, wine, and light" といった言葉は生気横溢と快楽(liveliness and pleasure)の観念を伝えるイメージがあるのに対して、"darkness, the corpse, dust, the veil, departure, deception, dream, winter, chaos, and grief" といった言葉は絶滅と死(annihilation and death)を心に呼び醒ますイメージがある。[29]》

言われてみれば、誰しも充分納得が行く指摘である。

V. 《イスラーム神秘主義 (taṣawwuf)》——汎神論的《スーフィズム (Sufism——Islamic Mysticism)》をめぐって

最後に、どうしてもイスラーム教の《神秘主義》に少しばかり言及しないわけにはいかぬだろう。齋藤勇編『研究社世界文学辞典』(1954年)に拠ると、《神秘主義(Mysticism)》とは、「概念的認識と言語的表現を超絶する一種不可思議の体験において、《unio mystica(mystical union [神秘的な合一])》即ち自我と絶対者との一体化に達するところの状態に人間精神の最高の境地を認めようとする立場。主として哲学上及び宗教上の思想で、合理主義を排し、内的直観によって直接に最高究極の実在を把握しようとする。」[30]とある。因みに手許の『コロンビア百科事典』

(第3版)を繙いてみると、次のような記述が出てくる。

《魂の神との合一 (the soul's union with God) という高度に発展した象徴主義は繊細で美しい抒情詩的文体で表現される。しかしながら、スーフィズムの運動は、10世紀末から11世紀初頭にかけてシーア派の間に現れたが、単に文学上の運動ではなく、広汎にわたる哲学であった。それは新プラトーン主義、仏教、及びキリスト教から思想を拝借してきたものだ。修道院風の教団が興ると共に、様々な思想や慣行が現れた。禁欲(苦行)的修行を強調する団員もいれば、静寂主義を強調する団員もいる。すべての団員は魂と神との内的直観による直接的な合一 (the immediate personal union of the soul with God) に重きを置く上で結束しているのだ。[31]》

当時広く行われていたイスラーム教の汎神論的《神秘主義》(パンセイスティック・スーフィズム)に対して、オマル・ハイヤームは長い間少なからぬ関心を抱いて来たと思われる。しかしながら、オマルが実際に「神との直接体験を目指す」いわゆる《神秘主義者》(スーフィー)で実際あったか、どうかに関しては、以前から両論があって、見解が真二つに分かれると言ってよいのだ——例えば、《フィッツジェラルド説》対《カウエル説》のように。

御参考までに、前出のトマス・ライト著『エドワード・フィッツジェラルド伝』(全2巻、1904年)——最初の伝記——の中に、次のような甚だ興味深い箇所があるので、訳出しておこう。

《フィッツジェラルド説に拠れば、オマル・ハイヤームの神秘主義の研究 (Sufic studies) の結果として、彼は禁欲主義の聖者にせよ、また空想に耽る詩人にせよ、結局のところ、信仰とその解釈者たちの双方を侮蔑の念を以て見棄てるに至ったのである。この後、彼は

不可知論者となり、神秘主義者たちは彼の嘲弄の的となり、彼は彼らの大嫌いで、かつ強く怖れる対象となった。カウエル説に拠れば、オマルはいつも神秘主義(スーフィズム)に忠実であったし、彼の偉大な詩は神秘主義者たちの教義に対してではなくて、イスラーム教徒たちの頑迷固陋さ(bigotry)に対する痛烈な非難なのである。⁽³²⁾》

二人と同時代人であったトマス・ライトは、さらに次のように書いている。

《1901年11月にケンブリッジを訪れた時、わたしはカウエル教授の意見を彼自身の口から直接拝聴することができた。
「我々はオマルの言葉を文字通りに解釈すべきですか、それとも隠された意味がありますか？」とわたしは訊いてみた。
「詩は、」と彼は答えた、「神秘的象徴的なものです。わたしはそう確信しています。インドにいた時、わたしはこの問題について語学教師たち(Moonshees)と随分話をしてみたが、彼らは皆これと同意見でした。彼らは詩が寓意的(アレゴリカル)なものではないという考えを嘲笑った。」
「オマルの酩酊の讃美は、」とわたしは言った、「うまく説明しにくいのです。」
「酩酊とは、」とカウエル教授は、莞爾と微笑みながら、言った。「《神の愛》を意味しているのです。」
「それじゃ、オマルは神秘主義者(スーフィー)であって、或る人々が主張しているように、異端ではないのですか？」
「間違いなく、彼は神秘主義者(スーフィー)でした。」⁽³³⁾》

たとえ四行詩という短詩といえども(我が短歌、小歌、俳句、川柳な

どを想起させる)、一箇の自己完結した文学作品として、いったん詩人の手を離れて独り立ちし始めると、もはや作者の意図とはお構いなしに、読者がどう解釈しようとも致し方ないのである。そもそも文学作品というものは、深読みするにせよ、また上っ面だけの読みにせよ、読者は好きなように読んで一向に構わないのである。いやしくも優れた文学作品ならば、当然、多種多様な読み方が許されてしかるべきである。というのも、作者の意図した読み方を読み手に強制することなど、所詮、ほとんど不可能と言っていいことなのだから。

昨今の批評界を彩ってきた様々な《批評理論》も、所詮、「西欧的な論理」——すなわち、「近代的合理精神」の産物であって、どんなに斬新な批評理論を縦横に駆使してみたところで、文学作品を——矛盾に満ちた、一筋縄では行かぬ複雑怪奇な存在である「人間」とその「時代」をそう易々と分析し、解釈し切れるものではないのである。またたとえ解釈が分かれたとしても、一向に構わぬのが文学というものであるのだから……。

オマル・ハイヤームは、考え方と生き方の双方において、いかなる権威・信条・伝統・慣習などにも拘束されずに自由かつ理性的に思考する、いわゆる《自由思想家(free-thinker)》であって、哲学者として自らに課した関心事は、日常生活の瑣事にわたるのではなくて、もっぱら神・宗教・人生・宿命・物質と精神・善と悪・個と全体、等々といった哲学的・形而上学的主題こそがオマルの主要なる関心事であったのである。そしてオマルは、イスラームの神秘主義(スーフィズム)の側から見れば、当然ながら、《大敵》であったと思われるのだ。

ついでに一言無くもがなの註記をすれば、中世ペルシアの神秘主義詩人と言えば、先ず《三大神秘主義詩人》——ルーミー(Rumi, c. 1207 – 73)、アッタール(Attar, c. 1142 – c. 1220)、サナーイー(Sanai, c. 1090 – 1131)——それにアブー・サイード(Abu Said, 967 – 1049)、大詩人サーディー(Sadi, c. 1213 – c. 91)、大詩人ハーフィズ(Hafiz, c. 1326 – c.

89)、ジャーミー(Jami, 1414 − 92)らの名が挙げられる。

　中世ペルシアの大半の詩人がそうであったように、オマルを神秘主義者(スーフィー)の仲間に加えようとする学者(ウラマー)がいたが、今日ではこの学説はほとんど受け容れられてはいないと言っていいだろう。オマルは、神秘主義詩人たちの大半とは違って、象徴的手法を用いず、人間に共通の様々な問題を過度の技巧に走らず、至って平易、簡明、直截に詠い込んだ詩人であったと考えるべきだろう。オマルの四行詩は、もとより彼には学識をひけらかす《衒学趣味(ペダントリー)》や《紳士気取り(スノビズム)》など少しもないのだから、必要以上に深読みせず、素直に、文字通りに読み取れば、それで充分だと言うべきだろう。

　ここでわたしが秘かに鍾愛する不世出のフランス文学者渡邊一夫(1901 − 75)先生の言葉を引用することを許されたい。「文学といふものは、この現実の抒情歌であらねばならない。だから、文学は、常に大いなる歓喜と大いなる悲哀とを持つてゐるのである。(34)——渡邊一夫」

　ところで、洋の東西を問わず、少なくとも『ルバイヤート』が我々一般読者を惹きつけてやまぬのは、あくまでもオマルの平易、簡潔で、的確に本質を衝く直截的表現のせいであって、詩句の内奥に秘めるイスラームの神秘主義的、寓意的、象徴的意味合いなどのせいでは決してないのだと言っても差し支えないであろう。確かに、先刻言及したヨガナンダのように極めてインド的な《心霊学的解釈》も成り立ち得るようだけれども、わたし個人としては、正直言って、手も足も出ないお手上げ状態で、少しも面白いとは思わないし、また別段さほど強い関心もないのである。

　ペルシア的な《輪廻転生説(metempsychosis)》と《物質不滅説(indestructibility[conservation] of matter)》を合体させ、かつ《擬人(活喩)法(personification[prosopopoeia])》を用いたりして、例えば、生前酒好きな「血汐(たぎ)の滾る人間」がやがて死んで「土」に還り、さらにしばら

くすると陶工によってたまたまその土から「酒壺」が作られ、血汐なら
ぬ「赤葡萄酒を満々と湛えた酒壺」になって、今度は酒壺にじわじわと
滲み込んでくる酒のお相伴に与る——といったような不思議な顛末、愉
快な巡り合わせならば、今更『萬葉集』の大伴旅人（665 − 731）の例の「讃
酒歌」を引き合いに出すまでもなく、誰にでも容易に理解できるであろ
う。

　そう言えば、ハムレットの台詞にこんな一節がある。——「アレクサ
ンドロス大王が死ぬ、大王が葬られる、大王が塵に還る、塵とは土だ、
その土から粘土が出来る、となると、アレクサンドロス大王化身の粘
土から誰かがビール樽の栓を作らぬとも限るまい？」("Alexander died, Alexander was buried, Alexander returneth into dust, the dust is earth, of earth we make loam, and why of that loam, whereto he was converted, might they not stop a beer-barrel?"—Shakespeare, *Hamlet*, V. i. 190 − 93.)

　イスラームの神秘主義は、科学主義と違って、直接的または内面的
な経験や霊的な直観によって《神（絶対者）》を直接に体験し、《神人霊交
の法悦（mystical rapture）》に浸ろうとする。また、エジプト生まれの
ローマのギリシア系哲学者プローティーノス（Plotinos [Plotinus], *c.* 205
− *c.* 270）の学統を継ぐ、3世紀頃から6世紀にわたる古代ギリシアの最
後の哲学学派《新プラトーン学派（Neo-Platonism）》は、神を無形の絶対
的「一者」(to hen; the One) と考え、神と人間との合一——「神人合一
（一如）」——のための神秘的な愛と脱我（exstasis）を主張したことで知
られる。瞑想により心を鎮め、寂静の神秘境にはいり、絶対者（ブラフ
マン [Brahman]、アートマン [Atman]）との合一を目指すインドの神
秘哲学、《ヨーガ [瑜伽] (Yoga)》の信奉者、例えば、ヨガナンダが「オ
マルは葡萄酒が神の愛と歓喜に酩酊していること（the intoxication of divine love and joy）を象徴していると明言している」（前掲書、「緒言」

参照)などと指摘されてみても普通の読者ならば、おそらくただ面喰らうしかないであろう。

　因みに、ここで少しく挿記すれば、フィッツジェラルドは、甚だ興味深いことには、エスパーニャ(スペイン)文学の、いわゆる《黄金世紀(Siglo de Oro; the Golden Age)》——文学ではセルバンテス(Miguel de Cervantes Saavedra, 1547 – 1616)、ケベード(Francisco Quevedo, 1580-1645)、演劇ではローペ・デ・ベーガ(Lope de Vega, 1562 – 1635)などが輩出した、ほぼ16世紀後半から17世紀前半までの期間——の劇作家・詩人のペドロ・カルデロン・デ・ラ・バルカ(Pedro Calderón de la Barca, 1600 – 81)の戯曲を8篇ほど無韻詩と散文に自由に英訳し刊行しているのだ(Cf. *Eight Dramas of Calderón*, 1906)。カルデロンの戯曲の中で最も有名で、教訓的かつ哲学的な一篇『人生は夢』(*La vida es sueño*[*Life Is a Dream*], 1636)は、*Such Stuff as Dreams Are Made Of*(1865)という英訳題名の下に訳出されている(邦訳としては、高橋正武訳『人の世は夢／サラメアの村長』、岩波文庫、1978年)。

　ポロニア(ポーランド)のセヒスムンド王子(Prince Segismundo)は、第2幕(Jornada segunda; Act Two)の終わりの所で、こう言い放っている。(試みに、スペイン語の原文に当たって調べてみたが、例によって、大胆な《翻案的翻訳》の所為もあってか、フィッツジェラルドの著作集所収の英訳篇中には直接該当・対応する英訳文が見当たらなかったので、筆者はやむなく他の英訳者の原文に忠実な訳文を拝借することにしたことをお断りしておく。)

《¿Qué es la vida? Un frenesí.
　¿Qué es la vida? Una ilusión,
　una sombra, una ficción,
　y el mayor bien es pequeño;

que toda la vida es sueño,
y los sueños, sueños son.(35)

What is life? A frenzy.
What is life? An illusion,
a shadow, a fiction,
and our greatest good is but small;
for, all of life is a dream,
and even dreams are dreams.(36)

人の世とは、何だ？　狂気だ。
人の世とは、何だ？　まぼろしだ。
影だ。幻影だ。
いかなる大きな幸福とても、取るに足りない。
人の一生は、まさに夢。
夢は所詮が夢なのだ。(高橋正武訳)》

　カルデロンが劇中に好んで生まれながらにして遁れられない《苛酷な宿運》を背負った人物を登場させているのは、どうやら少年期に父母を(10歳にして母親を、また15歳にして父親をそれぞれ)喪ったことが彼の人生観に思わず知らず投影しているらしいと言われている。「浮き世は憂き世」、「浮世(ふせい)は夢幻」、「人生は無常迅速」と観ずるカルデロンの心の奥底・深淵には、いささか仏教的とも言える一種甘美なペシミズムが《通奏低音(バッソ・コンティヌオ)》のように途切れることなく流れているのを我々は感じ取らないわけにはいかぬのだ。カルデロンの文学の根柢・底流にある、このような精神の傾向が、おそらくフィッツジェラルドの心を惹きつけ、彼の共感するところとなり、さらに彼をして英訳へと駆り立たせるに至った

『オマル・ハイヤームのルバイヤート』(初版)の世界　127

ものと考えていいだろう。
　最後に、元オマーン国(オマーン・スルターン国 [The Sultanate of Oman])大使で、岩波文庫のアブー・ヌワース作『アラブ飲酒詩選』(1988年)の名訳者として知られる塙 治夫(はなわ)(1931－　)氏の言葉を引用させていただいて、本稿をひと先ず締め括ることにする。

《酒の詩人といえば、我々日本人には唐の李白が第一人者としてまず頭に浮かぶ。また、一部の人はペルシャの学者詩人オマル・ハイヤームを思い浮かべるであろう。しかし、ここに李白やオマル・ハイヤームに恐らく比肩するもう一人の酒の詩人をあげることができよう。アブー・ヌワースがその人である。
　三人はいずれ劣らず酒を愛し、酒を礼讃する詩を作ったが、人柄や作風には大きな相違がある。李白は酒仙の風格を帯びた大人(たいじん)のイメージが強く、悠々と酒の世界に遊び、酔夢の境地を豪快に吟じた。彼の詩には春風駘蕩の雰囲気があり、超俗の精神が漂っている。
　他方、オマル・ハイヤームは人生の無常をあばき、束の間(つかのま)の慰めを酒に求める四行詩を数多く遺した。それらはペルシャでは当時最高の知識人であったオマル・ハイヤームの思索の跡を示す知的な作品で、その底流には深いペシミズムがある。表現も観念的、象徴的、あるいは比喩的で、詩風には哲学的香気が感じられる。
　両者に比べると、アブー・ヌワースは俗物もよいところで、官能的快楽をひたすら追い求め、酒色に耽溺した。晩年には禁欲的な詩も作っているが、彼の真骨頂は痛快なまでに背徳的な生き様を堂々と詩に詠んだことである。表現も平明で、気取ったところがなく、機知と諧謔(かいぎゃく)に富んでいる。[37]》

(付記)

昨年、筆者はエドワード・フィッツジェラルド英訳の初版 (1859年、全75篇) のテクストを用いて邦訳を上梓する機会を得た。──齋藤久訳『ルバイヤート』(エドマンド・J・サリヴァン挿画入り《限定参佰伍拾部》、[発行] 七月堂、[発売] 朝日出版社、2011年5月) 所収の《解題篇 (pp. 181 – 203)》の中の記述を今回本稿に敢えてかなりの分量使わせていただいたことを一言お断りしておかねばならぬ。(August 2012)

註

(1) 齋藤勇編『研究社 世界文学辞典』(研究社、1954年)、182ページ。
(2) 『コーラン』は、預言者ムハンマド (Muhammad, *c.* 570 – 632) の著作ではなく、神アッラー (Allah) が天使ガブリエル (Gabriel) を通じてムハンマドに憑依(ひょうい)し一人称で語った啓示を集めたもの。
(3) 齋藤勇編、前掲書、182ページ。
(4) Cf. Friedrich Rosen (ed.), *Omar Khayyám: Rubá'iyát* (Berlin: Kaviani Press, 1925)
(5) 陳舜臣訳『ルバイヤート』(集英社、2004年)、119ページ。
(6) モスクワ版 (1955年) に拠る252篇及びデンマークのクリステンセンの研究書 (Arthur Christensen, *Critical Studies in the Rubá'iyát of 'Umar-i-Khayyám. A Revised Text with English Translation*. Kobenhavn [Copenhagen]: Host & Son, 1927) に拠る44篇、都合296篇を所収。
(7) Cf. A. J. Arberry, *The Rubá'iyát of Omar Khayyám: the Chester Beatty MS* (London: Emery Walker, 1949) Cf. A. J. Arberry, *Omar Khayyám: a New Version* (London: John Murray, 1952)
(8) 黒柳恒男訳註『ルバーイヤート』(大学書林、1983年)、xvページ。
(9) Sir William Ouseley (1767 – 1842) は、ペルシアの歴史・語学・文学に関する著作を遺した英国の著名なオリエント学者。主著として、『ペルシア雑集』(*Persian Micellanies*, 1795)、『オリエンタル・コレクションズ (全3巻)』(*Oriental Collections*, 3 vols., 1797 – 99)、『イブン・ハウカルの東洋地理学』(*Oriental Geography of Ebn Haukal*, 1800)、等々がある。
(10) Edward Heron-Allen, *The Ruba'iyat of Omar Khayyám*. Being A facsimile of the Manuscript in the Bodleian Library at Oxford, with a Transcript into modern Persian characters, Translated, with an Introduction and Notes, and a Bibliography (London: H. S. Nichols Ltd., 1898; Boston: L. C. Page & Co., 1898)
(11) エドワード・B・カウエルは、1856年、インドのカルカッタのPresidency Collegeの歴史学の教授として英国史を教えたり、1858年にはサンスクリット語

学者(Sanskritist)として、Government Sanskrit Collegeの学長をしたりして、帰朝後、1867年に、初代《ケンブリッジ大学サンスクリット語教授(Professor of Sanskrit at Cambridge, 1867 – 1903)》に任命される。

(12) Thomas Wright, *The Life of Edward FitzGerald* (London: Grant Richards, 1904 [2 vols.]; Scholarly, 1971 [2 vols., repr.]), vol. II, p. 17.

(13) A. M. Terhune and A. B. Terhune (eds.), *The Letters of Edward FitzGerald, 1830 – 1883* (Princeton University Press, 1979 – 80 [4 vols.])

(14) *The Letters of Edward FitzGerald, 1830 – 1883*, vol. II, pp. 260, 261. Cf. *Letters and Literary Remains of Edward FitzGerald* (Macmillan and Co., Limited, 1903), vol. II, pp. 59, 61.

(15) *The Letters of Edward FitzGerald*, vol. II, p. 318. Cf. *Letters and Literary Remains of Edward FitzGerald*, vol. II, p. 92.

(16) 竹友甫雄編註、*Longer English Poems*（研究社、「英文学叢書」、1926［大正15］年）、pp. 315 – 317.

(17) 吉田健一『横道に逸れた文学論』（文藝春秋新社、1962［昭和37］年）、163ページ。旧仮名遣いに改めた「吉田健一著作集」第12巻（集英社、1979［昭和54］年）、343ページ。

(18) 同上、164ページ。集英社版著作集、343ページ。

(19) Cf. "Hell is a city much like London——／A populous and a smoky city"——P. B. Shelley, "Hell," *Peter Bell the Third* (1819), Pt. III, ll. 1-2.

(20) Paramahansa Yogananda, *Wine of the Mystic: The Rubaiyat of Omar Khayyam: A Spiritual Interpretation* (Los Angeles, Cal.: Self-Realization Fellowship, 1994), p. x. 本書は、半世紀以上前に雑誌に発表されていたものが、初めて単行本化されたものである。

(21) *Ibid.*

(22) Cf. *Ibid.*

(23) 小川亮作訳『ルバイヤート』（岩波文庫、1949年、［改版］1979年）、151ページ。因みに、訳者の死後出版に、グリボイェドフ『智慧の悲しみ』（岩波文庫、1954年）がある。

(24) ルネ・ラルー著、吉田健一訳『英文学史』（白水社、「文庫クセジュ28」、1952年）、104ページ。

(25) F・M・コーンフォード著、山田道夫訳『ソクラテス以前以後』（岩波文庫、1995年）、140ページ。

(26) 同書、140ページ。

(27) 『新潮世界文学辞典』（新潮社、「増補改訂版」、1990年）、203ページ。

(28) Lesley Henderson(ed.), *Reference Guide To World Literature*, Second Edition, vol. II(Detroit, Michigan: St. James Press, 1995), p. 893.
(29) *Ibid.*
(30) 齋藤勇編、前掲書、508ページ。
(31) William Bridgwater and Seymour Kurtz(eds.), *The Columbia Encyclopedia*, Third Edition(New York: Columbia University Press, 1963), p. 2063.
(32) Thomas Wright, *op. cit.*, vol. I, pp. 277-78.
(33) *Ibid.*, p. 278.
(34) ジョルジュ・デュアメル著、渡邊一夫訳『文学の宿命』(創元社、「創元選書116」、1946年)、188ページ、「訳者後記」
(35) Pedro Calderón de la Barca, *Life Is a Dream ／ La vida es sueño*: A Dual-Language Book(New York: Dover Publications, Inc., 2002), ed. and trans. by Stanley Appelbaum, p. 122.
(36) *Ibid.*, p. 123.
(37) アブー・ヌワース作、塙治夫編訳『アラブ飲酒詩選』(岩波文庫、1988年)、151-52ページ。アラブ文学翻訳家の塙氏は、先頃、アラブ圏初のエジプト人ノーベル文学賞(1988年)作家ナギーブ・マフフーズ(Naguib Mahfouz, 1911 – 2006)の代表作《カイロ三部作(The Cairo Trilogy)》――『張り出し窓の街』、『欲望の裏通り』、『夜明け』の邦訳を国書刊行会から上梓された。

参考文献

Kerney, Michael, (ed.) *Works of Edward FitzGerald*. 2 vols. New York & Boston: Houghton, Mifflin & Co., 1887; London: Bernard Quaritch, 1887.

Wright, William Aldis, (ed.) *Letters and Literary Remains of Edward FitzGerald*. 3 vols. London: Macmillan & Co., 1889; New York: The Macmillan Company, 1889; 7 vols. Limited to 775 sets, 1902-03; repr., 7 vols. New York: AMS Press, 1966.

Rubáiyát of Omar Khayyám. First edition, Quaritch, 1859; Second edition, Quaritch, 1868; Third edition, Quaritch, 1872; Fourth edition, Quaritch, 1879; Fifth edition, Macmillan, 1889.

Cohn, J. M., (ed.) *Letters of Edward FitzGerald*. London: Centaur Press, 1960.

Terhune, A. M. & Terhune, A. B., (eds.) *The Letters of Edward FitzGerald, 1830-1883*. 4 vols. Princeton, N.J.: Princeton University Press, 1979-80.

Wright, Thomas. *The Life of Edward FitzGerald*. 2 vols. London: Grant Richards,

1904; repr., Scholarly, 1971.

Terhune, Alfred McKinley. *The Life of Edward FitzGerald*. Oxford University Press, 1947; Yale University Press, 1947; repr., Westport, CT: Greenwood Press, 1980.

Martin, Robert B. *With Friends: A Life of Edward FitzGerald*. London: Faber and Faber, 1985.

Potter, Ambrose George, (ed.) *A Bibliography of the Rubáiyát of Omar Khayyám*. Limited to 300 copies. London: Ingpen and Grant, 1929; repr., Hildesheim・Zürich・New York: Georg Olms Verlag, 1994.

Tutin, John Ramsden, (ed.) *A Concordance to FitzGerald's Translation of the Rubáiyát of Omar Khayyám*. London: Macmillan and Co., Limited, 1900; New York: The Macmillan Company, 1900.

Dole, Nathan Haskell, (ed.) *Rubáiyát of Omar Khayyám: English, French, and German Translations Comparatively Arranged in Accordance with the Text of Edward FitzGerald's Version with Further Selections, Notes, Biographies, Bibliography, and Other Material*. 2 vols. Boston: Joseph Knight Company, 1896.

Heron-Allen, Edward, (ed.) *The Second Edition of Edward FitzGerald's Rubá'iyát of 'Umar Khayyám*. London: Duckworth & Co., 1908; The Crowm Library, 1912.

Arberry, A. J. *The Romance of the Rubáiyát*. London: George Allen & Unwin Ltd., 1959; New York: The Macmillan Company, 1959.

The Cambridge History of Iran. Vol. 20. Cambridge University Press, 1975.

R・A・ニコルソン『イスラムの神秘主義』中村廣治郎訳、「平凡社ライブラリー」、1996年。

ティエリー・ザルコンヌ『スーフィー──イスラームの神秘主義者たち』東長(とうなが)靖監修、遠藤ゆかり訳、創元社、「知の再発見双書」、2011年。

黒柳恒男『ペルシア文芸思潮』　近藤出版社、1977年。

黒柳恒男『ペルシアの詩人たち』　東京新聞出版局、「オリエント選書」、1980年。

黒柳恒男訳註『ルバーイヤート』(波斯語の原詩及び日本語の訳詩付きの《対訳註書》)大学書林、1983年。

黒柳恒男訳『ハーフィズ詩集』　平凡社、「東洋文庫299」、1976年；平凡社、「ペルシア古典叢書1」、1977年。

井筒俊彦『イスラーム思想史──神学・神秘主義・哲学』岩波書店、1975年；中央公論新社、「中公文庫」、1991年。

井筒俊彦『イスラーム文化──その根柢にあるもの』　岩波書店、「岩波文庫」、1991年；「ワイド版岩波文庫」、1994年。

井筒俊彦『意識と本質――精神的東洋を索めて』　岩波書店、1983年；「岩波文庫」、1991年。
井筒俊彦訳『コーラン』(全3冊)　「岩波文庫」、1957-58年；改訳版《新字・新仮名遣いによる口語訳》、1964年。

オマル・ハイヤーム想像画

アメリカ

無宿者としてのジャック・ロンドン

齋藤忠志

はじめに

　1850年、アメリカ合衆国内陸部に9,000マイル敷かれた鉄道路線は、10年後の1860年になると、30,000マイルに達し、1869年5月10日には、ユタ州プロモントリーで、ユニオン・パシフィック鉄道と、セントラル・パシフィック鉄道が結ばれ、大陸横断鉄道が完成する。この鉄道の発展とともに、アメリカ社会に、ホーボー(hobo)、トランプ(tramp)という放浪者が登場する。1875年以降、家を持たぬ放浪者が、路上をうろついたり、鉄道を無賃で利用するようになる。彼らは、鉄道保安官の目をぬすみ、貨車にもぐりこむのだ。しかし、この放浪者の意味のホーボー、トランプには、バム(bum)という類語がある。彼らに共通しているのは、生活手段に欠け、あてもなく、つねに移動しつづける点である。しかし、これらのなかで、放浪者という意味で最も相応しくないのは、あまり移動せずに、アルコールや麻薬に溺れ、だらだらと日々を送るバムであろう。各地を転々と放浪し続けるという点で共通しているのは、ホーボーとトランプである。一般的には、ホーボーとは、何かの理由で継続的な仕事を止めるか、または単に仕事を失うことで、仕事を探しながら国中を移動し、ときには物乞いもするが、基本的には移動労働者である。ホーボーと同じく国中を放浪し、仕事ができる体力はあるが、

仕事をしない放浪者はトランプとなる。またバムは放浪もせず仕事もしない酔っ払いであると言われている。[1]

1920年代に放浪者の数は減少するが、不況の30年代にはいると急激に増加する。しかも、男性だけでなく、女性の放浪者も加わることになる。また、40年代に入る前に、輸送手段が列車に自動車が加わると、自動車は自動車ホーボー、自動車トランプとも言える白人季節労働者オーキー , アーキー[2] をつくり出す。しかし、第二次世界大戦がはじまると、不況時代は終わり、戦後は、輸送手段が貨物列車や自動車から長距離トラックへと変わる。そこで、貨物列車をただ乗りすることから始まったホーボー、トランプは消滅に向かう。

アメリカで上述の放浪者を扱った最初の文学作品は、ブレット・ハート (Bret Hart, 1836 - 1902) のスケッチ風の短編「わが友トランプ」("My Friend, the Tramp," 1877) である。その後ホーボーやトランプを扱った社会学的な研究書物は増えていくが、彼らを主題とする作品に、文学的価値を持たせたのは、機関車とともに登場した放浪者を自らも体験したジャック・ロンドン (Jack London, 1876 - 1916) である。彼は十八歳の時に放浪生活に入るのだが、作品には、小説というより多くのエッセイのなかに放浪者、とくにトランプを登場させている。その理由は後述するが、実体験をエッセイにまとめたものに『道』(*The Road*, 1907) という作品があり、また、その路上生活の経験により生まれたといえる『どん底の人々』(*The People of Abyss*, 1903) では、英国ロンドンのイーストエンドというスラム街に住む労働者たちの悲惨な生活について報告している。本稿では、18歳のとき、ロンドンはなぜそのような放浪の旅に出ることになったのか、また、彼の視点を通して、経済上、当時のアメリカ資本主義社会において、ホーボー、とくにトランプとはどういう存在として位置づけられていたのか、さらには、『どん底の人々』のような社会学的記録も含め、トランプやホーボーについて書いた作品を文学的に

価値のあるものにまで高めたジャック・ロンドンは、後に、直接間接、他の作家たちに、または他の分野に、どのような影響を与えることになったのかについて考察したい。

1　放浪者ロンドンの起源をさぐる短編「背教者」

実は、ロンドンは長編小説の主人公としてトランプやホーボーを使っていない。数多い短編のなかでさえ、トランプやホーボーの問題にふれているのはごくわずかである。なぜなのだろうか？ロンドンは、自伝的作品『ジョン・バーリーコーン』(*John Barlecorn*, 1913)の中で次のように述べている。

> 私は、さっそく一生かけての仕事に専念することに決めた。私にはやりたいことが四つあった。まず、第一に作曲、次に詩作、三番目は哲学や経済、それに政治に関する評論、そして四番目に、最後で最低の望みとして、創作がきた。[3]

第1、第2は別にして、自分のやりたい仕事として第4番目に、最低の望みとして創作が位置づけられている。しかし、それにしてはあまりにも多くの小説、短編を書いている。それではホーボーやトランプを主人公として使うむずかしさがあったのだろうか。きわだって生活手段に欠け、根無し草的であり、つねに移動しつづけるトランプやホーボーに家庭的問題はあまり存在しない。また、彼らは富や権力を追求する闘争とも切り離されている。ある意味で、自力ではどうにもならない、環境の犠牲者であると言える。対等な立場で何かに戦いを挑むことを好んだロンドンは、社会的には敗者とみなされるトランプ、ホーボーをあまり使いたくなかったのかもしれない。ここでは数少ないトランプやホー

ボーに関する短編のなかから、「地方色」("Local Color," 1903)、「ホーボーと妖精」("The Hobo and Fairy," 1911)、「背教者」("The Apostate," 1909)の3編について検討したい。

　「地方色」は、1903年10月号の『アインスリーズ・マガジン』に発表されたが、作品の冒頭からシェイクスピアの『ヘンリー四世』の一節を引き合いに出しながら、ホーボーという言葉の由来とその意味を切々と語るインテリ・トランプが中心人物である。この博識多才のリイス・クレイ・ランドルフは、彼を迎えてくれた家で、無遠慮に相手の高級な葉巻を吸ったり、高価なワインを飲みながら、しかも相手が驚くような多くの話題について淡々と語るトランプである。彼が語り手である私に話すその内容を要約すると、次のようになる。ケンタッキー州出身のこの紳士トランプは、金欲しさから、トランプと彼らを虐げる警察との関係を記事にしたいと、カウベル新聞社に赴く。書いた原稿は受け入れられるが、それが近いうちに行われる新警察所長の選挙に利用されることになる。手に入った原稿料で、仲間のトランプたちとたらふく酒を飲むが、翌朝、その仲間と一緒に浮浪罪で刑務所へ送り込まれ、法廷へひっぱり出されたインテリ・トランプは、『カウベル』紙に書いた記事の内容で30日、酒に消えた原稿料により財産浪費のかどで30日、合わせて60日間の監禁に処されてしまうことになる。この人物が語る、トランプの人権を全く認めようとしない強引な逮捕による警察権力との戦いは、エッセイにもよく出てくるが、この作品は、エッセイに比べると、主人公のトランプの設定の仕方に作り物の感があると言わざるを得ない。

　次に挙げる「ホーボーと妖精」は、『サタデー・イブニング・ポスト』誌1911年2月号に発表されている。これは、一人の妖精のようなサマリア人の子どもが示した親切な行為により、肩幅が広く、首が太い頑強なトランプが改心し、ついには一度は辞めた仕事にもどるという話である。テキサス州で生まれたロス・シャンクリンは、17歳のときに、実際に

は盗んではいない7頭の馬を盗んだかどで、12年間投獄されるという有罪判決を受けてしまう。前科のないこの男には大変厳しい判決であった。シャンクリンは最初はまじめに労役に服していたが、その後、何度か脱獄を試みる。しかし成功することはなく、捕まると、体をロープで吊り上げられ、気絶するまで鞭打ちの刑をうけ、意識が回復すると、また鞭で打たれた。あるときは、90日間、地下牢に投獄されることもあった。さらに、他の囚人が、看守の手荒い行為により、立ち直れないほどの傷を体に受けたり、神を呪いながら絞首台へ向かう様子を目の当たりにする。12年後、5ドル貰って出所するが、その間における看守らの残酷無比な行為により、人間不信に陥ったこの男は、解放され自由の身になったにもかかわらず、仕事をすることが大嫌いになり、仕事を軽蔑するまでになってしまう。そしてシャンクリンはトランプとなる。彼が過去を回想するこれらのシーンは説得力があり、切実感のある場面と言える。しかし、少女と別れた後、彼女の親切な行為により、心改め大きな農場で馬を引く御者としての仕事を得ることになるのだが、刑務所における出来事を回想する場面の後は、感傷的になりすぎてしまっていると言えよう。この2つの短編から、ロンドンが、小説ではなく、エッセイのなかで多くのホーボーやトランプを描いたことの理由を察することができよう。

　1906年9月に『ウーマンズ・ホーム・カンパニオン』誌に発表された「背教者」は3つの短編の中ではいちばんロンドンの自伝的色彩の濃い作品である。ロンドンは11歳で朝夕の新聞配達、休刊日の週末は、氷屋での配達係や、ボーリング場でのピン立て係などの仕事で家計を助けている。また、1893年には、この作品の舞台ともなっている黄麻工場で働いている。1時間10セントで1日10時間の労働であったと言う。

　黄麻工場の機械部屋のなかで、肺から糸屑を追い出すために咳をしながら生まれたこの作品の主人公のジョニーは、7歳ですでにこの家の家

長であり、一家を支える働き手である。しかし、16歳となったジョニーの体はすでにボロボロで、7歳から16歳までの9年間で人間が一生かけて働く労働時間を終えてしまった老人のようだ。ある日、ジョニーは悪性のインフルエンザにかかり、2週間ほど仕事を休む。生まれてはじめての休養期間だ。すると、ジョニーはその休養が切掛けとなり、家族や職を捨てて家を出てしまう。ロンドンは、ジョニーの歩く姿を、次のように描写する。

> 彼の歩き方は人間らしくなかった。人間には見えなかった。人間の戯画であった。両腕はだらしなくぶら下がり、しかも猫背で胸幅もなく、グロテスクで恐ろしい病弱な猿であった。よろよろ歩く姿は、体がねじれ、発育の止まった名もない生命の塊であった。(4)

この「名もない生命の塊」が、生まれ育った土地を離れるときの様子は、作品全体に漂う悲痛な暗さと重なり、哀れを誘い印象的だ。

> たそがれ時が過ぎ、夜の最初の暗闇の中で、貨物列車が音をたてて駅に入ってきた。ジョニーは空の有蓋貨車のドアを引いて開けると、不恰好な動作でやっと中に入った。それからドアを閉めた。汽笛がなった。ジョニーは横たわりながら暗闇の中で微笑んだ。(5)

社会党紙『コムラード』の1905年11月号に載せた「私にとって人生とは何か」("What Life Means Me")のなかで、自分の筋肉に自信を持ち、重労働が大好きであると自ら述べていた労働階級の金毛獣（または超人）ロンドンも、ある雇い主から死ぬほど働かされ、働くことがいやになると、

働きすぎて、うんざりしていた。再び仕事を探すなんてもうまっ
　　ぴらだった。私は仕事から逃げ出した。私はトランプになって家か
　　ら家へと物乞いをしながら合衆国じゅうを放浪し、そして、スラム
　　街や刑務所で血なまぐさい汗をかいた。(6)

と言っている。また、『ジョン・バーリーコーン』のなかで次のように
も言う。

　　　私は、仕事をやりすぎた結果、もう仕事をすることにうんざりし
　　ていた。もう働くのはいやだった。仕事のことを思うだけで、身震
　　いがした。落ち着けなくなってもかまうことはない。手に職をつけ
　　るなんてまっぴらだ。以前のように、この世は楽しく浮かれ騒ぐほ
　　うがいい。そこで、私は冒険街道へもう一度繰り出した。鉄道を利
　　用し、東部へと向かって放浪の旅に出た。(7)

「背徳者」では、当時の児童が機械文明に侵された社会に対する批判
を行っているという見方もできる。ロンドンは、ジョニーを「猫背で胸
幅はなく、グロテスクで恐ろしい病弱な猿であった」と戯画化して描き、
重労働により肉体を酷使し、猿に似た「発育の止まった名もない生命の
塊」を通して、人間、とくに児童の重労働に対する恐ろしさを訴えてい
る。ロンドンが、「背教者」のジョニーのように、少年時代の体験からト
ランプとしての放浪生活を始めたことは、上述の引用で明らかであろう
が、「背徳者」では、ロンドンは、自らの体験を自分のなかで消化し、客
観視することで、実際のロンドンの姿とは距離を置いている。ジョニー
を機械文明の犠牲者として戯画化し、「グロテスクで恐ろしい病弱な猿」
と描写しているからだ。ジョニーが貨物列車の床の上に横たわり「暗闇
の中で微笑んだ」のは、人間性をも喪失させてしまう機械文明の恐ろし

さから脱出できたことと、これからトランプとしての放浪生活に入れるという心の安らぎを感じたからではないだろうか。

この「背徳者」は、ロンドンのトランプ、ホーボーの起源の一つをさぐる作品であり、重労働にすっかり疲れはて、仕事を続けることが出来なくなり、これからトランプ生活に入っていこうとするロンドン自身の様子を描いた作品であるとも言える。ここには上述の２つの短編のような感傷の押し売りはなく、地味ではあるが、自伝的要素の濃い、また当時の社会を見据えた説得力のある作品となっている。

2 「私にとって人生（放浪生活）とは何か」

ジョニーが心の安らぎを求めたトランプとしての放浪生活とは、実際には, どんなものであったのだろうか。18歳で、路上でのトランプとしての生活に入ったロンドンは、しばらくして彼がとんでもない場所に足を踏み入れたことに気づく。鉄道の貨車の床下の桟や、貨車と貨車の間に乗って、西部から仕事を見つけることが難しい東部の労働者階級のなかへ苦労しながら進んでいくと、彼は、今までとは全く違った角度から、人生を見直すことになる。先ほどの「私にとって人生とは何か」と同じ『コムラード』紙の1903年3月号に掲載された「私はいかにして社会主義者になったか」("How I Became a Socialist")のなかで、ロンドンは次のように言う。

　　私はそこであらゆる種類の人間に出会った。その多くが、かつては私と同程度の暮らしをしていて、「金毛獣」的であり、正直で公平で、思いやりがあり道理をわきまえていた。水夫や兵士や労働者は、労役と辛い経験と不慮の事故による歪みによって、体はねじまげられ、性格までいびつにされていた。老馬のように主人から見捨てら

れたものたちだった。私はボロに身を包み、彼らとともに一軒一
軒家をまわり食べ物やお金を乞い、有蓋貨車や公園で寒さにふるえ
ながら、彼らの生活史に耳を傾けた。私と同じぐらいに恵まれた境
遇の人たち、私以上の消化機能と体の持主だったものが、目の前で、
社会の地獄の底のごみにまみれて死んでいった。[8]

　また、ロンドンは「私にとって人生とは何か」の中で、さらなる放浪
生活の不安と恐怖について次のように述べている。

　　私は労働者階級に生まれたが、十八歳になった今、私はその出発
　点以下のところにいた。社会の最下層にあって、語るに相応しい言
　葉もない困窮のどん底にいた。地獄というか、どん底というか、掃
　きだめというか、文明の修羅場・死体安置所にいた。そこは、社会
　が無視するような社会組織の一部だった。——そこで私が見たもの
　は、まさに恐怖そのものとだけは言っておこう。[9]

　ロンドンは仕事をすることなく、仕事を探すこともなく、昼間は食事
を乞うて回り、夜は留置場かホーボージャングルですごした。彼は、実
際の体験から1904年2月、3月合併号の『ウイルシャーズ・マガジン』に
発表されたエッセイ「ザ・トランプ」("The Tramp")のなかでトランプ
について次のように説明している。

　　仕事を求める人の数が仕事より多ければ、余剰労働集団というも
　のが必然的にうまれる。この余剰労働集団とは経済上必要悪である。
　これがなければ、現在の社会はバラバラになってしまうだろう。余
　剰労働集団の仲間たちの間で、仕事を獲得するための争いは、浅ま
　しく残酷である。社会の落とし穴の底での闘争は冷酷で獣的である。

この闘争はあきらめを生むことになり、このあきらめた犠牲者たちが犯罪者でありトランプなのだ。トランプは、余剰労働集団のように経済上の必要悪であるというのではなく、経済上の必要悪の副産物なのである。「路上」というのは一種の安全弁であり、社会構造の廃棄物が捨てられる排気口なのだ。この捨てられるということが、トランプに負の機能を生じさせる要素となる。(10)

ロンドンは、トランプとは、経済上の必要悪ではなく、余剰労働者集団という経済上の必要悪の集団の、あさましく残酷な闘争の敗北者、つまり経済上の必要悪の副産物であると結論づけている。人間は、社会の落とし穴に落ち込み、仕事がいやになるのもやむを得ない扱いを受け、世捨て人かトランプになるのだ、とロンドンは言う。人間性をも喪失させてしまう機会文明の恐ろしさから脱出したように思えたジョニーが、これから貨物列車に乗って行く場所は、やすらぎの地どころか、さらに残酷な「地獄というか、どん底というか、掃きだめというか、文明の修羅場・死体安置所」であり、「社会が無視することにした社会組織の一部」へ向かって行くことになるのだろうか。

3 「私にとって人生（もう１つの放浪生活）とは何か」

ロンドンがトランプ、ホーボーについて書いた作品のなかで、とくに興味深いのが『道』(*The Road*, 1907)であると言えよう。これは「アンダーワールドにおける私の日々」("My Life in the Underworld")と題された、1907年『コスモポリタン』誌に発表されたシリーズが、同年の11月に単行本として上梓されたものである。一説には、この作品はロンドンが単に自分の船「スナーク号」建造の資金目当てに書いたとも言われているが、ここには、18歳に厳しい少年時代の生活から逃げ出し、トランプ

の生活を体験する生き様がリルに描かれていると言えよう。ここで9編の作品のうちのいくつかを取り上げ検討したい。

「告白」("Confession")は、1892年の夏の浮浪体験を語ったものだが、ロンドンはここで、物乞いとは一種のゲームであり、工夫が必要であると言う。

> まず、第一に、出会った瞬間、乞食はその相手を「見きわめ」なければならない。その後、その相手特有の個性や気質を極めたら、訴えかけるような話をしないといけない。ここで、大きな問題が生じる。つまり、相手を見た瞬時に、話をはじめなければならないということだ。準備には一分たりとも許されない。電光石化のごとく相手の性格を見抜き、急所をつくような話を思いつかなければならない。要領のいいルンペンは、芸術家でなければならない。創作は自由自在に、しかも即時でなければならない。——それも、豊かな自分の想像力から選んだテーマに基づくものではなく、ドアを開けた人の顔から読みとったテーマに基づいたものでなければならない。[11]

また、ロンドンは次のようにも言う。

> 物語作家としての私の成功の多くは、このトランプ時代の訓練に拠るところが大きい。生きるための食べ物を得るには、もっともらしく聞こえる話をしなければならなかったのだ。[12]

ロンドンは、トランプ時代の経験を素材にして後に多くの作品を残してはいるものの、この時代に生きていくために食べ物を得ることが、芸術家として、とくに、物語作家として開花するための修業時代であったと自ら述べていることは大変興味深い。

しかし、この『道』のなかで繰り返し出てくるのは、強引な逮捕、法廷での裁判、そして服役、トランプの人権を認めようとしない刑法制度や警察権力との戦い、それに無賃乗車で彼らがアメリカじゅうを放浪するための、貨物列車の制動手との駆け引きなどである。「しょっぴかれて」("Pinched") では早朝、ナイアガラの滝を見に行く途中、放浪罪で有無を言わせず逮捕され、30日間の投獄暮らしという有罪判決を受け、「デカ」("Bulls") では、ロンドンの父（養父）ジョン・ロンドンがかつて巡査であり、生計を立てるために、浮浪者狩りをしていたことを紹介しているが、ここでは、浮浪者ロンドンが後を追ってきた警官に、いきなりこん棒で頭を殴られるという警官の不当行為や、「夜を走るルンペンたち」("Hobos that pass in the night") と同様に、トランプと機関車の制動手との駆け引きが描かれている。

1894年4月、ジャコブ・S. コクシー (Jacob S. Coxey, 1854–1951) が、失業者に、仕事を提供しようとする計画を実現させるために、彼らと一諸にワシントンまでの大行進を行うが、その際に、サンフランシスコで西海岸派遣団のリーダーとなるのが、チャールズ・T. ケリー (Charles T. Kelly) であり、その失業者の大群の様子を描いたのが「二千人のルンペン」("Two Thousand Stiffs") である。ロンドンも1894年に始まったこの行進に参加しているが、この作品の中に出てくる失業者たちは『道』の他の作品に登場する、働くことを全面的に否定するトランプではなく、仕事にあぶれ、自分ではどうにもならない境遇により放浪をつづけているホーボーである。

話は、ロンドンを含む9人のホーボーが、ケリー将軍との駆け引きにおいて、行進隊の指揮官を騙して、行軍の途中、農民や町の人たちが隊に提供してくれる食料や衣類の最良のものを、いかにくすねたかを陽気に紹介している。

また、次に引用する場面では、彼らが本当にホーボーなのかどうか疑

わしいほどである。

　　晩になると、われわれの野営地には町中の人々がやって来た。どの歩兵中隊でもキャンプファイアが焚かれ、どの火のまわりでもそれぞれ何かが行なわれていた。わが歩兵中隊、つまりL歩兵中隊の料理人たちは歌と踊りが上手で、催し物のほとんどに参加した。野営地の別のところでは、合唱団がよく歌を歌っていた。その人気歌手の一人は、L歩兵隊から引っぱられた「歯医者」で、われわれは、彼のことを大変誇りに思っていた。[13]

　ここにはホーボーの暗さや惨めさなど微塵もない。あるのは、お祭り騒ぎと自分たちの歩兵中隊の自慢話だ。厳しい生活を強いられながらも、9つの作品からなる『道』のなかに一貫して流れている基調は興奮と冒険である。金儲けのためにいっきに書き上げたといわれる所以がここにあるのかもしれない。トランプやホーボー生活という惨めな生活のなかで、あくまでも肯定的で楽観主義的なこの傾向は、ロンドン自身の性格からくる明るさもあろうが、元来、ロンドンの書く作品にははっきりとした2つの傾向がある。1つは、社会主義者として、自らの体験から作品を書く場合、現実を冷静に凝視し、本人の感情をおさえ、対象を客観視するリアリストの姿勢であり、他の1つは、自らの体験を語る場合でさえ、楽観主義的で主観的要素が強いロマンチストの姿勢だ。リアリスト作家としてのロンドンは、労働者階級またはホーボーやトランプのような社会的弱者の側に立ち、真実を追究することで、社会矛盾を告発するが、その場合は、むしろ悲観論的だ。前述のように、エッセイ「私はいかにして社会主義者になったか」「私にとって人生とは何か」また「ザ・トランプ」では、ロンドンは、ホーボーやトランプを、社会の最下層で厳しい生活を強いられる社会的弱者と見なした。しかし、『道』では、同じト

ランプやホーボーに対して、彼らが、どんなにひどい仕打ちを受け、打ちのめされようが、とにかく頑張って生きていれば、そのうち何とかなるだろう、といった楽観主義的でロマンチストのロンドンの姿勢が窺える。ロンドン自身がトランプ体験から得たもう1つの結論がここにあると言えよう。つまり、機械文明の犠牲者となった「背教者」の主人公ジョニーは、「社会の最下層にあって、語るに相応しい言葉もない、困窮のどん底」である「文明の修羅場」を抜け出し、『道』のなかのロンドンのように、ホーボーやトランプの人権を認めようとしない刑法制度や、警察権力と戦い、どんなに打ちのめされようが、頑張って生きていれば、そのうち何とかなるだろう、と楽天主義的に放浪生活を送っていたかも知れないのである。

おわりに

「ザ・トランプ」の中でロンドンが語っているように、各地を転々と移動するホーボー、トランプとは、資本主義経済における避けがたい必要悪の副産物であり、リアリスト作家としてのロンドンは、自らが体験したそのトランプの生活のなかから、彼らをアメリカ資本主義社会における経済的矛盾を暴露させるための象徴的人物として作品世界に登場させた。しかし、一方、『道』では、ロンドンは「ザ・トランプ」と同様自らの体験により、楽観主義的で主観的要素が強いロマンチスト作家として、ホーボー、トランプを描いた。このリアリストとロマンチストという2つの姿勢は、ロンドンが生涯持ち続けた未解決なままの姿勢でもあり、「ニーチェの超人思想とマルクス的唯物史観、理想主義と現実主義、未開と文明、ブルジョア意識とプロレタリア趣味——これら各種の対立関係にあるものは、ロンドンの内部では、生涯未解決のままだった。最後まで分裂作家であった」[14]と言えよう。しかし、ロンドンの作

品群は、見方によれば、ダイナミックでつかみどころのない独特な世界を創り出しているとも言える。例えば、短編「ゴリア」("Goria," 1910)では、個人という弱者が試行錯誤を繰り返しながら、目指す理想的な社会を時間をかけて、少しずつ築いて行こうとするのではなく、ゴリアという正体不明のニーチェ的超人がいきなり現れ、上から一気にアメリカ全土を、さらには全世界を支配する。すると、超人ゴリアは社会主義者に変身し、アメリカでの幼年労働の廃止、労働時間の短縮などを実現させ、全世界に向けては、戦争を反社会的なものと見なし、国家の武装を解除させるなど、思い通りの社会を創り上げていくといった具合だ。ロンドン作品の再評価を試みるなら、矛盾は矛盾として認め、その矛盾の背後にある作家ロンドンの作品の魅力を探らねばならない。「ザ・トランプ」と『道』は、アメリカでの社会的・歴史的現象として、鉄道の発展とともに出現し、衰退とともに、消滅に向かったアメリカの放浪者ホーボー、トランプを取り上げているが、2つの作品には、リアリスト作家ロンドンと、ロマンチスト作家ロンドンが持つそれぞれの魅力が見事に描かれていると言える。ロンドンの自伝的要素が濃い「背教者」の主人公ジョニーは、人間性をも喪失させてしまうほど恐ろしい機械万能主義の社会から脱出し、有蓋貨車に乗ると、「横たわりながらその暗闇の中で微笑む」のだが、その後のトランプ生活では、ロンドンが実際に体験したように、その「出発点以下」の「社会の最下層」の生活を強いられたことは予測できる。しかしまた、その最下層で、どんなひどい仕打ちを受けても、ジョニーは、戯画化して描かれてはいるものの、ロンドンのように、仕事をせずに、楽天的にどうにか頑張って生き延びていくことも想像できるのである。なぜなら、註(1)で紹介した『「ホボ」——無宿者に関する社会学的研究』の中で、ネルス・アンダーソンも、トランプとは、「ロマンチックな情熱を持つて居る者である」「単なる生活の楽しみの為に其の日暮をして居る楽天家である」とトランプとしてのロンドンの一面も

語っているからである。

　ジョン・ドス・パソス (John Dos Passos, 1896 – 1970) は『USA』(1937) のなかで、ホーボーを語るのに、マックとベン・コンプトンという2人の中心人物を使っているが、彼は、ロンドンのように、経済上の問題として取りあげたのではなく、政治的問題として、その政治的自由を守るための闘争のなかに登場させた。ジャック・ケルアック (Jack Kerouac, 1922 – 69) は、ロンドンがトランプとして放浪の旅に出た同じ18歳のときに、「ジャック・ロンドンの伝記を読み、自分も冒険家や孤独な旅人になろうと思った」[(15)]と作品『孤独な旅人』(*Lonesome Traveler*, 1960) の中で語っているが、実際に国内外を旅して回る放浪を体験している。『道』のようにケルアックの『路上』(*On the Road*, 1957) も詳細に記録された日記に基づいており、2人は好奇心の強さ、純粋さ、エネルギッシュな点で共通するが、ケルアックは、対抗文化の時代に生きる若者の、時代への愛をもてない姿として、社会にはびこるペシミズム時代の価値観の追及を象徴的に示すために、放浪者を登場させた。

　1973年には、監督ロバート・アルドリッチ、リー・マービン主演の『北国の帝王』(*Emperor of the North*) というホーボーを扱った映画が創られている。1930年代という大不況期の中西部が舞台のこの映画は、列車にただ乗りする浮浪者の帝王と、それを阻止しようとする車掌との対決が描かれている。ロンドンのエッセイの中に出てくるようなホーボーたちから「北国の帝王」とよばれるホーボーと、彼らの無賃乗車を絶対に許さないシャックという19号列車の車掌である「超人」との命がけの戦いである。

　また、1984年には、文化人類学を専攻する1人の学生 (テッド・コノヴァー、Ted Conover) が企てたホーボー体験旅行の記録である『ホーボー列車に乗って』(*Rolling Nowhere*) が出ている。ホーボーとは、元来、南北戦争に従軍した兵士が、戦後、故郷に帰ると言い、道の代わりに鉄

道線路の上を歩いて放浪したのが最初であるという説もあるが、鉄道トランプ、ホーボー以外に、ジョン・スタインベック（John Steinbeck, 1902－68）の『怒りの葡萄』（*The Grapes of Wrath*, 1939）の中の、オーキー（白人季節労働者）を含む自動車トランプ、ホーボー、ケルアックの放浪体験など、自らが体験し、理解をもって文学の作品世界に登場させたジャック・ロンドンのトランプ、ホーボーは、その後、いろいろな形で多大な影響を与えていると言わなければならない。ネルス・アンダーソンは、**註**(1)で取り上げた彼の社会学的研究書の中で、ロンドンが、当時、他に与えた影響について、「トランプは冒険活動の本を好む。ジャック・ロンドンはホボ仲間で読まれる小説家の中で最も広く読まれる者である」[16]と述べていることも最後に付け加えておきたい。

註

(1) ネルス・アンダーソン『「ホボ」――無宿者に関する社会学的研究』東京市社会局訳、1930年3月。［Nels Anderson, *The Hobo: The Sociology of the Homeless Man*, 1923.］本書は、当時のシカゴにおける無宿者の状態を調査研究したものであるが、第2編、第6章の「ホボ及トランプ」でホーボーとトランプの違いについて次のような言及がある。ホーボーとは「厳重な意味で定義すると移動的労働者である。彼等は製粉所、商店、鉱山、農業其の他季節に関係なく其の折々の無数の小仕事に従事する。彼の活動の範囲は全国的であり多くのホボは国際的である。彼は小仕事に従事しながら大陸を横断することが出来る。（……）彼は仕事と仕事のあい間には乞食まで堕することさへあるが然し彼の生活は本来労働によつて維持されてゐてそれが彼をホボ階級に置くのである。」(49頁)また、トランプについては、「凡ての階級の無宿者漂浪及きまぐれ者の型に適用される風呂式言葉として用ひられて居るが、（……）彼は働ける健康なる身体の所有者で諸国を見物して、働くことなく新経験を体得したいと云ふロマンチックな情熱を持つて居る者であると、彼の性質を良く心得て居る人々に常に思はれて居る。（……）彼は酒飲でなければバムでもないと云ふ所が其の特徴であるが、然し単なる生活の楽みの為に其の日暮をして居る楽天家である」(51頁)と言っている。また、バムについては、第7章の「ホームガード及バム」のところで、「無宿者の中で最も望みの無い、又扶助者の最も少ない者はバムである。此等バムの中には亜片、モルヒネ、コカイン等の麻酔薬中

毒及常習的泥酔者が含まれて居る。老人、無縁者及労働に耐え得ない者、此等の者は最も憐む可き、最も厭はしきどん底生活者である」(54頁)と述べている。
(2) オーキー(Okie)とはオクラホマ州の人(Oklahoman)を軽蔑的に呼ぶ差別語。社会言語学的には、オクラホマ州だけでなく、テキサス州中央部、ミズリー州南部、アーカンソー州西部から、旱魃、砂嵐などのために農地を失い、1930年代に、カリフォルニアに移住してきた30万人以上の移住農業労働者を軽蔑的に総称したもの。アーカンソー州からの移住農民をアーキー(Arkie)と呼んだ。オーキーたちは、サリーナス平野(Salinas Valley)とサン・ウォーキン平野(San Joaquin Valley)の一帯に集落をつくった。この集落は、リトル・オクラホマ(Little Oklahoma)と言われたが、スタインベックの『怒りの葡萄』では、彼らの苦しみと闘いが描かれている。
(3) Jack London, *John Barleycorn*, The Works of Jack London, Vol.19 (Tokyo: Hon-No-Tomo-Sha,1989), pp. 220-21.
(4) Jack London, "The Apostate," *Jack London: The Novel and Stories* (New York: Literary Classic of the United States, 1982), pp. 815-16.
(5) *Ibid.*, p. 816.
(6) *Jack London / American Rebel*, ed. Philip S. Foner (New York: Citadel Press,1947), p. 394.
(7) *John Barleycorn*, p. 201.
(8) *Jack London / American Rebel*, p. 364.
(9) *Ibid.*, pp. 394-95
(10) *Ibid.*, p. 486.
(11) Jack London, *The Road*, The Works of Jack London, Vol.11 (Tokyo: Hon-No-Tomo-Sha,1989), p. 9.
(12) *Ibid.*, p.10.
(13) *Ibid.*, p. 179.
(14) 斎藤忠志「弱者の救済と超人的人物像――社会主義的短編」(大浦暁生監修 ジャック・ロンドン研究会編『ジャック・ロンドン』三友社出版、1989), p. 121.
(15) Jack Kerouac, *Lonesome Traveler* (Penguin Classics, 2000), p. 8.
(16) ネルス・アンダーソン、p. 129.

付記
　本論は、2007年6月16日、成城大学で行なわれた日本ジャック・ロンドン協会第15回年次大会での研究発表の草稿に基づいている。

日露戦争従軍記者
ジャック・ロンドンにおける日本観

黄禍論者としての虚像

石 本 理 彩

はじめに

　日露戦争 (the Russo-Japanese War, 1904 – 05) が勃発した1904年2月当時、世界は帝国主義戦争の只中にあった。欧米列強によって、アフリカ、太平洋地域、西・南・東南アジアに次ぎ、ついに東アジアの分割がなされようとしているとき、満州と朝鮮半島の利権を巡って激突した日本とロシアの戦争に、世界が注目した。そのため、イギリス、アメリカを中心に、フランス、ドイツ、イタリアと各国からじつに100人以上もの新聞通信員が来日したのである。[1] アメリカ人作家ジャック・ロンドン (Jack London, 1876 – 1916) はそうした日露戦争従軍記者のうちの1人である。ロンドンは満州においてエッセイ「黄禍」("The Yellow Peril," 1904年6月) を執筆し、同年9月25日に雑誌『イグザミナー』に発表した。

　黄禍とは、日清戦争 (the Sino-Japanese War, 1894 – 95) に勝利した日本の中国進出に反対して、ドイツ皇帝ヴィルヘルム2世 (Wilhelm II, 1859 – 1941) が提唱したのが始まりで、アジア民族の進出を恐れる白人の黄色人種排斥論である。アメリカでは、19世紀末からの中国人およ

び日本人の移民増加を契機に唱えられた。日露戦争で日本軍の進軍ぶりを目の当たりにしたロンドンは、「黄禍」の中で、当時の日本の躍進と民族意識に対して、次のように警戒を促している。

> The head men of Japan are dreaming ambitiously, and the people are dreaming blindly, a Napoleonic dream. And to this dream the Japanese clings and will cling with bull-dog tenacity. The soldier shouting " Nippon, Banzai!" on the walls of Wiju, the widow at home in her paper house committing suicide so that her only son, her sole support, may go to the font, are both expressing the unanimity of the dream.[2]

（ナポレオンのような夢を、日本の指導者は野心的に夢見ている。そして国民は盲目的にその夢を信じている。日本人はこの夢にブルドッグのようなしつこさでしがみつき、これからもしがみ続けるだろう。義州の城壁の上で「ニッポン、万歳！」と叫んでいる兵士も、唯一の心の支えである一人息子が最前線へ行けるように紙の家で自ら命を断つ未亡人も、それらの姿は共に彼らの夢に対する民族の総意を表わしているのだ。）

続けて、恐ろしいのは日本人が4億人もの中国人を管理下に敷いたときであり、西欧世界は黄色人種と褐色人種を許してはならないとロンドンは明言し、日本の帝国主義政策を批判する。

> The menace to the Western world lies, not in the little brown man, but in the four hundred millions of yellow men should the little brown man undertake their management. ...... In the first place, the Western world will not permit the rise of the yellow

peril. It is firmly convinced that it will not permit the yellow and the brown to wax strong and menace its peace and comfort.[3]
（西欧世界への脅威は、ちっぽけな褐色人種ではなく、彼らが管理しようとしている4億もの黄色人種にある。……第一に、西欧世界は黄禍の興りを容認しない。きわめて増大し、平和と安寧を脅かす黄色人種と褐色人種を許さないことを確固たるものとして確信する。）

また、従軍記事では、1904年5月1日に満州で日本兵に捕われたロシア人の囚人を見て、ロンドンは同じ白人として、ロシア人を自分と同一視する。そして有色の肌の日本人を異質な存在と見なし、嫌悪感を抱いている。

And there were other white men in there with him— many white men. I caught myself gasping. A choking sensation was in my throat. These men were my kind. I found myself suddenly and sharply aware that I was an alien amongst these brown men who peered through the window with me. And I felt myself strangely at one with those other men behind the window— felt that my place was there inside with them in their captivity, rather than outside in freedom amongst aliens.[4]
（そこには日本兵と共に多くの白人がいた。私は息を呑み、喉を詰まらせた。これらの男達は私の種族だ。私は突如、我に返り、窓越しにこちらを凝視する褐色の肌の人々に対して自分は異質な存在だということを、はっきりと意識した。そして、私は奇妙にも、その窓の後ろの人々と自分を同一視していた。つまり、外側で自由にしている異質な人々よりもむしろ、私の居場所は、その内側で捕われ

ている人々の方だと感じたのだ。)

　これらが世界で広く知られたため、ロンドンは今なお黄禍論者、レイシスト（人種差別主義者）として知られている。しかしながら、戦争を扱った作品は、必ずしも作家の真意を表わすものではない。戦争遂行の国策高揚の意図をもって、あるいは特殊な環境下で一時的に煽動されて創られた芸術、それが戦争芸術である。よって、戦争と文学・芸術の規範とは何かを考えたとき、戦争の前と後の作品を見ずして、その作家の思想を判断・評価することは出来ないのではないだろうか。
　「戦争と表現」は3種に分類出来よう。すなわち、「迎合」「沈黙」「反対」である。当時、日本国内では、次のような作品が注目を浴びていた。戦争文学の嚆矢とされ、当時ベストセラーとなった作品に、桜井忠温[5]著『肉弾』(1906年)と水野廣徳[6]著『此の一戦』(1911年)がある。前者は陸軍中尉として旅順攻囲戦に参戦した著者の、後者は海軍大尉として日本海海戦に参戦した著者の日露戦争体験記である。国家が戦争に向かっている時代において、いかに激戦であったか、いかに御国のために命を懸けて戦い抜いたかを克明に描いた作品は、国民を戦争に駆り立てるプロパガンダになったと考えることが出来る。国家が後押しする作品は、戦時下の国民の多くに愛読され讃美される作品と成り得る。まさに戦争に迎合・賛同した作品である。しかしながら、水野は後に軍国主義から平和主義者に転じ、反戦論を説くようになる。第1次世界大戦で欧米諸国を視察し、女性や子供、老人の死体の山を目の当たりにしたためである。上官の立場において体験した日露戦争であったが、庶民の視点から戦争に直面したとき、水野は反戦に転じたのである。[7]一方、同時代において、歌人の与謝野晶子(1878－1942)は反戦思想をその歌に明確に打ち出した。旅順包囲戦に参戦した弟の無事を祈った「君死にたまふことなかれ」(1906年)がそれである。反戦思想は世論に抗うマイノリティであった

ため、与謝野は非国民として罵られたのであった。また、日露戦争に記者として従軍した自然主義作家、田山花袋（1872 - 1930）は、『一兵卒』（1908年）で脚気で他界した一兵士を描き、上級階級ではない一兵卒（庶民）にとって、いかに戦争および軍隊生活が忌むべきものかを強調している。これもまた、反戦文学に位置づけることが出来よう。

　これら「戦争と表現」という観点から捉えるならば、ロンドンは桜井・水野がとった自国の戦争に迎合・賛同する立場に区分けされる。日本民族への脅威と忌避感は、当時のアメリカ国家に同調していたからだ。ロンドンが生きた時代の世界と日本の関係は、地球を呑み込む勢いで植民地を拡大させる欧米列強と、アジアの小国ながら帝国主義政策を推進し、欧米列強と同じ植民地戦争に乗り出す希有な有色人種国家の関係であった。列強国中心の世界観において、日本はまさに「黄禍」そのものであり、E・W・サイード（Edward Wadie Said, 1935 - 2003）[8]が唱えたポストコロニアル的オリエンタリズムの価値観の通り、侮蔑すべき対象であった。しかしながら、果たしてレイシストとして、黄禍論者として有名なロンドンが真に黄禍論者であったと評価することが出来るかいなか。それを見極めるために、本稿では、日露戦争の前と後の作品を検証し、日露戦争従軍記者ジャック・ロンドンの日本観を相対的に評価することを試みる。そこから、彼の真実の姿を捉えたい。

　先行研究では、黄禍論者、白人優位主義者と評価する研究論文が主流を占め、あまた執筆され続けている。黄禍論派の代表的な論文に、L・ダンテ（Laurence Dante）[9]の「ジャック・ロンドンと日本人」("Jack London and the Japanese," 2004）[10]がある。以下はダンテの論文からの引用である。

　　…… Jack London was a man of contradictions. He followed a capitalist lifestyle based on rugged individualism and treated his wife and daughters in a rather patriarchal fashion. A further contradiction involves the fact that although he did acquire a grudging respect for foreign cultures during his travels, he also accepted the Social Darwinism and racist views of his time. He often repeats the word "race" in his works, usually to emphasize differences between, in his mind, the superior Anglo-Saxon race and the "brown or yellow" races.[11]

(ジャック・ロンドンは、矛盾した人物である。彼は頑強な個人主義に基づく資本主義的ライフスタイルに従い、いくぶん家父長的なやり方で妻と娘を扱った。彼は旅行の間、外国の文化に対してしぶしぶ敬意を払うことを身につけたけれども、社会進化論とレイシストの考えをも受け入れていた。その事実は、さらなる矛盾を孕んでいる。彼はしばしば「人種」という言葉を作品の中で繰り返し、心の中に優れたアングロ・サクソン人種と「褐色あるいは黄色」の人種間における相違を普段からよく強調した。)

一方、近年、レイシストを否定する論文が発表されつつあり[12]、ついにロンドンを文化相対主義者として位置づけ、黄禍論者としての彼を完全に否定する著作が出版された。マイノリティな否定派の代表者、D・A・メトロー (Daniel A. Metraux, 1948 −   )[13]の『ジャック・ロンドンのアジア作品集』(*The Asian Writings of Jack London*, 2010)[14]を取り上げたい。彼はロンドン研究において初めて日本を好意的に捉えた。その意義は大きい。ロンドンがハワイで「環太平洋地域」について述べたものをまとめたエッセイ「種族の言語」("The Language of the Tribe," 1915)[15]から、彼の異文化に対する考えについて、メトローは次のように述べている。

...... his final appeal for the West to remove its stereotypical view of Asians as inferior peoples who needed Western domination for their own good. He wanted readers to get to know persons of other cultures as real people. He also correctly foresaw the rise of a powerful new Asia and hoped that the West would develop peaceful and respectful relations with emerging nations like Japan and China.[16]

(アジアの人々は劣っていて、彼らの利益のために欧米の支配を必要とするというアジアへの固定観念を取り除くよう、ロンドンは最終的に欧米に対して訴えているのだ。彼は読者に、異なる文化を持つ人々を現実の人々として知ってもらいたかった。また、力強い新しいアジアの勃興を正確に予見し、日本や中国といった台頭しつつある国々と、平和的で相手を重んじる関係を築くことを欧米に望んだのである。)

このように全く異なる判断がなされるなかで、本稿では以下の研究方法をとりたい。ロンドンにおける日本観の相対性を検証するために、ロンドンの日本に縁ある作品を**図A**の通り、全3期に分けて考えることにする。

彼は生涯を通じて日本に縁の深い人物である（**年表**参照）。1893年と1904年に2度来日。1度目の来日は17歳のときで、アザラシ漁船の乗組員として台風に遭遇し、小笠原島に漂着。その後、横浜に上陸している。処女作はこのときの体験を描いた「日本近海の台風物語」("Story of a Typhoon off the Coast of Japan," 1893)である。2度目が28歳のときで、すでに述べたように、日露戦争従軍記者としての来日であり、絶筆は1916年、40歳で亡くなる直前まで執筆を続けた「チェリー」("Cherry," 1916)で、日本人少女を主人公とする物語である。

図A《全3期》

第1期	1893(明治25)年に漂着した折の体験をもとにした執筆
第2期	1904(明治36)年の日露戦争従軍の前後で、政治的影響が介入する時期
第3期	1916(大正5)年にハワイで療養中に執筆の絶筆

　第1章では、どの時期に描かれた作品であるかに注視し、第1期と第2期の作品を比較し、ロンドンの白人優位主義、レイシストとしての側面を政治的背景から検証する。第2章では、欧米において当時、すでにジャポニスムが流行していたという文化的背景から、第1期と第3期の作品を検討し、戦争期の前と後にロンドンがどのような日本観を持っていたかを検証したい。

第1章　政治的背景——ナショナリズムとメディア規制

1）日清戦争以前

　貧しい労働者階級の家庭に育ったロンドンは、11歳にして、新聞配達員をして家計を助けていた。小学校卒業後は、貧困から進学を断念し、牡蠣工場で働く。そして1893年、17歳のとき、アザラシ漁船の乗組員となり、台風で日本に漂着した。小笠原諸島から横浜へ。そして富士山観光までした記録を作品に残した。ロンドンは、帰国後、台風によって日本に上陸した体験を綴った「日本近海の台風物語」("Story of a Typhoon off the Coast of Japan," 1893) が懸賞小説に応募して見事1位入選し、1893年11月12日の『サンフランシスコ・モーニング・コール』紙に掲載された。これが、ロンドンの作家としてのスタートである。1895年に義姉イライザの経済的援助で高校に入学したロンドン

は、この年、生徒文芸誌『ハイスクール・イージス』に短篇を次々と掲載。小笠原の自然美と人々の暮らしを克明に記した「小笠原諸島」("Bonin Islands," 1895)、横浜で世話になった人力車夫一家の物語「サカイチョウ、ホナアシとハカダイ」("Sakaicho, Hona Ashi and Hakadai," 1895)、夜の海を泳いで波止場から船に戻った武勇を描いた「江戸湾で夜泳ぐ」("A Night's Swim in Yeddo Bay," 1895)と、日本体験をもとにした小説を執筆・発表している。

　日清戦争以前の日本は、国内で急速な近代化が進む一方、世界からは、まださほど注目されてはいなかった。極東にある小さな島国である日本は、少なくとも、欧米列強にとって脅威の対象ではなかったのである。そのため、ロンドンの日本体験をもとに描かれたこれら第1期作品には、何ら政治的要素の介入は見られない。彼は自分が体験した出来事をもとに、思いのままを文章にすることが出来た。

　ロンドンにとって、日本は初めて足を踏み入れた外国である。彼が見た明治期中葉の日本は、文明開化と古き良き江戸の香りが混在する興味深い国であったに違いない。外国人観光客らしい彼の好奇心旺盛な様子は、「サカイチョウ、ホナアシとハカダイ」の以下の記述からも見てとれる。

> All morning I had wandered from tea-house to temple, through bazaar and curio-shop, "up hill and down dale," till now ……[17]
> (朝から今までずっと市場や骨董店を通り、茶屋から寺へと丘を上り下りして、うろうろしていた。)

そして、いよいよ日本を発つ際、ロンドンはサカイチョウらへの思いを次のように綴っている。これは、一個人としての率直な感情を素直に表現したものである。

...... And, though five thousand miles of heaving ocean now separate us, never will I forget Sakaicho and Hona Asi, nor the love they bore their son Hakadai.[18]
（5000マイルのうねる海洋が我々を隔てても、サカイチョウとホナアシのことを、そして彼らの息子ハカダイへの愛情も、私は決して忘れはしないだろう。）

　上記、日本初来日時の体験をもとに描いた4作品の中で、唯一日本人への怒りを露わにしたストーリーがある。「江戸湾で夜泳ぐ」である。「船頭に後払いで船に乗せてくれるよう頼む。ところが、船賃より高価な彼の下ろし立てのシャツを代わりに置いていけと言われ憤慨する」というのが主な内容である。そして8年後の第2期に、この作品だけが意図的に焼き直されることとなる。

2）日清日露戦間期

　1895年、眠れる獅子（the Sleeping Lion）と言われた清に日本が勝利したことで、西欧諸国は日本に脅威を覚え始めた。日清講話条約調印には、ドイツ、フランス、ロシアの三国が干渉する。一方、アメリカでは1989年と1900年に、イギリス、ドイツ、ロシア、日本、イタリアに対して、中国の領土保全と門戸開放を要請し、アジアでの係争に参入を開始する。1902年には、増え続けるアメリカへの中国人移民に脅威を覚え、中国人移民禁止法が成立。さらに3年後には、西海岸で「日本人・朝鮮人排斥同盟」が成立する。1902年頃から1905年頃にかけて、アメリカにおける黄禍論は頂点を迎えた。
　この時期、ロンドンの人生もまた大きな転換期を迎える。1903年、ゴールドラッシュで金鉱を求めてアラスカへ行った経験をもとに描いた

『野生の呼び声』(*The Call of the Wild*) が大ヒットし、貧しい労働者階級から一気に売れっ子作家への道を駆け上がるのである。流行作家となったロンドンは、時代に敏感となり、世論・風潮による影響を大きく受けるようになっていく。そこで、ロンドンの心境の変化を知るため、第1期作品の「江戸湾で夜泳ぐ」("A Night's Swim in Yeddo Bay," 1895) と「江戸湾にて」("In Yeddo Bay," 1903) の比較を以下で行いたい。

　この2作品は、「夜に江戸湾を泳いだ」という事柄が主題となっており、日本における同じ1つの経験をもとに描いたことは明白である。しかし、物語の設定や主人公のセリフを入れ替えるだけで、大きく異なる印象を読者に与える。「江戸湾にて」で、彼が意図的にアピールしたこととは、アングロ・サクソンの血の誇り、すなわち白人優位主義論である。

　「江戸湾で夜泳ぐ」では、水夫チャーリーが酒場で飲んだくれて一文無しになってしまう。波止場から沖合に停泊する船に戻るには、サンパンと呼ばれる小型平底の渡し船を利用しなくてはならない。チャーリーは後払いを断わられ、金がないのであればシャツを置いていけと日本人の船頭に言われてしまう。しかし、そのシャツは新品同様で高価なものであった。怒ったチャーリーは、言い争いの末、駆けつけた警察官に着ていた服を預け、1マイルも先の船まで夜の海を泳いで渡りきる。その後は、船頭たちから一目置かれるようになり、無賃で渡し船に乗せてもらえるようになったということを、チャーリーは誇らしげに語るのである。

　ところが、「江戸湾にて」では、若い水夫アルフ・デイビスが財布をすられたために文無しの状態になったという設定に変化する。おそらくは日本人のスリによって、苦境に陥った状況から物語はスタートするのである。さらに、主人公が日本人と対立する都度、白人としての、アングロ・サクソン人種としての誇りが繰り返し述べられ、強調される。

　　"You give shirt now. I take you Merican schooner," he proposed.

Then it was that all of Alf's American independence flamed up in his breast. The Anglo-Saxon has a born dislike of being imposed upon, and to Alf this was sheer robbery![19]

(「じゃあ、お前のシャツをよこせ。そうすれば、アメリカ船スクーナー号まで連れて行ってやるよ」と、船頭は提案した。まさにそのとき、アルフのアメリカ人としての独立心が、胸の内から炎のように燃え上がった。アングロ・サクソンは、生まれつき押しつけられることを嫌うのだ。アルフにとって、このことは、まったく強盗そのものであった。)

Now the Anglo-Saxon is so constituted that to brow-beat or bully him is the last way under the sun of getting him to do any certain things. He will dare willingly, but he will not permit himself to be driven.[20]

(アングロ・サクソンは、どうされようと、威嚇や苛めを受けるのだけは我慢ならない。進んで挑戦しはしても、追いやられて黙ってはいない。)

また、夜の海に飛び込む前に服を日本の警察官に預ける場面では、アメリカ国家対日本国家、アメリカ国民対日本国民という図式が明らかにされる。

"I, as a citizen of the United States, shall hold you, the city of Yokohama, and the government of Japan responsible for those clothes. Good night."[21]

(「私は合衆国国民として、あなたがたが、横浜市民が、そして日本政府が、その衣服に対して責任をとってくれるものと思います。で

は、おやすみなさい。」)

　このように、アメリカのナショナリズムと白人優位主義および黄禍論は完全に重なり、比例して、ロンドンの創作活動に影響を与えていったのである。よって、「江戸湾にて」からのみ著者の思想を判断することは誤りである。この作品を用いて、レイシストとしてのロンドン論を打ち立てた先行研究[22]もあるが、必ずや「江戸湾で夜泳ぐ」とワンセットで考えるべきである。

　日本初来日のときの同じ出来事を扱いながら、第1期と第2期で、全く異なる描写をしているその背景には、時代の流行作家であったロンドンが読者の心をつかもうとの思惑が、そして何より政府に迎合するための政治的意図が垣間みられるのである。

3) メキシコ革命

　彼が、思想表現において、ナショナリズムによる影響を受けたという、この論を補強する事実として、メキシコ革命 (the Mexico Revolution, 1910 – 17)[23]に際する出来事を取り上げたい。

　この革命は、民主化を求めて独裁政権に抗した自由主義者たちによる近代化革命である。かつてフランスの侵略から国を守った英雄ポルフィリオ・ディアス (José de la Cruz Porfirio Díaz Mori, 1830 – 1915) は、1877年から、30年以上に渡って独裁政権を敷いた。その間、外資導入の経済政策により、主要な経済部門はアメリカを主とする外国資本に支配され、大多数の農民は土地をもたずに農業労働者として過酷な生活を強いられる状況にあった。1910年11月、自由主義者のフランシスコ・マデロ (Francisco Ignacio Madero González, 1873 – 1913) はディアス打倒の武装蜂起を開始し、翌11年5月にディアスを追放することに成功。その報を受けたロンドンはマデロの出現を讃美する「メキシコ革命

の勇敢な仲間へ」という公開状を書き、メキシコ革命に対して共感を示している。同年8月には「メキシコ人」("The Mexican," 1911) を発表し、ディアス政権を打倒せんとする革命家の姿を描いた。

1913年、ロンドンは雑誌『インターナショナル・ソーシャリスト・レビュー』の10月号に、「良き兵士」("The Good Soldier") を発表している。

> Young men: The lowest aim in your life is to become a soldier. The good soldier never tries to distinguish right from wrong. He never thinks; never reasons; he only obeys. If he is ordered to fire on his fellow citizens, on his friends, on his neighbors, on his relatives, he obeys without hesitation.[24]

（若者よ。君の人生で最も低い志は、兵士になることだ。良き兵士は決して善悪を区別できない。良い兵士は、何も思わず、思考せず、ただ従うのみなのだ。もし彼が同胞である民間人に、友人に、隣人に、親戚に発砲せよと命じられたなら、彼は躊躇なくそれに従うのだ。）

> A good soldier is a blind, heartless, soulless, murderous machine. He is not a man. He is not a brute, for brutes only kill in self defense. …… No man can fall lower than the soldier— it is a depth beneath which we cannot go. Keep the boys out of the army. It is hell. Down with the army and the navy. We don't need killing institutions. We need life-giving institutions.[25]

（良い兵士は盲目で、心も魂もない、殺人マシーンである。彼は人ではない。彼は獣でもない。なぜなら獣は自己防衛のためにのみ殺すのだから。……兵士ほど底辺に堕ちれる者はない。——それは我々には行かれない深みなのだ。少年たちを軍隊から守りなさい。

そこは地獄だ。陸海軍を打倒せよ！　我々は生を奪う制度など必要としない。我々は生を与える制度を必要としているのだ。）

　この評論で、ロンドンは明白に彼自身の反戦の意を示している。ところが、翌1914年、アメリカ軍のメキシコ革命介入に際し、『コリアーズ』誌の特派員として現地取材に向かったロンドンは、この反戦を主張する論評を執筆したことが原因で、政府によるメキシコ入国の記者証の発行が遅れてしまう。

　この頃、アメリカ政府はメキシコに内政干渉し、軍隊を投入してディアス保守政権を支持していた。「良き兵士」を執筆したロンドンは、政府当局に目をつけられたのである。そして、あれほどまでに熱烈に革命を支持したロンドンは、現地からの通信記事では徹底して革命軍を罵倒し、アメリカの軍事介入を支持した。白人優位主義論をも展開した。この豹変ぶりは、国家によるメディア規制に起因していると考えるのが自然であろう。戦争が勃発すると、メディアはナショナリズムのもとに国家統制を受ける。ロンドンは、彼自身の意に反して政府の軍事介入を支持する側に転じたのである。[26]

　よって、ロンドンの日本関連著作においても、第2期にあたる作品は、ナショナリズムとメディア規制により歪められ、煽動されたと考えることが出来よう。つまり、その時期の日本を意図的にマイナスイメージで語ったのである。では、戦争色が排されたとき、ロンドンは日本をどのように解していたのだろうか。それを明らかにするためには、文化的背景に目を向けなければならない。

第2章　文化的背景――ジャポニスムの流行

　ロンドンは、生涯において、日本人少女を主人公とする作品を2編著

している。第1期作品にあたる「オハル」("Oharu," 1897）と第3期作品の絶筆「チェリー」("Cherry," 1916）である。これらがどのような文化的背景のもとで執筆されたかを確認したい。

　1860年代〜70年代、万国博覧会の開催により、欧米では日本ブーム、所謂ジャポニスムが巻き起こっていた。初めて日本に博覧会を紹介した人物は、イギリスの初代駐日公使ラザフォード・オールコック（Sir Rutherford Alcock, 1809 – 1897）[27]である。彼は1862年のロンドン万博への出展を江戸幕府に勧め、彼自身も陶磁器や浮世絵から蓑笠や草履に至る、自らの収集物約600点を出品した。1867年のパリ万博では、徳川幕府と薩摩藩が各々参加。このとき、長沢鼎[28]ら薩摩藩英国留学生の一部も参加している。1873年に日本が政府として初めて正式に参加したウィーン万博では、横浜で写真館を営むオーストリア人、レイモンド・スチルフリード（Baron Raimund von Stillfried-Ratenicz, 1839 – 1911）[29]が、茶店の出店を日本政府に発案。横浜美人と大工を伴い、自ら博覧会で日本茶屋を出店した。以後、スチルフリードは76年フィラデルフィア万国博覧会、78年パリ万国博覧会にも日本の写真を出品し、博覧会でメダルを獲得。日本文化の普及に貢献した。明治になると外貨獲得のため、陶磁器をはじめとする日本の工芸品の輸出がいっそう盛んとなる。くわえて、1868年の神仏分離令実施による廃仏毀釈により、寺院や大名家の美術品が数多く国外へ流出した。このようにして、日本の美術工芸品、女性と富士山をはじめとする日本の写真、浮世絵などは瞬く間に欧米諸国に知られるところとなり、欧米の絵画、工芸から小説にいたるまで多大な影響をもたらしたのである。

　なかでも、日本イメージを形成し、最も広く影響を及ぼした小説が、ピエール・ロティ（Pierre Loti, 1850 – 1923）[30]の小説『お菊さん』（*Madame Chrysanthème*, 1887）である。フランス海軍士官であったロティは、1885年の36歳の夏、職務の都合で約3カ月間、長崎に滞在し

た。そこで娘お菊と結婚するが、やがて倦怠を覚えて日本を去る。日本人の風貌や日本の生活様式を彼はグロテスクに侮蔑的に描いたため、同時代に来日経験のある知日派の画家フェリックス・レガメー(Félix Régamey, 1844 - 1907)[31]が『お菊さんのバラ色日記』(*Le Cahier rose de Madame Chrysanthème*, 1894)をわざわざ出版し、ロティの日本に対する偏向的思考を批判したほどである。サイード的オリエンタリズムのもと、日本女性は欧米男性にとって都合の良い存在として描かれる一方で、着物、屏風、漆器、磁器などの日本美術品や日本の自然美の描写は、画家ゴッホ(Vincent van Gogh, 1853 - 1890)[32]や小説家ラフカディオ・ハーン(Patrick Lafcadio Hearn, 1850 - 1904)[33]にも影響を与えた。

　この作品の焼き直しとも言うべき小説が、アメリカ人ジョン・ルーサー・ロング(John Luther Long, 1861 - 1927)[34]によって著された『蝶々夫人』(*Madame Butterfly*, 1898)である。この小説は1904年にイタリアの歌劇作曲家ジャコモ・プッチーニ(Giacomo Puccini, 1858 - 1924)[35]の手でオペラに仕立て直され、世界的な反響を呼んだ。お菊さんとの違いは、蝶々さんは武士の血筋を持つ芸者であることである。

　長崎でかりそめの結婚をした蝶々さんは、自分がアメリカ軍人ピンカートンに捨てられたことを理解出来ない。彼が去った後も子供とともに待ち続ける。そして、ピンカートンの妻が子供を引き取りたいと領事館にやって来たとき、居合わせた蝶々さんは自決してしまうのである。ここでも、欧米男性に対して受け身の日本人女性像は、そのままに引き継がれている。ただし、ロングが著した原作では、蝶々さんは死んでいない。

　また、1885年にロンドンで初回公演だけで約700回も上演された演劇に、日本を題材にしたオペレッタ[36]『ミカド』(*The Mikado*, 1885)がある。脚本はウィリアム・S・ギルバート(Sir William Schwenck Gilbert, 1836 - 1911)、作曲はアーサー・サリヴァン(Sir Arthur Seymour Sullivan,

1842 - 1900）によるもので、大まかなプロットは次の通りである。ミカドが決めた婚約者カティシャから逃れるため、吟遊詩人に身をやつした皇太子ナンキプーは、旅の途中でヤムヤムという娘と恋に落ちる。ところが彼女には婚約者ココがいて……。[37] 恋の四角関係を描いたこの喜劇は、エキゾチックでオリエンタルな作品として、イギリスの人々に歓迎された。しかしながら、やたらにお辞儀をすることで滑稽さを誘う演出、中国風の登場人物の名前、日本装束として滅茶苦茶な衣装は、欧米の人々に間違った日本観を与える一因となったのである。

　このように、当時の欧米における一般的な日本観は極めて不正確であり、ロティの言葉を借りるならば、日本の女性を「人形」と考え、自立的意思を持たない受け身の存在として捉えていた。唯一、意思的と感じられる蝶々さんの自決でさえ、日本固有の士族としての誇りが西欧人にどれほど理解されたか、疑わしい。これら文化的背景を念頭に置いたうえで、ロンドンが同時代に著した日本人少女を主人公とする作品2編の検証を試みたい。

1)「オハル」("Oharu," 1897)

　この作品は、ロングが『蝶々夫人』を著す前の年の1897年に執筆されたもので、第1期に描かれた日本関連著作ながらも、他作品とは一線を画している。なぜなら、これはロンドンが自身の体験をもとに描いたのではなく、日本人少女の目線で描かれた完全な創作である。わずか数週間、日本に滞在しただけではおよそ仕入れることが不可能な日本文化の仔細な描出がなされており、ジャポニスムの影響下で、さまざまな本を読んで知識を得たであろうことが推察される。

　武士の子として生まれながら、親を早くに亡くし、孤児として茶屋に引き取られ、芸者となったお春は、誰よりも美しく、日本人としての誇りを継承していた。舞踊演目として忠臣蔵の大石内蔵助役を得意とした。

切腹で幕をとなるお春の姿に、誰もが喝采しと。やがて豊臣という武士と恋仲になり身請けされるが、無一文になった豊臣は一攫千金のために野蛮な白人の国へいってしまう。愛しい恋人を待つこと10年。やっと帰国し、夫婦となった二人だったが、豊臣は人が変わってしまっていた。「白い悪魔」の国ではプロレスラーをしていた豊臣は、浪費癖がつき外国の酒をのみ大柄な西洋女性を愛する男となっていたのだった。絶望したお春は寺に参り、涅槃の世界に魂の救いを求める。そして舞台に復帰し、父の形見の脇差しで、舞台の上で、切腹し果てるのであった。

　ここで注視すべき点の1つに、演目がある。お春が舞っているのは、日本舞踊ではなく、歌舞伎であることを演目から解することが出来る。ここで登場する「忠臣蔵」とは、人形浄瑠璃の人気作を歌舞伎化した義太夫狂言の3大名作[38]の1つ「仮名手本忠臣蔵」であると思われる。しかしながら、遊女らが演じる女歌舞伎は1629年に禁じられ、1891年に新派で「男女合同改良演劇」が行われるまでの262年間、女性が歌舞伎を舞うことはなかった。1893年に来日したロンドンが、芸者が舞う姿を見た可能性は否めない。しかるに、当時すでに女歌舞伎の文化はなく、ましてや芸者が大石内蔵助を演じることはおそらくなかったであろう。よって、浮世絵などで得た情報によるロンドンの創作であることはほぼ間違いない。

　では、なぜロンドンはこの題材を選んだのだろうか。忠臣蔵に登場する侍の誇りと腹切り（hara-kiri）に、ロンドンは日本人の独自の文化と精神性を見出している。[39] そこに女主人公の誇りを重ねて明白に打ち出しているのだ。ロンドンはお春の気高さを次のように形容している。

　　……; she was possessed, by heredity and tradition, of all the pride of her race.[40]
　　（彼女は日本民族のあらゆる誇りを、遺伝と伝統によって継承して

いた。)

　さらに、お春が武士の誇りを持っていることが感じられる場面に、次の父親の形見を取り出す場面がある。

> Again she opened the chest, this time drawing forth two swords of her father the samurai. With the deep pride of race and the reverential love of her people she gazed long and earnestly upon them.[41]
> (彼女は再び道具箱を開け、今度は侍であった父親の2本の刀を取り出した。日本民族としての深い誇りと敬虔なる愛をもって、彼女は長いこと熱心に、それらをじっと眺めた。)

　二本差しは、現在の日本人でさえ、その意味を理解していない者も少なくない。江戸時代の武士の正装では太刀と脇差しの2本の刀を持つことになっている。お春は作法に従い脇差しで切腹を遂げており、ロンドンはその用途までよく調べ、理解していたのである。彼の日本文化やその精神の理解は決して表面的なものではない。同時代の欧米における日本的作品と比較すれば瞭然である。あくまで一貫して日本人である女主人公の目線に立って描かれた作品世界では、お春によって欧米諸国は白い野蛮人 (the white barbarian) で白い悪魔の国 (the "white devil" country) と語られ、日本人らしい優美な肢体と美貌を持つお春に対し、西欧女性は大仏のように大柄と形容されている点で、白人優位主義者の思想は微塵も見られない。

2)「チェリー」("Cherry," 1916)

　「チェリー」[42]はロンドンが再起をかけた挑戦作だと考えられる。こ

の作品が執筆される6年前の1910年に、日英博覧会が開催され、ジャポニスムは黄禍という政治的側面を凌駕して、欧米人に受け入れられ、広まりを見せていた。1913年、膨大な金をかけて建築した「狼の家」を火事で失い、牧場事業にも失敗したロンドンは、転落期に陥ってしまう。この時代に、世界中で翻訳されていた『お菊さん』のような世に知れ渡る作品を、今一度、描いて残したいとロンドンが考えるのは自然である。1915年からハワイで療養生活を送っていたロンドンは、当時の流行を取り入れ、再び日本を扱ったハワイが舞台の新しいオリジナル作品を構想したのだ。女主人公の愛称チェリーとは「桜」と解することも可能である。[43] ロティの『お菊さん』を意識して主人公の名前に日本を代表する花の名前を付けたと考えることが出来るのではないだろうか。

　ある子供のいない、ハワイに暮らす富裕なアメリカ人夫婦が、難破船から救われた、高価な着物をまとった日本人の赤子を拾い育てる。美しく成長した少女チェリーは、幾人もの欧米人男性に求婚されるが断り、日本人青年の野村と恋に落ちる。じつは彼女は大名家の娘で、親が生きているとの情報を得たチェリーは、野村とともに日本へ向かうという筋書きだ。チェリーは、求愛を断る際に、以下のようなセリフを述べている。

> "Pierre Loti! Kenneth, you know and I know that if I accepted you, your own mother, who loves me and whom I love, would look upon me as a Chrysantheme."[44]
> (「ピエール・ロティ！　あなたのお母様は私を好いていらっしゃるし、私もあなたのお母様が好きです。けれど、もし私があなたの求婚を受け入れたら、お母様は私をお菊さんのように見なすことでしょう。そのことをケネス、あなたも私も分かってるわね。」)

チェリーはここで、欧米人男性にとって受け身の存在でしかなかった「お菊さん」を明確に否定している。そして日本人女性の自立した姿が描かれているのだ。「お菊さん」と対局的な存在。それが「桜（チェリー）」なのである。そして誇り高いチェリーはお春と同様に、美しい容姿を兼ね備えている。

> "......You are not American. You are not English. You are all over the world. You are universal. You are not of time, or place, or race. You are beauty undying, and woman eternal, and—"[45]
> （「……あなたはアメリカ人ではありません。イギリス人でもありません。あなたは世界人です。あなたは普遍です。あなたは時間や場所や人種から生まれたのではありません。あなたは不滅の美、永遠の女性です。そして——」）

アメリカ人男性からこのように形容され賞讃される日本人少女チェリーは、人種を超えた輝きを持っている。ここでも、「お菊さん」と西欧男性の立場が、チェリーの場合では、逆転しているのである。

一方、「お菊さん」と共通しているのは、屏風や着物を思わせる日本的な美が繰り返し登場するところである。

> ...... a Japanese lady gazed upon her from the flat surface of a painted screen. High born she was, stiff with the brocade of her dress ......[46]
> （屏風の平面から、日本人女性が彼女を見下ろしていた。その絵の女性は高貴な生まれで、金襴の衣装に身を包み、毅然としていた……。）

チェリーの部屋には大きな屛風があり、そこには高貴な日本人女性が描かれている。チェリーは時折、屛風の中の金襴の着物を身につけた女性に話しかけている。挿絵こそないが、当時の欧米人がこの文を目にすれば、クロード・モネ (Claude Monet, 1840 - 1926)[47]の《ラ・ジャポネーズ》[48]の女性がまとう着物や、ゴッホの《タンギー爺さん》[49]の背景を彩る浮世絵を容易に思い出せたことだろう。

残念ながら、ロンドンが執筆途中に亡くなった[50]ため、全体のおよそ3分の1にあたる後半部は、ロンドンの構想をもとに2番目の妻チャーミアンが執筆し、ロンドンの死後、8年も断ってから雑誌『コスモポリタン』に発表された。そのため、作家としての再起をかけるには叶わなかったものの、「チェリー」をジャポニスム小説と位置づけ、ロンドンの新境地を開いた作品として十分評価できよう。

ところで、「チェリー」に関連した先行研究から、黄禍論派と否定派の各々を紹介したい。橋本順光[51]は、論文「ジャック・ロンドンと日露戦争――従軍記者から「比類なき侵略」(1910)へ」(『日露戦争研究の新視点』2005年)のなかで、ロンドンの絶筆が日本人女性の物語であることを指して、「日露戦争の引き起こす黄禍の脅威に警戒しつつ、その脅威を霧消させる女性的な存在に心惹かれていたということができるだろう」との見解を述べている。しかし、チェリーの持つ日本人としての誇りや自立心をみれば、黄禍を霧消させるためにロンドンが描いたとは考えにくい。

さらに、第2期に描かれた黄禍の象徴的小説とされる未来小説「比類なき侵略」("The Unparalleled Invasion," 1910) について言及したい。この小説の前半は、日本による中国侵略と改革であり、橋本が論文のタイトルにも入れている通り、たしかに当時の日本の帝国主義政策を色濃く反映している。しかし、面白いことに、この小説内における日本の行く末は、1922年になると世界の舞台から退場し、島で芸術に専念すると

いう筋書きとなっている。日本人は美の創作によって世界を楽しませることになるというのだ。[52] ロンドンが日本の未来をそのように位置づけた理由として、この作品が描かれた年に日英博覧会が開催されたことが挙げられる。日露戦争に勝利した結果、欧米列強に肩を並べた日本が自らの植民地経営を誇示するという意図が含まれた美の祭典であったが、アメリカで博覧会の情報を得たロンドンは、改めて日本を美の国と認識し、よりいっそう日本の美を求めていったに違いない。

一方、古川暢朗[53] は論文「ジャック・ロンドンの絶筆『東洋の眼』と「チェリー資料」」(『西南学院大学英語英文学論集』1985年)において、「ジャックは"race purist"即ち『人種純粋主義』の信奉者でもある。"pure racist"即ち『純粋人種主義』と混同されてはいけない。」と述べている。古川は、ロンドンを白人優位主義者やレイシストではないとし、人種の純粋性を好んだという解釈だ。筆者はそれにくわえて、ロンドンが黄禍論者でなかったばかりではなく、並外れた日本の精神文化への深い造詣の持ち主であったことを強調したい。ロンドンは、19世紀末から20世紀初頭の欧米における、歪んだ日本観を払拭する女性像を描いた作家なのである。

結びにかえて

第1章で見た通り、時代によって、同じ出来事がここまで見事に変わってしまう。これが戦争であり、世情に迎合せざるを得ない国家権力の力だったと考えることが出来るのではないか。さらに第2章で、ロンドンがいかに仔細に日本文化を見つめていたかを証明した。ロンドンが日露戦争期において、その政治的背景によりアメリカ政府に同調して黄禍を謳ったのは事実である。ロンドン自身、日本の帝国主義政策を批判的に見ていた。しかし、その前と後における日本文化への好意的で精緻

な捉え方から、ロンドンが、相対的には、日本に対して敬慕とも言える感情を抱いていたことを感じ取ることが出来る。

よって、日露戦争従軍記者として満州で黄禍を唱えた彼の姿は、一時の虚像にすぎない。ロンドンの日本観は、日本文化をするどく理解し、その精神性を尊ぶまでの観点を備えていた。ジャポニスムが流行する欧米世界に歪んだ日本観が蔓延するなかで、いち早く正しい文化と精神を捉え、日本人女性の視点にたって小説を描いた事実は、高く評価されるべきである。日本文化の固有の価値を評価する彼の手法は、文化相対主義の概念を日本に適用して『菊と刀』を執筆したルース・ベネディクト (Ruth Benedict, 1887 – 1948)[54] と共通している。ロンドンは、けっして偏った文化思想の持ち主ではない。レイシストであるどころか、文化に上下や優劣をつけない文化相対主義者である。

ロンドンが心からアングロ・サクソンを強調していたときがあったとしても、それは国家が戦争に向かうときで、ナショナリズムが人々の心を変えてしまっていたのだ。ロンドンの真の姿とは、日本を1つの民族として認め、その誇りに敬意を表する親日家だったと言っても過言ではない。

註（英文引用の翻訳は全て筆者によるものである）
(1) 外務省外交史料館所蔵史料「5.2.11.9日露戦役ノ際戦況視察ノ為外國新聞記者従軍一件、第一巻」の次の記載による。「日露開戦以来外国新聞通信員ノ本邦ニ渡来セシモノ已に百名以上ニ上リ其発送スル所ノ通信員我國ニ対スル外國感情ノ向背ニ影響ヲ及ホス所不鮮儀ニ付當省ニ於テモ事情ノ許ス限リハ其待」
(2) Jack London, *Revolution and Other Essays*(Macmillan Co.,1910), pp.279-80.
(3) *Ibid.*, pp.281-83.
(4) Jack London, *Jack London Report* ed. King Hendricks and Irving Shepard (New York: Doubleday & Company, 1970), p.106.
(5) 桜井忠温(1879 – 1965)は、日本陸軍軍人、作家、翻訳家。乃木希典の指揮のもと、旅順攻囲戦に従軍。右手首を失う。1906年に著した『肉弾』はドイツ皇帝ヴィ

ルヘルム2世やアメリカ大統領セオドア・ローズベルトから賞讃され、世界15ヵ国で翻訳された。
(6) 水野廣徳（1879－1965）は、日本海軍軍人。海軍大尉として日本海海戦等に従軍。
(7) 本稿では、この2作品の戦争賛同、戦意高揚に善悪の評価を下すものではない。ジャーナリズムにおいて果たした役割に留意したい。元防衛大学教授の平間洋一は、『此の一戦』の書評（『月刊　自由民主』2004年11月号）において、「日露戦勝利がアジアからアラブ、さらに米国の黒人にまで、民族独立や人種平等への夢を与え、有色人種を立ち上がらせたのである」と評しているが、まさにその通りで、大国ロシアを撃破した日本は、白人優位世界に反旗を翻した。どこの国の植民地にもならずに独立を保ち、欧米列強に対抗せんとした日本の姿を綴った作品を、反戦のもとに否定すべきではない。一個人のレベルから考えれば戦争賛美主義と捉えることも出来るが、国家レベルでは重要な意味を持ち評価すべき書であることも事実である。
(8) E. W. サイード（1935－2003）は、パレスチナ系アメリカ人。文学批評家。西洋の東洋に対する支配の様式、東洋に後進や受動生、神秘性といった非ヨーロッパイメージを押し付ける西洋の自己中心的な思考様式として、オリエンタリズムを定義づけた。
(9) L. ダンテは、就実大学人間科学部准教授。専門は異文化コミュニケーション。
(10) この論文は、ロンドンの白人優位主義と「黄禍」について述べた後、1924年にアメリカが日本人移民の受け入れを禁じた歴史的出来事について述べ、過去の過ちは繰り返してはならないと説くところでおえられている。
(11) Laurence Dante," Jack London and the Japanese"『就実論叢』第34号（2004年），p. 51.
(12) 日本ジャック・ロンドン協会会長の森孝晴の論文「ジャック・ロンドンに対する薩摩武人の影響：黒木為楨の場合」（2009年）がその代表として挙げられる。
(13) D. A. メトロー（1948－　）は、バージニア州メアリーボールドウィン大学教授。専門は、日本と韓国を中心とした近代アジア史と宗教学。東京大学で研究員をした経歴を持つ。
(14) 序文を寄せたスミソニアン博物館研究員で比較文化学者のウィルトン・ディロンにより、すでに高い評価を得た書である。
(15) 1915年に、ロンドンがハワイで「環太平洋地域」について述べた内容に基づいている。ハワイは環太平洋地域の中心に位置し、多文化社会である。ここでは全ての文化の人々は互いを知り、互いを学ぶことが出来ると語った。
(16) Daniel A. Metraux, *The Asian Writings of Jack London* (The Edwin Mellen Press, 2010), p.30.

(17) Jack London, *The Complete Short Stories of Jack London* ed. Earle Labor, Robert C. Leitz and I. Milo Shepard (Stanford, California: Stanford University Press, 1993), p.9.
(18) *Ibid.*, p.12.
(19) *Ibid.*, p.795.
(20) *Ibid.*, p.795.
(21) *Ibid.*, p.797.
(22) すでに挙げた D. ダンテの論文"Jack London and the Japanese"を指す。
(23) 1910年、ディアス独裁政権(1877 - 1911)に反対した自由主義者のマデロらの武装蜂起に始まる。翌11年にディアス追放に成功。しかし、1913年にマデロ派のウェルタ将軍のクーデターで、マデロが暗殺。全国で民衆の武装闘争が起き、ウェルタは追放。その後、資本家・中産階級を代表するカランサ派と農民を代表するサパタ派、ビリャ派などに分かれて内乱が続き、1917年、メキシコ憲法が公布され、革命の集大成を飾った。
(24) Greenwood Reprint Corporation ed., *International Socialist Review*, Vol.14 (Greenwood Reprint Corporation, 1968), p.199.
(25) *Ibid.*, p.199.
(26) さらに1916年には、ロンドンは"The Good Soldier"に書かれた内容を完全否定し、軍に賛同する文面を公表している。
(27) ラザフォード・オールコック(1809 - 97)は、1859年、英国の初代駐日総領事に着任。1864年に四国連合艦隊による下関砲撃を実施。65年に召還された。
(28) 長沢鼎(1852 - 1934)、本名は磯永彦輔。13歳のとき、薩摩藩英国留学生として町田久成らとともに渡英。後にカリフォルニアに渡り、ワイン王となる。
(29) レイモンド・スチルフリード(1839 - 1911)は、オーストリア人。1867年来日。フェリーチェ・ベアトの弟子で、84年ベアト離日時、写真館を継承。計3回の万国博覧会でメダルを獲得しヨーロッパで名声を得る。1881年、79年に来日していた兄フランツに全てを譲渡し、帰国。
(30) ピエール・ロティ(1850 - 1923)は、フランスの海軍軍人で作家。本名はルイ・マリー＝ジュリアン・ヴィオー。2度来日。
(31) フェリックス・レガメー(1844 - 1907)は、フランスの画家。エミール・ギメの記録画家として1876年来日。
(32) フィンセント・ファン・ゴッホ(1853 - 1890)はオランダ生まれで、後期印象派画家。
(33) ラフカディオ・ハーン(1850 - 1904)は作家。日本名は小泉八雲。父はアイルランド出身の英国軍人、母はギリシア人。40歳で来日し、日本人と結婚。日本を愛

(34) ジョン・ルーサー・ロング (1861 – 1927) はアメリカの弁護士、作家。37歳のとき、ユタ大学の学生雑誌『センチュリーマガジン』に『蝶々夫人』を発表した。
(35) ジャコモ・プッチーニ (1858 – 1924) はイタリアの作曲家。代表作は『トスカ』、『蝶々夫人』。
(36) オペレッタとは独唱や合唱に対話を交える歌劇で、19世紀後半に成立。後にミュージカルへと発展した。
(37) ミカドが決めた婚約者カティシャから逃れるために、吟遊詩人に身をやつし、ちょんまげ頭に三味線をもって旅をする皇太子ナンキプーは、旅の途中でヤムヤムと恋に落ちる。ところが彼女には後継人を兼ねたココという婚約者がおり、それを知ったナンキプーは潔く身を引く。後にココが死刑になったと聞いたナンキプーは、ヤムヤムのもとへ駆けつけるのだが、なんとココは死刑を免れ、死刑を執行する刑部卿になっていたのだった。最終的にはココとカティシャが結婚することとなり、大団円を迎えるのであった。
(38) 義太夫狂言とは、もともと人形浄瑠璃のために書かれ、後に歌舞伎化したもの。3大名作は、「仮名手本忠臣蔵」「義経千本桜」「菅原伝授手習鑑」を指す。
(39) 「チェリー」においても「腹切り」が登場する。難破船で赤子だったチェリーを守っていた二本差しの刀を持った男が、作法に従い、脇差しで切腹し、果てている。
(40) Jack London, *The Complete Short Stories of Jack London*, ed. Earle Labor, Robert C. Leitz and I. Milo Shepard (California: Stanford University Press, 1993), p.37.
(41) *Ibid.*, pp.38-39.
(42) ロンドンは原題として "Eyes of Asia" (「アジアの瞳」) と名づけている。
(43) チェリーと呼ばれるようになったのは、陶器のようなバラ色の肌に由来。本名はプリシア・モーティマである。
(44) Charmian London, "How Jack London Would Have Ended Eyes of Asia," *The Cosmopolitan*, Vol.LXXVII, No.4, October, 1924, p.124.
(45) Jack London, "Cherry," *Jack London Journal*, No.6, The Jack London Society, 1999, p.30.
(46) *Ibid.*, p.6.
(47) クロード・モネ (1840 – 1926) は、フランスの印象派画家。代表作は「睡蓮」など。
(48) 《ラ・ジャポネーズ》(1876年) は、モネが妻カミーユをモデルとして描いた人物画。彼女は豪華な織物の紅い着物を着て、扇を持っており、背景には団扇がちりばめられている。
(49) 《タンギー爺さん》は、1887年の夏と冬に各々描かれた。肖像画であるが、背景には数枚の浮世絵の日本女性が組み合わされて描かれている。

(50) 第一発見者はハワイで同居の日本人執事セキネである。医者は尿毒症と診断したが、後に多量のモルヒネ摂取による服毒死と述べたため、自殺説など諸説あり死因は未だにはっきりしていない。しかしながら、机の上には「チェリー」の原稿が置かれ、妻チャーミアンと話の続きの構想を練っていたこと、3度目の日本訪問予定がすでにあったことなどから、自殺ではなく病死と思われる。なお、ロンドンの訃報は日本の新聞に以下の見出しで掲載された。「ジャック・ロンドン氏急死す　来朝の報ありし矢先」(『東京朝日新聞』1916年11月24日)、「米国の世界的小説家逝く　日本好きのジャック・ロンドン氏」(『国民新聞』同月25日)。
(51) 橋本順光(1970－　)は、大阪大学大学院准教授。専門は比較文学。
(52) 一方、中国は1976年、勤勉で平和を愛した中国は経済大国になったが、人口が増え続け、仏領インドシナ次いで中央アジア全域までもが中国移民で溢れかえったため、アメリカ人科学者が創出した生物兵器(病原菌)を用いて欧米列強に攻撃され、死滅する。
(53) 古川暢朗は、元・西南学院大学教授。ジャック・ロンドン研究者。
(54) ルース・ベネディクト(1887－1948)は、アメリカの文化人類学者。第2次世界大戦において敵国日本の文化研究を行った。著作『菊と刀』の第2章「戦争中の日本人」で天皇制への言及がなされており、ロンドンが「黄禍」にて同じ指摘をしている事と共通する。D. A.メトローはロンドンをハーンのようだと評するが、ハーンの郷里を思慕するような日本への愛とは異なっている。客観的観察眼をもって日本の伝統文化に敬意を払っていた点で、むしろベネディクトの方がロンドンに近しいと思われる。

参考文献

Dante, Laurence. "Jack London and the Japanese."『就実論叢』第34号(2004年)、pp. 51-63.

Greenwood Reprint Corporation ed. *International Socialist Review*, Vol.14. Greenwood Reprint Corporation, 1968.

Griffs,William. *The Mikado's Empire*. New York: Harper&Brothers, 1876.

London, Charmian. "How Jack London Would Have Ended Eyes of Asia." *The Cosmopolitan*, Vol. LXXVII, No.4, October, 1924.

London, Jack. "Cherry." *Jack London Journal* No.6. The Jack London Society, 1999, pp.4-76.

——————."The Yellow Peril." *Revolution and Other Essays*. Macmillan Co.,1910, pp.267-89.

——————. *The Complete Short Stories of Jack London*, Vol.1-3. Ed. Earle Labor.

Robert C.Leitz and I.Milo Shepard. California: Stanford University Press, 1993.
—————————. *Jack London Report*. Ed. King Hendricks and Irving Shepard. New York: Doubleday & Company, 1970.
Metraux, Daniel A. *The Asian Writings of Jack London*. The Edwin Mellen Press, 2010.
Mimi Hall, Yiengpruksawan. "Japanese Art History 2001: The State and Staked of Research." *The Art Bulletin*, Vol.81. College Art Assocciation, 2001, pp.105-22.
Reesman, Jeanne Campbell. *Jack London's Racial Lives*. Athens, Georgia: The University of Georgia Press, 2009.
—————————. Sara S. Hodson, and Phillip Adam. *Jack London, Photographer*. Athens, Georgia: The University of Georgia Press, 2010.

易建紅，"荒野孤狼：杰克・伦敦"『四川外語学院学報』Vol.19, No.6(2003年)、pp.39-42.

大浦暁生監修『ジャック・ロンドン』三友社出版、1989年
オールコック、ラザフォード『大君の都』上・中・下、山口朔訳、岩波文庫、岩波書店、1962年
—————————『日本の美術と工藝』井谷善恵訳、小学館スクウェア、2003年
小沢健志『幕末・明治の写真』ちくま学芸文庫、筑摩書房、1997年
懐徳堂記念会編『異邦人の見た近代日本』和泉書院、1999年
木村毅『日米文学交流史の研究』恒文社、1982年
黒古一夫『戦争は文学にどう描かれてきたか』八朔社、2005年
コリアーズ編『米国特派員が撮った日露戦争』小谷まさ代訳、草思社、2005年
ゴルヴィツァー，ハインツ『黄禍論とは何か』瀬野文教訳、中央公論新社、2010年
斎藤多喜夫『幕末明治　横浜写真館物語』吉川弘文館、2004年
サイード，W．エドワード『オリエンタリズム』上・下、今沢紀子訳、平凡社、1993年
桜井忠温『肉弾』1906年；明元社、2004年
瀬木慎一『日本美術の流出』駸々堂、1985年
田山花袋『蒲団・一兵卒』岩波文庫、岩波書店、1972年
中田幸子『ジャック・ロンドンとその周辺』北星堂書店、1981年
長峰靖生『日露戦争　もうひとつの「物語」』新潮新書、新潮社、2004年
橋本順光「ジャック・ロンドンと日露戦争――従軍記者から『比類なき侵略』(1910)へ」『日露戦争研究の新視点』(成文社、2005年)、pp.214-28.
羽田美也子『ジャポニスム小説の世界　アメリカ編』彩流社、2005年
林久美子「フェリックス・レガメー『お菊さんのバラ色ノート』の試み――〈黄禍

論〉時代におけるピエール・ロティへの反駁」『比較文学』第49号（日本比較文学会、2006年）、pp.82-96.
平野繁臣『国際博覧会歴史事典』内山工房、1999年
平間洋一「日露戦争の百年――黄禍論とコミンテルンの視点から」『政治経済史学』第438・439合併号（政治経済史学会、2003年）、pp.55-71.
──────「書評　水野広徳著『此の一戦』」『月刊自由民主』2004年11月号、p105.
古川暢朗「ジャック・ロンドンの絶筆『東洋の眼』と「チェリー」資料」『西南学院大学英語英文学論集』25(3)（西南学院大学学術研究所、1985年）、pp.54-74.
ベネディクト、ルース『菊と刀』長谷川松治訳、講談社、2005年
本橋哲也『ポストコロニアリズム』岩波新書、岩波書店、2005年
水野廣德『此の一戦』1911年；明元社、2004年
宮内恕「第2回ロンドン国際博覧会と日本の出品物について」『九州芸術工科大学　研究論集』第4号、1979年、pp.41-108.
森　孝晴「ジャック・ロンドンに対する薩摩武人の影響：黒木為楨の場合」『立命館經濟學』58(3)（立命館大学人文学研究所、2009年）、pp.321-36.
矢代幸雄『日本美術の恩人たち』文藝春秋新社、1961年
横浜開港資料館編『F.ベアト写真集』第1～2巻、1987年；明石書店、2006年
与謝野晶子、吉田隆子『君死にたまふことなかれ』音楽の世界社、1981年
吉田光邦編『図説万国博覧会史1851―1942』思文閣出版、1985年
ロチ、ピエール『お菊さん』野上豊一郎訳、岩波文庫、岩波書店、1929年

外務省外交史料館所蔵史料
4.1.6.6.1　　内外国軍機保護法要塞地帯法及同違反事故関係雑件、帝国之部、第一巻
5.2.11.9　　日露戦役ノ際戦況視察ノ為外國新聞記者従軍一件、第一巻

年表

※(E)…essay

ジャック・ロンドン日本関連作品年譜	主な歴史的出来事
1876(明治9)年　誕生	日本：朝鮮と修好条規に調印。
1893(明治26)年　17歳　1月、アザラシ漁船の乗組員として、日本に上陸。"Story of a Typhoon off the Coast of Japan"	アメリカ：シカゴ万国博覧会開催。金融界と産業界に経営破綻が続出。労働者300万人が失業。
1895(明治28)年　19歳　義姉の援助を受け、オークランド高校に入学。翌年には中退。"Bonin Islands," "Sakaicho," "Hona Ashi and Hakadai," "A Night's Swim in Yeddo Bay"	アメリカ：シャーマン反トラスト法、州内工業に適用されずと最高裁判決。日本：日清講話条約調印。
1897(明治30)年　21歳　社会主義に傾倒。7月、金鉱発見の報を知り、金を求めてクロンダイクへ。"Oharu"	アメリカ：ハワイ併合。クロンダイクでゴールドラッシュ起こる。
1900(明治33)年　24歳　ベス・マダーンと結婚。翌年1月に長女ジョーン誕生。	アメリカ：中国の領土保全、門戸開放を列強国に要請。
1902(明治35)年　26歳　7月、ボーア戦争の取材依頼を受けるが、到着前に契約解除。これを機に渡英し、ロンドン市の貧民街を潜入取材。10月、次女ベス誕生。"In Yeddo Bay"	アメリカ：中国人移民禁止法成立。日本：日英同盟協約。
1904(明治37)年　28歳　1月、日露戦争が勃発すると、新聞社の特派員として日本へ赴く。2月、下関から釜山へ。3月、平壌へ。5月に清の領内である安東に到着。6月、満州にて"The Yellow Peril"(E)執筆、帰国。	アメリカ：セントルイス万国博覧会開催。ローズベルト大統領「モンロー主義の系譜」で中南米への干渉を正当化。日本：日露戦争勃発。
1909(明治42)年　33歳　豪州を経て、南米へ。7月帰国。"If Japan Awakens China"(E)	日本：伊藤博文、満州ハルビンにて、安重根に射殺される。
1910(明治43)年　34歳　農場経営に着手、新たな邸宅「狼の家」建造に巨額を投じる。"The Unparalleled Invasion"	アメリカ：ローズベルト「ニュー・ナショナリズム」提唱。日本：韓国併合。大逆事件大検挙。
1913(大正2)年　37歳　「狼の家」が完成するが火事で消失。*John Barleycorn*	アメリカ：カリフォルニア州、日系移民の農地所有の制限を立法。
1914(大正3)年　38歳　4月、アメリカ軍のメキシコ革命軍事介入を取材する。	日本：ドイツに宣戦布告(第1次世界大戦に参戦)。
1915(大正4)年　39歳　体調不良のため、2月から療養でハワイへ。"The Language of the Tribe"(E)	アメリカ：イギリス客船ルシタニア号、ドイツ潜水艦の撃沈でアメリカ人多数死亡。
1916(大正5)年　40歳　"Cherry"絶筆。	日本：第4回日露協約調印。

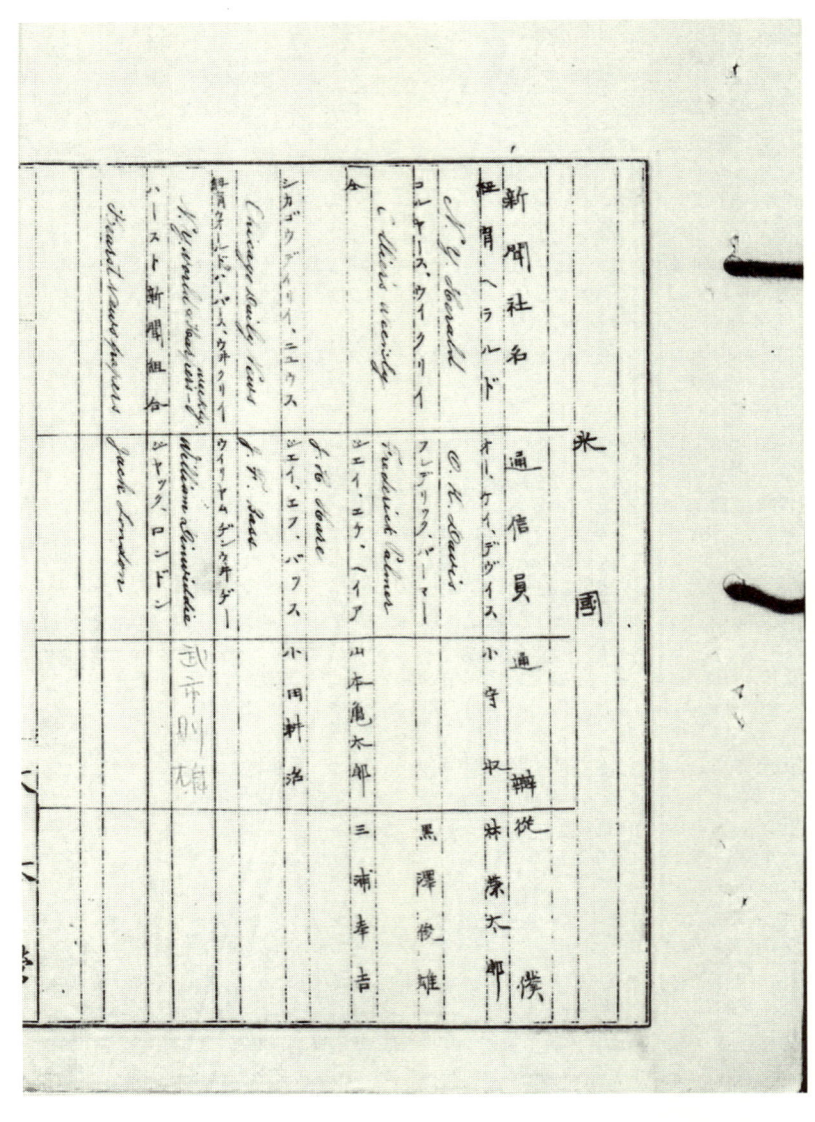

新聞社名		通信員		辨從僕
N.Y. Herald ニューヨルド、ヘラルド		C.K.Davis コレース、ケイ、デヴィス		小寺平 林 榮太郎
Collies weekly コレース、ウィクリイ		Frederick Palmer フレデリック、パーマー		黒澤敬雄
Chicago Daily News シカゴ、デイリ、ニュウス		J.F.Bass ジェイ、エフ、バス		山本亀太郎
N.Y.Herald and Tribune ニューヨルド、ヘラルド、エンド、トリビューヌ		William Dinwiddie ウイリアム、デンウヲデー		小田村洛 三浦奉吉
Hearst newspapers ヒースト新聞組合		Jack London ジャック、ロンドン		武市明雄

図B 外務省外交史料館所蔵史料「5.2.11.9 日露戦役ノ際戦況視察ノ為外國新聞記者従軍一件、第一巻」より。日露戦争でジャック・ロンドンが記者として日本陸軍に従軍した記録。

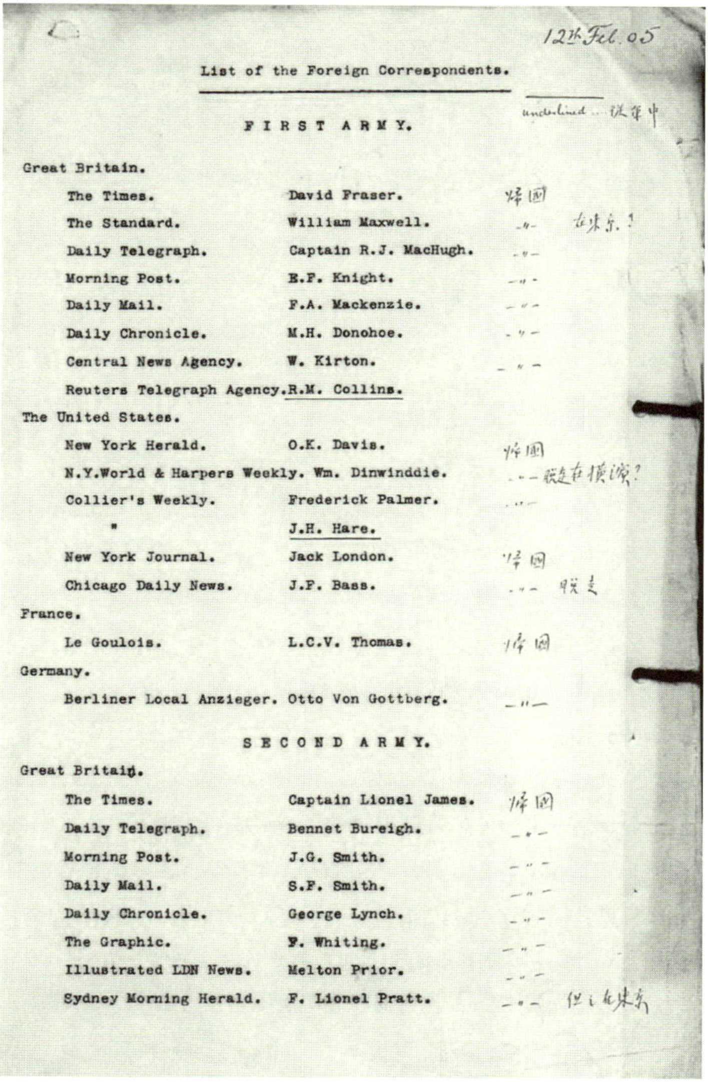

日露戦争従軍記者ジャック・ロンドンにおける日本観　185

```
                                                        12th Feb. 05
              List of the Foreign Correspondents.
                       FIRST ARMY.
                                              underlined  従軍中
Great Britain.
    The Times.            David Fraser.           帰国
    The Standard.         William Maxwell.        —〃—    在東京?
    Daily Telegraph.      Captain R.J. MacHugh.   —〃—
    Morning Post.         E.F. Knight.            —〃—
    Daily Mail.           F.A. Mackenzie.         —〃—
    Daily Chronicle.      M.H. Donohoe.           —〃—
    Central News Agency.  W. Kirton.              —〃—
    Reuters Telegraph Agency. R.M. Collins.
The United States.
    New York Herald.      O.K. Davis.             帰国
    N.Y.World & Harpers Weekly. Wm. Dinwinddie.   —〃— 然ルニ在横濱?
    Collier's Weekly.     Frederick Palmer.
         〃                J.H. Hare.
    New York Journal.     Jack London.            帰国
    Chicago Daily News.   J.F. Bass.              —〃— 既是
France.
    Le Goulois.           L.C.V. Thomas.          帰国
Germany.
    Berliner Local Anzieger. Otto Von Gottberg.   —〃—
                       SECOND ARMY.
Great Britain.
    The Times.            Captain Lionel James.   帰国
    Daily Telegraph.      Bennet Bureigh.         —〃—
    Morning Post.         J.G. Smith.             —〃—
    Daily Mail.           S.F. Smith.             —〃—
    Daily Chronicle.      George Lynch.           —〃—
    The Graphic.          F. Whiting.             —〃—
    Illustrated LDN News. Melton Prior.           —〃—
    Sydney Morning Herald. F. Lionel Pratt.       —〃— 但し在東京
```

図C　外務省外交史料館所蔵史料「5. 2. 11. 9　日露戦役ノ際戦況視察ノ為外國新聞記者従軍一件、第一巻」より。日露戦争の取材で来日したジャック・ロンドンが母国へ帰国した記録。

ジャック・ロンドンと薩摩文人

宮原晃一郎と山本實彦(さねひこ)の場合

森　孝晴

1　ジャック・ロンドンと薩摩

　ジャック・ロンドン (Jack London, 1876 – 1916) と薩摩 (鹿児島) の関係について、筆者はすでにいくつもの論文や研究ノートを書いてきた。それは、大きく分けると、薩摩の武人たちのロンドンに対する思想的な (結果的には文学的な) 影響に関するものとロンドンの薩摩の文人たちに対する思想的・文学的影響に関するものである。前者については、幕末の薩摩藩英国留学生でのちにカリフォルニアに永住し「カリフォルニアのブドウ王」と呼ばれるまでになった薩摩藩士長沢鼎 (1852 – 1934) と、武士の生まれでのちに日露戦争の第一軍の司令官として大活躍した陸軍大将黒木為楨(ためもと) (1844 – 1923) の薩摩武士道の影響を、後者については、今までは、動物作家、児童文学作家として知られる鹿児島の作家椋鳩十 (1905 – 1987) に対する影響を主に解明してきた。[1] しかし、こうしたロンドンと鹿児島の関わりを調べるなかで、新たな文学的関係に行き当たることになった。

　そもそもジャック・ロンドンは日本に縁のある作家で、当時としてはかなりの知日家であったと言えよう。実際に来日経験が2回あり、実現はしなかったが、3度目の来日計画もあった。処女作が「日本もの」作品

なら未完の遺作長編も「日本もの」で、生涯にわたって「日本もの」を書き続けた。その数は10作を越え、日本（人）が出てこなくても、日本的なあるいは武士道的な価値観の感じられる作品もいくつかある。彼の日本への偏見の存在も否定できないものの、その関心の深さは注目されなければならない。ロンドンの日本的な純血意識や（薩摩）武士道的倫理・行動への関心は旺盛で、それは桜、切腹、武士の情け、忠臣蔵などから薩摩剣法自顕流を思わせる速さとパワーまでと幅広いものとなっている。これはついては、図らずも彼が実際に出会った長沢と黒木の影響が大きいことは間違いない。

　そういう影響を薩摩の武人から受けたジャック・ロンドンが、奇妙なことに、薩摩（鹿児島）の文人に影響を与えているという事実はまさに奇縁である。そして、その影響を受けた薩摩文人の代表が椋鳩十である。ロンドンから、多かれ少なかれ、影響を受けた日本の文人は、堺利彦、新田次郎、堀口大学、村上春樹など数多いが、その中でも最も影響を受けたのが、図らずも、共に動物作家として知られる戸川幸夫（1912 – 2004）と椋鳩十なのである。薩摩（鹿児島）がロンドンに影響を与え、そのロンドンが今度は薩摩（鹿児島）に影響を与える、言いかえれば、「影響を戻す」というのは、幕末から明治の初めにかけての薩摩の影響力を考慮しても、なお非常に興味深いことである。

　明治時代後半から昭和初期にかけては、ロンドンが日本で広く紹介され、多くの翻訳によって盛んに読まれることになったが、そのような流れの中にあって、じつは薩摩の文人たちがかなり活躍していたのである。それは主にロンドン作品の翻訳出版という形で行われたのだが、このこともロンドンの彼らへの文学的影響と言えなくもないだろう。なぜなら、彼らは、ロンドン作品を多くの人々に読んでもらう価値のあるものと評価したからこそ、手間も金もかけて、翻訳・出版したのであるし、自らの作品や文章を書くさいに影響を受けた可能性もあるからである。ここ

では、ロンドン研究の世界ではこれまでほとんど名前の出たことのない（山本實彦の場合は皆無）二人の薩摩文人を紹介し、その果たした役割について検討したい。

2　ロンドンと薩摩文人の新たな出会い──宮原晃一郎の場合

　宮原晃一郎（1882 - 1945）は1882（明治15）年、鹿児島市加治屋町に県庁職員の長男として生まれた。彼は幼少のころから父親の転勤で青森や北海道で暮らしたが、7歳のときに鹿児島に戻って一時（3年間）、祖母と生活を共にした。しかし10歳になると再び北海道に渡り、札幌で尋常小学校に入学する。1895（明治28）年、13歳の時に飛び級で1年早く高等小学校を卒業した宮原は、体が弱かったため、その後は正規の学校には行かなかった。14歳で鉄道関係の事務見習生となり、翌年には札幌駅の電信技士として勤め、そのかたわら、夜学に通って勉強した。

　ところが18歳でまた肺を病んで、自宅療養を余儀なくされて職を辞すことになる。しかし、これを機に、宮原は宣教師のもとで英語と聖書の勉強を始めることになるわけで、この時に英語をやったことが、のちに外国文学に触れることにつながるのであるから、何が人生を変えるかわからないものだ。2年ほど療養して健康を回復した彼は、キリスト教系の新聞の記者となり、さらに1905（明治38）年、23歳の時に小樽新聞社の記者となったが、じつはここからが外国の文学や文学者と出会う時代へと入って行くことになるのである。つまり、記者をするかたわらで、宮原は外国文学を読みあさったのだが、翻訳ではなく原文で読みたいと思うようになり、英語を基礎にしてドイツ語、フランス語、ロシア語、イタリア語などをつぎつぎと学んだのである。したがって、このあたりで複数のジャック・ロンドン作品に出会ったものと推察される。

　ところで、1908（明治41）年、26歳の時に、現在から見ると宮原にとっ

て最も大きな出来事が起きる。文部省の詩の懸賞募集で、彼が応募した「海の子」が佳作に当選するのだ。これは有名な「われは海の子」の歌詞であり、世間的には主にこの歌の歌詞を作ったことで彼は評価されているのである。だが、彼が多くの外国作品を翻訳で日本に紹介し、そのうえいくつもの小説や評論を書いている多作な文人であることはほとんど知られていないと言ってもよい。

さらに、1910 (明治43) 年、宮原28歳の時に、ジャック・ロンドンにかかわる重要な出会いが生まれているのだ。つまり東北帝国大学農科大学 (札幌農学校の後身で、北海道大学の前身) 教授であった有島武郎と親しくなるのである。有島は、札幌で『野性の呼び声』(*The Call of the Wild*, 1903) をテキストとして使用し、この作品が堺利彦によって日本で初めて翻訳出版されるさいに少なからず関わりを持ち、その堺の『野性の呼び声』(1919年) にはかなり長めの「あとがき」を寄せているのである。札幌ではロンドンがかなり読まれていた可能性もあり、このこととあわせて考えると、有島からの影響で宮原がのちにロンドン作品を翻訳出版することになるのではないかという推察の信憑性は極めて高い。なお、有島武郎との親交は、宮原が『小樽新聞』に有島の連載を依頼するなど、1923 (大正12) 年に有島が自殺するまで続いたようである。

もうひとつ、見落としてはならない出会いがこの年 (1910年) に起きている。それは足助素一(あすけそいち) (1878 – 1930) との出会いである。足助はのちに叢文閣という出版社を興す人物で、この叢文閣こそが上述した『野性の呼び声』の堺による初訳を出版した会社で、同じく堺訳の『ホワイト・ファング (白牙)』(1925年) も出版している。やはり当時の札幌にはロンドンに関わる環境が存在していたのであろう。そしてじつは、宮原がロンドン作品の翻訳を出版するのも叢文閣からなのである。当然足助との交流があったからこそ可能になったことであろう。なお、往々にして『白い牙』(*White Fang*, 1906) の初訳も堺の手になるものと思われている

ようだが、それは間違っている。

　1916(大正5)年、34歳になると、宮原は小樽新聞社を辞職し、上京して貿易商のロシア部に就職してロシアとの貿易の通訳や翻訳に携わるが、この頃から作品を執筆する生活に入ったようである。1918(大正7)年10月、36歳の時に、小説の処女作「薤(レクイ)露(エム)に代へて」を『中央公論』に発表した彼は、この後は続けて多種多様な作品を発表し続けるのである。そしてそれは1944(昭和19)年、62歳の時に体を壊し、翌1945(昭和20)年6月に、戦争の激化に伴って北海道に疎開するために、上野駅を出発後、列車の中で63歳で死去するまで続いたのである。宮原の作品は、小説、翻訳、童話、随筆、評論、紀行と多彩で、長短あわせるとざっと80作を越える。(2)

　さて、宮原のそんな多作な作家生活のごく初期に、彼の初出版作として叢文閣から出版されたのが、ジャック・ロンドンの『白い牙』の翻訳である。彼がまだ3作しか書いていなかった1920(大正9)年、38歳の時に、それは『野性より愛へ』というタイトルで、ハウプトマンの『織匠』の翻訳と共に、世に出た。このタイトルも、『野性の呼び声』の〈野性〉という言葉にこだわり、かつ作品のストーリーにも合致していて、なかなか凝っているが、重要なのはこの宮下の『野性より愛へ』がロンドンの『白い牙』の日本での翻訳第1号だということである。何と鹿児島出身の作家宮原晃一郎が『白い牙』を日本で初めて訳したのである。すでに触れたように、堺利彦が『野性の呼び声』を1919年に翻訳してから1925年の『ホワイト・ファング(白牙)』の翻訳出版まで5年半もかかっているわけで、堺が『白い牙』訳をもっと早く翻訳出版していてもよさそうなものなのだが、宮原がまんまと出し抜いたのだろうか。そのあたりの経過については今のところ不明だが、むしろ〈堺―有島―足助―宮原〉の交友関係が生んだエピソードと考えるほうがよさそうだ。(3)

　ちなみに、堺は、自分の訳した『ホワイト・ファング(白牙)』の「はし

がき」の追記に次のように書いている。

> この書には、大正九年に出版された、宮原晃一郎氏の譯本がある。然しそれは既に絶版にもなってゐるし、私の新譯を出す妨げにはならないと信ずる。只私は宮原氏の譯本の中から、多少の便宜を得た箇所のあることを断っておく。(4)

ロンドンの日本における紹介者として功績の高い堺が鹿児島生まれの宮原の訳から学んで『白い牙』の翻訳をしたということも面白い。また、中田幸子によれば、ロンドンから強い影響を受けた二大作家のひとりである戸川幸夫が少年時代に初めて読んだ『白い牙』は宮原の訳だったそうである。(5) このこともロンドンの日本文学に対する影響を考えるときに決して無視できない事実である。

しかし奇縁はこれだけではなかった。椋鳩十より7歳下で同世代の戸川幸夫が宮原晃一郎の訳で『白い牙』を読んだとすれば、椋の読んだ訳もまた宮原訳ではなかったか、ということである。もしそうなら、かなり不思議な縁である。では、椋はいつ、どこで、初めて『白い牙』を翻訳で読んだのだろう。このことについて椋はつぎのように語っている。

> それに『白い牙 White Fang』(1906) なんていうのは素晴らしい作品ですからね。それらを学生時代に読んで、非常に打たれました。何てすばらしい動物の世界があるんだろう、何て動物と人間のすばらしい世界があるんだろう。あれは、動物というより人間の世界そのものなんだね。(6)

『白い牙』を称賛する椋の文章は他にもいくつかあるが、どうもやはりこの作品がロンドンにあこがれ始める原点になったようだ。では、椋は

これをいつ読んだのかといえば、「学生時代に」なのである。

椋の学生時代とは、飯田中学に入学した1918(大正7)年から法政大学文学部を卒業する1930(昭和5)年までということになるのだが、学生時代のどの段階で『白い牙』を読んだのだろう。この点にいついても、椋は、

> 中学二年の時、正木ひろし先生……が英語を教えていた。……
> 先生はホイットマン、ソロ、カーペンターの原書から抜粋してガリ版にして、授業をした。……
> 私は中でもエマーソンの『自然論』に魅せられた。……ともかく自然を背景としたものを読破していった。ジャック・ロンドンの『白い牙』に非常に感激して、ロンドンのものを片っぱしから読破していったのもこのころのことであった。[7]

と書いており、『白い牙』を初めて読んで感動したのは飯田中学の2年生の時であることがわかる。正木ひろし(1896－1975)はのちに有名な弁護士になった人物で、当時、新人教師であった。正木がロンドンを椋たち学生に紹介したことはほぼ間違いないから、『白い牙』も彼が紹介したにちがいない。

ともあれ、椋が『白い牙』を初めて読んだ時期が中学2年の時期だと判明した。彼が2年生であった1919(大正8)年頃に出されていた『白い牙』の翻訳書はどんなものがあったかといえば、堺利彦訳の『白い牙』がまだ出版されるどころか『改造』にさえ掲載されていない時期だから、手に入る訳としては、なんと宮原の訳した『野性より愛へ』(叢文閣刊)以外にはなかったのである。宮原はロンドン作品をたった1作しか訳していないにもかかわらず、薩摩(鹿児島)を代表する作家である椋が、薩摩(鹿児島)出身の宮原が訳した『白い牙』を読んでロンドンが好きになり、生涯のファンになり、ロンドンの姿を追いかけて鹿児島に来て、ロ

ンドンのような作品を書こうとして、日本の児童文学を代表するような作家にまで上りつめたのだ。不思議な縁である。

3　ロンドンと薩摩武人の新たな出会い――山本實彦(さねひこ)の場合

　山本實彦は1885(明治18)年に、現在の鹿児島県薩摩川内(せんだい)市に生まれた。士族の家柄であった。このことが、すでに、薩摩の武士道に強く惹かれたロンドンとの因縁を感じさせなくもないが、幕末の川内領内では英学が奨励されていたことも山本の家庭環境に反映していたに違いない。こちらも彼がのちに外国文学、英米文学、そしてジャック・ロンドンに近づく一因になっているだろう。しかし、士族でありながら、山本家はかなり困窮していたようで、實彦は中学3年で退学している。

　その後、1900(明治33)年、15歳の時に山本は代用教員として沖縄に赴任し、4年間を過ごした。が、1904(明治37)年にその職を辞して鹿児島に帰った。この時19歳だった彼は、知人の大臣のつてを頼って上京し、1908(明治41)年に日本大学を卒業すると、ジャーナリストを志して『門司新聞』に入社するが、その年のうちに『やまと新聞』に移った。

　その2年後、山本はロンドン特派員に抜擢され、1年余りをこの地で過ごしたが、この経験が彼に与えたものは大きく、特に国際感覚を身につけたことは貴重であった。外国文学、特に英米文学に関心を持ち、これを理解していくきっかけにもなったと思われる。1911(明治44)年に帰国した彼は、翌1912(大正元)年には東京市議会議員に当選する。政治家に転身したわけである。ちなみに鳩山一郎は同期であった。さらに翌1913(大正2)年には28歳の若さで『東京毎日新聞』の社主となり、勢いに乗って1917(大正6)年の第13回衆議院総選挙に故郷鹿児島から立候補した。

　そこまではよかったのだが、選挙のさなかに収賄容疑で逮捕・投獄さ

れ、選挙も落選する。失意の山本は同（大正6）年中に上京するが、ちょうどロシア革命が起こり、それを受けて、ある政府筋からシベリア視察の特別任務を託され、1918（大正7）年、33歳の時にシベリアに出かけた。いろいろなことを経験してきた彼だったが、年内に帰国して、翌1919（大正8）年、34歳の時に、ついに改造社を立ち上げ、同年4月に雑誌『改造』を発刊する。大正末から昭和にかけて『中央公論』（1899（明治32）年、『反省会雑誌』を改題して発刊）と肩を並べることになる総合雑誌である。ここにおいて山本は、ジャーナリストと出版人という自分のあるべき姿を見つけたのだ。最初は売り上げが伸びなかった『改造』だが、堺利彦らの寄稿を得て第4号は2日で売り切れて危機を脱し、その後も、発禁になるなど危ないことはあったが、なんとか継続することができた。

　続いて『改造』の連載小説であった賀川豊彦（1888－1960）の『死線を越えて』（1920（大正9）年）を単行本として出版したところ、これがベストセラーとなり改造社の経済的基盤を固めることになった。また、志賀直哉の『暗夜行路』が1921（大正10）年1月号から連載されると、文芸界における『改造』の地位も定まった。順風満帆である。この勢いに乗って山本は、世界的に著名な哲学者や思想家に寄稿してもらったり、彼らを実際に日本に招いて講演をしてもらったりした。すなわち同年7月にバートランド・ラッセル（1872－1970）に講演してもらったのを皮切りに、ジョン・デューイ（1859－1952）やマーガレット・サンガー（1883－1966）、そして1922（大正11）年11月にアルベルト・アインシュタイン（1879－1955）を招聘することに成功する。

　ここでまた邪魔が入る。1923（大正12）年9月の関東大震災である。『改造』の発行は続けられたが、社屋も破壊され、改造社の経済事情は悪化した。しかしこの危機を救ったのが日本初の『現代日本文学全集』、いわゆる〈円本〉の登場であった。1926（大正15）年12月、山本が41歳の時に第1回配本になった改造社版『現代日本文学全集』（定価1冊1円）は、

当時の他の単行本に比べてかなり割安であったため大人気となり、会社の経済的な基盤を安定させた。この革命的な〈円本〉はいわゆる〈円本時代〉を招来し、日本の出版文化そのものを変革するに至ったのだ。1927(昭和2)年以降、彼は、経営が安定するなかで、新しい出版文化を切り開くために前進した。

　山本は、1930(昭和5)年、46歳の時には念願の代議士になった。また、同年に出版した『放浪記』(林芙美子作)がベストセラーになった。世相が戦争へと動き始めた頃の1933(昭和8)年に、社会主義者として知られたジョージ・バーナード・ショウ(1856－1950)を招聘したりもした。1937(昭和12)年、1938(昭和13)年と続けて刊行された『若い人』(石坂洋次郎作)や『麦と兵隊』(火野葦平作)はベストセラーになって、厳しくなる時代のなかで会社の経営危機を救った。しかし、戦火が激しくなるなか、当局の圧力には抗しがたく、雑誌『改造』は1944(昭和19)年7月に6月号をもって閉刊を余儀なくされ、改造社も解散した。終戦後1946(昭和21)年1月号から『改造』は再び復刊されるが、これはあまり続かず、1955(昭和30)年の2月号をもって終刊している。この間、山本は、終戦後初の総選挙で再び当選したり、公職追放の憂き目にあったりと、なおも波乱万丈であったが、1952(昭和27)年7月に胃ガンで死去した。67歳であった。[8]

　では、山本とロンドンの具体的なつながりを見ていこう。改造社のロンドン作品出版は、1919(大正8)年7月から1941(昭和16)年10月まで22年の長きにわたって行われた。ロンドン作品の日本における普及に果たした功績はかなり大きいと言えよう。一方、すでに述べたように、雑誌『改造』が創刊され改造社が発足したのが1919年4月で、『改造』が閉刊され、会社も解散するのが1944年7月のことであるから、いわば山本の改造社のほぼ全歴史を通じて、ロンドンは出版され続けたことになるのである。他にもロンドン以外の数多くの作品が改造社から出版されたとは

いえ、このことは、山本がいかにロンドンに関心を持っていたかを物語るものである。

　改造社のロンドン作品出版の経緯はつぎのようである。改造社が最初に手掛けたのは『どん底の人々』(*The People of the Abyss*, 1903)であった。これはロンドンのルポルタージュで、彼の代表的な数作品の一つである。イギリスのロンドンの貧民街イーストエンドにロンドンが実際に潜入して実態を暴いたものである。ロンドンを紹介するのにこの作品から始めたところに山本の社会意識の高さや政治性が感じられる。この改造社の出した翻訳がこの作品の日本初訳ということになるが、ただしこの出版は単行本の形でではなく、1919(大正8)年7月にこの作品の第3章までの翻訳(辻潤訳)を雑誌『改造』に掲載しただけのものであった。

　つぎに山本が扱ったロンドン作品は『白い牙』(*White Fang*, 1906)であった。これもまた『改造』への連載だったが、すでに触れた宮原晃一郎訳『野性より愛へ』が叢文閣から単行本で出版された(1920(大正9年4月))のに遅れること1年、1921(大正10)年3月から9月まで6回にわたって堺利彦が訳出したものである。容易に想像できることながら、社会意識の高い山本は堺と交流があったようで、〈山本―堺―有島―足助―宮原〉という関係があった可能性は十分にある。したがって、同郷の山本と宮原もどこかで会っていて、知人同士であったかもしれない。今のところそれを示す資料はないが、今後出てくる可能性もあり、事実だとすると大変興味深い。

　改造社のつぎのロンドン関連出版は、やや間(7年半)が空いた後、1929(昭和4)年2月のことであった。そしてそれは、満を持しての堺利彦訳『ホワイト・ファング(白牙)』の改造文庫版の1冊としての刊行であった。なぜ時間がかかったかは不明だが、改造文庫を開始した時に山本がぜひロンドンを入れたいと考えた可能性はある。事実、この後、続けて同年12月に和気律次郎訳『奈落の人々』(*The People of the Abyss*,

1903)を改造文庫から出している。この作品の翻訳を10年の間に2回も出している所に、山本のこの作品へのこだわりを見ることができよう。改造文庫が最後にロンドンを取り上げたのは、花園兼定訳『野性の呼び声』だった。真打ち登場である。1936(昭和11)年6月のことだった。

ところで、改造社の最後のロンドン作品出版がまた興味深い。なぜなら最後に翻訳出版されたのが『南海物語』(South Sea Tales, 1911)だったからだ。今まで改造社が翻訳出版してきた『奈落(どん底)の人々』『白い牙』『野性の呼び声』というのはどれもロンドンを代表する作品なのだが、今度の『南海物語』はロンドン作品の中ではマイナーな短編集である。この作品は、第2次世界大戦前では2回しか訳されておらず、戦後でも全訳は最近やっと出版されただけで、いわば〈忘れられた作品〉であった。なお、筆者がこの全訳が出る前に拙著で紹介したのが、この作品の戦前戦後を通じて初めての解説だったと思われる。

　とにもかくにも改造社版の村上啓夫訳『南海物語』は、1941(昭和16)年10月に単行本として出版された。手許にある初版を見てみると、ペーパーバックながらしっかりした作りになっていて、絵もきれいである。日本で初めてこの作品が『南の海』として翻訳出版された時(1925(大正14)年5月)には、じつは原著の中の1篇が訳されていなかったので、この改造社版が日本初の『南海物語』全訳版ということになるのである。ちなみに、偶然とはいえ、面白い事実がある。じつは、椋鳩十は大学生時代に『南海物語』を翻訳で読んで南太平洋をめざすことを決心したのであり、そうした流れの中で鹿児島に移り住むことになるのである。残念ながら椋の読んだ版は『南の海』の方であって改造社版ではなかったが、椋も山本と同様にこの作品を高く評価していたということは非常に興味深く、妙な因縁を感じざるを得ない。

4 宮原と山本の存在意義について

　山本實彦が日本におけるロンドン紹介に果たした役割は、宮原晃一郎のそれよりもはるかに大きい。まさに、日本におけるロンドン受容の初期の立役者の一人といっていい。しかし、宮原が、ロンドンの二大作品である『野性の呼び声』と『白い牙』のうちの一つ（『白い牙』）を、日本で最初に翻訳出版したことも十分価値あることであろう。それだけでも評価に値するが、前述したように、宮原訳『白い牙』が日本を代表する児童文学作家・動物作家の椋鳩十をロンドンファンにさせたとも言えるのであり、しかも、好きなロンドン作品を読み続けるなかで、椋が鹿児島に興味を持つようになるのであるから、この出版は意義深いものだったと言える。

　しかし宮原が『白い牙』を翻訳したことの功績はそれだけではない。たしかに彼の訳したロンドン作品は結局、1作だけだったが、堺が『野性の呼び声』の翻訳を出版してから『白い牙』を翻訳出版するまでには多少なりとも時間がかかったこと（5年半近く）を考えると、このロンドンの二大作品が両方とも、宮原のおかげで、1919（大正8）年5月、1920（大正9）年4月と1年間を置かずして単行本の形で世に出たということは、日本における初期のロンドン文学の普及に大きく貢献したと言えるであろう。

　本論文の内容を含むこれまでの筆者の一連の研究は、ジャック・ロンドンと鹿児島（薩摩）が奇妙な縁で結ばれていることを証明しようとするものであった。一連の研究の終了が近づく今、本論文で紹介した宮原と山本の存在は、研究全体にとっても締めくくりにふさわしい意義深さを有していると言えるだろう。

　鹿児島（薩摩）とロンドンが相互に深い影響関係でつながっていることは、ただ鹿児島にとって意味があるだけではない。それは、ロンドンがいかに日本的な思想や生き方に関心を持ち、これに影響されていたか

を示している。言いかえれば、それはもちろん強い文学的影響でもあって、ロンドンを研究する者にとってのみならず、日本人全体にとっても現代（文化）史上の注目すべき事象であったと言えるかもしれないのだ。つまり、日本人が欧米から大きな影響を受けて、次々と様々な文化や技術を摂取・導入していた明治期に、逆に、産業主義の高まりのなかで金銭など物質に重きを置く価値観に振り回され、素朴な倫理観を失いつつあったアメリカ人の中には、日本的な思想・倫理観から影響を受けていた者がいたのである。

　薩摩を筆頭とする日本からジャック・ロンドンが受けた影響は、カリフォルニア以外にも広がっている可能性があり、その有形無形の影響は今なお生きている可能性さえある。また、ロンドンに影響を受けた作家は、薩摩や日本国内だけではなく、アメリカや諸外国にもたくさんいるはずだから、その影響は想像以上に広がっている可能性もあるのだ。そう考えると、薩摩（鹿児島）とジャック・ロンドンの奇縁はさらに大きな関係へとつながっていく可能性を秘めている、と言えよう。

註

(1) 詳しくは拙著『椋鳩十とジャック・ロンドン』（高城書房、1998年）、および以下の拙論「ジャック・ロンドンと椋鳩十――椋はロンドンの「戦争」も読んだ」中央英米文学会編『問い直す異文化理解』（松柏社、2007年）、「椋鳩十――ジャック・ロンドンから松風まで――」鹿児島純心女子大学国際文化研究センター編『鹿児島の近代文学・散文編』新薩摩学　シリーズ7（南方新社、2009年）、「ジャック・ロンドンと椋鳩十――「戦争」と『マヤの一生』」日本ジャック・ロンドン協会編『ジャック・ロンドン研究』第1号（日本ジャック・ロンドン協会、2012年）、「ジャック・ロンドンに対する薩摩武人の影響――黒木為楨（ためもと）の場合――」『立命館経済学』第58巻、第3号（立命館大学、2009年）、「ジャック・ロンドンに対する薩摩武人の影響――長沢鼎の場合――」（すでに完成・提出済みの論文で、近刊の研究書に掲載予定）を参照のこと。

(2) 宮原晃一郎の伝記的な情報については、かごしま近代文学館で2010年2月から3月まで開催された収蔵品展「宮原晃一郎の軌跡」の際に同館にて作成された「宮原晃一郎　略年譜」を参照した。宮原のまとまった伝記は今のところ書かれていない。
(3) 本論文におけるロンドン作品翻訳の歴史的情報については、その多くを中田幸子『父祖たちの神々——ジャック・ロンドン、アプトン・シンクレアと日本人』(国書刊行会、1991年)より得たことを断っておく。
(4) 堺利彦「はしがき」、ジャック・ロンドン『ホワイト・ファング(白牙)』堺利彦訳(叢文閣、1925年)、2頁。
(5) 中田幸子、103頁。
(6) 椋鳩十「自伝的対談(1)——わが青春の詩と真実」『野性の谷間　後編』椋鳩十の本　第5巻(理論社、1982年)、217頁。
(7) 椋鳩十「Ⅴ 私の青春時代」『語り部行脚　人と出会う感動』椋鳩十の本　第33巻(理論社、1989年)、205-06頁。
(8) 山本實彦の伝記的な情報については、松原一枝『改造社と山本実彦』(南方新社、2000年)と鹿児島純心女子大学国際文化研究センター編『雑誌『改造』とその周辺』新薩摩学　シリーズ5(南方新社、2007年)を参照した。

参考文献

大浦暁生監修、ジャック・ロンドン研究会編『ジャック・ロンドン』三友社出版、1989年。
辻井栄滋『地球的作家ジャック・ロンドンを読み解く』丹精社、2001年。
中田幸子『ジャック・ロンドンとその周辺』北星堂、1981年。
―――『父祖たちの神々——ジャック・ロンドン、アプトン・シンクレアと日本人』国書刊行会、1991年。
森孝晴『椋鳩十とジャック・ロンドン』高城書房、1998年。
―――「長沢鼎の武士道精神について」『鹿児島国際大学考古学ミュージアム調査研究報告』9、鹿児島国際大学、2012年。

ヘミングウェイ『エデンの園』註解

安達秀夫

はじめに

　ヘミングウェイ（Ernerst Hemingway, 1899 – 1961）の『エデンの園』（*The Garden of Eden*）が出版されたのは、1961年の死後25年たった1986年のことだった。この作品の存在はだいぶ前から知られていて、たとえば1969年出版のカーロス・ベイカーによる『ヘミングウェイ伝』（*Hemingway: A Life Story*）でも、第二次大戦後間もない1946年の初めには着手されていて、2月中旬には手書きで400ページ、4月末には700ページ、7月半ばには1000ページに達していた（454-55）。また同年末にはタイプ原稿で100ページ以上、さらに手書きで900ページ書かれていたが、この作品の「テーマ」がはっきりするにはさらに時間を要したという（460）。

　その後は『河を渡って木立の中へ』（*Across the River and into the Trees*, 1950）や『老人と海』（*The Old Man and the Sea*, 1951）を書いて出版したり、1957年から58年にかけて、若い頃のパリ時代の回想記『移動祝祭日』（*A Moveable Feast*, 1964: 遺作）を書いたりしながら、その合間に『エデンの園』を手直ししたりしていたが、また58年7月末までには28章を書き直し、あと3週間で書き終えると予想してもいたようだが、また9月半ばまでには「終わりに近づき」、16万語ぐらいになるだろうと見積

もってもいたようだが、実際には48章20万語以上書いても未完のままだった (540)。書き始めてから12年以上たち、晩年に近づくにつれて体力も気力も衰えてきたのか、また二組のカップルが絡み合う物語展開の処理が困難だったのか、特に後半部分の執筆は難渋を極めたようだ。

ペーパーバック版に付した序文で、出版人のチャールズ・スクリブナー・ジュニアが、遺稿で「不完全」なのは後半だけで、前半はごくわずかな刈り込みをするだけで完全に調和のとれた一貫した物語になったと書いているのも (vii)、このことを裏書きしているのかもしれない。そしてこの前半部分を中心に、スクリブナー社の編集者トム・ジェンクスが編集に当たって現行の『エデンの園』が完成したわけだが、その編集方針については次のことが言われている。① 遺稿の前半を中心に約3分の1の約7万語に圧縮整理する。② デイヴィッド・ボーンとキャサリンのカップルによる主筋のみで、ニック・シェルドンとバーバラによる脇筋はすべて削除する。③ 文章を削ったり並べ替えたりはするが、書き加えたり書き換えたりはしない。

つまり、全体の3分の2が削除されている点、最終的なとりまとめが作者自身によるものではない点などについては注意を要するだろう。特に物語の結末が、削除された遺稿とは異なっている点を問題視する向きもある。また異性愛だけでなく、同性愛、両性愛など、従来タブー視され、またヘミングウェイ自身もあまりはっきりと書くことはなかったセクシュアリティに関する記述が頻出しており、それまで多くの読者が抱いてきたヘミングウェイ観に修正をせまるなど、その点では衝撃的でもあったようだ。

とはいえ短縮されて簡潔になったためか、また編集方針のためか、出版されたこの作品は、結果的に、物語の基本的な枠組みの取り方が、聖書と、第二の聖書とも言えるミルトンの『失楽園』と『復楽園』を背景にしつつ明解になっていたり、また登場人物の暗示的な名前が聖書の枠組

みを補完していたり、途中から登場するマリータを含めた三人の登場人物の関係が、ミケランジェロのシスティナ礼拝堂の天井画「堕罪」と重なって見えたりするなど、興味深い点も多々ある。少なくとも「エデンの園」という表題にふさわしい、現代的な楽園の喪失と回復の寓話的な物語として、充分読むに堪える作品になっているようには思える。

　物語の概要は次のとおり。時代は1920年代後半とおぼしいある年の晩春から秋にかけて。場所は、前半は南フランスのアルルの南西ローヌ河の河口の城郭都市エギュ・モルト付近のル・グロ・デュ・ロワのホテル。途中スペインとの国境に近い、大西洋岸のアンダーユとビアリッツへ、さらにスペインの首都マドリードに移る。後半はふたたび南仏に戻り、紺碧海岸（コート・ダジュール）のカンヌの近くの高級リゾート地ラ・ナプールのホテル。登場人物は、最近評価されつつある若いアメリカの作家デイヴィッド・ボーン（David Bourne）と、アメリカの21歳の美人で裕福なキャサリン（Catherine Hill Bourne）のカップル。途中からマリータ（Marita）という若くて美しい女性が出現し、三人の共同生活が始まるが、その後狂気にとらわれたキャサリンが去り、デイヴィッドはマリータと共に生きていくことになる。（ちなみに、南仏の新婚旅行は作者自身の二番目の妻ポーリーンとの新婚旅行がモデルになっていると言われている。また削除された脇筋のニックとバーバラの物語は、その「ニック」という名前がヘミングウェイの若い頃をモデルにした数多くある短編の登場人物ニック・アダムズと同じであることや、バーバラと住んでいたパリのアパートが、ヘミングウェイが最初の妻ハドリーと暮らしていたモンパルナスのアパートと似ていることから、こちらをモデルにしていたとも言われている。なお「アダムズ」の名前はエデンの園では意味深長だが、果たしてどこまで関わりがあるのか。）

　以下、テクストに即して章ごとに物語の内容を**要約**しながら、**太字**の（＊）について、下線部を含めて**註釈**を加えてゆく。引用文の後のカッコ

内の数字はScribner Paperback Fiction（Simon & Shuster）版のページ。訳文は試訳だが、沼沢洽二氏訳（集英社文庫）を参照させていただいた。

要約と註釈
第1部（Book One / Chapter 1-3）
要約
　時代は明記されてないが1920年代後半と考えられる（作者が二人目の妻と新婚旅行で作品の舞台となる場所を訪れたのは1927年）。主人公は、**デイヴィッド・ボーン**（David Bourne）と**キャサリン**（Catherine Hill Bourne）[1]のアメリカ人カップル。二人は結婚して「三週間」(13)で、長期の新婚旅行中。当時二人が住んでいたパリから南下してアヴィニョン、ニーム、エギュ・モルトを経て、地中海岸のル・グロ・デュ・ロワに来ている(13)。ホテルの部屋は「ヴァン・ゴッホのアルルの部屋の絵に似ているが、ダブルベッドと大きな窓が二つある点が違う」(4)。裕福な二人は毎日ひたすら飲み、食べ、交わり、海辺で全裸で肌を焼いたり泳いだりするだけの、「非常にシンプルな世界」で「かつてないほど**真に幸福に**(truly happy)」[2]暮らしている(14)。デイヴィッドは自分は「創造型／発明型(inventive type)」で、キャサリンは自分を「破壊型／破滅型(destructive type)」と言う(5)。二人は揃いの「ストライプの漁師用シャツ」を着て「兄妹」に間違われ、キャサリンはそれを喜ぶ(6)。デイヴィッドは釣りをして立派な「鱸(loup/bar, sea bass)」を針にかけ、キャサリンは「何て素晴らしい魚なの！」と褒め讃え、感嘆する人々は列をなして彼の後に従い、ホテルの給仕アンドレ(Andre)が水の中に入って捕る(9-10)。キャサリンはこれから自分は「変わる(I'm going to change)」(12)と言い、髪を男の子のそれのように短く切り、自分は「女の子(girl)」だけど、「今は男の子でもある(But now I'm a boy too)」と言う(14-15)。また「**悪魔**(devil)のところへ行ってもかまわない？」[3]と

訊き、交わるときの体位などを変え、名前も変えて、自分は「**ピーター**[4]」であり、デイヴィッドがキャサリンであると言う (17)。デイヴィッドはこうした男女の役割や名前を逆転させた交わりを受け入れ、それなりに付き合うものの、「心は<u>さよならキャサリンさよなら可愛いキャサリンさよなら幸運を祈るよさよなら</u>と言っていた」(18)。**(第1章)**

夜、デイヴィッドが眠っていると、月明かりの中でキャサリンがまた「<u>変化の暗黒の魔術 (dark magic of the change)</u>」(20) をするのを感じて目を覚ます。男女の役割を「変化」させた交わりに応じ、彼が「全身で痛みを感じ (it hurt him all through)」ながらそれを終えると、彼女は「私たちしちゃったんだわ。本当にしちゃったんだわ (Now we really have done it.)」と言う (20)。デイヴィッドは「君が他に何を考えつこうが、<u>僕は君と一緒だし、愛してる</u>」(20) とは言うものの、「<u>罪 (sin)</u>」と「<u>裁き (judge)</u>」についても考える (21)。キャサリンは「<u>黒く (dark)</u>」、「<u>もっと黒く (darker)</u>」[5]なりたいと言い (22)、海辺で全身を焼いて真っ黒になる。最近出版されたデイヴィッドの本の書評の「<u>切り抜き (clippings)</u>」がまとめて出版社から転送され、好評を博していて、かなりの収入がありそうだと分かると「諍い (fight)」[6]が始まる (25)。キャサリンはファッションやライフスタイルなどで自分たちは世間の人々より上であること、また男性中心的な旧時代のカップルとは違い、自分たちは互いに「洗礼名（クリスチャン・ネーム）」で呼び合う関係で、自分の金も全部デイヴィッドのものと言って夫婦の<u>一体性</u>・<u>対等性</u>を強調する (27)。**(第2章)**

キャサリンは男女の役割を「変化」させた交わりを「<u>悪魔のことども (devil things)</u>」とも言い、いつもそれをしなければならないわけではないと言う。さらに黒くなりたい、アフリカに行ったら「<u>あなたのアフリカの女 (your African girl) になる</u>」(29) とか、自分に「<u>インディアンの血</u>が流れていればよかったのに」(31) とも言い、黒い肌への憧憬をあらためて強調する。また「彼女は気軽に、嬉しそうに<u>女から男へ、また女へ</u>

と変化する」(31)(第3章)

註釈

(1) **デイヴィッドとキャサリン**　その名前の聖書的な役割は次のとおり。楽園喪失・回復神話では、ダヴィデ／デイヴィッド (David) は、原罪を犯したアダムと、それを贖うイエス・キリストの中間にいて両者をつなぐ人物なので、作品中デイヴィッドも両者の役割を果たしうる位置にいる。図示すれば〈アダム⇔ダヴィデ／デイヴィッド⇔イエス・キリスト〉。またキャサリンについては、伝説上イエスの「花嫁」として知られる二人の聖女カテリナ／キャサリン (Catherine) に重なる。伝説では4世紀のエジプトのアレクサンドリアの聖女カテリナ (St. Catherine of Alexandria, ? － c.310) と14世紀のイタリアのシエナの聖女カテリナ (St. Catherine of Siena, 1347 － 80) の二人の〈キャサリン〉が、どちらも幻の中で幼子イエスと「神秘の結婚」をしている。『聖女カテリナの神秘の結婚』と題される絵は多くの画家に描かれており、この後二人が訪れるマドリードのプラド美術館にもアロンソ・サンチェス・コエーリョ作 (1578) とマテオ・セレーソ作 (1660) がある **(第2部(2)参照)**。つまり〈アダム＝デイヴィッド〉の妻としては〈イヴ＝キャサリン〉となり、〈イエス＝デイヴィッド〉の妻としては〈カテリナ＝キャサリン〉の関係になる。なお、アレクサンドリアの聖女カテリナについては、13世紀のヤコブス・デ・ウォラギネによるキリスト教聖人列伝『黄金伝説』第166章に記述があり、それによれば「カテリナ／キャサリン」の名前は「全部」を表す catha と「崩壊」を表す ruina から成り、両者を合わせた意味は「全壊」で、悪魔の建てる建物が彼女の中でことごとく崩壊し去ったためという。キャサリンの「破壊型／破滅型」ともつながるかもしれない。なお「キャサリン」は『武器よさらば』のヒロインの名前でもある。ゴッ

ホのアルルの部屋の絵は三つのヴァージョンがある。シカゴ（アート・インスティテュート）、アムステルダム（国立ゴッホ美術館）、パリ（オルセー）、どれもシングルベッドと窓は一つ。絵画への言及はこの後もあるが、これが最初。

(2) **真に幸福に**　「幸福」は「楽園」のイメージと重なる。神話や伝承の「楽園」にはおよそ次の諸要件が含まれる。①その土地が囲われ守られていること。②外敵から遠くへだたり、できれば所在すら知られていないこと。③内部には食物、水など生命維持の手段が豊富にあること。④気候温暖で、寒暑による苦痛から守られていること。⑤男女の性的快楽も十分に保証されていること（『世界大百科事典CD-ROM版』平凡社、1992による）。ル・グロ・デュ・ロワは訪れる人も稀で(9)、季節は晩春から秋で気候も温暖、随所に記述があるように飲食物は豊富で、ひたすら性的快楽の追求に没頭できることなど、二人の生活はまさに〈楽園〉のそれとして描かれている。しかし「悪魔」への言及や最後に「さよなら」とあるように、別れ、あるいは〈楽園喪失〉の予兆も見えている。

(3) **悪魔のところへ行ってもかまわない？**　具体的には必ずしも明瞭ではない。仰向けのデイヴィッドの上にキャサリンが覆いかぶさり、「手が彼をつかみながらもっと下をまさぐると (her hand holding him and searching lower)」彼は「体内に異物」(strangeness inside) (17) を感じているので、女性上位に加えてソドミー（肛門性交）的なことも考えられるが、それ以上詳しく書かれてはいない。1920年代の一般的な性道徳では「悪魔」がするような、〈異常〉だったり〈変態的〉だったりするような行為ではあったのだろう。この作品では、この悪魔的な行為が創世記でアダムとイヴが〈禁断の果実〉を味わう行為とパラレルになってもいる。またこの「悪魔」や「女性上位」からは、伝承によるアダムの最初の妻リリス／リリト (Lilith) が想起

される。リリスは特に男性上位（男性優位）を嫌ってアダムと喧嘩別れしたことで知られる。逆に、アダムの骨から生まれたイヴは初めから男性優位・女性従位を前提としている。リリスは聖書正典では無視され、唯一「イザヤ書」(34.14)で言及。口語訳と新共同訳では「夜の魔女」、欽定訳では災いの予言者の screech owl だが、関根正雄訳『イザヤ書・上』（岩波文庫）では「リリース」と訳されている。リリスはその髪に特徴があり、性愛・豊穣の女神で、変身が自在の、夜歩き回る魔女で、堕天使ルシファーの母になったとの説もあると言われる。ゲーテの『ファウスト』(1808/32) 第1部のヴァルプルギスの夜の場面に言及がある：ファウストがメフィストフェレスに案内されてハルツ山地をブロッケン山へと向かう途中の人混みの中にある女が目にとまり、「あれは誰だ」と訊くと、メフィストは「よく見てごらんなさい！リーリトですよ。」「リーリト？」「アダムの最初の女房です。あのきれいな髪にはご用心！　あれがあの女の、ただひとつ身にまとっているご自慢の飾りなんです。髪の魔力で若い男を掴まえれば、もう容易なことでは離しませんよ」と忠告する（柴田翔訳）。またイギリスのジョージ・マクドナルドの物語に『リリス』(*Lilith*, 1895; 荒俣宏訳、ちくま文庫）がある。後にデイヴィッドはキャサリンを「悪魔」と呼ぶことになる（Cf.2-(1)）。キャサリンの「変化」はイヴの「堕罪」を含みつつ、イヴからリリスへの「変身」をも表すか？　なおリリスは、母権制時代の農耕民族カナンの大地母神で、アダムは父権制の放牧民族イスラエルの人間（男）の先祖であり、ユダヤ・キリスト教の聖書がリリスを魔女／悪魔に貶め、イヴをアダムの正妻としたのは、イスラエルがカナンに侵入して母権制の先住民を駆逐して父権制社会を確立していった過程を反映したものと考えられている。〈ソドミー〉は男色で知られたソドムの市にちなむ（創世記18-19）。

(4) **ピーター**（Peter）　イエスの一番弟子〈ペテロ〉の英語名でもあるが、

俗語では〈ペニス〉の意もある。テクストでは髪を短く刈って「男の子」に変化したキャサリンの意識を表すと考えられるが、〈ピーター、アンドレ、釣り〉とくれば、コンテクストでは次が想起される：「さて、イエスがガリラヤの海べを歩いておられると、ふたりの兄弟、すなわち、ペテロ (Peter) と呼ばれたシモンとその兄弟アンデレ (Andrew) とが、海に網を打っているのをごらんになった。彼らは漁師であった。イエスは彼らに言われた、「わたしについてきなさい。あなたがたを、人間を捕る漁師にしてあげよう。」(マタイ伝4.18-19)（イエスの使徒アンデレは〈網〉がその象徴物（アトリビュート）として知られるほど〈釣り〉と関わりが深い。）とすると〈デイヴィッド＝イエス〉と〈キャサリン＝ペテロ〉と〈アンドレ＝アンデレ〉の関係にイエス・キリストによる〈楽園回復〉の萌芽も読めるかもしれない。なおデイヴィッドが釣り上げてキャサリンが褒め讃えた「鱸（すずき）」は英語ではsea bass、フランス語では*loup*の他「バール (*bar*)」とも言うとあるが、それはまたイスラエル人が敵視して悪魔と同一視したカナン人が崇めた主神「バール (Baal)」に音的に通じるので、〈キャサリン＝リリス＝魔女／悪魔〉をあらためて想起させる。人々が「列をなして彼の後に従った」のは、ペテロとアンデレ以下の十二使徒がイエスの後に従った例を彷彿とさせる。キャサリンとデイヴィッドは揃いの「ストライプの漁師用のシャツ」を着ているが、そのファッションの面ではシャネルを想起させる。歴史的に男が着る漁師用の縞のシャツを女が着て流行（は）らせたのはデザイナーのガブリエル〈ココ〉シャネルだったと言われている。シャネルが1916－17年に、第一次大戦でドイツ軍の爆撃を受けたパリを逃れて、大西洋岸の北方のドーヴィルと、次いで南方のビアリッツに帽子やドレスの支店を出していたとき、海辺で漁師が着ていた縞のシャツを見て気に入り、脱がせて買った有名なエピソードが残されている。デイヴィッドとキャサリンはこの後第5章で「ビアリッツ」(46)に行く

が、また第9章ではキャサリンはニースの仕立て屋で作った「スラックス (slacks)」をはき、「来年はみんながはくだろう」、また自分たちが着始めたストライプの漁師用のシャツは今ではみんなが着ていると言い、彼女が流行を作り出しているかのようだが (79)、こうした彼女のファッション・リーダー的な側面はシャネルをモデルにしているように見える。1927年にヘミングウェイと新婚旅行でこのあたりを旅していたポーリーンはファッション誌『ヴォーグ』のパリ駐在記者だったから、シャネルはヘミングウェイの視野にも入っていただろう。また「1917年」に髪の毛を短く刈ってボーイッシュなヘア・スタイルを流行らせたのもシャネルだった (ポール・モラン『獅子座の女 シャネル』他による)。断髪については、「女に長い髪があれば彼女の光栄になる」(コリント人への第一の手紙11.14-15) との聖書の教えもあり、古来長い髪は〈従順な女〉〈貞淑な家庭的な妻〉の象徴とされ、女を家庭に縛り付けておこうとする保守的な価値観の維持に貢献してきたが、シャネルが先駆けとなって、ボーイッシュなショート・ヘアは、特に第一次大戦以降急速に社会進出を始めた新しい女性たちに広まっていった。キャサリンが「髪を男の子のそれのように」断髪した背景には、こうした社会的な変化もあったわけだが、『エデンの園』ではそれだけではなく、セクシュアリティにかかわる意味もある。キャサリンの男物を着用する新しいファッションと、少年のような断髪と、男への性役割の変化は、一体となって分かちがたく結びついていて、「漁師用のシャツ」を着て〈漁師ペテロ／ピーター〉となったキャサリンは、また「男の子」として〈ピーター／ペニス〉をもってデイヴィッドとソドミーの関係を持つかのようだからだ。キャサリンの断髪は旧来の〈従順な女〉から〈新しい女〉への変化だが、それはまた〈悪魔〉への「変化」でもあった。ミルトンの『失楽園』では、イヴが当初の〈従順〉から、悪魔の化身としての蛇の誘惑に落ちて〈不従順〉になったが、イヴは

またアダムから「お前は蛇だ、蛇と呼ばれるにふさわしい女だ！」と罵倒されていた (10.867; 平井正穂訳)。魔女／悪魔とされていたリリスがその「髪」に特徴があったのは先に触れたとおりで、女と髪と性に関する多様な文化史的な背景を考える必要がある。

(5) **黒くなりたがるキャサリン**　エデンの園は一般的にはメソポタミアにあったと考えられているが、それとは別にアフリカのエチオピアにあり、イヴは黒人だったとする説もある。〈黒〉は悪魔の色か。リリス／夜の魔女との関係はどうなのか。この後第3章でも「アフリカの女になる」とか「インディアンの血」が流れていればよかったのにとか、〈黒い肌〉への憧憬があらためて語られる (29-30)。「アフリカの女」はダヴィデの子ソロモンの許を訪れて一子をもうけたシバの女王を想起させるが（列王紀上10−、歴代志9−）、もう一つ興味深いのは、アメリカのインディアン（今は「ネイティヴ・アメリカン」と称される）の皮膚の色は、一般的には〈赤〉とされているのに、ここでは〈黒〉として扱われ、またいわゆる〈黒人〉は「アフリカの女」とされて、ことさらにアメリカの黒人が避けられている点だ。もしそれを扱えば、南部の黒人奴隷制度に由来するフォークナー的な問題が発生するので、テーマの拡散や複雑化を避けようとしたのかもしれない。キャサリンの皮膚の色もしくは人種の境界を越えたいという願望はまた、女から男へ、また男から女へという男女の境界を越えようとする試みと並行しているので、彼女の「変化」の内実には、こうしたいくつかの〈越境〉が含まれていることを踏まえる必要がある（第2部(1)参照）。

(6) **諍い**（いさか）(fight)　『失楽園』の堕罪直前のアダムとイヴの「諍い」を彷彿とさせる。イヴは一人でも楽園の仕事ができるとしてアダムと諍いになり、止めるアダムにあらがって強引に一人になっていた時に、蛇の誘惑に落ちて禁断の木の実を食べたわけだが、それもアダムと「より対等 (more equal)」(9.823) になることを望んでのことだった。

キャサリンはデイヴィッドより裕福で、経済的には上位でも「主婦 (housewife)」(24) のタイプで、芸術的表現力はなく (53)、それに対してデイヴィッドが作家として評価を高め、収入も増えつつあることがわかると、それへの焦り、劣等感、嫉妬などを掻き立てられ、一人取り残されるように感じたり、自分たちの〈対等性〉が脅かされるように感じたりしたのだろう。海を見つめる「彼女の眼はとても悲しかった」(25) とあるのもこのためだろう。この男女の〈対等性〉に拘泥するキャサリンはまた〈男上位〉を嫌うリリスとも重なる。またデイヴィッドへの〈嫉妬〉は『失楽園』で神がイエスを〈救世主〉と定めたときのルシファー／サタン（悪魔）の「嫉妬 (envy)」(5.662) を想起させる。二人が〈一体〉であるのは、イヴが誕生したときにアダムが言った言葉、「これこそ／<u>わが骨の骨、わが肉の肉</u> (bone of my bones, flesh of my flesh) [中略] こういうわけで、男は父母を離れて女と結ばれ、<u>二人は一体となる</u> (and they shall be one flesh)」（創世記 2.23-24; 新共同訳、欽定訳）を踏まえているが、創世記のこの部分は『失楽園』でも、アダムが初めてイヴに会ったときの言葉として引用されている：「今、私の目の前にいるのは、まさにわが骨の骨、わが肉の肉、いいえ、私自身なのです！　<ruby>男<rt>マン</rt></ruby>から取り出された者という意味で、この者を<ruby>女<rt>ウーマン</rt></ruby>と名づけましょう。[中略] 二人は一つの体、一つの心、一つの魂、となることになりましょう。(I now see/Bone of my bone, flesh of my flesh, myself/Before me; woman is ner name, of man/Extracted; …」(8.495-99; 平井正穂訳)」また『失楽園』ではこの「わが骨の骨、肉の肉」は、イヴの堕罪を知ったアダムが彼女と運命を共にすべく自分も禁断を犯す覚悟を語る箇所でも引用されている (9.914-15)。こうしてみると、Catherine Bourne は David にとって Bourne of my Bournes か。David Bourne は〈ダヴィデとして生まれた (Born as David)〉ということか。（地口や語

呂合わせのような言葉遊びの例は他に第11章にもある。）諍いは『失楽園』では堕罪直後の二人のあいだでも繰り広げられるが、『エデンの園』でもこの後また同様の「喧嘩（quarrel）」が始まる。

第2部（Book Two / Chapter 4-8）
要約
　二人はイタリア製高級車ブガッティで大西洋のビスケー湾岸のスペイン国境に近いアンダーユに旅し、デイヴィッドが仕事（作品執筆）を再開すると、キャサリンは次第に不満を募らせてゆく。昼食時にキャサリンが高アルコールのアブサンを飲んで酔い、いきなり「この切り抜き読みたがり屋め（You clipping reader）」(41) と言いがかりをつけて「喧嘩（quarrel）」(42) が始まる。「切り抜き」はデイヴィッドの本を高く評価する書評類で（前出）、彼の仕事への嫉妬が彼女の不満の原因だが、この時は酒のせいもあり、キャサリンが謝って仲直りする。（第4章）
　キャサリンはデイヴィッドの仕事中に一人で近くのビアリッツ（第1部(4)参照）に行き、髪の毛をさらに短く刈り、イギリスのパブリック・スクールのイートン校に入学した「男の子（boy）」のように短髪にしてくる (45-46)。デイヴィッドは「何をしたんだ、悪魔（Devil）」(45) と言い、この呼称はこれから増えてゆくが、このときはまだ「すべてが新しくなった」キャサリンを良しとし、キャサリンもこのさらなる断髪を「創造（invent）」であるとして「よかった？」(Was I good to invent it?) と訊いている (48)。「創造型（inventive type）」（第1章）のデイヴィッドの向こうを張って、自分にも「創造」ができるかのように。二人は『失楽園』のアダムとイヴのように「手」[(1)] を重ねて (49;50)、〈一体感〉を保ちつつも、キャサリンは次第に〈イヴ〉から〈悪魔〉へと変わってゆく。（第5章）
　場所はマドリードに移り、二人は午前中プラド美術館[(2)]に行く。昼食時の会話で、エル・グレコが描いたトレドの風景画が話題になり、キャ

サリンは、車でここへ来る途中自分でも絵にしたい素晴らしいものをたくさん見たけれど、自分には絵を描くことも、文章で表わすことも出来ない、「自分を通さなければすべては無 (There's nothing except through yourself)、だから死んですべてが消えてしまうのは嫌 (And I don't want to die and it be gone)」と言い (53)、芸術的表現力の無さを嘆くと共に、あくまでも〈自分〉を主張し、自分を何らかの形で残したいと望む。また他方では、自分は自分のことばかり考えていて、それはまるで「画家が自分自身を絵にしているみたい (...like a painter and I was my own picture)」とも言い (54)、〈自分〉にこだわりすぎることに反省の弁も述べる。(しかしこの後キャサリンは、彼女自身が登場する旅行記をデイヴィッドが書き、そこに〈自分〉を残すことに期待をかけることになる。)キャサリンはまた「男の子」になって男女の役割を変化させた交わりをしたい、デイヴィッドにも変化してほしいと熱心に言い、デイヴィッドはその「必死の思い (desperateness)」を感じる (56)。彼女は明朝またプラドへ行って「男の子」としてすべての絵を見ると言い (56)、あくまでも男への「変化」にこだわる。**(第6章)**

翌日デイヴィッドはホテルのバーで年長の知人ジョン・ボイル大佐に声をかけられる。大佐は昨日プラドでキャサリンが「戦闘的な部族の若い酋長 (young chief of a warrior tribe)」(62) のように見えたと言うと、〈男〉として見られたことに彼女は喜ぶ。また彼女はプラドで大理石の『レダと白鳥』の彫刻を見ていたとも言う。午睡(シエスタ)の時、キャサリンがまた「してみない?」と誘い、デイヴィッドが「君が男で僕も男なら嫌だ」と拒む。この時「**鉄の門**(かんぬき)」(3) が胸を端から端まで貫いているように」(66-67) 感じる。また以前は夜だけに限っていたのに、今は昼間からその「暗黒の事ども (dark things)」をあからさまにするキャサリンを見て、「その変化に終わりはない」ように感じる (67)。**(第7章)**

朝、マドリード市内のレティロ公園を二人で散歩中にデイヴィッド

は「後悔の念 (remorse)」(68) に襲われ、一人になってカフェでアブサンを飲むと後悔は消える (69)。「この酒の味は後悔そのものだけど、後悔を消してくれる」(69) と言うと、キャサリンはそんな目的でアブサンを飲んで欲しくないと言い、また諍いになる。二人はマドリードを発ち、南仏のエクス・アン・プロヴァンスを通って「**セザンヌ**[(4)]の国」を見て、**ラ・ナプールに戻る**[(5)]ことにする (71)。(**第8章**)

註釈

(1) **手** 『失楽園』では、アダムとイヴが手をつなぐか離すかは、二人の愛や信頼の深浅や有無といった関係性の比喩として使われている。たとえば堕罪前は、楽園を歩くときも、四阿（あずまや）に入るときも「手に手を取って (hand in hand)」(4.321; 689) いたし、堕罪直前の諍いのときはイヴは「手をそっと離し」(9.385-86)、また最後に楽園を去るときはふたたび「手に手を取って」(12.648) いる。この『エデンの園』でも「手」はそれと同様に使われている。

(2) **プラド美術館** 第1部 (1) で触れた2点の『聖女カテリナの神秘の結婚』の他に、同じカテリナを描いた別の主題の絵もある。カテリナは拷問の果てに殺されたため、拷問道具の車輪や命を奪った剣などと共に描かれることもあり、プラドには16世紀の画家フェルナンド・ヤーニェス・デ・ラアルメディナ作と19世紀のホセ・グティエレス・ラ・ベーガ作のそうした『聖女カテリナ』の絵もある。『レダと白鳥』は、ギリシア神話の最高神ゼウスが白鳥に変身して人妻レダと交わった有名な話をモチーフにしたもので、プラド所蔵の大理石像では、レダは顔を天に向け、着衣のキトンの裾をめくり上げた左手を天に高く伸ばし、露わになった腹部に右手で白鳥を抱いている。レダは抱いた白鳥を通じて天界のゼウスと交わっているのだろう。キャサリンはこの像を「男の子」として、あるいは「戦闘的な部族の若い酋長」のような表情で見ていたと

あるので、先に**第1部**(5)で註記した、性差や人種の違いの〈越境〉に加えて、人と動物の境界をも越えたセクシュアリティへの彼女の関心がうかがえる。

(3)「**鉄の門**」(iron bar)　「君が男で僕も男なら嫌だ」と男同士の同性愛を拒否する文脈で語られているので、ソドミーの暗示か。先に第2章で「変化の暗い魔術」の際に彼は「全身で痛みを感じ」ていたが (20)、それを言い換えたものかもしれない。また「門」に関して『失楽園』では、楽園に侵入したサタンを見つけた天使ガブリエルが、地獄の門の「閂がいささかゆるすぎた (too slightly barred)」(4.967) ため脱出できたので、今後はそうはさせずに奈落の底に引きずり込んで永劫に封じ込めてやると言っており、それを踏まえているのかもしれない。とすれば、この直後デイヴィッドが、「僕の胸は鉄の中に閉じ込められたみたいだ」(67) と言っているのは、彼にはソドミーあるいは同性愛の行為は「地獄」の中に閉じこめられて「鉄の門」でふさがれたように感じられたということかもしれない。

(4)　**セザンヌ**　ポール・セザンヌ (1839 – 1906) はヘミングウェイが最も心酔していた画家。若い頃パリに住んでいたとき (1921 – 27)、毎日のように美術館に通ってはセザンヌの絵を見ていたと『移動祝祭日』その他で書いている。セザンヌにも『聖アントワーヌの誘惑』など、両性具有や同性愛を読みとれる作品がある（拙論「ニック・アダムズ、セクシュアリティ、セザンヌ——ヘミングウェイ『われらの時代に』について」、『立正大学大学院文学研究科紀要』第28号、2012参照）。

(5)　**ラ・ナプールに戻る**　原稿の3分の2が省略された刊行本では、彼らはル・グロ・デュ・ロアから直接アンダーユに向かったかのようだが、いったんル・グロ・デュ・ロアから同じ地中海岸の東方カンヌの近くのラ・ナプールに移り、それから大西洋岸に向かってアンダーユやビアリッツを旅し、マドリードを経てまたラ・ナプールに戻ることにしたよ

うだ。最初のラ・ナプール滞在は省略されたのだろう。なお、ここは今では隣のマンドリューと合併してマンドリュー・ラ・ナプールと名前が変わっている。

第3部（Book Three / Chapter 9-24）
要約

　ラ・ナプールのホテルでデイヴィッドは、今回のキャサリンとの旅の旅行記（narrative）を書き、キャサリンは<u>自分がそこに描かれることへの期待を語る</u>(77)。今はマドリードからサラゴサへの道のあたりを書いている(78)。キャサリンの発案で、カンヌの美容師ジャン（Jean）のところで二人とも「少年（ボーイ）」のようなヘア・スタイルにし、髪の色も脱色して「真珠」のように白みがかった「銀色に輝く北欧的なブロンド（fair）」にして、「黒い肌（dark skin）」が映えるようにしようとする(76-82)。キャサリンがデイヴィッドもブロンドにさせようとすると、ジャンは、「それはムッシュの決断でなければなりません」(80)と言い、あくまでもデイヴィッドの〈自由意志〉でなければならないと主張する。**(第9章)**

　デイヴィッドはキャサリンの頼みに応じて断髪し、髪の色も変えるが、そんな自分を「鏡」[(1)]で見ては、自分を相手に語り合い、誰かが「誘惑した（tempted）」[(2)]からそうしたのではないと自分に言い聞かせる(84)。その夜キャサリンはデイヴィッドを「女（ガール）」と呼びながら交わる(85-86)。昼間、カンヌのカフェで<u>ニーナ</u>（Nina）という女友だちと来ていた**マリータ**（Marita）[(3)]と知り合う。キャサリンの<u>短い髪に魅せられた</u>ようで、どこの美容院で髪を切ったかと訊いてくる(90)。キャサリンは、ニーナは「あばずれ（bitch）」だが、マリータは「好き」と言う(91)。**(第10章)**

　デイヴィッドは執筆中の旅行記を中断して、「今書かねば失われてしまう（he must write now or lose）」<u>短編（story）</u>を書き始める(93)。それは少年の頃父とアフリカで象狩りをした時の<u>経験</u>から、「農園におけ

る<u>悪 (evil in the shamba)</u>」⁽⁴⁾に関する<u>物語 (story)</u>。その経験は昔のことで「記憶は正確ではなく」、今「<u>すべてを創造 (創作) している (he was inventing all of it)</u>」のだが、それは「<u>書くにつれて彼の身に起こってくることであるから、今やすべてが真実になった (It was all true now because it happened to him as he wrote)</u>」と言う (93-94)。翌日キャサリンはマリータを連れてくる。彼女もジャンの店で髪を短く切っている (95)。ニーナとは「大喧嘩」して別れたけど、彼女も「幸せ」になって欲しい、「<u>インテリジェントな人々の中に幸福はごく稀</u>」、そんなことは「<u>失敗 (mistakes) すれば早くに分かる</u>」、でも「<u>今はここに来てとても幸福</u>」と言う (96-97)。キャサリンも、「彼が仕事中自分の相手をしてくれる人がいない」ので是非いて欲しいと言うと、遠慮しながらも同じホテルで暮らすことになる (97)。マリータは美人で裕福で、キャサリンとデイヴィッドの両方を「愛している」と言うが (98)、デイヴィッドはあまり気に入らない。<u>マリータはすぐに顔を赤くする恥ずかしがりで、キャサリンより背が低く、同様に色が黒い</u> (98)。自分たちと同様に裸で泳ぐかと訊くと、マリータは「是非そうしたい」と答える (101)。キャサリンがホテルのバーに鏡を取り付けようと提案し、マリータも同調する (102)。バーで三人で冗談を言っているとき、マリータが秀逸な<u>言葉遊びのジョーク</u>を飛ばし、「彼女はきれいで金持ちで健康的で優しいだけじゃない。ジョークも言える」とキャサリンたちが褒め讃えると、マリータは<u>泣き出し</u> (103)、デイヴィッドは「あの涙は本物だった」と言う (104)。その後マリータは、これからキャサリンのものになると言って、レズビアンの関係に誘い、未経験のキャサリンは初めは穏やかに拒否するが、「<u>その声は普通ではなかった</u>」⁽⁵⁾(105)。(**第11章**)

　デイヴィッドが仕事中、キャサリンとマリータは車で近くのニースに行き、車の中でキスをしたと言い、帰ってきてホテルでまたマリータとキスし、デイヴィッドともキスさせ、「これでみんな幸せ。みんなで罪

を全部分け合ったから (We've shared all the guilt)」(111) と言う。また そのニースへのドライヴ中にキャサリンは「怖く (frightened)」なり、体 の中が「虚ろ (hollow)」になったように感じて、マリータにキスし、マ リータもキスし、車の中で座っていると「とても奇妙 (very strange)」 な感じがしたと言い、さらに帰途マリータから、マリータの「彼女 (her girl)」になった方がいいと言われ、自分はどちらでもいいし、どちらに しても今の自分は女の子 (girl) になっているので、嬉しかった」と告白 する (113)。それに対してデイヴィッドは、「じゃあ君はしたんだな」、 「やってしまったんだな」と言うと、キャサリンは「まだやってしまった わけじゃない、気に入ったし、これから本当にするつもり」と言い (113)、 さらに「そうせざるを得ない」と言って、デイヴィッドの反対を押し切っ てマリータの部屋に行き、<u>同性愛の関係を持つ</u> (114-15)。(**第12章**)

　その後キャサリンはひどく落ち込み、「**私たちが失ったもの**[(6)] が何 であったのか思い出せればいいんだけど (I wish I could remember what it was we lost)」(118) と言い、失ったものについて考えるが、マ リータと関係を持ったことは自分の「落ち度 (fault)」ではなく、「浮気 (unfaithful)」でもなく、「自分がするもりだと言ったことをしただけ (I just did what I said I'd do)」と言って (118-19)、あくまでも自分の〈自 由意志〉であったとしている。デイヴィッドはその時からマリータを「<u>女 相続人 (heiress)</u>」と呼ぶようになり、キャサリンはそれを「素敵な面白 い名前ね」と言い (120)、これ以降キャサリンの役割はマリータに「相続」 されることになる。キャサリンが席をはずすと、マリータはデイヴィッ ドの「手」をとり、キスして自分の指をからめて、「私たちお話する必 要なんてないわね」と、「手」を通じて心を通わせられるかのように言う (121)。かつてのキャサリンの役割がマリータに「相続」されたかのよう に。(**第13章**)

　キャサリンが不在のとき、デイヴィッドとマリータはキスをするが、

マリータはまだ「もう一つの方はできない」と言い、性的な交わりは拒否する (126)。彼は二人の女を愛することを自ら責め、「とにかくお前は何という人間だ」(127) と思うものの、それはそれとして、仕事だけはしなければ（物語の創作は続けなければ）と考える。**(第14章)**

デイヴィッドは父に関する物語(ストーリー)の執筆に集中する。ホテルの女将(おかみ)に「裸足(はだし)が好きですね」(131) と言われる。キャサリンは「私を取り戻してくれる？　もう悪い子 (bitchness) しないから」、「あなたの本当の女の子 (true girl) になる」(135) と言い、元の〈女〉としてのキャサリンに戻るかのようだが、また自分は「狂っている (crazy)」とも言う (137)。**(第15章)**

デイヴィッドの書く父の物語(ストーリー)に「イチジク」への言及が何度かある (139, 146, など)。キャサリンの不在中にデイヴィッドとマリータは二人で海に泳ぎに行き、海辺の岩陰で**初めて結ばれる**[7]。マリータは「女相続人」の名前を変えたいと言い、デイヴィッドは**「名前は骨にまで達する (Names go to the bone)」**[8]ので、「アヤ (Haya)」はどうか、それは「赤くなる人 (The one who blushes)」「控え目な人 (The modest one)」(141-42) の意と言う (Haya はスペイン語)。帰ってきたキャサリンはデイヴィッドとマリータを結婚させ、自分の財産を相続させたいと言う。それは自分の狂気のせいで自分に決定権がなくなった時のことを考えてであると言う。こんな話をバーでするのは、自分たちが買った「鏡」のある自分たちだけのバーだからとキャサリンは言い (144)、三人の関係を有り体に示して認識させようとしているかに見える。**(第16章)**

デイヴィッドは二人の女のことは忘れてアフリカでの父との物語に戻り、父が「イチジク」の黄緑色の幹に寄りかかって座りながら考えていたことを考える。父は**「悪 (evil) をいとも軽々と扱っていた**[9]」と思う (146)。また「ついに彼は父が考えていたことが分かり、**分かった以上、それを物語に入れなかった。ただ父がしたこと、どんなふうに感じたかということだけを書き、このすべてを通じて彼は父になった**[10]」

(146-47)。キャサリンはデイヴィッドについて、「堕落(corrupt)させるのがさほど難しい人ではない」、「堕落させるのがとても楽しい人」と言う(150)。キャサリンはまたスペインのプラド美術館に行きたいと言い出し、デイヴィッドは作品執筆中だから無理だとマリータが言うと、静いになる(151-52)。**(第17章)**

父についての短編を書き終え、マリータが読むと、キャサリンも読ませてほしい、経済的に支援していたのは自分なのだからと言い、読ませると、ノートを二つに引きちぎり、象を殺した父親をひどい人と言い、こんなものを書いて読ませて、あなたなんて大嫌いと言う(157-58)。デイヴィッドはその夜アフリカの夢を見る。目が覚めて、夢の続きからまた「新しい物語(new story)」を書き始める(159)。(次章では前の物語はまだ半分だと言っているので(163)、「新しい物語」はその続編だろう。)**(第18章)**

ニースから帰ってきたキャサリンは、色がぎらぎらまぶしかった、灰色さえまぶしかったと言い、体の変調を伝える(162)。今朝は急に老け込んだように思えて、デイヴィッドが困らないように片づけたかったとも言う(162-63)。またデイヴィッドの物語に登場する「キーボ(Kibo)」という名の「犬」も心配だと言う(163)。**(第19章)**

デイヴィッドは物語に集中する。キャサリンはデイヴィッドを「**誰にも渡さない**[11]」と言い、また〈男〉としてデイヴィッドと交わる(168-69)。これからはマリータと二日ごとの交代制にすると言う(we're going to take turns.) (169)。**(第20章)**

物語の中の少年デイヴィッドは「**パチンコ／石投げ(slingshot)**」[12]の名手で、小石(pebble)をとばして、その場所や時期では珍しいインドケヅメシャコ(spur fowl)を二羽捕り、父にほめられる(172)。現実ではキャサリンはまた美容院で髪を直して二人で「そっくり同じになりたい」(176)と言う。デイヴィッドはキャサリンの黒い顔、象牙色の髪、幸福

感に溢れる表情を見ながら、自分は何て馬鹿なことを許したのかと後悔し始める (178)。**(第21章)**

　象狩りの物語を書き続け、まだよく把握できてないところまで来て止める (182)。マリータはデイヴィッドとキャサリンの旅行記を読み、そこに書かれている「マドリードの部分」について、「私そういうことは全部知ってるの、だって私はあなたと同じだから」と言い、さらに二人で寝ているとき、「彼女がしたことを私にして欲しくない？　だって私はああいうこと全部知ってるし、できるのよ」、「彼女よりうまくできるのよ」と言い (185)、キャサリンと同様に女によるソドミー (？) に誘う。ここでのマリータは「聖母」と言うよりはやはりマグダラのマリア的。
(第22章)

　キャサリンはマリータを「<u>16歳ぐらい</u>」(187) にしか見えないと言う。デイヴィッドが旅行記を書くのはやめたと言うと、キャサリンは「それは汚い。あれは私からのプレゼントで、私たちの計画だった」と言い、また旅行記を本にするために原稿の清書や挿絵の手配などをして、自分の登場する作品の出版をすると言う (188)。後でマリータに「キャサリンは偉い出版屋になったようだ」(190) と言われるほど、本の出版に執着する。挿絵の画家はローランサンやデュフィやピカソなどを考えているとも (189)。またキャサリンは昼食をどこで食べたかと訊かれ、サン・ラファエルだったが、食べたかどうかは忘れたと言い、とぼけているのでなければ、記憶も変調をきたしているかのよう。キャサリンはデイヴィッドとマリータを「私があなたたちを創造したみたい (I feel as though I'd invented you)」(191)、また「私はあなたであり、彼女でもあるの。私は人みんななのよ」(196) と言う。マリータはキャサリンに「あなたは本当に全然女ではない (You aren't really a woman at all)」と言うと、「分かってる」、「マドリードでは女になろうとして粉骨砕身したけど、結果は砕けて粉々になっちゃった。でももう終わり。**あな**

たは女でも男でもあるわ (you're a girl and a boy both)[13]」、「あなたは変化する必要はないし、それで死ぬこともない。でも私はそうじゃない」(192)と言い、マリータが〈両性具有〉でもあるかのように、またキャサリン自身は「変化」あるいは性差の越境は容易ではなかったことを認める。(第23章)

　執筆中の象狩りの物語で、いよいよ象を仕留める。父親が「耳の穴に三発撃ち込め」と言うが、デイヴィッドは「父さんが撃てばいい」と拒否し、象牙のために象を殺すことへの嫌悪を示す(199)。デイヴィッドは物語を書き終え、マリータも読んで感動し、二人ともども喜び合い、祝杯を挙げに二人で町へ行く。「マリータは仕事に嫉妬しない。」(204)(第24章)

註釈

(1)　**鏡**　枚挙にいとまがないほど頻出している。鏡は古来、水鏡から白銅、青銅、現在のガラスへと、材質と性能を進化させ、使用目的も多様化させながら、基本的に〈自己認識〉の手段として使われてきた。オウィディウスの『変身物語』は泉の水面に映る自分の美しい顔に恋をして身を滅ぼすナルキッソスの神話を伝えているが (3.402-36)、それを踏まえて『失楽園』では、イヴも湖面に映る自分の顔を初めて見て、そこに自分を見ている他人がいるかのように思い、驚いていったんは後ずさりするものの、また戻って見ると、それは「汝自身である」と警告する「ある声」が聞こえる (4.467-68)。それは神の声だろうが、こうして自己認識を新たにするイヴのように、イヴの役割をになうキャサリンとマリータは、またデイヴィッドも、鏡を通して自分自身を認識し、特に自分たちが買ってバーに取り付けた鏡は、それを見る三人の関係を有り体に映し出す。

(2)　**誘惑**　楽園喪失のきっかけを表す語。断髪して脱色したキャサリン

がデイヴィッドにも同様にするように頼むのは、蛇の誘惑に落ちたイヴが、その後アダムを誘惑して自分と同様に禁断の果実を食べさせるくだりを想起させる（創世記第3章）。理髪師のジャンは断髪に際してデイヴィッドに、「それはムッシュの決断でなければなりません」(80)と言って、あくまでもデイヴィッドの〈自由意志〉によるものでなければならぬと強調しているが、これなども堕罪は人間の「自由意志」の結果とするミルトンを彷彿とさせる。

(3) **マリータ**（Marita）〈小マリア〉の意。聖母マリア、あるいはマグダラのマリアを想起させる。「ニーナ（Nina）」、スペイン語で「ニーニャ（niña）」は「少女（girl）」の意。二人は同性愛のようで、その役割関係は「少女」のニーナが〈女〉だろうから、マリータは〈男〉になる。この後マリータはキャサリンとも同性愛の関係になるが、〈男〉のマリータとの関係であるから、キャサリンが〈女〉になる。関係を持つ時キャサリンが「どちらにしても今の自分は女になっている」(115)と言うのもこのこと。デイヴィッドとの関係では〈男〉になったキャサリンだが、ふたたび性差を越境して〈女〉に戻ったということでもある。この後マリータはデイヴィッドとも関係を持つので、そうした性遍歴の点で彼女は、〈娼婦〉と呼ばれるほど〈性的放縦〉の前歴がありながら、イエスを深く信じたために許されて復活後のイエスに最初に出会う栄誉に浴した〈マグダラのマリア〉と重なるだろう。先に彼女がニーナと喧嘩別れした直後に、「失敗（mistakes）すれば早くに分かる」と言っていたのも、マグダラのマリア的な性遍歴上のことだったのだろう。秀逸な言葉遊びのジョークが受けて賛嘆されたときマリータが「泣き出した」のは、「いつもジョークを言っている」(96)という憧れのキャサリンとデイヴィッドのカップルに、ジョークの見事さで認められて仲間に受け入れられて感涙にむせんでいるのだろう。他方マリータはまた、デイヴィッドの作品を読んで深く彼を尊敬し、彼と関係してからは〈従順〉になり、デイヴィッ

ドを優しく励まして創作を助けることになるので、その点では〈聖母マリア〉と重なる。要するにマリータは、「悪魔」と呼ばれるキャサリンから、イヴの役割を「相続」しつつ、〈第二のイヴ〉として、デイヴィッドを優しく包み込む聖母マリアの役割に変わってゆくということ。マリータが当初は〈イヴ〉のようだったことは、たとえば彼女がキャサリンより「背が低い」ところにも見られた。背伸びをしてデイヴィッドと〈対等〉になろうとしたリリスのようなキャサリンとは違って、マリータはすぐに赤くなる恥ずかしがり屋で控えめなので、初めからアダムを「助ける者(help)」(Gen. 2.18)として彼の肋骨と肉から作られたイヴのように、デイヴィッドに対しては「従位」に造形されていた。マリータが「裸で泳ぐ」のも楽園では裸でも恥ずかしくなかったイヴと同じ。またマリータも「色が黒い」のは、キャサリンと同じ性的嗜好を持つということかもしれないが、また色の黒さは、いわゆる〈黒いマリア〉かもしれない。古来ヨーロッパでは〈黒いマリア〉への信仰があり、その信仰の起源や内容は不明部分が多いが、その起源には〈リリス〉や〈シバの女王〉も含まれると言われている。マリータはその後デイヴィッドから「女相続人」と呼ばれ、当初キャサリンがになっていた〈イヴ〉の役割は徐々にマリータに引き継がれてゆくが、その途中ではまだ、「私たちが彼の面倒を見てあげましょうね、女相続人さん」(122)と言ったり、「二日ごとの交代制にする」(169)と言ったりするほどに、二人は同程度にその役割をになっている。しかしその後、マリータはその名前どおり〈聖母マリア〉になってゆく。すなわちキャサリンというイヴによって楽園を失った後は、マリータが、イヴの犯した〈原罪〉という負の遺産を「相続」して、それを贖うイエス・キリストを生む聖母マリアになるというふうに。キャサリンはデイヴィッドが書いた「短編(ストーリー)」を燃やすが(第25章)、マリータはそれを復元させようとするデイヴィッドを「助ける者」となって執筆を支え、いったんは失われたアフリカの「農園」もしくは「楽園」

の物語を復活させ、〈楽園回復〉を果たすイエス・キリストを生み出す母胎のような役割を果たすことになるからだ。(〈作品〉＝〈イエス・キリスト〉については第3部(3)参照。)第13章の最後近くでマリータがデイヴィッドの「手」をとっているのも、これからはマリータが、キャサリンの跡を継いでデイヴィッドとの愛や信頼をはぐくんでゆくことを表す。(「手」については**第2部(2)参照。**)

(4) **農園における悪**　「シャンバ(shamba)」はスワヒリ語で「農園／庭／耕作地」の意。〈楽園〉あるいは〈エデンの園〉と重なるか。「農園における悪」の物語を書くとは、楽園で〈悪〉に関わった〈父〉アダムの姿を、〈子〉ダヴィデ(デイヴィッド)が「書く」ことで「真実」を「創作」することか？　次に作家デイヴィッドが〈父〉として「創造」するものが「物語／真実」という〈子〉であるならば、それはダヴィデが〈父〉として「創造」する〈子〉であるイエス・キリストと重なり合って、〈「物語／真実」＝「イエス・キリスト」〉の等式が成立する？(第4部(4)参照。)「経験」を元にして「想像」によって「創作」することは、作者ヘミングウェイの基本的な創作態度にも通じているかのようでもある(『移動祝祭日』参照)。なお、このアフリカを舞台にした短編は、生前未発表の短編「アフリカ物語」("An African Story")を念頭に置いているよう。ちなみにここで「旅行記」と訳したnarrativeは、一般的に〈事実〉の要素が大きく、「短編」「物語」と訳したstoryは〈想像〉の要素が大きい。

(5) **その声は普通ではなかった**(...her voice did not sound right)　同性愛への誘いを一応は拒むものの、試みてみたいという気持ちもあって、声も普通ではなくなったのだろう。この後、実際にその行為をする。

(6) **私たちが失ったもの**　「失ったもの」は〈楽園〉だろうが、それはあくまでも自分の〈自由意志〉によるものであるとしていて、その点も『失楽園』のイヴのよう。

(7) **初めて結ばれる**　明瞭ではないが、次のように書かれる。

彼らは赤い岩の陰の砂の上にデイヴィッドが敷いたビーチ・ローブとタオルの上に横たわると、彼女は言った。「先に海に入って。私も後から行くから。」

彼はとてもゆっくりと優しく彼女から身を起こして離れ、それから浜辺から海に入って歩き、冷たくなった海中に飛び込んで深く泳いだ。(He lifted very slowly and gently up out and away from her and then waded out from the beach and dove under where the water was cold and swam deep.)(141)

これだけでは必ずしもはっきりしないが、その後次のように書かれる。

彼は、ついに彼らが結ばれた時の、日差しを遮るために目を閉じた彼女の顔と、黄色の砂の上のタオル地のローブの白さの上の黒い頭を思った。(He thought of her face with her eyes closed against the sun and her black head against the whiteness of the towel robe on the yellow sand as it had been when they had made love at last.)(144)

(8) **名前は骨にまで達する**　創世記のアダムの〈名づけ〉の場面を彷彿とさせる。

主なる神は、野のあらゆる獣、空のあらゆる鳥を土で形づくり、人のところへ持って来て、人がそれぞれをどう呼ぶか見ておられた。人が呼ぶと、それはすべて、生き物の名となった。／人はあらゆる家畜、空の鳥、野のあらゆる獣に名を付けたが、自分に合う助ける者は見つけることができなかった。／主なる神はそこで、人を深い眠りに落とされた。人が眠り込むと、あばら骨の一部を抜き取り、その跡を肉でふさがれた。／そして、人から抜き取ったあばら骨で女を造り上げられた。主なる神が彼女を人のところへ連れて来られると、／人は言った。「ついに、これこそ／わたしの骨の骨／わたしの肉の肉。これをこそ、女(イシャー)と呼ぼう／まさに、男(イ

シュ）から取られたものだから。」／こういうわけで、男は父母を離れて女と結ばれ、二人は一体となる。／人と妻は二人とも裸であったが、恥ずかしがりはしなかった。（創世記2.19-25; 新共同訳）

And out of the ground the LORD God formed every beast of the field, and every fowl of the air; and brought them unto Adam to see what he would call them: and whatsoever Adam called every living creature, that was the name thereof. /And Adam gave names to all cattle, and to the fowl of the air, and to every beast of the field; but for Adam there was not found an help meet for him. /And the LORD God caused a deep sleep to fall upon Adam, and he slept: and he took one of his ribs, and closed up the flesh instead thereof; /And the rib, which the LORD God had taken from man, made he a woman, and brought her unto the man. /And Adam said, This is now bone of my bones, and flesh of my flesh: she shall be called Woman, because she was taken out of Man. /Therefore shall a man leave his father and his mother, and shall cleave unto his wife: and they shall be one flesh. And they were both naked, the man and his wife, and were not ashamed. (Gen. 2.19-25 AV)

「骨（bone）」とデイヴィッドの名字「ボーン（Bourne）」の語呂合わせを考えれば、「マリータ」の名前は「ボーン」に達して（The name goes to Bourne）、つまり先にキャサリンが言っていたように「結婚」して「マリータ・ボーン」になるということだろう。自分の狂気に気づき始めたキャサリンが「ボーン」の名字をよりふさわしいマリータに「相続」させるということでもある。「アヤ」あるいは「控え目な人」のマリータは〈聖母マリア〉と重なるので、デイヴィッドの相手は、イヴ的なキャサリンから聖母的なマリータに変わるということだろう。「デイヴィッド（ダ

ヴィデ)」はその名前から、アダムとイエス・キリストの中間の、両者の役割を果たしうる位置にいるので、彼もこれからはアダム的な役割からイエス・キリスト的な役割に変わってゆくということでもある。なおマリアがイエスを生んだのは「**16歳**」の頃だったと言われている。またデイヴィッドが好んで「裸足」で歩いていたり、「堕落」させられたり、アフリカの農園に「イチジク」があったりするなど、楽園喪失物語を飾るにふさわしい語が随所に散りばめられている。キャサリンが「私があなたたちを創造したみたい」、「私は人みんななのよ」と言うのも、イヴがすべての人間の母であることを踏まえたものだろう（ちなみに Eve は「生命」の意）。またキャサリンが、自分が登場する作品の「出版」に執着するのは、芸術的表現力のない彼女が「永遠の命」を獲得するには、デイヴィッドの作品の中しかないと考えていたためだろう。先にデイヴィッドが旅行記の執筆はやめたと言って諍いになったとき、マリータがとりなして「書いてくれるわよね」と言うと、キャサリンが即座に反応して「彼女はそこに描かれたいんだ」(188) と言うのも、自分と同じ願望を持っているに違いないと思ったためで、キャサリンが先に「死ぬのは堪えられない」(54) と言っていたのも、何らかの形で「自分」を残さずに死ぬのは嫌だということだろう。

(9)　**悪をいとも軽々と扱っていた**　デイヴィッドの父はアフリカで象を殺して象牙をとる仕事をしており、この作品ではデイヴィッドの書く短編がいわば劇中劇ならぬ作中作として断片的に出てくるが、そこにおける「悪 (evil)」とは、象牙のために象を殺すことであるかに見える。ジョーゼフ・コンラッドの『闇の奥』(*Heart of Darkness*, 1902) のようなテーマだが、これが先に見た「農園における悪」で、〈農園＝楽園〉であれば、ミルトンが描く楽園における〈父〉アダムも同様だったことが思い起こされる。『失楽園』では、イヴが堕罪し、アダムもイヴと運命を共にすべく禁断の木の実を食べようとするとき、言い訳をするイヴ

と同様に、アダムもイヴの罪を<u>極力軽く見ようとする</u>様子が描かれていた (9.886-)。〈父〉アダムと〈子〉ダヴィデ (デイヴィッド) の関係は先に指摘したとおり。

(10) **彼はそれを物語に入れなかった。**……ヘミングウェイのいわゆる「氷山の理論 (iceberg theory)」を想起させる。『午後の死』(*Death in the Afternoon*, 1932) にある彼の創作理論で、要約すれば、海面に出ている氷山の一角は全体の8分の1なので、人はその8分の1を見て残りの8分の7を想像し、氷山の全体を理解するわけだから、書き手が物語の全体を理解していれば、それを語る言葉は8分の1にとどめても、残りは読み手に想像してもらえるというもの (154)。デイヴィッドが「父が考えていたこと」という〈全体〉を理解した以上「それを物語に入れる」必要はなく、ただ個々の氷山の一角としての「父がしたこと、どんなふうに感じたかということだけ」を書けばよかったというのである。言い換えればデイヴィッドは、その一つ一つの氷山の一角を彼の〈言葉〉で書きつづっていけば、父の〈全体〉と一体化することになる。「このすべてを通じて彼は父になった」とはそういうことだろう。

(11) **だれにも渡さない** イヴが禁断を犯した直後に、神の警告どおりもし自分が死ねば、その後アダムが「別のイヴ」(9.828) と楽しく暮らすのではないかと考え、耐え難く感じて、アダムにも木の実を食べさせようとする場面を想起させる。

(12) **パチンコ／石投げ** ダヴィデは少年の頃「石」で敵のペリシテの巨人ゴリアテを倒して一躍英雄になったほど「石投げ」あるいは「パチンコ」(sling) の名手として知られていた (サムエル記上17.49-50)。ミケランジェロやベルニーニやドナテッロなどの彫刻や、多数ある絵画などでもダヴィデはしばしば石を握った姿で表現される。

(13) **あなたは女でも男でもある** マリータの〈両性具有〉を読むことができるかもしれない。ヘミングウェイの場合、この作品以外で

も、また伝記的な事柄からも〈両性具有〉を想起させるものがある。Cf. Mark Spilka, *Hemingway's Quarrel with Androgyny*(Lincoln: University of Nebraska Press, 1990.)；前掲拙論「ニック・アダムズ、セクシュアリティ、セザンヌ──ヘミングウェイ『われらの時代に』について」参照。

第4部（Book Four / Chapter 25-30）
要約
　キャサリンはデイヴィッドに厳しい言葉を投げつける。マリータを「娼婦」(209)とか、デイヴィッドの父親を「インチキの飲んだくれ」(210)とか、デイヴィッドを「文盲」(215)とか、思う存分罵倒し、挙げ句の果てに彼の書評を集めた切り抜き（クリッピングズ）を「燃やした」と告白する(216)。またキャサリンは「これからいなくなる」(214)とも言い、出て行く予告をする。(第25章)

　キャサリンは「切り抜き」だけでなく、二つの短編の原稿も、自分が登場する旅行記以外はすべて燃やしてしまう。ゴミ焼却用のドラム缶の中で石油をかけ、火かき棒に「古い箒（ほうき）の柄（え）(old broom handle)」[(1)]を使って(221)。「これで旅行記の続きにとりかかれるわね、邪魔はなくなったんだから」(222)と、短編を燃やしたのは旅行記に専念して欲しかったからだと言うが、デイヴィッドは、自分のしたいことは君を殺すことだ、それをしないのは君が狂ってるからだと応ずる(223)。キャサリンは一人でパリに行って旅行記の挿絵の手配をするのだと言い(225)、旅行記を書き続けて欲しい、燃やした二本の短編は価値はないと思うが、せっかく書いたのに悪いし、それなりにお金にもなるはずだから、パリで査定してもらってその二倍の金を銀行に振り込むとも言う(226)。(第26章)

　キャサリンはデイヴィッドとマリータの不在中ひとり出て行く。彼は燃やされた短編は二度と書き直せないと嘆くが、マリータは「私たちで

何とかやらなくちゃ」、「私たちでやりましょう。あなたと私で（*Toi et moi*）」と、二人で力を合わせてこの事態を打開しようとする (232)。**(第27章)**

　ホテルの女将オーロール夫人がキャサリンの置き手紙を渡し、出て行ったときの様子を訊くと、いつもとちょっと違っていたと言い、デイヴィッドがマリータと二人でちゃんと面倒をみると言うと、泣き始める (233-34)。キャサリンが病気か何かで具合が悪くなり、身を引いて出て行ったことに同情しているかのように。夫人はマリータを「奥様 (Madame)」(234) と呼び、これからもこの呼び方をする。マリータがキャサリンに代わって新しい「奥様」になったかのように。マリータの発案でシャンパンを開け、オーロール夫人も交えて、デイヴィッドは「われわれと自由のために (*À nous et a la liberté*)」とフランス語で乾杯の音頭をとって三人で飲む (234)。(キャサリンから解放されたことを祝福するかのようだが、次章で夫人は夫から暴力を受けて「目に痣」(240; 243) ができているので、それぞれ問題のある配偶者との生活の一端をかいま見ると「自由」の意味もいっそう深長になってくる。) 夫人が「15分」ほど中座し、戻ってきたところで「お休み」を言い、「非常に儀礼的 (very formal)」になった夫人を残して、二人でマリータの部屋に入ると、すでに二人用のベッド・メークがなされており、デイヴィッドが「奥様 (Madame)」と呼びかけると、マリータは「はい (Yes)」、「そうよね (Naturally)」と応える (235)。あらためて夫婦になった二人の新婚初夜の儀礼のように。**(第28章)**

　翌朝デイヴィッドはまた仕事にとりかかるが、「四時間」も悪戦苦闘しながらろくに書けずにいると、マリータの提案で、まず一杯飲み、今日はこれ以上考えず、海に泳ぎに行くことにする (239-40)。海辺でマリータは「仕事のことで悩む必要はないわ。私には分かるの。きっとうまく行くから」と励ます (243)。また二人はこんなやりとりをする。「僕

らはずっと消却されてきたんだ (We've been burned out)。狂女がボーン夫妻を消却した (Crazy woman burned out the Bournes)。」「私たちがボーン夫妻？ (Are we the Bournes?)」「もちろん。僕たちがボーン夫妻だ (Sure. We're the Bournes)。[2] 書類 (papers) にしたりなんかは若干時間がかかるかも知れないけど、僕たちがそうさ。このことを何か書いて欲しいかい？　書けるように思うけど。」「書く必要なんかないわ。」「じゃあ砂に書こう。」(243-44) **(第29章)**

　翌朝早くデイヴィッドは目を覚まし、隣に眠るマリータを見、その姿を目に刻みつけて (carrying the image of how she looked with him) (246)、仕事部屋に入って仕事にとりかかると、書き直せないと思っていたアフリカにおける父との物語（ストーリー）は次々によみがえってくる。「筆はすらすらと思うように進んだ。**前に書いた文章がそのまま完全な形でよみがえってくるのを書きとめ、校正をするように直し、削ってゆく。**［中略］前に五日かけて書いたものを取り戻し、手直しをし、前より良いものにすることができた。彼がさらに書き続けると、その流れはまったく止（とど）まる兆しを見せず、**前に書いたものは完全な形でよみがえり続けた。**」[3] (247) **(第30章)**

註釈
(1) **箒の柄（ほうきのえ）**　古来魔女の持ち物（乗り物）として知られる。キャサリンによる「消却」は「魔女／悪魔」の行為であったということだろう。
(2)(3) **消却と作品について**　キャサリンはデイヴィッドの「作品」と「ボーン夫妻」の二つを「消却」したことになるが、二つに共通性はあるか。消却された「作品」がよみがえったように、「ボーン夫妻」もよみがえったということか。キャサリンとデイヴィッドによる旧い「ボーン夫妻」は消却され、マリータとデイヴィッドによる新しい「ボーン夫妻」としてよみがえったということか。つまり〈第二のアダムとイヴ〉の誕生

ということか。〈原罪〉を犯したアダムとイヴに対して、それを贖うイエス・キリストと彼を生む聖母マリアは〈第二のアダムとイヴ〉と呼ばれることがある。アダムとイエスの中間に位置するデイヴィッドの「花嫁」は、アダムの妻のイヴであると同時にイエスと神秘の結婚をしていた聖女カテリナとしてのキャサリンから、「第二のイヴ」である聖母マリアとしてのマリータに変わる、ということでもあるだろう。また、アフリカの〈農園〉という〈楽園〉を描いた短編が焼却による〈喪失〉からよみがえることは〈楽園の回復〉を意味するか。すなわち、アダムとイヴ（＝デイヴィッドとキャサリン）による〈楽園喪失〉は、イエスとマリア（＝デイヴィッドとマリータ）による〈楽園回復〉へ、ミルトン的には『失楽園』から『復楽園』へ、ということか。

　あらためて『エデンの園』のデイヴィッドとキャサリンとマリータの三人の関係を振り返ってみると、ミケランジェロのシスティナ礼拝堂の天井画の「堕罪」の部分に重なり合って見えてくる（**図**参照）。両者とも同じテーマを描いたのだから似かよってくるのは当然と言えば当然だが、そのセクシュアリティの扱い方が大変似ているように思える。この絵を見てまず気がつくのは、蛇は女として描かれていることだろう。胸のふくらみがまずそれを表しているし、髪の毛も同様である。下半身は蛇のそれになって木に巻きついているので分からないが、顔もやはり女性的。蛇を女性として描くのは、他にたとえばフィレンツェのサンタ・マリア・デル・カルミネ聖堂ブランカッチ礼拝堂にあるマゾリーノ・ダ・パニカーレの絵などにも見られるように、さほど珍しくはないのかもしれない。ミルトンの『失楽園』でも、先に指摘したようにアダムはイヴを蛇として罵っていた（**第1部**(4)参照）。ただミケランジェロの場合特異なのは、禁断の果実（ここではリンゴではなくイチジクの実）のやりとりが、三人の性的な関係をひそかに、あるいは隠喩的に表しているように思える点である。まず蛇は手を伸ばしてイヴに果実を渡し、イヴは

それを左手でつかんでいるが、それを口に持っていくわけではない。どこへ持っていくかと言えば、たぶんイヴの右手の人差し指が指し示しているところ、すなわち彼女の性器だろう。果実は口で食べるものだが、ここでは口唇は陰唇の隠喩になっている。イヴはその果実をアダムにも食べさせるわけだが、それも隠喩的に描かれる。イヴがアダムの方を振り向けば、ちょうどイヴの口唇にアダムの陰茎が入るようになっている。この二人は〈元祖夫婦〉だからその性的な関係は当然だが、ではアダムと蛇の関係はどうかといえば、それも果実のやりとりに見ること

図　ミケランジェロ「堕罪」（システィナ礼拝堂天井画）
＊三者の果実をめぐる関係と、アダムとイヴの人差し指に注意。

ができる。アダムはイヴから隠喩的な性関係で受け取った果実を、彼が右手の人差し指で指し示す部分、すなわち蛇の口唇に入れようとしているからだ。——こうしてみると、蛇からイヴへ、次いでアダムへ、また戻って蛇へと、時計回りに循環して禁断の果実はやりとりされ、性的な三角関係が隠喩的に描き出される。この三角関係は、ヘミングウェイの『エデンの園』の三人の性的な関係に重なり合うだろう。夫デイヴィッド（アダム）と妻キャサリン（イヴ）のあいだにマリータ（女の蛇）が入り込み、両性具有のマリータはまず〈男〉としてキャサリンとの同性愛を始め、デイヴィッドとキャサリンの夫婦関係を経て、最後はデイヴィッドと〈女〉としてのマリータとの異性愛で終わっているからだ。（マリータの〈両性具有〉については**第3部**(9) 参照。）ヘミングウェイがミケランジェロのこの絵を見たかどうか筆者はつまびらかにしないが、少なくとも未完のまま残され、編集者によって圧縮・整理されて刊行された現行の『エデンの園』が、創世記や『失楽園』やミケランジェロなどを背景とした明快な構図をもって、現代的な楽園の喪失と回復の物語としてよみがえったことは確かだろう。

引照文献

Hemingway, Ernest. *Death in the Afternoon*. 1932; Scribner Classics Edition, New York: Scribner, 1999.
——————. *The Garden of Eden*. New York: Simon & Shuster, 1986.
——————. *A Moveable Feast*. New York: Simon & Shuster, 1964.
Milton, John. *Paradise Lost*. 1667. Ed, Alastair Fowler. London: Longman, 1968.

ウォラギネ、ヤコブス・デ『黄金伝説』(4)前田敬作・山中知子訳、人文書院、1987。
オウィディウス『変身物語』(上)中村善也訳（岩波文庫）、岩波書店、1995; 同『転身物語』田中秀央・前田敬作訳、人文書院、1976。
ゲーテ、ヨハン・セバスティアン・フォン『ファウスト』柴田翔訳、講談社、1999。

ボブ・ディランのフォークとエスニシティをめぐって

フォークからロックへ

渡部　孝治

はじめに

　ボブ・ディラン（Bob Dylan, 1941 －　）といえば、彼のプロテスト・ソングの「風に吹かれて」（"Blowin' in the Wind," 1962）や「時代は変わる」（"The Times They Are A-Changin'," 1963）よって「フォーク・ソングの神様」や「フォーク・ソングの貴公子」としてよく知られている。彼がロックンロールではなくフォーク・ソングに魅かれていったのは、じつは彼の生い立ち、育った環境（ethnicity 民族性、民族意識）にあるようである。

　彼は1941年、ミネソタ州ダルースに生まれ、近くの炭鉱町ヒビングで育った。出生時の名前はロバート・アレン・ジマーマン（Robert Allen Zimmerman）。ウクライナ系ユダヤ人の祖父母を持つ家系であり、父方の祖父はウクライナのオデッサ出身で、1905年にこの町に吹き荒れた「ポグロム」（pogrom ユダヤ人虐殺）の後、一人でアメリカに渡り、ミネソタ州の町に落ち着いた後で、家族を呼び寄せたという。祖母は、トルコの港町トラブゾンから黒海をはさんだ対岸のオデッサに移り住ん

できた人で、その家族はアルメニア国境近くのカイズマンという町の出身、その祖先はコンスタンチノープルから移り住んできたという。祖父の両親も祖母の両親と同じ地域の出身で、靴職人や革職人をしていたという。ディランはこのような祖先を持つユダヤ系アメリカ人三世ということになる。

　彼は子供の頃、音楽に興味を持った。高校までには、ピアノやギターを演奏し、いろいろな地元のロックンロール・バンドで歌い、当時、ロックンロールのエルビス・プレスリー（Elvis Presley, 1935 – 77）、リトル・リチャード（Little Richard, 1935 –　）に憧れていた。また詩を書くことも楽しんだ。1960年、彼はミネソタ大学を中退し、プロ歌手としての活動を開始するために、ニューヨークに出てきた。

　彼は、自由奔放（ボヘミアン的）なグリニッジ・ビレッジに住み着き、そこのクラブやカフェの多くで演奏した。彼の歌は、主として、大まかにはフォーク・ソングと呼ばれるジャンルに属する北米や英国の伝統的なバラードであった。ディランの強くて荒々しい歌声は独特なもので、彼は、わずか20歳で、最初のアルバム契約を結んだ。その後、彼はアルバムを出し、順調にフォーク・シンガーとしてその名を音楽界に知らしめる。しかし1965年7月に行われた「ニューポート・フォーク・フェスティバル」で、アコースティック・ギターの代わりにエレキギターを抱え、ロック・スタイルに変身して「ライク・ア・ローリング・ストーン」（"Like a Rolling Stone," 1965）を歌いだすやいなや猛烈な野次とブーイングが沸き起こった。従来の「フォークの貴公子」としてのディランのファンにとっては裏切り行為に等しいものであった。この時から彼はフォークからロックへと転換していく。彼のエスニシティを通して彼がフォークへと至った経緯とロックへの転向を、彼のいわゆるプロテスト・ソング「風に吹かれて」や「時代は変わる」や彼のロックの傑作といわれる「転がる石のように」の曲を取り上げ、考察していきたい。

ディランとフォーク・ソング

　周知のようにディランの代表的なフォーク・ソングといえば、「風に吹かれて」と「時代は変わる」である。とくに「風に吹かれて」は、1963年8月、ワシントンD. C.であのキング牧師(Martin Luther King, Jr.、1929 – 68)が演説を行ったワシントン大行進のときにも歌われたことでよく知られている。彼がフォーク・ソングに魅かれたきっかけは、大学生の頃にフォーク・ソングの父といわれるウディ・ガスリー(Woody Guthrie, 1912 – 67)の曲を聴いたからであった。ウディ・ガスリーの曲を聴いたときのことを、彼の『自伝』(*Chronicles*, 2004)の中で、次のように語っている。「わたしの頭をくらくらさせた。私は衝撃からうめき声を上げたくなった。大地を揺るがすようであった。」それまでは、エルビス・プレスリー、リトル・リチャードといったロックンロールに夢中の少年であったが、ウディ・ガスリーのフォーク・ソングにのめりこんでいった。シンガー・ソングライターのウディ・ガスリーの曲は主に労働者の貧困、差別、迫害を取り上げ、ギターで深い感情に満ち、力強いリズムで、真摯に力強く歌い上げていた。ウディ・ガスリー自身オクラホマ州人の「オーキー」(季節労働者)と共に放浪生活をし、労働者階級が直面する問題を実際に経験している。ウディ・ガスリーの曲に「このマシーンはファシストを殺す」("The Machine Kills Fascist," 1941)があり、ギターを弾きながら貧困に苦しむ人々を歌い、労働組合を応援するトピカル・ソング(時事歌)を歌ったことで、フォーク・ソング復興運動の中では神話化された存在であった。ウディ・ガスリーがディランをフォーク・ソングへの道に導いたことは疑いないといえる。ディランの曲に「ウディに捧げる歌」("Song to Woody," 1962)があることからもそのことは裏づけられよう。フォーク・ソングに魅かれていった基底には彼のエスニシティ(ユダヤ性)があったのではないかと推測する。上述し

た「風に吹かれて」や「時代は変わる」にはユダヤ＝キリスト教の千年王国的・黙示録的なイメージ（《運命の逆転》のイメージ）が暗示されている。これについては後述する。このイメージは彼の他の曲にもたびたび散見される。

ディランと「ドナドナ」の曲

ディランが強い関心を抱いた曲に「ドナドナ」("Donna Donna," 1956)があったと思われる。この曲は日本でも小学校の音楽の教科書に掲載され、NHKの歌番組「みんなの歌」でも放送された。原曲はイディシュ語の歌で、1940年の作品である。作曲はベラルーシ生まれのユダヤ人ショロム・セクンダ (Sholom Secunda, 1894 – 1974) で、作詞はウクライナ生まれのユダヤ人アーロン・ゼイトリン (Aaron Zetlin, 1899 – ?) である。1940 – 41年、ニューヨークでイディシュ語のミュージカル劇『Esterke』の挿入歌の1つとして歌われた。この曲はユダヤ人の迫害・虐待を取り上げたもので、サビの「ドナドナドーナ」というフレーズが強烈な印象を与え、記憶に強く残る。ディランはこの曲を知っていたに違いない。ちなみにショアー（ホロコースト）が始まったのは1941年6月である。ここでディランの元恋人であり、たびたび共演もしたことのあるジョーン・バエズ (Joan Baez, 1941 –   ) が歌った英語版の「ドナドナ」(1961年にリリース) の歌詞と日本語版 (1966年) の歌詞を見てみよう

On a wagon bound for market
There's a calf with a mournful eye
High above him there's a swallow
Winging swiftly through the sky

＊How the winds are laughing
　They laugh with all their might
　Laugh and laugh the whole day through
　And half the summer's night

　Donna Donna Donna Donna
　Donna Donna Donna Don
　Donna Donna Donna Donna
　Donna Donna Donna Don＊

Stop complaining said the farmer
Who told you a calf to be
Why don't you have wings to fly with
Like the swallow so proud and free

＊〜＊ Repeat

Calves are easily bound and slaughtered
Never knowing the reason why
But whoever treasures freedom
Like the swallow has learned to fly

＊〜＊ Repeat

（拙訳）
市場へ向かう荷馬車
悲しいひとみの子牛が一頭

空高くツバメが舞っている
空を風を切って飛んでいる

*風は笑っている
風は力のかぎり笑っている
一日中わらいつづけている
そして夏の夜の夜半まで

ドナ・ドナ・ドナ・ドナ
ドナ・ドナ・ドナ・ドン
ドナ・ドナ・ドナ・ドナ
ドナ・ドナ・ドナ・ドン*

泣きわめくなと農夫は言う
子牛であれと誰が言ったのか
飛べる翼をもったらいい
ツバメが誇り高く自由に舞うように

(*〜* 繰り返し)

子牛たちは縛られ屠殺される
その訳もしらないままに
しかし自由を尊ばない者などいようか
ツバメが飛ぶことを学んだように

(*〜* 繰り返し)

（日本語版　安井かずみ訳）
ある晴れた昼下がり
市場へつづく道
荷馬車がゴトゴト
子牛をのせてゆく
かわいい子牛売られていくよ
かなしそうなひとみで
見ているよ

＊ドンナドンナドンナ　ドンナ
　子牛をのせて
　ドンナドンナドンナ　ドンナ
　荷馬車がゆれる

青い空そよぐ風
ツバメが飛びかう
荷馬車が市場へ
子牛を乗せていく
もしもつばさが
あったならば
楽しいまきばに
かえれるものを

（＊繰り返し）

　英語版は、原曲の歌詞（イディシュ語）にかなり忠実に訳されていて、その訳には抑圧・迫害される人間の悲惨が読み取れるが、日本語版では、

市場に売られていく子牛をひたすら悲しみ、哀れむ歌になってしまっている。もちろん子牛が市場へ引かれていき、屠殺されるのは、ユダヤ人が強制収容所へ連れて行かれ、虐殺されるイメージを暗示することはいうまでもない。

　東ヨーロッパでは、18, 19世紀を通してユダヤ人が多く住み、キリスト教社会の中でユダヤ教徒は少数派として迫害されていた。ロシア皇帝の支配下にあった東ヨーロッパの地域では、ユダヤ人に対する民族虐殺が続いていた。その民族虐殺を「ポグロム」(pogrom)というロシア語で呼んでいた。この「ポグロム」が東ヨーロッパでその激しさを増す。ウクライナのオデッサ（作曲したセガンダは幼少期をこの地で過ごした）では、1821年、59年、71年、81年、そして1905年と5度にわたって「ポグロム」が起こっている。その中でも1905年の「ポグロム」は大きな虐殺事件であった。（犠牲者には子供が多く含まれていたという。）

　ディランの父方の祖父はロシアのオデッサ出身であり、祖母もオデッサに住んでいたことがある。オデッサの「ポグロム」のことを彼が祖父母から聞いていたはずである。実際にダルースで、1918年にフィンランド人の移民が、20年に黒人がリンチを受けて殺された事件があった。彼が幼少期を過ごしたミネソタ州ヒビングも保守的な小さな町で、ユダヤ教徒は少数派であった。幼少の頃のディランがいじめにあったり、からかわれたりされたことは想像に難くない。2005年のドキュメンタリー『ノー・ディレクション・ホーム』(*No Direction Home*, 2005)の中で、友人が「当時のヒビングでは、反ユダヤ主義はかなり強かったんだな」と述べている。またそれと関連して、ディランが本名の「ロバート・アレン・ジマーマン」から「ボブ・ディラン」に名前を変えたことを、反ユダヤ主義と結び付けている。彼がミネソタ大学に在学中に住んでいたミネアポリスでは、反ユダヤ主義の長い歴史があったという。彼が名前を「ボブ・ディラン」とした経緯については、詩人のディラン・トマ

ス (Dylan Thomas, 1914 − 53) にちなんだというものも含めて諸説あるが、彼がユダヤ系であることを周りに伏せておきたかったのだと推測できる。彼が本名を嫌って隠そうとしていて、ボブ・ディランと改名したというのもその1つで、彼は自分の恋人にも本名を教えなかった。彼女はボブ・ディランが芸名であることを、彼の身分証明書を偶然、見るまで、知らなかったという。いまだに、ジマーマンという名前については、煙に巻いているのである。彼の自伝でも、ジマーマンは他人の名前として引き合いに出しているが、自身のジマーマンについては1度も触れていない。彼のエスニシティに対する過剰な意識がここに垣間見える。ジョーン・バエズもメキシコ人の父とスコットランド移民の母の間で生まれ、彼女の肌は明らかにメキシコ系を示し、少女時代には差別の対象になったことは否めない。そのことが彼女をトピカル・ソング（時事歌）としてのフォーク・ソングに導いたといえる。

ディランとプロテスト・ソング

　上述した祖父母から聞いた「ポグロム」の話や幼少時代の差別の体験が彼の曲に反映されている。とくにユダヤ＝キリスト教の千年王国的・黙示録的イメージ（《運命の逆転》のイメージ）である。ノーマン・コーンは、『千年王国の追求』(1970年) の中で、「もともとこの預言はすべて、迫害の脅威や現実に直面したときに、最初はユダヤ教の、のちにキリスト教の宗教団体が自分たちの慰め、励まし、そして主張するために考え出したものである」と述べている。ここで彼の代表的なプロテスト・ソング「風に吹かれて」と「時代は変わる」を取り上げてみる。まず「風に吹かれて」から見てみたい。

　　How many roads must a man walk down

Before you call him a man?
Yes, 'n' how many seas must a white dove sail
Before she sleeps in the sand?
Yes, 'n' how many times must the cannonballs fly
Before they're forever banned?
The answer, my friend, is blowin' in the wind
The answer is blowin' in the wind

How many years can a mountain exist
Before it's washed to the sea?
Yes, 'n' how many years can some people exist
Before they're allowed to be free?
Yes, 'n' how many times can a man turn his head
Pretending he just doesn't see?
The answer, my friend, is blowin' in the wind
The answer is blowin' in the wind

How many times must a man look up
Before he can see the sky?
Yes, 'n' how many ears must one man have
Before he can hear people cry?
Yes, 'n' how many deaths will it take till he knows
That too many people have died?
The answer, my friend, is blowin' in the wind
The answer is blowin' in the wind

(拙訳)
どれだけ道を歩かなければならないのか
人が人として呼ばれるまでに
いくつの海を白鳩は渡らなければならないのか
白鳩が砂に羽を休めるまでに
いくつの砲弾が飛び交わなければならないのか
砲弾が永久に禁止されるまでには
答えは、友よ、風に吹かれている
答えは、友よ、風に吹かれている

何年山は存在することができるのか
山が海に洗い流されるまでに
何年ある人々は存在することができるか
彼らが自由を与えられるまでには
何度人は顔を背けることができるのか
見てみないふりをして
答えは、友よ、風に吹かれている
答えは、友よ、風に吹かれている

何度人は見上げなければならないのか
人が青空を見ることができるまでに
いくつ耳を人は持たなければならないのか
人が人々の叫び声を聞くことができるまでには
何人死んだらよいのか
人が多くの人が死に過ぎたことを知るまでには
答えは、友よ、風に吹かれている
答えは、友よ、風に吹かれている

この曲は、いわゆるトラディショナル・バラッドの「ロード・ランダル」(Lord Randall) 形式（問答形式の語り）を用いている。このオールド・バラッド形式を巧みに活かしながら抑圧、偏見、差別、反戦を鋭く告発する曲に見事に変容させている。同じ形式を用いた曲に、1962年のキューバ危機の不安を扱った名曲「激しい雨が降る」("A Hard Rain's A-Going," 1963) がある。押韻（頭韻、脚韻、類韻）もオールド・バラッドに倣って巧みに配されている。たとえば第1連では、頭韻 (How many roads must a man walk down) と行分けの脚韻 (down, man/ sand, banned, wind) がみられる。3行目のYes,'n'は、行頭に強勢のある音をもった単語が来る場合、その前に弱い音の音節、あるいは強勢のない冠詞なり前置詞なりがない場合に、その行を歌いだすための弾みとして発する言葉であり、意味はほとんどない。民族音楽の歌唱に由来したものである。
　この曲はプロテスト・ソングとして有名であるが、単なるプロテスト・ソングではない。ここには断固とした抗議の調子はない。むしろ「答えは、友よ、風に吹かれている」というリフレインに虚無的な匂いすら感じられる。答えは風に吹かれている。答えはつかみ取れそうでつかみ取れないのである。答えは本にも、映画にも、TVにも、どんな討論にもない。答えは風の中にあるというだけだ。そして、それは宙を舞っている1枚の紙のように、いつかは降りてこないといけない。ところが、困ったことに紙が舞い降りてきても誰もそれを拾い上げないのだ。多くの人がそれを見て答えを知る前に、またそれは舞い上がってしまう。悪を目にし、それが悪だと分かっていながら、顔を背けることは大変な犯罪なのだ。人間の無頓着さ、無関心さ（ディランの長年のテーマ）を痛烈に批判している。1961年から63年までの彼の曲の中には、「次の戦争」と「第3次大戦」という言葉がしばしば登場する。この不安は当時の

彼の活動の背景として存在していた。現実のこの世界の完全な破壊が間近に迫っていることを恐れる理由が実際にあった。1962年のキューバのミサイル危機がそれである。また当時は、公民権運動が高まりつつあった時代でもあり、どこへ行っても圧迫された者たちの熱い思いが感じられた。核戦争の恐怖と聖書の終末の予言（千年王国的・黙示録的なイメージ）が結びついたイメージがある。第1、2連の"a mountain exists before it's washed to the sea"は、アメリカの人種差別問題、公民権運動のことを表し、"mountain"は、白人の特権的地位、富の独占を指す。キング牧師の感動的な名演説『私には夢がある』（*I Have a Dream*, 1963）の1節に"I have a dream that one day every valley shall be exalted, every hill and mountain shall be made low"（私には夢がある、いつの日にか、どの谷も高くされ、どの丘や山も低くされるというような）がある。ここにも《運命の逆転》のイメージが暗示されている。

　シンプルなギター奏法とハーモニカを使って、よくいえばハスキーな声（ダミ声、老人の声、蛙の鳴き声ともいわれているが）で歌うディランはさながら吟遊詩人。メロディーと歌詞を微妙にずらし、ハーモニーを壊していくディラン独特の歌い方だが、それは、メロディーとともに言葉そのものを聞き手に喚起したいがため、である。この曲は、美しいハーモニーを響かせるフォーク・グループ、ピーター、ポール＆マリー（PPM）のカバー曲で世界的にヒットして、ディランを一躍有名にした。全米ヒット・チャート2位を記録した。ジョーン・バエズ、ピーター、ポール＆マリー、キングストン・トリオ（Kingston Trio）などの洗練された歌い方と対照的である。ディランはオールド・バラッド形式（歌の語り）を踏襲しつつ、この曲のトピカル・ソングとしての存在感を高めている。

　次に「時代は変わる」を取り上げよう。

Come gather 'round people
Wherever you roam
And admit that the waters
Around you have grown
And accept it that soon
You'll be drenched to the bone
If your time to you is worth savin'
Then you better start swimmin' or you'll sink like a stone
For the times they are a-changin'

Come writers and critics
Who prophesize with your pen
And keep your eyes wide
The chance won't come again
And don't speak too soon
For the wheel's still in spin
And there's no tellin' who that it's namin'
For the loser now will be later to win
For the times they are a-changin'

Come senators, congressmen
Please heed the call
Don't stand in the doorway
Don't block up the hall
For he that gets hurt
Will be he who has stalled
There's a battle outside and it is ragin'

It'll soon shake your windows and rattle your walls
For the times they are a-changin'

Come mothers and fathers
Throughout the land
And don't criticize
What you can't understand
Your sons and your daughters
Are beyond your command
Your old road is rapidly agin'
Please get out of the new one if you can't lend your hand
For the times they are a-changin'

The line it is drawn
The curse it is cast
The slow one now
Will later be fast
As the present now
Will later be past
The order is rapidly fadin'
And the first one now will later be last
For the times they are a-changin'

（拙訳）
さあ、みなさん 集まってきなさい
どこを歩いていても
認めなさい

水かさが増しているのを
受け入れなさい
すぐにずぶ濡れになってしまうのを
時間を無駄にしたくないなら
泳ぎ始めた方がいい　さもないと沈んでしまう
時代は変わりつつあるのだから

さあ、集まってきなさい
ペンで予言する作家や批評家のみなさん
目を大きく見開きなさい
チャンスは二度とやってこないのだから
せっかちに決めつけるのをやめなさい
ルーレットはまだ回っていて
誰のところでとまるのかわからないのだから
今は敗者でもいずれ勝者となる
時代は変わりつつあるのだから

さあ、集まってきなさい　国会議員のみなさん
人々の声に耳を傾けなさい
戸口に立ったり
議事堂に入れないようにすることはやめなさい
傷つく者は
邪魔をする者だから
外では激しい戦いが荒れ狂っている
すぐにも窓を震わせ　壁を揺さぶることになる
時代は変わりつつあるのだから

さあ、集まってきなさい
国中のお父さん、お母さん
わからないことには
口を出さないで
息子や娘は
もう手に負えないのだから
昔のやり方は急速に廃れている
新しいやり方に手出しをすることをやめなさい　手助けできないのなら
時代は変わりつつあるのだから

一線が画され
呪いがかけられる
いま遅い者が
いずれ早い者となる
今は
いずれ昔となり
秩序は急速に廃れている
今一番の者はいずれビリとなる
時代は変わりつつあるのだから

　この曲は、時代が変わりつつある、社会変革は避けられない、と警告を発している。変わりつつある時代に生き残りたいならば、まず立ち上がってなにか行動を起こさなければならない。知識人たちは時代が変わりつつあることに敏感に反応しなければならない。親は息子や娘たちのやっていることがわからないなら批判などするべきではない。社会の新たな発展に対して力を貸すのでなければ、邪魔をしないでもらいたい。

傷つくのは邪魔をする者のほうなのだ。

　当時、1963年8月に、公民権運動の高まりを示すように、奴隷解放宣言100周年記念のワシントン大行進があった。ディラン、バエズ、PPM, ハリー・ベラフォンテ（Harry Bellafonte, 1926 - 97）などが参加した。60年、SNCC（学生非暴力委員会）発足。62年にナッシュビルの黒人学生のsit-in（座り込み）闘争が開始され、社会の状況や価値観が変わりつつあった時代であった。

　彼の歌詞には、キリスト教的なイメージがあるとよく言われるが、この歌詞にも『聖書』の言葉のイメージが頻出する。第1連の"waters around you have grown" は、「洪水」（「創世記」6：17）を連想させ、第4連の"The line it is drawn the curse it is cast" は、「壁に字を書く」（「ダニエル書」5：5）と対応する。その後に続く"the slow one now will later be fast / the present now will later be past / the first one now will later be last" は、「金持ちの青年」（「マタイ伝」19：30における《運命の逆転》のイメージ（第2連のwheel）にも当てはまる）をめぐるイエスの言葉、"But many that are first shall be last; and the last shall be first"（しかし、多くの先の者は後になり、後の者は先になるであろう）と重なる。いずれも《運命の逆転》という千年王国的、黙示録的なイメージ、迫害者が落としめられ、被迫害者が高められるというイメージである。

　この曲は、伝統的なトーキング・バラッド形式（cf. Come all ye lads and lassies, and listen to my song）で、語りに重きを置く。しかし押韻（頭韻、脚韻、類韻）もきちんと踏む形式でもある。第1連の"Then you better start swimmin' or you'll sink like a stone" では頭韻の響きが心地よい。（第2連の3行目にもいえる。）行分けの脚韻もきれいに踏まれている（第2連のpen / again / spin / namin' / win / a-changin'）。またこの歌詞は彼の独特な歌い方（メロディーと歌詞を微妙にずらす）に適した

歌詞にしている。あえて歌詞に2重語（この形式は、詩ではリズムを取り入れたい場合にときに使われる）を入れて歌詞の意味を喚起している。第1連の "For <u>the times they</u> are a-changin'/And accept <u>it that</u> soon you'll be drenched to the bone"（<u>a-changin'</u>の a-ing = -ing は古い英語の名残り。これもディランのリズムを作っている）。第2連の "And there's no tellin' who <u>that it's namin'</u>" や第5連の "<u>The line it</u> is drawn <u>the curse it is cast</u>" も同様である。彼の歌い方については，ディランと親交の深かったビート詩人のアレン・ギンズバーグ（Allen Ginsberg, 1926 – 97）は，次のように述べている。「彼がその吐息と一体化するのを見て私は衝撃を受けた。空気の柱と化して肉体と精神が吐息となり、その口と体からでてきた。知性と感情を息に込めて吐き出すことで、シャーマンのような存在となる方法。彼はそれを見つけていたんだ。」（『ノー・ディレクション・ホーム』）

フォークからロックへ

「ライク・ア・ローリング・ストーン」は、ディランが作詞、作曲、歌唱し、米国では1965年7月20日にシングルとしてリリースされ、アルバム『追憶のハイウェー 61』（*Highway 61 Revisited*, 1965）に収録された曲。自身最大のヒット・シングルとなり、60年代のロック変革期を象徴する曲とされて、ディランの名声を神話的に高めた作品である。この曲は6分という、当時のシングルとしては異例の長い演奏時間を有していた。当時は3分程度というのがシングルの常識であった。上述したように、「ニューポート・フォーク・フェスティバル」で、フォークからロックに取って代わったディランに対して、彼のフォーク・ファンから場内に野次とブーイングが起こったことは有名だ。まず「ライク・ア・ローリング・ストーン」の歌詞を取り上げてみよう。

Once upon a time you dressed so fine
You threw the bums a dime in your prime, didn't you?
People'd call, say, "Beware doll, you're bound to fall"
You thought they were all kiddin' you
You used to laugh about
Everybody that was hangin' out
Now you don't talk so loud
Now you don't seem so proud
About having to be scrounging for your next meal

How does it feel
How does it feel
To be without a home
Like a complete unknown
Like a rolling stone?

You've gone to the finest school all right, Miss Lonely
But you know you only used to get juiced in it
And nobody has ever taught you how to live on the street
And now you find out you're gonna have to get used to it
You said you'd never compromise
With the mystery tramp, but now you realize
He's not selling any alibis
As you stare into the vacuum of his eyes
And ask him do you want to make a deal?

* How does it feel
　How does it feel
　To be on your own
　With no direction home
　Like a complete unknown
　Like a rolling stone?

You never turned around to see the frowns on the jugglers and
　　the clowns
When they all come down and did tricks for you
You never understood that it ain't no good
You shouldn't let other people get your kicks for you
You used to ride on the chrome horse with your diplomat
Who carried on his shoulder a Siamese cat
Ain't it hard when you discover that
He really wasn't where it's at
After he took from you everything he could steal

* (Repeat)

Princess on the steeple and all the pretty people
They're drinkin', thinkin' that they got it made
Exchanging all kinds of precious gifts and things
But you'd better lift your diamond ring, you'd better pawn it babe
You used to be so amused
At Napoleon in rags and the language that he used
Go to him now, he calls you, you can't refuse

When you got nothing, you got nothing to lose
You're invisible now, you got no secrets to conceal

＊（Repeat）

（拙訳）
昔は着飾っていたね
羽振りがいいときには乞食に小銭を恵んでやったね
みんなは言っていた「気をつけるんだよ、落ちぶれてしまうよ」
みんなが冗談を言っているんだと思った
笑い飛ばしていた
うろつきまわっている連中を
もう大きな声ではしゃべらないし
もうえらそうにも見えない
次のメシにありつかなきゃならないからね

どんな気分だい
どんな気分だい
帰る家もないって
誰にも知られないって
転がる石のようになるって

一流の学校を出たんだよね
でもただ酔っ払っていただけだったんだ
誰も宿無しの生き方なんか教えてくれなかった
でも今はそれに慣れなきゃいけないんだ
妥協はいやだと言っていたね

わけのわからない放浪者なんかとは、でも今はあんたには分かって
　　いるよ
奴だってアリバイ売りなんてしてやしない
奴のうつろな目を覗き込んで
取引を奴にしたくないのかって頼んでいるんだから

＊どんな気分だい
　どんな気分だい
　ひとりぼっちになるって
　帰る家もないって
　誰にも知られないって
　転がる石のようになるって

見向きもしていないから手品師や道化師のしかめ面に気がつかな
　　かった
奴らがいろいろと技を見せに来たのにね
分からなかったんだ（奴らが）まったく下手であったことを
スリルを味わいたかったら他人にまかしてはだめだ
よく外交官とピカピカの馬に乗っていたよね
肩にシャム猫をのっけていた彼と
知ったらつらいんじゃないのか
彼のお目当てはあんたじゃなかったんだ
奴は盗めるだけ盗んでいったね

＊（繰り返し）

尖塔上のお姫様ときれいな人たち

酒を飲みながらうまくやったと思っている
　　　いろいろな高価な贈り物やら持ち物を交換して
　　　でもダイヤモンドの指輪は外して質に入れたほうがいい
　　　とても面白がっていたね
　　　ぼろをまとったナポレオンや彼が使っていた言葉を
　　　さあ、彼のもとに行きなよ、呼んでいるよ、あんたは拒めないよ
　　　持ち物は何もないし、失うものも何もないんだから
　　　あんたの姿は他の連中にはもう見えない、何も隠すべき秘密もない

　　＊（繰り返し）

　　　　※ピカピカの馬（高級車のこと）
　　　　※ぼろをまとったナポレオン（南太平洋の孤島セントヘレナ島に幽閉された）
　　　　※彼（ナポレオン）が使っていた言葉、（余の辞書に不可能という言葉はない）

　この曲は Miss Lonely という孤独嬢の、転落し虚飾に満ちた生き方からの脱却を描いている。歌詞も多様な表現を用い、象徴的なイメージに満ちている。ディランのボーカル・パフォーマンスは、ドラム、ピアノ、ベース、そして魅力的なコーラスが相俟って、この曲を不朽の名作にしている。彼がフォークからロックへと転換したのは、当時の時代背景があってのことである。65年、ジョンソン大統領がベトナムでの北爆を開始し、激化すると、暗殺が、暴動がアメリカ社会から湧き上がってきた。その時、ディランは、フォークからロックへと、エレキに向かっていった。アメリカに拡大しつつあった暴力を反映していたのである。彼は、プロテスト・ソングを歌い続けてきたが、何事も変わっていなかった。自らの内面を変えることによってしか新しい変革は生まれない、と彼は確信した。従来の型にはまったアコースティック・ギターでのフォーク・ソングではなく、エネルギーを強くチャージしたエレキを

携えて登場したのは、暴力化した社会に最も呼応した彼の戦略からであった。

この「ライク・ア・ローリング・ストーン」という曲名は "A rolling stone gathers no moss."（転石苔をむさず）から採られている。この諺は、英・米で意味が異なる。英では、日本語で同じ意味の諺「石の上にも3年」と同様に、変化することをマイナスとして捉え、米では変化することをプラスに捉えている。この曲名は、後者の意味を表して、じっとしていては何も生まれないという意味を示唆し、また同時に「転がり落ちる」意味も暗示している。マーカス・グレイル (Marcus Greil) は、『ライク・ア・ローリング・ストーン』(*Like A Rolling Stone*, 1979) の中で、「それはまず家が崖から転び落ちるイメージを呼び起こし、空虚さを喚起する」(The first sound calls up the image of a a house tumbling over a cliff, it calls up a void.) と述べている。また、"rolling stone" という言葉から、アメリカの音楽には静止しているものはなく、フレーズ、イメージ、そしてリフ（ジャズ・ロックの反復楽節）も変化し続け、常に場所から場所 (state to state) へ、時代から時代へ (decade to decade) へと移動している、そして常に新しい体 (a new body)、新しい歌 (a new song)、新しい声 (a new voice) を求めている、と言っている。

「昔は着飾っていたね／羽振りがいいときには」で始まるこの歌は、攻撃的で強烈だが、一人の女性にだけ向けて歌っているのではなく、ディラン自身に、そして我々にも向けて歌っているのである。さまざまな自分自身について歌っているのだ。転落した自分自身の状況の認識、そして再生への意識を捉えて、全体に "How does it feel" のフレーズでこの曲のレベルを押し上げている。誰もが「ミス・ロンリー」になる可能性があるからなのだ。今の自分が転落した人間になってしまったことを軽蔑すると同時に、自身の再生への道を歩こうとしていることに歓喜を覚えている。この歌詞は、かつて一流の学校に通い、贅沢な暮らしを

していた女性が没落し、今や誰にも知られなくなったことを嘲るように、「転がる石のように／完全に誰からも知られず／帰る家もなく存在しているって言うのは／どんな気分だい(How does it feel)」と歌っているが、「どんな気分だい」はけっして嘲っているわけでなく、むしろ祝福しているのだ。ディランは、かつてのように歓喜にあふれ、意気揚々としていて、自由で、そして昔のように知られていないことに恍惚としている。『プレイボーイ』(1966年)のインタビューで、ディランは次のように述べている。「人にはすばらしくありがたいことが1つある。無名ということであることです。ところが、そのことに感謝する人はあまりいない。誰もが、与えられた食物や衣服といったものに感謝するように教えるのだけれども、自分が無名であることに感謝するようには教えられていない。」彼は自分がどのように感じているかを語り、他人の感情の中に不気味なほどの直接性をもって自分自身を投影し、そうすることによって、我々が感じていることを我々に伝えるのである。

　この「無名性」については、彼のエスニシティと深く関っているといえる。サルトルは、「ユダヤ人がキリスト教徒に引きつけられるのも、キリスト教徒の美徳のためではない。そんなものの価値は認めていない。ただ、キリスト教徒が、無名性を、人種抜きの人間性を示してくれるからである。そして彼らは、他の人々に、自分を人間として認めさせるのである」(『ユダヤ人』1954年)と述べている。この曲にも転落から再生という意味で千年王国的・黙示録的なイメージ(《運命の逆転》のイメージ)があるといえる。これにも押韻(頭韻、脚韻、類韻)が歌詞と曲にふさわしく配され、それが十全に絡み合い、一体感をなしている。たとえば、第1連の(didn't you, kiddin' you ／ about, out ／ loud, proud ／ doll, fall.／ bums, dime, prime)、第2連の(get juiced in it, get used in it ／ compromise, realize, alibis ／ ask. make)など。"didn't you"と"kiddin' you"というフレーズは、耳ざわりな特徴的な効果を上げている。それ

は、言葉そのものではなく、メロディーによって強調される。マーカス・グレイルは、「ライク・ア・ローリング・ストーン」の曲が"a wall of sound"（多重演奏による交響楽的伴奏）でなければ、歌詞は"river of sound"であり、リフレインは"a mountain of sound"であり、"river deep, mountain high"であると述べている。

コンサートの度ごとに、アレンジやメロディ・ラインを変え、息継ぎやフレージングを変え、楽曲の解釈をも変え、同じ歌い方は決してしないディラン。カントリー、ブルース、ゴスペルそしてR&Bと音楽のジャンルを自由に行き来して自身の音楽を作り続けたディラン、絶えず変遷していく彼の姿はまさに「ライク・ア・ローリング・ストーン」である。

引照文献

Cohn, Norman. *The Pursuit of the Millennium: Revolutionaly Millenarians and Mystical Anarchist of the Middle Ages*. Paladium, 1970.
Dylan, Bob. *Chronicles: Volume One*. Simon & Schuster UK LTD., 2004.
Dickstein, Morris. *Gate of Eden: American Culture in the Sixties*. Basic Books Inc., Publisher, 1977.
Dougill, John. *Rock Classics: A Study of Rock Singers, Songs and Lylics*. Macmillan Language House, 1998.
Gitlin, Todd. *The Sixties: Years of Hope, Days of Rage*. Bantam Books, 1987.
Greil, Marcus. *Like A Rolling Stone*. Faber and Faber, 2005.
Hampton, Wayne. *Guerrilla Minstrels: John Lennon, Woody Guthrie, Joe Hill, Bob Dylan*. The University of Tennessee Press, 1986.
Sounes, Howard. *Down the Highway: the Life of Bob Dylan*. New York: Grove Press, 2001.
Kaiser, Charles. *1968 in America: Music, Politics Chaos, Counterculture, and the Shaping of a Generation*. Weidenfeld & Nicolson, 1988.
No Direction Home. Dir. Martin Scorsese. Paramount, 2005.
Bob Dylan 1982-2001 Lyrics. Simon & Schuster UK LTD., 2004.
"Playboy Interview: Bob Dylan," *Playboy*, 1966 (Google, 2012).

The Holy Bible. Oxford University Press, 1980.

ウィリアムズ,ポール『ボブ・ディラン 瞬間の轍1 1960-1973』菅野ヘッケル・管野彰子訳、音楽の友之社、1992年
越智道雄『アメリカ「60年代の旅」』朝日新聞社、1988年
大杉正明・渡部孝治(編註)、『若き魂の叫び』朝日出版社、1990年
グレイ,マイケル『ディラン、風を歌う』三井徹訳、晶文社、1990年
コーン,ノーマン『千年王国の追求』江河徹訳、紀伊國屋書店、1978年
サルトル,ジャン・P.『ユダヤ人』安堂信也訳、岩波書店、1971年
ドイッチャー,アイザック『非ユダヤ的ユダヤ人』鈴木一郎訳、岩波書店、1970年
ディラン,ボブ『ボブ・ディラン自伝』菅野ヘッケル訳、ソフトバンク クリエイティブ株式会社、2005年
ディラン,ボブ『ボブ・ディラン全詩集』片桐ユズル・中村容訳、晶文社,1974年
ハートマン,ジョン『ボブ・ディラン 詩の研究』CBSソニー出版、1987年
細身和之『ポップミュージックで社会科』みすず書房、2005年

『現代思想』(ボブ・ディラン)、5月臨時増刊号、青土社、2010年
『ユリイカ』(ボブ・ディラン特集)、1月号、青土社、1980年

ビッグシップのアイリッシュ

ダシール・ハメットのリアリズムと
『赤い収穫』におけるアイルランド移民

長尾 主税

見えない存在

　おそらくは新歴史主義の登場以後、アメリカ小説の伝統にまつわる歴史意識の変容に伴ない、権威付けられた文学の概念が組み替えられはじめ、それまで使用されていなかった資料が取り込まれ、各ドキュメントの接続と切断によって、学ぶに値するとされる正典（canon）が徹底的に見直され、文学史が再編されるようになった。そのような文学史書き換えの動きとともに、文学と娯楽小説の境目に位置すると考えられていた作家が積極的に取り上げられ始める。タフガイ・ノヴェルあるいはハードボイルド探偵小説に関する研究も増え、また多岐にわたるようになっていった。ハメットに関する論集を編んだ米文学研究者クリストファー・メトレス（Christopher Metress）はつぎのように書いている。

　　このアメリカ文学史再建の時代にあって、キャノンにまつわる障壁を取り払い、過小評価されていた大衆小説の重要性を、あらためて認識可能にする上で、ダシール・ハメットの小説は貴重な役割を

果たしてきた。(Metress, 89)

　後に『赤い収穫』(*Red Harvest*, 1929)としてまとめられるハメット(Dashiell Hammett, 1894 – 1961)の長編第1作は、連載物よりも読み切り作品を好むパルプ雑誌の読者層を考慮して、『ブラック・マスク』誌に連作中編のかたちで4分載された(1927年11月〜28年2月号)。『ブラック・マスク』掲載当時から読者には好評を博したが、ハードカヴァー出版後各書評に取り上げられ、知名度は上がった。ハイ・リテラチャーとの比較がなかったわけではない。西海岸を描くハメットとは対照的な、東海岸の犯罪クロニクル『ギャング・オブ・ニューヨーク』(*The Gangs of New York: An Informal History of the Underworld*, 1928)を書いたハーバート・アズベリー(Herbert Asbury, 1889 – 1963)は、同時代人の立場から、ハメットの効果的なダイアログを、「ヘミングウェイでさえ書いていないのではないか」と評価した。(Asbury, 2)会話のスタイルにある種の類似性があるとみなされて、文学の領域で評価の高いアーネスト・ヘミングウェイ(Ernest Miller Hemingway, 1899 – 1961)はしばしば引き合いに出されている。「『赤い収穫』においては、その会話が実に見事に運ばれていて、ヘミングウェイやあるいはフォークナーよりも優れているほどだ」という評価をアンドレ・ジッド(Andre Gide, 1869 – 1951)からは得た。(Gide, 3)また、レイモンド・チャンドラー(Raymond Chandler, 1888 – 1959)も「ハメットの作品にはヘミングウェイ初期の長短編に内在しないものはない」としながらも「ことによるとヘミングウェイも(略)ハメットからなにごとかを学んだかもしれない」と述べている。(Chandler, 164)

　本格的なアカデミズムからの評価として、もっとも良く知られた例をあげると、日本でも広範な読者を獲得したスペンサー・シリーズの作者R. B. パーカー(Robert Brown Parker, 1932 – 2010)は、博士課程

学位請求論文でハメット、チャンドラー、ロス・マクドナルド（Ross Macdonald, 1915 - 83）の3作家について、フレデリック・ターナー（Frederick Jackson Turner, 1861 - 1932）の「アメリカ合衆国の精神と成功は直接この国の西方への拡張に結び付けられる」というフロンティア学説の点から、ヘンリー・ナッシュ・スミス（Henry Nash Smith, 1906 - 1986）、R.W.B.ルイス（Richard Warrington Baldwin Lewis, 1917 - 2002）、レスリー・フィードラー（Leslie Aaron Fiedler, 1917 - 2003）、リチャード・スロトキン（Richard Slotkin, 1942 - ）といった主要な文学史家の論説に依拠しつつ、彼らが描いた探偵を鹿撃ちナッティ・バンポーの系譜に位置づけ、「アメリカのアダム」に連なる者としてアメリカ文学史の主流にとりこもうと試みた。また、ハメットの短編集『コンチネンタル・オプ』（*Continental Op*, 1975）を編んだコロンビア大学のスティーヴン・マーカス（Steven Marcus）は、『マルタの鷹』（*The Maltese Falcon*, 1930）に登場する、フリッツクラフトというキャラクターの、本筋とは離れた逸話をめぐって、ハメットの文学的傾向にもっとも早く言及した研究者のひとりである。映画と赤狩りについては多くのエッセイが書かれており、赤狩りに屈することのなかった作者と小説の主人公を重ね合わせる議論には事欠かない。また、ハメットが共産主義に傾いていた事実に基づくものか、マルクス主義的読解も少なからず行なわれてきている。

　本稿では、多くの批評で取り上げられてきた『赤い収穫』の冒頭部分をとりあげるが、その目的は、なぜか論者の視野の外に置かれ、これまであまり触れられてこなかった箇所について読解を試みることである。一言で述べると、冒頭に登場するのが、アイルランド移民であり、その舞台は彼らが中心となる鉱山町だ、ということである。たとえば、マルクス主義の立場から労働問題をとりあげる論者でも、なぜかここを通り過ぎてしまう。ダイム・ノヴェルについての著書がある文化史家マイケ

ル・デニング (Michael Denning) は、『赤い収穫』には「どこか書き換えられたプロレタリア小説のようなところがある」と述べているが、「文化戦線」という大きな問題を扱うためか、開巻早々に登場する下層労働者には触れていない。(Denning, 254) 確かに存在するはずの存在がよく見えないはなぜか。アメリカ社会における彼らのあり方とハメットのスタイルの点から考えてみることにする。

訛りと地口

まず冒頭部の原文と、最も新しい翻訳を引用しておく。

> I first heard Personville called Poisonville by a red-haired mucker named Hickey Dewey in the Big Ship in Butte. He also called his shirt a shoit. I didn't think anything of what he had done to the city's name. Later I heard men who could manage their r's give it the same pronunciation. I still didn't see anything in it but the meaningless sort of humor that used to make richardsnary the thieves' word for dictionary. A few years later I went to Personville and learned better. (Hammett, 1992, 3)

　パースンヴィルがポイズンヴィルと発音されるのを初めて小耳にはさんだのは、ビュートの町のビッグシップという店でのことだった。そう発音したヒッキー・デューイという赤毛の荒くれ男は、シャツのこともrをぬかしてショイツといっていたのでそのときは気にもかけなかった。rをちゃんと発音できる連中がやっぱり同じように呼ぶのを後になって耳にしたが、そのときも、ディクショナリを犯罪者の隠語でリチャーズナリと呼ぶ類の他愛のないユーモア

ぐらいにしか思わなかった。その数年後に私はパースンヴィルに出かけ、自分の考えがいたらなかったことを思いしらされるはめになったのである。(小鷹信光訳)

テクスト内には明確なかたちで社会的歴史的情報が示されてはいない。当時の読者には作者が書き込む必要がないほどに明らかなことだったのかもしれないが、現在アメリカの研究者にさえ言及されることなく見過ごされてしまっている。ひとつには、切り詰められた文体ゆえにテキストに示される情報が極端に少ないということがあげられる。ハメットが私生活についてもほとんど何も述べていないことを、彼についての著作が複数あるウィリアム・F.ノーラン (William Francis Nolan, 1928 -   ) は、『ハメット伝』(*Hammett: A Life at the Edge*, 1983) の序文冒頭に記している。

(略)ハメットは、私生活を極力人目に触れさせないようにしていた。彼の私生活について、生前はほとんどなにも明らかにされていなかった。1961年に世を去ったときも、あいかわらず「ミステリー小説の謎の男」the mystery man of mystery fiction と形容された。(Nolan, xi 小鷹信光訳)

これをいささか形容がすぎると考えるなら、スティーヴン・マーカスは、もっと簡単に、ハメットは自身の個人的なデータを残すことに関心が薄く、ひどく無頓着だった、と述べている。(Marcus, 1975, 4) ハメットの長年のパートナーだったリリアン・ヘルマン (Lillian Florence Hellman, 1905 - 1984) から多くの資料を譲りうけたダイアン・ジョンスン (Diane Johnson, 1934 -   ) による評伝をはじめ、ハメットに関する書

物は少なくないが、生涯については不明な点も多い。長い間共に暮らしたヘルマンでさえ、ハメットの過去については、あまり多くを知らないと認めている。

　ハメットは自らの小説についても言葉を惜しみ、『赤い収穫』を含む一連の作品の主人公／語り手を務める探偵について、ほとんど私生活は描かれることなく、その名前さえ作品中で言及されることがない。コンチネンタル探偵社の調査員 operative であるから、なにがしかの呼称を必要とする評者によって、一般にコンチネンタル・オプ (Continental Op) と呼ばれるのみである。彼は太った40になる中年男でスコッチを飲み、ファティマを吸う。語りは1人称で、語り手と「主人公」は同じであるが、メインキャラクターである語り手の内面は語られることがなく、外面の描写でさえも切り詰められ、ぶっきらぼうに読者の前に投げ出されている。ハメット自身はオプの名前について次のように述べている。「とくに意図して名無しにしたのではありませんが、「放火罪および……」("Arson Plus", 1923) や「つるつるの指」("Slippery Fingers", 1923) で名無しのままやってこられたので、そのままでもいいだろうと考えたのです。いわば彼はごくありふれた人間ですし、どんな名前があるのかわたしにも定かではありません。」(Nolan, 47) しかし手がかりがあるのだから、解釈はできないことではない。ハメット自身が「証人の証言を覆すためには、状況証拠と呼ばれるものを重視する」と書いているくらいである。(Johnson, 18) 繰り返しページ上の言葉に立ち戻りながら、テクスト外の要素を引き込み、適切だと判断するかぎりで、積極的に物語の構築に関与してもよいだろう。

　前述のヘミングウェイは『午後の死』(*Death in the Afternoon*, 1932) において、つぎのように書いている。「もし作家が、自分の書いている主題を熟知しているなら、そのすべてを書く必要はない。その文章が十分な真実味を備えて書かれているなら、読者は省略された部分も強く感得

できるはずである。動く氷山の威厳は、水面下に隠された八分の七の部分に存するのだ」(Hemingway, 192　高見浩訳)水面上にあるものから思いをめぐらして、水面下の存在を感得することが読みの行為でもあろう。『赤い収穫』の、物語が始まる前に示される読解の空白箇所を埋め、与えられた情報から再構築しようとする解釈の試みは、作品理解の上からも、必ずしもむだではないと思われる。主人公よりもむしろ背景や設定について、また主要登場人物とさえいえないアイルランド移民の存在について、その言語およびリアリズムと「アメリカ性」の関係について考えを進めたい。手がかりはテクストの外に求めることにする。それはモンタナ州ビュートに生きるアイルランド移民の歴史と文化である。『赤い収穫』と当時の社会／現実はどのように接しているだろうか。

　ハードボイルドを、労働者階級とパルプ雑誌の観点から論じたエリン・A.スミス(Erin A. Smith)によれば、『赤い収穫』は「階級と言語の問題」に関する考察で始まる。冒頭部分に関するスミスの読解をまとめれば、つぎのとおりである。オプはこの箇所のトピックとして異なる種類の言語を取り上げている。オプはまず話者の出身階層にかかわる発音の違いに注意を向ける。つぎに泥棒の語彙が標準英語(Standard English)とは異なると述べる。オプ自身は階級と文化のコードに堪能である。彼は自意識的に言語を操ることに巧みで、ある人物のrの発音のしかたが社会的地位の確定に重要であるとはっきり認識している。また同時に、オプは泥棒や下層階級の人間との会話に慣れている。(Smith, 126-7)ハメット自身は、隠語について、つぎのように述べている。「犯罪者の間で使われるスラングは、ほとんどの場合、意識的かつ人為的に発達してきたもので、他のどんな目的にもまして部外者を当惑させるという意図がある。しかし、ときにはきわめて表現力に富んでいることもある。」(Johnson, 46)スミスは、"dictionary"(辞書)を指す隠語についてのオプの見解もまた、言語と権力の密接な関係を示している、とする。泥棒

がディクショナリという言葉に施したユーモラスな改変には大きな意味がある。「ディクショナリ（辞書）」とは、上位の階層に属する者達の言葉使いを標準的なものとして特権的に扱う書物である。上位の階層に属する者は堅い言葉を使う傾向があり、また泥棒は短縮されたスラングを使う傾向があることを思い起こさせ、Richardとその別称Dickにひっかけた言葉遊びは、「ディクショナリ（辞書）」というものが下層に属するディックのものではなく上位の階層に属するリチャードのものであるということを明確にする。(Smith, 127)このように社会階層と言語についての問題が展開されているが、残念ながら、スミスが言及するのはここまでである。ディクショナリという語については具体的に読みが示されるが、パッセージの前半については簡単にしか触れられない。だが、パーソンヴィルをポイズンヴィルと発音し、シャツをショイツと発音する者の存在にも、そして彼と結び付けられるビュート、ビッグシップという固有名詞にも社会階層と言語の問題は表われているように思われる。もちろん「人の町」が「毒の町」へと「きわめて表現力に富む」読み替えがなされているわけだが、それ以上にこの下層に属すると思しい人物がアイルランド移民であることを示す具体的な文脈を提供していると考えられる。この人物について考えてみたい。

　語り手によって示される、ヒッキー・デューイという名前が目を引く。HickeyもDewyもともに姓(last name)・名(first name)に使われるもので、どちらが姓でどちらが名でもおかしくない。（アメリカにはDewey Earl Hickeyという名の人物が実在した記録がある。）Deweyはノルマン・コンクェストにまでさかのぼることが可能な名前で、広くウェールズにもスコットランドにも存在し、Dewy, Dewyeなどのかたちも確認される。Hickeyは明らかにアイルランド系の名前で、ミドルネームにさえも使われる。ゲール語の名 Ó hÍceadha (descendant of Ícidhe / Íceadh) が英語化したもので、O'Hickee, O'Hickey, Hickey,

Hickieなどのかたちが確認されている。この名前がスコッチ・アイリッシュのようなアイルランド移民の名前であったとしても不思議ではないだろう。なお、Hickyと似た名前Hickが、アングロサクソン系アメリカ人にはRichardのニックネームとして使われる場合があったことを考えれば、先に見た辞書の隠語richardsnaryへの言及によって、連想がパラグラフの前段と後段を緩やかにつなぐ働きをしていると考えられるかもしれない。つぎに彼の発音の検討に移ろう。

　パーソンヴィルをポイズンヴィルと発音したり、シャツをショイツと発音する「訛り」(dialect)について、オプは頓着しない。そのような「非標準英語」を聞き慣れているからだと考えられる。つまりそのように発音する集団が存在していて、shirtをshoitと発音しPersonvilleをPoisonvilleと発音する方言があると考えられる。それはまさにアイルランド系の者たちが話す言葉である。アイルランド英語がアメリカ英語に与えた多大な影響について詳細に論じた藤井健三は、『アメリカ英語とアイリシズム 19~20世紀アメリカ文学の英語』において、複数の文学作品を引きながら、他の言語特徴とともに、このように/əː/, /ər/が/əi/, /oi/と発音される特徴について詳述している。この点に関する部分を以下に抜粋してみよう。

　　bird, church, earthなど，標準英語では/əː/, /ər/のところが方言によって/əi/, /oi/と発音される。これは二重母音化したのではなく、「短母音＋r」の'r'が弱化し前の母音に吸収されていく一段階前の過程を表すもの。母音後の'r'の消失は14世紀ころから始まるので，その過程音がアイルランドに残っていても不思議ではない。(藤井、74)

　Harold Wentworthの『アメリカ方言辞典』(*American Dialect*

Dictionary, 1944.)を見ると，この発音は1928年8月12日付の *New York Times* でニューヨーク市界隈の方言として紹介されて注目され，それ以後アメリカ各地からの報告が記録されるようになった。(藤井、144)

その英語はおそらく北英・スコットランドからアイルランドを経由してアメリカへ渡って来た移民の英語だろうと考えられる。(藤井、145)

アイルランド人と同じく祖国で癖のある英語を話していたスコットランド人は，一般に自らの方言性を比較的あっさり捨てて標準英語に馴染んでいく民族性であったのに対して，アイルランド人は自らの言語習慣を通し続ける強い傾向があった。そのために非英語圏の国から来た労働者階層の多くの他の移民がアメリカで英語を身につけていく上で大きな影響を与えた。彼らとアイルランド移民の労務者たちは常に身近な所で共にあったからである。ニューヨークにおけるこの言語状況は，ひとりニューヨークのことだけでなく，全米各地におけるまさにアメリカ的といえる言語状況を象徴しているといえる。(藤井、145)

具体的な作品に即して、/əː/, /ər/ が /əi/, /oi/ に変化する例が、以下のように挙げられている。

ユージン・オニール『毛猿』(Eugene O'neill. *The Hairy Ape*, 1922)
boid (= bird) / boin (= burn) / doit (= dirt) / foist (= first) / foither (= further) / goil (= girl) / loin (= learn) / moider (=murder) / moidering (= murdering) / noive (= nerve) / oith (=

earth) / shoit (= shirt) / skoit (= skirt) / toin (= turn) / toity (= thirty) / woik (=work) / woild (= world) / woilds (= worlds)（藤井、143-4）

ドス・パソス『マンハッタン乗換駅』(Dos Passos. *Manhattan Transfer*, 1925)
foist (= first) / skoit (= skirt) / soive (= serve) / soivce (= service) / toity-seven (= thirty-seven) / toitytoid (= thirtythird) / woik (=work)（藤井、174）

ここで確認しておくべきことは、このあいまい母音の二重母音化がアイルランド移民経由でアメリカ英語に入りこんできていること、そして「ブルックリン訛り」と呼ばれる発音の傾向は、俗語辞典に採られた事例よりもはるかに早く全米各地に広まっていることであろう。そしてその一例を、『赤い収穫』の冒頭でモンタナ州ビュートにおける下層労働者と思しい人物の言葉使いにも見ることができる。Personvilleをきちんと発音できる者でも、同じようにPoisonvilleと発音していた、ということは、ｒをうまく発音できる者に対して、ヒッキー・デューイがこれをうまく発音できない者として位置づけられているということになる。オプが気にかけなかったのは、そのような発音をよく耳にするからで、彼にとって珍しいことではないのだ。つまり、ヒッキー・デューイという人物は、もともとPoisonvilleと発する傾向があったということであり、彼はそのような集団に属しているということが示唆されている。これをニューヨークの「ブルックリン訛り」と狭くとらえる必要はまったくなく、むしろアイルランド移民の言葉ととらえて、藤井の評言にあるとおり、「まさにアメリカ的といえる言語状況を象徴している」と考えることができるだろう。人々が発するPoisonvilleという言葉は、物語で多数の

死者が出ることを予想させ、さながらアイルランドの妖精バンシーの泣き声のように響くが、アイルランド人が話す言葉もそこには響いているのだ。

　他のアイルランド移民を示す指標についてはどうか、さらに検討してみよう。冒頭の一節にしか登場しないがビュート (Butte)、そしてビッグシップ (the Big Ship) という固有名詞が登場する。雑誌掲載時には「1920年に」(in 1920) という時間に関する表現があったが、1冊にまとめられるにあたって削除された。しかし、これら2つの固有名詞は残されている。それなりの意味があると考えられよう。ビッグシップとは何かについて次節でとりあげたい。

ビッグシップとは何か

　ビッグシップ (the Big Ship) には、翻訳ではほとんど「酒場」あるいは「バー」という訳語が当てられており、小鷹信光訳では「店」とされている。アメリカの研究者も触れないか、"saloon" としている場合が多い。当時は禁酒法時代で、もぐり酒場ということが考えられないわけではないが、テクスト内の他の情報と合致しがたい。もぐり酒場ならば、他の箇所では、実際そのように記されている。小鷹訳で「店」となっているのはこの点を考慮したためかもしれない。ヒッキー・デューイがアイルランド移民であるという本稿の論点からはどのように考えることができるだろうか。

　モンタナ州の歴史学者デイヴィッド・M.エモンズ (David M. Emmons) による『ビュートのアイルランド人　アメリカの鉱山町における階級とエスニシティ 1825 – 1925年』(*The Butte Irish: Class and Ethnicity in an American Mining Town, 1875-1925*, 1990) に、ひとつの答えが与えられている。まず、ビュートがアイルランド移民が構成する

アメリカ最大の鉱山町のひとつだったということは指摘しておかなければならない。そしてビッグシップとは、ビュートの鉱山王の一人、マーカス・デイリーが建てたフローレンス・ホテル (the Florence Hotel) という寄宿施設 (boarding house) の別名である。ビッグシップは、アナコンダの鉱山近くにあり、ビュートにやってきたばかりの鉱山労働者が暮らすための施設で、長期にわたって寄留する者も少なくなかった。実際何百人という数のアイルランド移民にとってビッグシップはまさに住居だった。図書室、ジム、ビリヤード室、ロビー、読書室、浴室、そして鉱山で作業する者たちのための更衣室などが備わっており、「アメリカで働く人々に最上のサービスを提供する」と謳っていた。この施設では、滞在する者ばかりでなく、働く者も大半がゲール語を話すアイルランド生まれの者だった。1900年の国勢調査によれば、寄宿している377人のうち202人が第1世代あるいは第2世代のアイルランド人だった。(Emmons, 24) アイルランドのコーク、メイヨー、ドニゴールなどを出て大西洋を渡った者たちは、ネヴァダ、ペンシルヴェニア、ミシガンなどの鉱山町を経てモンタナに来る者が多かったが、後には、アメリカに着いたら、ぐずぐずせずまっすぐビュートへ向かえ、を合言葉に、ニューヨークやボストンあるいはカナダから直接ビュートへやってくるようになった。彼らの根は明らかにアイルランドにある。一方で、共同体の内外で交渉をはかりながら彼らは、アイデンティティを繰り返し再構成してアメリカに根を下ろそうとしてきた。個人のアイデンティティも集団のエスニシティもはじめからそこに存在するのではなく、たえず構成しなおされ、刷新され、抑圧されるものであり、揺らいでいるのある。根を下ろそうと鉱山で働くことを望む者は、ビュートにたどりつくと、まずビッグシップの地下室で、スラッガーと呼ばれるピストンドリル等採掘に使われる基本的な器具の扱いを教わった。非熟練労働者にとって、それが雇用への階段を上るための準備だったのである。「アメリカの夢」

は彼らにとって蜃気楼のようなものだった。神の摂理である明白な宿命（Manifest Destiny）は、白人でアングロサクソン・プロテスタントのためのものであって、カトリックである彼らには縁遠いものだった。国の理念は他所にあった。ビッグシップが、謳い文句通り最上の環境だったというわけではない。「最高のサービスを提供する」という言葉とは裏腹に、むしろ環境は劣悪だった。この施設では、100以下の部屋に300人以上が暮らすという収容人員の多さに比して、地下室に8つしかトイレがなく、しかも暗くきわめて不潔だった。また、それに起因する衛生上の問題や結核など健康上の問題がおこっていた。19世紀アイルランドでおこったじゃがいも飢饉の後、アメリカに渡ってきた者たちの船が、そのあまりに悲惨な状況から棺桶船（coffin ships）と呼ばれていた――実際死者も多数出た――ことを考えると、大船（the Big Ship）という名前は、今となっては皮肉に響く。それでも、南北戦争以前には「貴重な資産」である黒人奴隷以下の扱いを受けることもあり、時代が下ってからも、どの鉄道の枕木の下にも必ずアイルランド人が埋まっているといわれるような状況があったことを考えれば、それまで身をおいていた環境と比較すると、受け入れてくれる場所があり大勢の同胞と共にいられるのだから、当時の者たちには心強く、大船に乗った気分でいられたのかもしれない。

　ここで、"a red-haired mucker"という言葉も、以上の点との関わりから取り上げて確認しておきたい。"mucker"は"In mining, a mucker is a person who shovels broken ore or waste rock into orecars or orebuckets."（Applebaum, 105）と説明されている。これは、複数の辞書に見られる"a rough or coarse person"という意味とも無関係ではないから、どちらの訳語を選択するかという問題にすぎないとも考えられるが、「赤毛の荒くれ男」という訳語とともに、本稿の読み方からすると、「赤毛の選鉱夫」（能島武文訳／河野一郎訳）、「赤毛の坑夫」（田中西二郎

訳)という訳語も捨てがたい。

　以上『赤い収穫』の冒頭部分について、ヒッキー・デューイという人物が、その「訛り」の発音やビュートという地名およびビッグシップという施設名などの情報から、アイルランド移民であるとの読解を試みた。

　これまで見てきた以外にも、探偵は多様な状況における言語の使われ方について、きわめて意識的であり、労働者の言葉にも町の実力者の言葉にも通じている。最下層の移民労働者から、腕一本でたたき上げ「皇帝(ツァー)」とさえ呼ばれるようになった町の支配者エリヒュー・ウィルスンまで、探偵を媒介として読み手に会話を通じて提示される。「お若いの、もしわしが海賊だったら、いまでもアナコンダ銅山で賃仕事をやっていただろう。パースンヴィル鉱山会社も存在しなかっただろうよ」(Hammett, 1992, 151)エリヒューも若い頃はアナコンダ銅山で——アイルランド移民と同じように——賃仕事をしていたことを前提としている。このように、支配・被支配の関係によって町の支配者と労働者は著しい対照をなしているが、一方で社会階層の出発点は同じところにあると明かされる。そしてエリヒューは、一代で街を手中に収めるほどに成り上がった立志伝中の人物で、「アメリカの夢」を実現した"self-made man"(独力で成り上がった男)だということがわかる。また、エリヒューに対するツァーという呼び方から、支配者とロシア革命時の労働者との関係がいささか揶揄気味に言及されていることもわかる。過酷な労働環境を強いられて労働者はエリヒューを憎悪する一方で、成功を夢見て彼を目指すことになるのである。このようなアイルランド移民労働者と鉱山町にまつわる表現の仕方について、次節では、リアリズムとの関係から、さらに検討を加える。

リアリズム

『大強奪』(*The Big Knockover*, 1927) では、アイルランド人は、まだ紋切り型の否定的な（しかし、どことなくコミカルで憎めない）イメージで描かれていたことにも言及しておく。この作品に登場するアイルランド人は、まず「肩幅の広い、赤毛の大男で、青い目とつやつやした赤ら顔をしていて、いかつく残酷な感じがするいい男だ」(Hammett, 1989, 326) と語り手オプによって説明される。名前はレッド・オリアリー (Red O'Leary) という。ここまでで読み手にはアイルランド人だとわかる。いかにも総身に知恵が回りかねる、この大男は「頭を使うべきとき」に「腕っ節の強さをひけらかして」おり、パートナーの女にも「レッディ、ダーリン！ 一晩にそれだけやりあったらじゅうぶんじゃない。いくらアイルランド人だからって、分別はもてないの？」(Hammett, 1989, 357) とハメットは言わせている。ここから、『赤い収穫』の冒頭部分までの隔たりは小さくない。移民や外国人犯罪者について、型にはまった描き方をするのは現在の娯楽小説にも見受けられることだが、ハメットはそこにとどまらなかった。ストーリーの中で、ステロタイプな犯罪者という、一つの役割を果たすキャラクターから、物語の後景へと退いて、登場人物というよりも物語の設定に組み込まれる下層階級の移民へと、アイルランド人の描写は変化している。わずか半年も経たないうちに、より「リアル」な――作者がリアルだと考え、読み手にもリアルだと感じさせる――方向に進んだといえるかもしれない。そのような書き方には、ハメットにとってパルプ小説を書いて生計を立てること以上の大きな意味があったと考えられる。

　ハメットの生活は当時、逼迫していた。小説を書き始めてからも持病となった結核で入退院を繰り返し、保障支給を渋られ、切り下げられて連邦退役軍人管理局との交渉を続けるなか、パルプ雑誌の原稿料は極端に低かった。ハメットの伝記を書いたジョンスンが指摘するように1語2セントで書いているとすれば、文を切り詰めれば切り詰めるほど経

済的には見合わないということになる。エンターテインメント作家は商品としての小説を生み出すのが仕事であるから、想定する読者層が受け容れるであろうと考える文章で作品を構成する。読者が抵抗感を抱くような文章を書いていたのでは、受け容れてもらえず、1語2セントの労働は無駄になり、収入の道は途絶する。求められるのは、ストーリーを無理なく語り、推進力を与え、読者にページをつぎつぎにめくらせる文章であって、意匠を凝らした文章でも華麗な文章でもない。それでもハメットは余分な言葉を削り、文体を鍛え上げていった。広く探偵小説を研究するウィリアム・マーリング（William Marling）の詳細な分析によれば、ハメットの書く散文のうち77パーセントが単音節語であり、98パーセントがアングロサクソン系の語彙である。ラテン語系の複雑な借用語は意識的に避けられている。ひとつのセンテンスは短く、平均的な新聞よりも読みやすかったということになる。つまり、センテンス構成する語彙の点からも、パルプ雑誌の読者を対象にしていることがうかがえる。(Marling, 1983, 44-6)

そのような語彙でかたちづくられる作風と描かれる風土について考えてみると、風土はさまざまなかたちで作品を規定する。ハードボイルドというサブジャンルとアメリカ合衆国は切り離せない。暴力事件が起こる土地の表象はこのサブジャンルのひとつの特色を示す。そして、その場所を描くハメットは、そこで生まれ育ったわけではない。サンフランシスコのような西海岸を描くにせよ、たとえばジョン・スタインベック（John Ernst Steinbeck, Jr., 1902 - 1968）のサリーナスとは全く異なっている。そこで暮らす者たちに影響をおよぼす自然条件や土地柄、つまり風土に対して、憎しみがあるにせよつねに愛情が勝るさまがハメットによって描かれることはない。傍観者として、まるで採集した昆虫のように人と土地を観察し記述するのが探偵のオプである。

オプが町に着いて物語が動き始める。第1パラグラフでビュートを提

示することによって、その連想からパースンヴィルという町のありよう
を予告していると考えることもできる。そして予想される通りのパース
ンヴィルの姿が描かれる。

> きれいな街ではなかった。けばけばしく飾り立てた建物が昔は流行
> だったらしい。はじめのうちは見映えもよかったのだろう。そのう
> ちに、南側の陰気な山に向かって煉瓦の煙突の群をずらりと並べた
> 製錬所が、黄色い煙であらゆるものを煤一色に塗りつぶしてしまっ
> た。あげくの果てにできあがったのが、採掘で薄汚れた醜悪な谷間
> におさまった、人口4万の醜悪な町だった。町の上に垂れこめる陰
> 気な空は、製錬所の煙突から吐き出されたように見えた。(Hammett,
> 1992, 4　小鷹信光訳)

この町が閉塞的な世界であることがわかる。自然は資源産業によって特
徴付けられている。自然には人間が介在しており、鉱山業（採鉱）、自
然の痕跡となる証左（「醜い山」、「煤けた空」）によって、時間の経過と
ともに手つかずだったものが劣化していった過程が想像させられる。こ
の町の支配者がエリヒュー・ウィルスンだ。しかし町は半ば彼のもので
はない。ギャングを利用しようとして逆に今では町を乗っ取られようと
している。アメリカの夢を成し遂げたかに見えて、それは過去のものと
なりつつある。探偵という他者の目を通して、町の風景のうちに社会の
ありようが映し出されている。
　当然ながら、小説内のパーソンヴィルと実在するビュートやアナコン
ダは異なる。テクスト内の情報から判断すると、モンタナ州ビューとユ
タ州オグデンの間のどこかに位置することになる。ビュートやアナコン
ダという鉱山町のありようは強く意識されていることは事実であろうし、
このふたつの町がパーソンヴィルのモデルなのだと主張する論者もいる。

一方で、現実世界でストライキがおこった1914年および21年当時、小説と違って、ビュートには新聞も、コンソリデイテッド・プレス通信社も、スタッズの最新型の自動車も、プロボクシングも、市内の案内所もなかった。(Marling, 1995, 108-9)この点で、パーソンヴィルは、これらのものが存在していたサンフランシスコやシカゴのような都市の混交物だとする者も多い。

　ハメットはこの町を小説のタイトルに据えることにこだわりがあったため、出版に前向きだった編集担当責任者ブランチ・クノプフ(Blanche Wolf Knopf, 1894－1966)から変更を提案された際、彼女に宛てた手紙で次のように書いている。「なんとなく自分では『ポイズンヴィル』がとても良いタイトルだと思っていましたから、まったく見込みがないというお考えだと知って、とても驚きました―2, 3の本屋にそのタイトルについてどう思うか尋ねてみたほどです。本屋もあなたと同じ意見でしたので、自分のほうが誤っているのではないかと思い始めました」(Hammett, 2001, 46)修正案としてハメットは8つのタイトル候補を挙げた。最終的に*Red Harvest*におちつくことになるが、新しい8つのタイトル候補にはまだ*The Poisonville Murder*や*The Cleansing of Poisonville*などが残されており、この町にたいするこだわりがうかがえる。

　ハメット自身とモンタナ州のアナコンダやビュートという町の関わりについては、少なからず指摘されている。妻ジョウスの出身地がアナコンダであるとか、「私立探偵の回想」と題された断章のひとつにビュートの名前があげられているといったことから、「政治的に何らコミットしていたわけでもないままIWW(Industrial Workers of the World 世界産業労働者同盟)に対抗するピンカートン探偵社のスト破りとしてモンタナで働いた1917年から、『赤い収穫』を書いた1927年のあいだに、ハメットの政治意識は形成されていった」(Nolan, 75)ということまで、ハメットの私生活におけるモンタナとのかかわりは小さくない。とりわけ、

1917年7月にIWWのリーダーのひとりであるフランク・リトル（Frank Little, 1879 - 1917）のリンチ殺害をもちかけられ、5,000ドルの報酬を提示された苦い経験は、長くハメットの心に残ることになったという。殺人事件を知的に解決する「探偵」のイメージからほど遠い、スト破りの工作員——おそらくはピンカートン探偵社の人間——によってリトルは殺され橋桁に吊るされた。その下着には見せしめの警告文がピンで留められていた。実際に加担することはなかったにせよ、この「エヴェレットの虐殺」を契機として、労働者を「ごろつき、アナーキスト、テロリスト」と呼ぶ経営者と、経営者を「力さえあれば法律など無視する」と考える労働者の関係について、ハメットが冷たい目を持ち、深く考えざるをえなくなったのは事実だろう。

　町も人も冷たい観察眼で描くハメットは、創作技術としてのリアリズムについてどのように考えていたのか。見ておきたい。

　（略）街で行き交う人間の言葉が、明瞭で単純であることはめったにない。これが誇張だとお思いなら、速記者にメモ用紙と鉛筆を持たせて、少しばかり盗み聞きさせてごらんになるといい。街でつかわれている言葉は、身振りや表情を失うと、こみいりすぎて重複が多いばかりでなく、まとまりという意味からいってもまったく支離滅裂なものである。（略）並みの人間が好んで用いる言葉は、なにも考えずに口からでてくる単語なのだ（略）何トンもの本や雑誌を読んでも、たとえ会話の部分でも、市井の会話を忠実に再現しようとしている試みはまったく見つけだせない。それを心がけている作家はいるが、めったに活字にならない。リング・ラードナーのような口語の専門家でさえ、たくみな編集や歪曲、単純化や標準語化によって、本来の自然な効果を妨げられてしまう。肉声をうつすことができないという理由からではない。簡潔さや清明さは、市井の人々の言葉

からは得られない。それは文学上の最もとらえどころのない難しい目標であり、それをかちとろうとするすべての作家の技術を要請する。それは、望むべき最高の効果を読者に保証する最も重要な小説の質というべきである。それを保証することこそ、文学が目指すべき主たる目標でもあるのだ。(Johnson, 108-9. 小鷹信光訳)

「歯切れよく矢継ぎ早に繰り出される会話と無駄のない客観描写によってハメットの文体は成り立っている。」(Nolan, 53) とは、よく言われることだ。だが、様々な階層の人物を登場させ、その日常の暮らしを通じて特定の時代および特定の社会、そしてそこで起こる諸問題を描くのがリアリズムだとしても、「実際に起きる普通の事柄をありのままに描く」ということはありえない。

つまり、リアリズムも読み手にリアリティを感じさせようとする虚構演出の方法なのである。現実のダイアログをそのまま写し取ってもリアルだとは感じられない。ここにあるのは、「ありのまま」を写し取る写実主義などというものは不可能であり、「ありのまま」と思わせる技術が必要なのだ、という職業作家の信念である。選択、解釈、表現に関するこのような考え方に基づいて、ハメットの徹底的に切り詰められた文体は生み出されている。コントロールされていなければリアリティを感じさせることはできない。

ハードボイルド探偵小説は、事件の解決よりも、都市と探偵の描写に特徴があるといわれる。また『アメリカ文学必須用語辞典』(*American Literature: The Essential Glossary*, 2003) においては、「アクションと暴力を伴う」と解説されている。(Matterson, 61-2) 荒事は実際にアメリカ社会で起こっていたことである。編集者のブランチ・クノプフは、あまりにも暴力シーンが多すぎるとして、前述の改題とともに、出版にあたって、これを減らすようハメットに要請したが、ダイナマイトによる爆破事件

などはフィクションの中でのみ起こることではなく、1914年6月23日のビュートの鉱山組合ホール爆破事件を見ればわかるとおり、実際にアメリカ社会でおこっていたことだ。小説はこういった事件を「反映」しているが、ありのままではなく物語構成が破綻しないように統御されたかたちで示されるのだ、ということをここでは確認しておこう。

『赤い収穫』は、歴史と虚構の関係についての再編された語りという側面を持つが、また物質で構成されたネットワークに組み込まれ、それ自体が社会史の一部となり、読み手を教育し、歴史理解の方法に変容を与えた痕跡を残している。新聞さえあまり読まない読者層のリテラシーを向上させるのもひとつの機能だろう。また、ビュートと同じような歴史を持つアイルランド移民の鉱山町、アナコンダの歴史を描いたローリー・マーシエ (Laurie Mercier) の『アナコンダ　モンタナ州の銅精錬都市における労働、共同体そして文化』(*Anaconda: Labor, Community, and Culture in Montana's Smelter City*, 2001) 第1章「囁きの街」(City of Whispers) の冒頭には、エピグラフとして、まさに『赤い収穫』の冒頭部分が引用されており、この研究者が著書をあらわす際——たとえば、自由な言論など望むべくもなかった町に対する見方や、街を支配する実力者の描き方——に、ハメットの作り出した虚構が、現実の社会や歴史を解釈するための基準となる準拠枠の一部として機能していることが読み取れる。(Mercier, 9)

さまざまなレベルで衝突し利害の対立を伴う異質な言葉をもつれあいさせながら、そうとはわからないようにコントロールしてハメットは叙述する。切り詰めた文体が生み出す拮抗状態は読みを推進させる。複数の権力に干渉され、さまざまな交渉の果て、多数のフィルターを潜り抜けたものがオーセンティックな歴史であるとすれば、濾し取られたあとに残る澱のようなものにも目を留めるべき歴史はある。J.F.ケネディ

(John Fitzgerald Kennedy, 1917 – 1963) や F. S. フィッツジェラルド (Francis Scott Key Fitzgerald, 1896 – 1940) など、歴史に残るアイルランド系アメリカ人の輝かしい栄光の影に存在していた下層労働者たちの、日常の生活や言動によって日々編みあげられていく多様な共同体の記憶のようなものが、ここに刻みこまれていることは否定できない。低価格で大量に発行され、掲載広告の多いパルプ雑誌の読者は、労働者、若者、移民など高等教育を受けていない者が中心だった。そして彼らの記録もまたわずかしかない。移民の国、多文化国家とはいわれているものの、そのような者たちは周縁へ押しやられ、排除され、挫折させられつつ、成功の夢という神話には従属させられていたのである。

　アイルランド移民は、ハメットの小説にも、そしてアメリカの歴史にも、読み飛ばせば記憶に残らないような存在として組み込まれている。だが、慎重に読めば、彼らの確固たる存在を読み手は感得できよう。国家権力や文化の主流についての包括的歴史からは無関係なものとして排除される傾向にある者たちの「声」を、特有のリアリズムの手法でハメットは記録した。「大文字の歴史」には記録されえない——だが必ずしも無視できるほど小さくはない——移民共同体の存在をも、読み捨てにされることを前提とした商品としての大衆小説だったものに刻み込んでハメットは流通させた。アメリカは移民の国であり他民族国家だ、という言葉が呼び起こすイメージからさえも、ことによると、こぼれ落ちていってしまうかもしれない彼らもまた「米国人」であり、その言葉も「米語」であることを、ハメットのテクストの断片は示しているのだ。

引照文献

Applebaum, Herbert A. *The American Work Ethic and the Changing Work Force: An Historical Perspective*. Westport: Greenwood Press, 1998.

Asbury, Herbert. "Review." *The Bookman* 92 (1929). Reprinted in Metress. 1994. 1-2.

Chandler, Raymond. "The Simple Art of Murder." *Atlantic Monthly* (Dec. 1944). Reprinted in Metress. 1994. 164-6.

Denning, Michael. *The Cultural Front: The Laboring of American Culture in the Twentieth Century.* New York: Verso, 1996.

Emmons, David M. *The Butte Irish: Class and Ethnicity in an American Mining Town, 1875-1925.* Campaign: University of Illinois Press, 1989.

Gide, Andre. Translated by Justin O'Brien. *The Journals of Andre Gide*, Vol. 4: 1939-49. Urbana and Chicago: University of Illinois Press, 2000.

Hammett, Dashiell. *Red Harvest.* 1929. Reprint, New York: Random House, 1992.

――――――. *The Big Knockover.* Ed. Lillian Hellman. 1972; Reprint, New York: Vintage, 1989.

――――――. *Selected Letters of Dashiell Hammett: 1921-1960.* Eds. Richard Layman and Julie M. Rivett. 2001; Reprint, Washington, D. C.: Counterpoint, 2002.

Hellman, Lillian. *An Unfinished Woman.* Boston: Little, Brown, 1969.

Hemingway, Earnest. *Death in the Afternoon.* Reprint, New York: Scribner, 1993.

Johnson, Diane. *Dashiell Hammett: A Life.* New York: Fawcett Columbine, 1983.

Marcus, Steven. "Dashiell Hammett and the Continental Op." *Partisan Review* 41 (1974), 366-77. Reprinted in Metress. 1994.

――――――. "Dashing after Hammett." *City of San Francisco*, Vol. 9, No. 17 (1975).

Marling, William. *Dashiel Hammett.* Boston: Twayne, 1983.

――――――.*The American Roman Noir: Hammett, Cain, and Chandler.* Athens: University of Georgia Press, 1995.

Matterson, Stephen. *American Literature: The Essential Glossary.* New York: Oxford University Press, 2003.

Mercier, Laurie. *Anaconda: Labor, Community, and Culture in Montana's Smelter City.* Urbana and Chicago: University of Illinois Press, 2001.

Metress, Christopher, ed. *The Critical Response to Dashiell Hammett.* Westport, Connecticut: Greenwood Press, 1994.

――――――. "Dashiell Hammett and the Challenge of New Individualism: Rereading *Red Harvest* and *The Maltese Falcon*." *Essays in Literature* 17 (Fall 1990). 242-60; Reprinted in Metress, 1994. 89-108.

Nolan, William F. *Hammett: A Life at the Edge.* New York: Congdon & Weed, Inc., 1983.

Parker, Robert B. *The Violent Hero, Wilderness Heritage, and Urban Reality: A Study*

of the Private Eye in the Novels of Dashiell Hammett, Raymond Chandler, and Ross Macdonald. Ph.D. Dissertation, English Literature from Boston University, 1971.
Smith, Erin A. *Hard-Boiled: Working-Class Readers and Pulp Magazines*. Philadelphia: Temple University Press, 2000.

ジッド、アンドレ『ジッドの日記』V、新庄嘉章訳、日本図書センター、2003年
ジョンスン、ダイアン『ダシール・ハメットの生涯』小鷹信光訳、早川書房、1987年
ノーラン、ウィリアム・F.『ハメット伝』小鷹信光訳、晶文社、1998年
ハメット、ダシール『赤い収穫』小鷹信光訳、早川書房、2003年
ハメット、ダシール『血の収穫』河野一郎訳、中央公論社、1977年
ハメット、ダシール『血の収穫』田中西二郎訳、東京創元社、1959年
ハメット、ダシール『血の収穫』能島武文訳、新潮社、1950年
藤井健三『アメリカ英語とアイリシズム　19〜20世紀アメリカ文学の英語』　中央大学出版部、2004年

『ディア・ハンター』の
ロシア、ベトナム、そしてアメリカ

熊谷 順子

はじめに

　ベトナム戦争を題材にした映画群において最も有名な作品の1つである『ディア・ハンター』(*The Deer Hunter*, 1978) は、公開から30年以上を経ていて、一般的には「名画」に分類される類いの作品であると見なして差し支えないだろう。実際に、『ディア・ハンター』は、アカデミー賞をはじめニューヨーク映画批評家協会賞など、複数の重要な賞を獲得している。また本作は当時すでに高い評価を得ていたロバート・デニーロの代表作の1つとされており、助演のクリストファー・ウォーケンとメリル・ストリープは、この作品を契機にアメリカを代表する役者に成長した。しかし同時に、この作品は、一般には高い評価を受けているにもかかわらず、アカデミックな立場の批評に目を向けてみれば、現在に至るまでそのほとんどすべてが批判、または非難である。21世紀に入り、マルチカルチュラリズムやポストコロニアリズムを意識したものの考え方が世間に浸透するにつれ、『ディア・ハンター』は「一般」にも以前ほど好意的に評価されなくなってきている。たとえば、良くも悪くも、『ディア・ハンター』と言えば、ロシアン・ルーレットが真っ先に思い出されるが、政治的または歴史的なリアリティから乖離したこのロシ

アン・ルーレットというモチーフ[1]は控えめに言っても好ましくない。一方、批判はもっともではあるが、観客に強烈な印象を残すこのロシアン・ルーレットや戦闘に関わるシーンは、作品中の3、40分程度を占めるに過ぎず、作品全体が3時間近い長尺物であるということを考えてみれば、批判が映画の一部だけに集中しすぎているきらいがあると言えなくもない。本稿では、これまでの『ディア・ハンター』に関する批評を振り返りつつ、戦闘シーン以外の部分、すなわちベトナム戦争に行った3人の登場人物のバックグラウンドが描かれた部分にもう少し焦点をあて、一般的な評価とアカデミックな評価の間隙を多少なりとも埋めてみたいと考える。

『ディア・ハンター』をめぐる批評

ロバート・T. エバーワイン（Robert T. Eberwein）は、映画の公開から2年後の1980年に、『ディア・ハンター』の批評について、「好意的に見ても、せいぜい賛否両論というところである」と述べている。その後も『ディア・ハンター』は、前述の政治的、歴史的観点を軸とした批評に加え、セクシュアリティ、ジェンダー、オリエンタリズム、アメリカの文化・文学史など、さまざまな視点からつぎつぎと新しい分析を加えられているが、その調子は、現在に至るまでエバーワインの考察した状況に変わりがないように思われる。ここで代表的な批評の流れを振り返ってみよう。

たとえばジェンダーやセクシュアリティの立場の批評によれば、この作品は男対女の二項対立的な物語であると解釈できる。舞台のペンシルベニア州クレアトンの主要産業は鉄鋼業であるが、ここで働く男たちの世界はベトナムでの戦闘シーンとつながるというのである。（いずれも、機械やその圧倒的な破壊力が背景となる。）それに対比するもの、あるい

はそれによって破壊される世界は女を象徴する世界である。(クレアトンの結婚式は、生殖、再生産という女性的なイメージにつながるであろうし、場面が切り替わっての最初の戦闘シーンでは、ベトナムの小村の女性や子供が虐殺されている。)あるいは、男たちのホモソーシャルな世界とリンダ(メリル・ストリープ)の役割に注目する批評は、リンダがマイケル(ロバート・デニーロ)とニック(クリストファー・ウォーケン)のホモエロティックな関係を強固にするための交換物に過ぎないとし、『ディア・ハンター』は、異性愛と同性愛の交錯、ベトナム戦争を背景にした男性性の喪失と再獲得、そして家父長的共同体の再生の物語であるとの解釈を提示している。

　また、先行するアメリカの有名な物語の影響を指摘する読みもある。表題の『ディア・ハンター』が、ジェイムズ・フェニモア・クーパー(James Fenimore Cooper, 1789 – 1851)の「革脚絆物語」の一作、『鹿殺し』(*The Deerslayer, or the First Warpath*, 1841)を意識したものだと捉え、マイケルは現代によみがえったナッティ・バンポーであると読むものである。たしかに『鹿殺し』の原題は『ディア・ハンター』の世界に通じる響きを持っているし、作中、ロングショットを効果的に使用した、重要な鹿狩りのシーンは、クレアトンの町並みや戦場、陥落寸前のサイゴンのいずれとも明らかになじまない、超絶的な雰囲気を持っている。一匹狼的な主人公のマイケルの趣味はライフルを使った狩猟であり、狩りに際してネイティブ・アメリカンの言い伝えに言及すること、そして、狩りの腕前が友人たちより秀でていて、軍隊ではレンジャー部隊に所属していたことなどを考えてみると、マイケルを「高貴な野蛮人」とする読みは妥当であり、定説としてなんの違和感もない。前述のコメンタリーの中で、チミノは、マイケルの名字、ヴロンスキーが、ちょっとした遊び心で『アンナ・カレーニナ』から取ったと述べているが、監督自身も、クーパーにしろトルストイにしろ、先行する文学作品の枠組を意識して

いたのではないかと推測できる。このような見方が昂じて、『ディア・ハンター』はベトナム戦争というアメリカの体験を西部劇の枠組で表現した作品であるとする批評も数多い。これは映画史的に興味深い解釈であると言える。[2]

　作品の中心的モチーフ、ロシアン・ルーレットが実際にあったことなのかどうかという議論もある。ロシアン・ルーレットが実際に戦時中行われていたのかどうかは分かっていないが、何人かの研究者は、ややもすれば唐突なロシアン・ルーレットの「元ネタ」は写真家エディ・アダムズ（Eddie Adams, 1933-2004）による「サイゴンの処刑」（"Saigon Execution", 1968）であると指摘している。この写真は、テト攻勢中、南ベトナム軍の士官がベトコンの男のこめかみのあたりに拳銃を向けて撃ち殺したその瞬間を捉えた写真で、1969年にピューリッツァー賞を受賞していた。写真の知名度やその構図から、『ディア・ハンター』のロシアン・ルーレットとアダムズの写真を結びつけることは可能だろう。

　このようなさまざまな立場・考察による見解は、ほとんどがベトナム戦争の政治的・歴史的背景をどう解釈するかという問題と交錯しながら、『ディア・ハンター』批判へとつながってゆく。アメリカ本国から遠く離れたベトナムに多大な被害を与えたのはアメリカであったにもかかわらず、チミノが『ディア・ハンター』で行った、ベトナム戦争というアメリカのトラウマを、神話的文学作品や西部劇の枠組、あるいはロシアン・ルーレットのような仕掛けを用いて語り直す行為は、ベトナム戦争という歴史上の大事件を矮小化する歴史修正主義そのものであるというのである。また、作中のベトナム人がそのプロセスで小道具的にしか描かれていないことも人種差別的であるとされる。「サイゴンの処刑」とロシアン・ルーレットの関係にしても、たしかに、南ベトナム側の人間が北ベトナム側の人間に対して行った、まったく人道的とは言えない銃殺刑の構図は、『ディア・ハンター』のロシアン・ルーレットにおい

て、まったく逆に作り替えられている。マイケル、ニック、スティーヴン（ジョン・サヴェージ）の3人は、北ベトナム側の残虐非道なアジア人によって頭を打ち抜かれようとしているのである。ソンミ村虐殺事件のような、アメリカ軍による残虐行為はこの映画では描かれていない。むしろ滑稽なまでに捏造されている。これは当然、批判に値する。

　こうした批判は、もっともなものであるが、しかし同時に、多くの批判は男対女、西洋対東洋のように、やや図式的または二項対立的な見方に偏りすぎているようにも思われる。批判のほぼすべてはロシアン・ルーレットが象徴する戦闘シーンの是非を巡って展開されているが、ベトナムを直接的に描いた場面は、180分のうちの3, 40分に過ぎず、他の部分を無視しているように思われる。果たして『ディア・ハンター』はベトナム戦争を美化するだけの映画なのだろうか。他の場面を細かく検討することは、チミノの「偏見」に与するだけなのだろうか。

アメリカのなかのロシア

　この映画の前半1時間は、出征を前にしたロシア系アメリカ人、マイケル、ニック、スティーヴンの3人が住む、ペンシルベニア州の小さな鉄鋼の町、クレアトンの日常生活を描くことに費やされている。舞台がこの町であることは映画の冒頭で明示される。ペンシルベニア州はアメリカの中でも最も古い州のひとつであり、独立宣言、合衆国憲法、ゲティスバーグ、ベンジャミン・フランクリンなど、アメリカ史の重要なキーワードがつぎつぎに連想される場所である。ペンシルベニアの主要な産業が鉄鋼業であることを反映して、作品はタンクローリーが製鋼所の建ち並ぶ薄暗いクレアトンの町を走り抜ける景色で始まる。続いて製鋼所の火花が散るなかで働く主人公たちが紹介され、彼らがすぐにベトナムに徴兵されること、そしてそのうちのひとり、スティーヴンが出征

前に結婚しようとしていることがわかる。ここまでは、普通のアメリカ人が出てくる、普通のアメリカの風景が描かれている、として差し支えないだろう。

　唐突な場面の切り替えは、この映画の全編に通じる特徴でもあるが、この「普通のアメリカの風景」は、10分もしないうちに別の風景にスイッチする。スティーヴンの、ロシア移民一世[3]である母親が、これから結婚式が行われようとしている教会で、神父に向かって息子の将来を嘆く場面によって、画面は一気にロシア的な世界に切り替わる。息子が妊娠した女と急に結婚すること、すぐにベトナムに行ってしまうことを、母親が強いロシア訛りの英語で訴え、神父がそれを慰める。するとカメラが引いて、2人の背景にあるイコノスタシスが写し出される。この正教会のイコノスタシスは大変豪華なものであり、また西方教会とは異質な雰囲気を醸し出す。観客の視点はカメラの動きに引きずられ、人物から聖像へ向かわざるをえないだろう。続く結婚式の場面で歌われる聖歌は英語ではない。パーティーで人びとが踊る曲はカチューシャ、トロイカ、コロブチカといったロシア民謡である。つぎのベトナムのシーンになっても、戦闘で負傷したニックがサイゴンの病院で軍医に尋ねられるのは、名字がロシアの姓かどうかということと、父母の名前や誕生日である。さらに、ニックの葬儀の後で、生き残った者たちが歌う歌は「ゴッド・ブレス・アメリカ」であるが、作者のアーヴィング・バーリンはロシアにルーツのあるユダヤ系アメリカ人であることにも注目したい。[4]

　アメリカが舞台である以上、物語の主人公の多くがアメリカではない、どこか別の国にルーツを持つことは一般的に言って当然のことである。しかし、作品の多くの時間が、アメリカのなかに入れ子になっているロシアに割かれていること、またその描かれ方の境目が、入り乱れながらもはっきりとしていることを無視するわけにはいかない。ベトナム戦争が代理戦争であったことを考慮すれば、ロシア系アメリカ人のコミュニ

ティという設定は、無作為に選ばれたものだとは考えにくい。しかしこれまでの批評では、登場人物の出自は、きつい肉体労働をする労働者にふさわしいそれである、という程度にしか解釈されていないように思われる。たしかに、これまでの批評の、西洋対東洋という切り口から東洋の描かれ方の是非を問うことは、1つの手法として有効であるが、『ディア・ハンター』におけるアメリカとベトナムを考える際に、作品の冒頭で量的にも質的にもこれだけのボリュームを持って描かれ、また場面が移り変わっても、物語に付いて回るロシアという場所を無視することはできないように思われる。ロシアというもう一つの場所を念頭に置いて、この映画の舞台であるベトナムとアメリカがどのように描かれ、そしてまたどのようにつながっているのか、改めて考え直してみたい。

ベトナムとクレアトン

　スティーヴンの結婚披露宴と、出征する3人の壮行会を兼ねたパーティが終わると、画面は、冒頭のリフレインのようにも見える薄暗いクレアトンの町をマイケルの車が走り抜ける映像に切り替わり、スティーヴンを除く男たち5人は、最後の鹿狩りに出かける。短い鹿狩りの場面を挟むようにして、再びクレアトンの町を5人の乗った車が走り抜ける。そして、なんの前置きもなく、ベトナムの戦場が映し出される。山間の小村にヘリコプターのプロペラの音がしたかと思うと、爆撃の炎が上がる。血と土埃にまみれたマイケルの顔が大写しになる。ここに援軍としてやってきたのが偶然、ニックとスティーヴンであった。この時、3人は敵に捕まってしまい、捕虜となってロシアン・ルーレットをさせられるが、マイケルの機転により、3人は命からがら逃げ出す。しかしその後、基地に戻るまでの間に3人は散り散りになる。一番先に救出されたはずのニックは、サイゴンの歓楽街の片隅で行われていたロシアン・

ルーレットを見てしまったことをきっかけに姿を消し、以後は死ぬ直前まで、帰国したスティーヴンにサイゴンから匿名で送られてくる札束と象の土産物によって、生きていることだけはわかるという程度の存在になってしまう。マイケルは偶然、その賭場に居合わせていたが、ニックに声をかけることが出来ず、出征前に約束したようにニックを連れてアメリカへ戻ることはかなわない。スティーヴンにいたっては、マイケルがクレアトンに帰還したのち、軍人病院に入院していることがようやくわかる。

　クレアトンの町からベトナムの戦闘シーンへの唐突な切り替えは、多くの研究者が指摘してきたように、アメリカとはまったく共通点のない異郷としてのベトナムを際立たせている。たとえば主人公たちが鹿狩りにゆく、アメリカの静謐な山々と、ベトナムの山はまったく異なっている。ベトナムの山は、山と言うよりも未知の不潔にまみれたジャングルである。ニックがアメリカの山に見いだしたような木々の茂る山ではない。ベトナムの人びとは顔のない群衆であるか、または戦時の混乱に応じて一稼ぎしようとする者たちであるように見える。これが批判を呼ぶことになるのは想像に難くないし、ベトナムのシーンのところどころにドキュメンタリーの映像を挟んでいるのも、問題があると言わざるをえない。

　しかし、アメリカ対ベトナムという二項対立に、ロシア、あるいはクレアトンという視点を加えてみると、二項対立的解釈は少し単純に過ぎるのではないかという気がしてくる。どこかベトナムとクレアトンは重なって見える。薄暗い、あるいは暗い光のなかに写し出されるクレアトンの町並みと、ニックが姿を消したサイゴンの歓楽街のトーンは、どこか似通っている。製鋼所の熱く溶けた金属が散らす火花や熱は、いくつかの批評がすでに指摘しているように、戦闘シーンの炎やベトナムの熱気につながっている。まったく同列にすることは出来ないにしろ、映像

的には、彼らがクレアトンでしていた労働とベトナムで行っている労働はオーバーラップする。パーティーのあと、クレアトンの町を走るマイケルの姿は、サイゴンでニックを呼び止めようとして車を追いかけるマイケルに重なる。彼は、クレアトンの通りを走り抜けたあとでニックと交わした、帰国する時があるなら共に帰国しようという約束を守ろうとしてサイゴンの町を走ったのである。水辺の掘っ立て小屋でロシアン・ルーレットに興じる男たちの背後には、ホー・チ・ミンのくたびれた白黒写真と、ミラー・ビールが見える。さかのぼってみれば、マイケルとニックの粗末な家の室内には、銃やトロフィーや鹿の剥製にまぎれて、埃をかぶったケネディ大統領のポートレイトと思われる写真が飾られていた。クレアトンの2人の部屋と、ベトナムのロシアン・ルーレットが行われる空間は共鳴している。クレアトンの結婚披露宴の場面で、友人たちに担がれたスティーヴンは、ベトナムでもマイケルに担がれて生還する。主人公たちの人間関係も、クレアトンとベトナムでまったく変わらない。マイケルもニックもスティーヴンも、友情という財産以外に多くを持たない、素朴な労働者であり、これはむしろベトナムに行くことで一層強調される彼らの現実である。

このようなことを考えてみると、彼ら3人を、なんの留保もなく、ベトナムへ出かけていったアメリカ人の代表だというような捉え方をしてよいのだろうか。あるいは、『ディア・ハンター』におけるアメリカとは、一体なんなのだろうか、疑問とせざるをえない。

クレアトンとベトナムをつなぐアメリカ、そして鹿狩り

『ディア・ハンター』の主人公たちが背負っているものは、ベトナム戦争に関わったアメリカだけではない。むしろ彼らは生まれ育ったコミュニティの伝統を強く引き継いでいるように見える。そして、ロシアと

『ディア・ハンター』のロシア、ベトナム、そしてアメリカ　299

ベトナムにおける彼らの生は、まったく違ったように見えると思いきや、じつはどこかでつながっている。皮肉にも、彼らのロシア系アメリカ人としての生活は、映画のなかでは、アメリカよりもベトナムの側に引き寄せられている。最後に、この作品の中に現れるもう1つの国であり、主人公たちロシア系アメリカ人二世のもう1つのアイデンティティであるアメリカの描かれ方を追ってみたい。

　先に述べたように、主人公たちはアメリカのなかのロシア、とでも言えるような町に生まれ育ったが、作品中ではむしろアメリカはロシアのなかのアメリカという程度のボリュームでしか描かれていない。最初に「アメリカ」が見えるのは、3人の送別会の会場に飾られた国旗や、町の老人たちがかぶっている退役軍人の帽子、そして送別会に水を差すグリーン・ベレーの姿である。これらは出征しようとしている3人の将来を暗示する小道具と解釈できる。

　さらに重要なのは、続いて現れる鹿狩りのシーンである。このシーンのマイケルに「高貴な野蛮人」の姿を見いだす立場からの批評でも指摘されているように、ベトナムに出征する直前の鹿狩りのシーンは、クレアトンの風景とも、またベトナムの風景とも異なっている。アメリカのどこかの山というよりは、より普遍的な、悪く言えば、生き生きとしたところのない平板な絵のように見えるこのシーンは、ロシア的アメリカの風景からも、ベトナムの戦場からも隔絶された雰囲気を持っている。被写体が他の場面と違うというだけではなくて、ここで現れる「美しいアメリカの風景」は、ロングショットの多用により強調され、やはり他の場面とは違ったオーケストラを使う音楽によって、神話的な趣さえ醸し出している。鹿狩りは山のある土地ではポピュラーな趣味のひとつだと思われるが、その普通の趣味の背景が、このシーンの長さの割には過剰に神秘的に描かれていることからも、やはりこの鹿狩りの場面はアメリカの原風景的なイメージを意図したものと考えるべきだろう。ま

た、この最初の鹿狩りの場面が、なんども象徴的に出てくる、クレアトンの町を車が走り抜ける景色に挟まれていることにも注目したい。このシークエンスによって、「アメリカ」はますますクレアトン＝ロシアからも、ベトナムからも隔絶された存在として浮き上がるのである。

　しかし同時に、このアメリカの鹿狩りこそが、クレアトン＝ロシアとベトナムをつなぐものである。最もハンティングに熱心なマイケルが狩りの信条としているのは、鹿を一発 (one shot) でしとめることである。このことはニックもよく知っており、マイケルも、これを理解してくれるのはニックだけだと考えていた。これに対してニックは、彼らが狩りに行く山の様子、とりわけ木々の姿が好きだとマイケルに言っている。ロシア系アメリカ人の二世として生まれ、ロシア人としての背景を背負いながらも、同時に彼らはアメリカ人としてのアイデンティティも持っている。これを象徴するものが鹿狩りであるだろう。だが、これは皮肉にも彼らの苦しみの元凶であった。ニックを連れ帰るためにサイゴンに戻ったマイケルが、ロシアン・ルーレットの賭場でようやくニックを見つけた時、ニックは負け知らずのアメリカ人として知られるようになっていたばかりか、記憶を無くしていた。やむを得ずマイケルはニックとロシアン・ルーレットで勝負をすることに決め、なんとかして記憶を取り戻してやろうとする。この時にマイケルが説得に使ったのは鹿狩りの思い出である。鹿狩りに行った山の様子を覚えているかというマイケルの質問に対して、ニックは急になにかを思い出したように、マイケルのポリシー、"one shot" を口にし、その瞬間、自分に向けて引き金を引く。運悪く、2人をつなぐはずの "one shot" は、友情を断ち切る "one shot" になってしまった。彼らは、厳しい労働の合間に楽しみとして鹿を狩るために持っていた銃を、祖国の国家権力によって、人間を殺す銃に持ち替えなければならなくなり、やがて鹿を苦しませずに殺すはずの "one shot" が、自らを、あるいは友を一発で仕留める可能性のある／仕

留めた"one shot"になってしまった。

　『ディア・ハンター』における鹿狩りは、主人公たちのアイデンティティのひとつであり、友情の証であり、アメリカを象徴する仕掛けである。しかしこの仕掛けは、ベトナム戦争という舞台において主人公たちのアイデンティティを揺るがせ、絆を断ち切る装置に変貌するのである。[5]しかも、アメリカの鹿狩りは最終的に「ロシアン」・ルーレットになってしまう。ニックが死んだ、陥落寸前のサイゴンの燃える裏通りは、クレアトンの製鋼所の炎や、戦場の炎のイメージが重なり合う、ロシアとベトナムとアメリカが渾然一体となる終焉の地である。

ラストシーンに残されたもの

　『ディア・ハンター』の、なんとも釈然としない最後のシーンは、ニックの葬儀である。葬儀には、ニックのいなくなった隙間を埋めるようにスティーヴンとアンジェラ（ルターニャ・アルダ）の子供がいる。アンジェラと子供は、意味ありげに最後に墓地を去る。埋葬の後、なじみの店に皆が集まり、「ゴッド・ブレス・アメリカ」を、呆然と合唱するシーンで映画は終わる。、後にDVD版のコメンタリーのなかで監督も明かしているが、出征以前のニックやアンジェラの様子、またニックと子供の髪の毛の色が同じこと、拳銃のおもちゃを持たせられて登場すること、ニックがサイゴンから最も親しく恩のあるマイケルにではなくスティーヴンに送金し続けていることなどから、アンジェラの子供の父親はニック以外に考えようがない。しかしなぜこのような火種をラストシーンに配置したのだろうか。またなぜ、「ゴッド・ブレス・アメリカ」をここで唱わなければならないのか。この2点をどう解釈するかということについても、簡単に触れておきたい。

　子供の父親が誰であるかは、映画のなかでは公にされてはいない。し

かしこの問題は、おそらくスティーヴンが帰国後、家に帰ることを選ばず、夫婦仲が芳しくなかった理由の1つであるだろう。すべてがぶちこわしになっても、最後に残ったものは、主人公たちがクレアトンという共同体で育んだ友情のはずであった。しかし、ニックとアンジェラがスティーヴンを欺いていたということが後になって暴露されるのである。従来の批評が主張するように、『ディア・ハンター』は本当に共同体再生の物語なのだろうか。むしろ、ベトナム戦争により致命的な傷を負ったのは大国アメリカだけではなく、クレアトンのような小さな共同体も崩壊し、こういった共同体が再生するかどうかは、これからの問題であって、どうなるかはまったくわからないという印象を受ける。

　また、「ゴッド・ブレス・アメリカ」の合唱を考える際に、アーヴィング・バーリンがロシア生まれだということを思い出せば、この選曲をベトナム戦争肯定のメッセージとして解釈するよりも、「ゴッド・ブレス・アメリカ」が、ロシア系アメリカ人が作った有名な曲であるという事実に注目したほうがよいように思われる。あるいはまた、この選曲は、サイゴン陥落の際にアメリカ人に退避を促す暗号として流された、同じくアーヴィング・バーリンによるヒット曲「ホワイト・クリスマス」の一種のリフレインなのかも知れない。マイケルは、陥落するサイゴンからニックの棺と共に脱出するときに「ホワイト・クリスマス」を聞いたかも知れない。あるいはまた、「ゴッド・ブレス・アメリカ」の歌詞に現れる"mountains"がニックの愛したアメリカの"mountains"と共鳴しているだけなのかも知れない。

終わりに

　『ディア・ハンター』は、そのベトナム戦争の描き方の「脇の甘さ」から、批判を受けやすい映画であった。しかし、その批判は、映画の一部の場

面だけにいささかこだわりすぎるきらいがあった。もちろん、ベトナムに多大な被害をもたらしたアメリカを一方的に擁護したり、人種差別的であったりすることは好ましくないことだが、その他の、ロシア系のコミュニティに生きる「普通の人びと」の悲劇を描いた長大な部分を無視することも、同様に好ましくない。それは強者の論理であり、映画を楽しむという意味でも、アンバランスな批判だとは言えないだろうか。

『ディア・ハンター』に対する、アカデミズムの側から提示された批判と、一般的に高い評価の間には、おそらくこのロシア系のコミュニティを描いた部分をどう解釈するかという問題が横たわっている。「普通の人びと」が国家の意志によって徴兵され、辛い目に遭ったという物語を見ないことと、この映画の政治的な、あるいは歴史的なリアリティから乖離した部分が抱える欠点を指摘する行為は、必ずしもイコールでなくても良いのではないか。それとも作者の意図通りに物語を読もうとする私は、都合の良すぎる観客ということになるのだろうか？[6]

註

　本稿は、2012年7月21日に開催された中央英米文学会例会における口頭発表の内容に、例会において得られた示唆、指摘を踏まえ、加筆修正したものである。

(1) ロシアン・ルーレットが実際にベトナム戦争中に行われていたという事実は正式に確認されていないようである。ただし、監督のマイケル・チミノ（Michael Cimino, 1939 -　）は、2003年にイギリスで発売されたDVD版の特典として付けられたコメンタリーのなかで、ロシアン・ルーレットは史実に反するという批判に答えて、「数ヵ月前に、あるジャーナリストから、ラオスとベトナムの国境付近で2週間前にロシアン・ルーレットが行われたという事件があったと聞いた。だからまだロシアン・ルーレットは行われているのだ」と語っている。また、同じDVDに収録された特典インタビューのなかでも、ロシアン・ルーレットがベトナム戦

争中に行われていたとシンガポールの新聞で読んだと発言している。ただし、ロシアン・ルーレットがベトナム戦争の間に本当に行われていたとしても、『ディア・ハンター』が政治的または歴史的な観点からの批判を免れるものではないだろう。チミノも、事実かどうかではなく、ロシアン・ルーレットは、戦闘の本質（死ぬか、生きるか、負傷するか、あるいはいつ死ぬか分からない状況をただ待つかという、ただそれだけの状況）を端的に表す仕掛けだと述べている。なお、インタビューは日本版DVDには収録されていないが、コメンタリーはやや遅れて日本版にも収録された。

(2) ベトナム戦争に関係のある映画（たとえば、マーチン・スコセッシの『タクシー・ドライバー』(1976)や、オリバー・ストーンの『7月4日に生まれて』(1989)など）は多いが、ベトナム戦争を直接描いた作品はそれほど多くないということは、多数の研究者の指摘するところである。ベトナム戦争映画とは何なのかというような、ジャンル論の見地からベトナム戦争ものを分析する際に、『ディア・ハンター』がじつは西部劇のジャンルに属するのではないかという意見は非常に興味深い。

(3) 主人公たちの出自をウクライナ系とする批評と、ロシア系とする批評とが混在している。前者はペンシルベニアにウクライナ系移民の人口が多いことを主な根拠とするようである。後者は教会の様子や、乾杯がロシア語で行われたり、ロシア民謡が使われたり、負傷したニックが軍医に名字のことをロシア系の名字かどうか聞かれるところなどを根拠としているものと思われる。結婚式の儀式の様子から、主人公たちはルシン人（ウクライナに縁のあるスラブ系の民族）なのではないかという議論もあるが、本論では彼らはロシア系アメリカ人として描かれていると読む立場を取る。チミノはコメンタリーのなかでロシア系アメリカ人だとしている。この細部の曖昧さの是非はともかく、厳密には彼らは東欧系のアメリカ人、それもかなりマイノリティーのスラブ系アメリカ人という可能性があるが、物語的にはロシア系アメリカ人と解釈してよいと思われる。

(4) ラストシーンに愛国的なこの曲を使った、やや強引な結末は、さらに『ディア・ハンター』の評価を分けた。アーヴィング・バーリンと「ゴッド・ブレス・アメリカ」と『ディア・ハンター』のラストシーンについては、長尾主税「神よ　アメリカに祝福を──アメリカのアーヴィング・バーリン、アーヴィング・バーリンのアメリカ──」（中央英米文学会編『問い直す異文化理解』松柏社、2007年）に詳しい。

(5) しかも、この鹿狩りのモチーフは、映画の最後で突然、悪夢に変貌するわけではない。むしろ鹿狩りは宿命的にじわじわと悪夢に変わってゆく。たとえば、主人公たちが出征前の最後の勤務を終えて、なじみの飲み屋でビリヤード（キューはライフルに形状が似ていると考えられなくもない）をするシーンでは、店に飾られた鹿の頭部の剥製が異様に目立つ。その鹿の頭は、主人公たちの頭部とほぼ同じ位

置でなんども画面に現れる。とくに、最後に自分を"one shot"でしとめることになるニックの頭は、鹿の頭部とかなり長時間重なり合い、まるでニックの頭に鹿の角が生えているかのように映される。また、狩りに際して毛皮の帽子をかぶっているのは、やはりニックとスタンリー（ジョン・カザール）である。この2人はマイケルが銃口を向けることになった相手であるが、毛皮の帽子をかぶることによって「狩られる」者であることを暗示していると見るのは行き過ぎであろうか。ニックの帽子についた誤射防止の反射板は、ロシアン・ルーレットをする時に頭に巻いたターバンの赤を予言するもののようにも見える。また、マイケルとニックの家のなかは、銃と鹿の頭部が無闇に飾り付けられている。飲み屋でのシーンと同じように、鹿の頭部は否応なしに観客の視線を引きつける。また、前述の通り、この鹿の頭にまぎれて、ケネディ大統領と思われる写真が飾られているのも、鹿狩りがこの映画のなかで果たす役割を考える際に重要となる細部である。

(6) チミノは、DVD版のコメンタリーで、この作品がベトナム戦争を描いた物語ではなく、人生を描いた作品だという主旨のコメントをしている。

参考文献

Burke, Frank. "The Dear Hunter and The Jaundiced Angel." *Canadian Journal of Political and Social Theory*, 4.1 (1980), pp. 123-31.

Chong, Sylvia Shin Huey. "Restaging the War: *The Deer Hunter* and the Primal Scene of Violence." *Cinema Journal*, 44.2 (2005), pp.89-106.

Eberwein, Robert T. "Ceremonies of Survival: The Structure of the *Deer Hunter*." *Journal of Film and Television*, 7.4 (1980), pp. 352-64.

Hellmann, John. "Vietnam and the Hollywood Genre Film: Inversions of American Mythology in *The Deer Hunter* and *Apocalypse Now*." *Inventing Vietnam: The War in Film and Television*. Ed. Michael Anderegg. Philadelphia: Temple University Press, 1991, pp. 56-80.

Jeffords, Susan. "Reproducing Fathers: Gender and the Vietnam War in U.S. Culture." *From Hanoi to Hollywood: The Vietnam War in American Film*. Ed. Linda Dittmar and Gene Michaud. New Brunswick: Rutgers University Press, 1990, pp. 203-16.

Muse, Eben J. *The Land of Nam: The Vietnam War in American Film*. Lanham: Scarecrow Press, 1995.

Prince, Stephen ed. *Screening Violence*. New Brunswick: Rutgers University Press, 2000.

Slocum, David J. ed. *Hollywood and War: The Film Reader*. New York: Routledge,

2006.

Stead, Peter. *Film and The Working Class: The Feature Film in British and American Society*. London: Routledge, 1991.

Wood, Denis. "All the Words We Cannot Say: A Critical Commentary on *The Deer Hunter*." *Journal of Film and Television*, 7.4 (1980), pp. 366-82.

阿部博子「ベトナム・ベテラン映画『ディア・ハンター』の一考察──脆弱な男たちの喪の後で──」『国際文化研究』15 (2009), pp. 17-32.

佐原彩子「帝国主義政策としての難民救済──ベトナム戦争終結において Operations New Life/Arrival が果たした役割──」『アメリカ史研究』33 (2010), pp. 91-109.

中野耕太郎「『人種』としての新移民──アメリカの南・東欧系移民: 1894 – 1924──」『二十世紀研究』2 (2001), pp. 69-90.

中野耕太郎「アメリカにおける移民史研究の現在──東欧系移民史の可能性──」『歴史と地理』641 (2012), pp. 56-59.

山本明代「アメリカ合衆国東欧移民のアーカイブズ」『歴史学研究』789 (2004), pp. 24-41.

─── 「東欧移民のコスモポリタニズムと『市民権』──20世紀初頭オハイオ州クリーブランドにおける文化多元主義の試み──」『アメリカ史研究』33 (2010), pp. 40-58.

吉田美津「ベトナム系アメリカ文学とアメリカ社会──難民から第二世代へ」『アメリカ研究』24 (1990), pp. 21-38.

その他

文化的表象としてのルクレティア

古代ローマから19世紀末までの絵画と著作をとおして

若 林 敦

I　なぜルクレティアなのか

　現在、多くの人々の記憶から消え去ってしまっているが、紀元前6世紀末のローマに生きたとされる伝説上の女性ルクレティア（Lucretia or Lucrece）の物語は、長い間、数多くの作品であつかわれてきた。彼女は、その美しさと貞淑さのゆえに、理不尽な情欲の対象となり、王の息子により凌辱され、自らの命を絶った女性である。その物語は多くの著作家や画家たちの創作意欲を刺激し、それらを求める側にとっても魅力的な題材であった。アウグスティヌス（Augustine of Hippo, 354 – 430）の著作『神の国』（*City of God*, 5世紀初頭）には、「あれほど賞讃されたあのルクレティア」という一節がある。16世紀の画家ルーカス・クラナッハ（Lucas Cranach, 1472 – 1553）は彼女の絵を少なくとも30 枚以上描いた。シェイクスピア（William Shakespeare, 1564 – 1616）もまた物語詩『ルークリースの凌辱』（*The Rape of Lucrece*, 1594）を著し、劇作品においてもその物語を利用している。[1] 王殺しへと向かうマクベスは、自らの姿を凌辱へと向かう王の息子に喩える（1幕1場55行）。[2] 喜劇『十二夜』（*Twelfth Night*, 1601 – 02）において、オリヴィアが手紙の封印につかっているのはルークリースの肖像であり、手紙を拾った執事のマルヴォー

リオはその封印を見て、すぐにそれがルークリースの肖像であることに気づく（2幕5場95行）。さらに封に納められた手紙の文面には、愛に陥る様が「ルークリースの短剣」（2幕5場107行）が鋭く心を貫くようである、と書かれている。それが彼をからかうために捏造された常套的で陳腐な文面であることからも、ルクレティアの挿話が当時の人々に広く知れ渡っていたことがうかがえる。

　ルクレティアについての記述は膨大なローマ史のなかのほんの一部にすぎないが、その物語は様々なかたちで描かれ、変容してゆく。その経過は、例えば『旧約聖書』における記述がきわめて少ないサロメが、妖艶な悪女へと変貌したのとは異なった様相を呈している。さらに言うならば、サロメが今なお魅力的な題材であり続けているのに対し、ルクレティアがすでに多くの人の記憶から消え去ってしまったのも興味深い問題である。

　ルクレティアの物語が最初に本格的な形で記述されたのは、紀元前1世紀頃のことでリウィウス（Livy, 59 B.C. – A.D. 17）の『ローマ史』（*The Early History of Rome*, 1 B.C.）と、オウィディウス（Ovid, 43 B.C. – A.D. 18）の『祭暦』（*The Festivals*, A.D. 1）の第2巻である。同時代を生きたディオニシュオス（Dionysius of Halicarnassus, 60 B.C.以前 – A.D. 7以降）の大著『ローマ古代史』（*The Roman Antiquities*, 7 B.C.頃）にもその物語が記されている。彼らの著作は彼女が生きたとされる時代から約5世紀も後のものであるが、年月をかけて形成され、当時のローマで一般的に受け入れられていたルクレティア像であるとみなすことができる。以下、この3人によるルクレティア像を起点として、紀元前の伝説上の女性にたいして向けられてきた様々な眼差しについて、いくつかの作品をとおして考察してゆくこととする。[3]

II　物語

　3人の記述には微妙な違いがあり、描写の仕方にもそれぞれの特徴がある。リウィウスとオウィディウスには一致している点が多いが、前者が〈歴史書〉として硬質な語り口であるのに対し、娯楽的な読み物となる後者は、感傷的で官能的な雰囲気を特徴としている。ディオニシュオスの記述はこの2人とは異なる箇所が目につくが、本質的には同じルクレティア像を提示している。ここでは、リウィウスの記述を中心に、いくつかの違いに言及しながら、彼女をめぐる物語を概観する。

　時代は紀元前6世紀末で、ローマが未だ王制であった頃の話である。発端は戦場で交わされた男たちの自慢話である。ローマの軍勢がアルディアの町を攻めていたときのある晩、若い指揮官たちが王の息子セクストゥス・タルクィニウスのテントで酒を酌み交わしながら話をしているうちに、誰の妻が最も貞淑であるかが話題となる。それぞれが自分の妻こそが一番であると主張し、決着がつかない。そのなかの1人でルクレティアの夫コラティヌスは、実際にローマにもどってそれぞれの妻たちの様子をこっそりと確かめてみようと提案し、そうすれば自分の妻ルクレティアがもっとも貞淑な妻であることが判明するはずであると断言する。

　戦況が敵を包囲しての持久戦となっていたこともあり、男たちはローマまで馬を駆って妻たちの「本当の姿」を確かめにゆく。夜更けに彼らがローマに到着すると、妻たちは若い友人たちとともに贅沢な宴会を開いて楽しんでいる。（オウィディウスにおいては、「首まで花冠をずり落とし、徹夜で酒盛り」をしていたとされている。）ただ1人コラティヌスの妻ルクレティアだけが夜遅いにもかかわらず、「奴隷女の夜なべ仕事に混じって熱心に糸を紡いでいた」。（オウィディウスでは、ルクレティアは奴隷女たちとともに、戦場にいる夫に外套を送ろうと懸命に糸を紡

いでおり、その身を案じて涙をながしていたとされている。)

　賭の勝負はコラティヌスの勝ちとなるが、貞淑なルクレティアの姿を目にしたセクストゥス・タルクィヌスは、「力ずくでルクレティアを犯したい」という情欲を抱きはじめる。(オウィディウスはタルクィニウスの感情を「背徳の恋」と呼んでいる。ディオニシュオスにおいては、賭にまつわる記載はなく、ルクレティアはその貞淑さのゆえに評判の女性であり、タルクィニウスは以前から彼女を誘惑したいという気持ちを抱き、機会をうかがっていたとされている。)

　数日後、彼は戦場をぬけだし、邪な意図を抱きつつ従者1人だけをともなって、再びルクレティアを訪れる。夫のコラティヌスは不在であったが、ルクレティアは彼を客人として丁重にもてなし、夜が更けると客間へと案内する。タルクィニウスは周囲が寝静まった頃を見はからって、ルクレティアの寝室へと忍び込み、卑劣な手段により、彼女を脅迫する。まず、彼は剣を手に哀願や脅しなど「ありとあらゆる手だてをつくして女心に訴えかけ」るが、ルクレティアは「頑なに」拒み続ける。「死の恐怖」をもってしても彼女を屈服させることができないことをさとると、タルクィニウスは「恐怖に加えて汚辱の脅し」をおこなう。すなわち、彼はまずルクレティアを殺し、その後に奴隷の喉を切り裂いて殺し、その裸の死体を彼女のかたわらに横たえておくという。そうしておけば、現場を見た人々は彼女が奴隷と姦通しているところを見つかって殺されたと思うだろうと脅す。リウィウスは「この恐ろしい脅かしには最も堅固な貞淑さをそなえた女性ですら反抗すること」ができなかったとしており、他の2つの著作もおおむね同じ内容となっている。このような記述からは、自らの命より名誉を重視したローマの人々の考え方を読み取ることができる。

　翌朝、タルクィニウスは意気揚々と馬に乗って戦場へと戻ってゆく。失意のルクレティアは夫と自分の父親に知らせを送り、それぞれに信頼

できる友を1名ずつ連れて至急自分のもとに駆けつけるよう求める。一行が到着するとルクレティアは悲しみにうちひしがれており、自らが凌辱されたことを告白する。夫たちは「咎めを受けるべきは、無理強いされたお前ではなく、下手人の方だ」となぐさめる。(オウィディウスにおいては、「父と夫は無理強いされたことだと赦し」たとなっている。)しかし、ルクレティアは非道な行為にたいする復讐を男たちに約束させ、隠し持っていた短剣を自らの胸に突き刺して命を断つ。その場にいた者の1人ブルトゥス[4]は、ルクレティアの亡骸をローマの公共広場へとはこび、そのかたわらで王の息子による暴虐を訴え、市民たちにむかって蜂起を呼びかる。それに応えた市民たちは反乱を起こし、王とその息子を追放し、ローマはロムルスとレムス以来の王政から共和制へと移行し、新しい時代をむかえることとなる。

　以上の挿話をもとに、ルクレティアの物語は2つの視点から読み解かれてきた。1つは凌辱されて命を絶った貞淑な女性の個人的な悲劇とみなす視点であり、もう1つは自らの身を犠牲にして暴君の追放をうながした気高い女性とみなす政治的な視点である。多くの場合、前者の観点から人々の注目を集めてゆくこととなる。

Ⅲ 〈肯定的〉な見方

(1) 汚された血筋の浄化

　夫や父の前で自刃する前に、ルクレティアは自らには過ちがないことを強調する。駆けつけてきた者たちもまた、無理強いされたルクレティアには罪はないとするが、彼女はそれだけでは十分ではないことを知っている。リウィスにおけるルクレティアは「穢されたのは体だけ。心は潔白です。その証として私は死んでみせましょう。私の心は犯されたけれど、私の心は罪を犯してはいないことを死をもって証明します」と

語った後、つぎの言葉とともに命を絶つ。

> あなた方はあの男［タルクィニウス］にふさわしい罰を考えてくだされ ばよいのです。私は、たとえ罪から逃れても、罰から逃れようと は思いません。この後、不貞の女は生きていけぬという先例にルク レティアはなってみせましょう。

　後の女性の不貞の口実になりたくないという言葉は、ルクレティアが 死をもってしか自らの名誉を守ることができなかったことを示してお り、彼女の毅然とした態度の背後には、凌辱された女性に対する同時代 のローマの過酷な眼差しがある。当時のローマにおいては、姦通と凌辱 の間に区別はなく、それにより一族の血統が汚されると考えられており、 その後に産まれた子どもは夫の子どもであれ、相手の子どもであれ、汚 れた存在とみなされた。ルクレティアの場合、夫や父は死ぬ必要はない と考えているが、彼女が命を絶たなかったとするならば、たとえ夫とそ の父親が許したとしても、彼女は汚れた女性、家系を汚す女性としての 汚名を背負って生きなければならなかったのであり、その自刃は当時の ローマにおける父権的倫理の完璧なまでの実践であったとみなすことが できる。

　このことはディオニシュオスにおいて、より明確に表現されている。 そこではルクレティアは、夫や父を呼び寄せるのではなく、自ら父の 家へとおもむき、できる限り多くの友人や親族を集めてくれるよう頼み、 彼女は人々の前で事の次第を語った後、命を絶つ。それは一種の公開自 殺と呼び得るものであり、当時の父権的倫理を極限にまで美化した行為 である。他の記述における、後の女性たちを強く意識した自刃もまた、 彼女の精神においては一種の〈公の〉自殺となっていると考えることが できる。

16世紀の劇作家シェイクスピアは、ローマを舞台とした残酷劇『タイタス・アンドロニカス』(*Titus Andronicus*, 1593 – 94) において、タイタスが自らの凌辱された娘ラヴァニアを殺す場面で、彼につぎのように語らせている。「死ね、ラヴァニア、おまえとともにおまえの恥も死ね、／おまえの恥とともにおまえの父の悲しみも死ぬのだ！（ラヴァニアを殺す）」(5幕3場416 – 17行)。シェイクスピアは創作において文化的理解の正確さにはそれほど関心をもっていなかったが、この台詞からエリザベス朝時代のイギリスにおけるローマの文化に対する理解を読み取ることは可能であろう。同じような考え方は後の時代においても消え去ることがない。18世紀末の『サミュエル・ジョンソン伝』(*The Life of Samuel Johnson*, 1791) のなかで、ジョンソン (Samuel Johnson, 1709 – 84) が「夫と妻の間で言えば、夫の不義はたいしたことじゃない…男は妻に何も私生児をつかませるわけじゃない」と言い放った言葉がのこされているが、そこには男性の側の根深い精神のあり様が示されている。

(2)「貞節こそあらゆる女の美徳の源泉」

　初期キリスト教においては女性の貞節は命より大切なものであると考えられていた。エウセビオス (Eusebius, c.260 – 339) の『教会史』(*Church History*, 4世紀初頭) には、異教徒による凌辱から身を守るために命を絶ったおびただしい数の「賞讃すべき」女性の殉教者たちが列挙されている。例えば、「あらゆる点で信仰深い」女性の例として、凌辱を防ぐために、川に身を投じて命を断つことによって「自らの死刑執行人」となったアンティオキヤの3人の女性たちがあげられている。「ダイモス（悪霊どもの）奴隷になるのは、いかなる死や破滅よりも悪い」ことであり、「これらすべてのことから逃れる唯一の方法は主のもとに避難することしかない」として、彼女たちは自ら命を断つ。エウセビオスはさらに同じような例を列挙した後、「それにまさるすばらしい最高の人物」として、自ら

に剣を突き刺して凌辱をまぬがれたローマの婦人をあげている。このような考え方にしたがって、ルクレティアもまた異教の女性ではあったが、自らの凌辱を身投げにより防いだ聖ペラギア[(5)]と並んで賞讃されていたという。

　神学者テルトゥリアヌス (Tertullian, 160以前 – 220以降) は、「殉教者たちへ」("Ad Martyres," 3世紀初頭) という短い文章のなかでルクレティアにふれている。そこには牢獄のなかで殉教者として死を目前にした仲間の信徒たちへの励ましと、信仰を守りとおして殉教することの勧めがつづられている。彼は拷問や「すべてに勝る恐ろしい刑罰である火炙り」の脅威にさらされている信徒たちが見習うべき先例として、「自らの心の衝動にかられて、剣によって自らの命を終わらせた」人々に言及し、その第一の例としてルクレティアをあげている。その記述においては、「凌辱という［性的］暴力をこうむった彼女は自らの貞節の栄誉を得るために、彼女の親族たちの臨席する中で自分の身に小刀を振るって死んだ」とされ、その行為が讃えられている。

　4、5世紀を生きたヒエロニムス (Saint Jerome, c. 340 – 420) は、女性の貞節を称揚した小論「ヨウィニアヌスへの駁論抄」("Against Jovinianus," 393) のなかで「貞節こそあらゆる女の美徳の源泉である」と論じ、「ローマの女たちについて」という項目において最初にルクレティアの例をあげている。彼はルクレティアについて、「純潔を犯されて生き延びることを望まず」自殺によって、「身体の汚れを彼女自身の血で消し去った」女性として讃えている。さらに彼は「男たちにはそれぞれの秀でた才能によって名声を得る」ものが多いが、女性の美徳は貞節であるとし、その貞節が「ルクレティアをブルータスと対等の人とした」と記し、当時の男性の美徳と女性の美徳を説明している。ここで言及されているブルータスはジュリアス・シーザー暗殺の首謀者であるが、ヒエロニムスがあえてこの両者を比較した理由は明確ではないにせよ、そこから初

期キリスト教におけるルクレティアにたいする評価の高さを読み取ることは容易であろう。

(3) 辺獄のルクレティア

イタリアの詩人ダンテ (Dante Alighieri, 1265 – 1321) は、その著作『神曲』(*Divine Comedy*, 1308 – 1321) において多くの人々の死後の運命にふれているが、そこにはルクレティアも含まれている。彼女は全部で9圏ある地獄のなかで最も上にある第1圏の辺獄に位置づけられている。『聖書』には辺獄についての記述はないが、地獄の門をとおり抜け、アケロンテ川を渡ったところにあるとされている。ダンテはそこを緑さわやかな草原として描き、「瑠璃を溶かしたような芝生」の上には「偉大な魂たち」が集まっており、そこにはタークィンを追放したブルトゥスやアリストテレス、ソクラテス、プラトン、デモクリトス、セネカなどに加えて、神話上の人物のエレクトラやオルフェウスまでがいる。ダンテの案内役をつとめるウェルギリウス (Virgil or Publius Vergilius, 70 – 19 B.C.) によれば、彼らは「ほめたたえられてよいものをもち」、罪を犯してはいないが、キリストの出生以前に生まれたために、「その教えを知らぬはやむなしとしても、神をただしく礼拝しなかった」ために天国には行けなかったという。さらに、ヴェルギリウス自身もそのひとりであるとうち明ける。ダンテは「貴重な値打のある人たち」が永遠に神の救いを受けることができないまま、「未決定の日々」を送っていることを嘆くが、彼らがおかれた環境はおだやかで、ダンテはルクレティアを非常に肯定的にあつかっている。14世紀のジェフリー・チョーサー (Geoffrey Chaucer, 1343 – 1400) もまた未完に終わった『善女伝説』(*The Legend of Good Women*, 1385) のなかで彼女を「善女」の1人としてとりあげている。また、フィリップ・シドニー (Philip Sidney, 1554 – 86) は『詩の弁護』(*An Apology for Poetry, or The Defence of Poesy*, 1595) において、ルクレ

ティアを「他人が犯した罪のために自分を罰した」女性として称えている。

IV　アウグスティヌスの疑念

(1) 3つの論点

　初期キリスト教において高く賞讃されていたルクレティア像に疑問を呈し、彼女に対する見方に大きな影響をあたえたのは、アウグスティヌスである。彼は5世紀の初頭に著した著作『神の国』の第1巻においてルクレティアの自殺についてふれている。その箇所の主眼はルクレティアそのものというよりは、410年のゴート族によるローマ侵略により凌辱の被害にあった女性たちの弁護にある。彼女たちは凌辱後も命を断つことなく生き続けることを選択した。アウグスティヌスは「捕らえられて暴行されたキリスト者の女性を嘲笑する者たち」から弁護し、「わたしたちの仲間に慰めを与えること」が重要であるとして、「昔のローマの貴婦人」ルクレティアが「慎みの誉高い者として激賞」されていることに異をとなえ、凌辱を受けた女性が自殺することが正しいか否かという問題を、3つの論点から考察している。

　第1にアウグスティヌスが問いかけるのは、凌辱をさけるために自殺することが正しいか否かという問題である。彼の考えによれば、自殺とは自分という人間を殺すという罪を犯す行為であり、「殺すなかれ」という教義に反し、正しい選択ではないというものである。そして、その人間が「自殺しなければならないと考えた理由が小さければ小さいほど」その人間の罪は大きくなるとする。

　第2は、罪に関する論考である。アウグスティヌスは、たとえ凌辱されたとしても、自殺するのは誤りであると指摘する。同意の上で姦淫したのではなく、自らの意志に反して暴行を受け、「他人の罪を押しつけられた女性」においては、「二人の者［タルクィニウスとルクレティア］

がその場にいたが、姦淫を犯したのは一人だけだ」とし、自殺により自らを罰しなければならない理由はないとする。

　最も議論の的となるのは3つめの論点である。それは被害者が「ひそかな情欲によってこれに同意してしまい、それにより死をもって償わなければならないと考えるほど、自分を罰しようとして苦しんだ」可能性についてである。「たとえあの若者が力づくで無理強いしたとしても、彼女がひそかな情欲によりそれに同意してしまい、それにより自らの死をもって償わなければならないと仮定したらどうであろうか」と問いかけ、彼女が「無罪だったのではなく、むしろ自らの罪を意識しながら自殺」した可能性もあるのではないかと考える。リウィウスなどにおいては、そのような記述は全くないにもかかわらず、アウグスティヌスの思索はとどまることがない。このような状況について彼が下した結論は、その場合であったとしても、「有効な悔い改めをすることができたとすれば」、自殺する必要はなく、してはいけないというものである。

(2) 困惑と悪循環

　以上のような考察の果てに、アウグスティヌスはつぎのような矛盾に陥る。「もし彼女が姦通したのであれば、なぜ賞讃されるのか、もし彼女が慎み深かったとすれば、なぜ自殺したのか」、「あれほど賞讃されたあのルクレティアが、罪のない」彼女が、「力づくで犯されたルクレティアを死なせたのである」。もし「二人の者が姦淫を犯した」とするならば、「なぜ賞讃されるのか」。彼女が罪を犯していないとするならば、「なぜ自殺したのか」。このような悪循環のなかで、彼は最終的な結論をみちびきだすことができない。結局、長い思索の末に、「慎み深い者として激賞」されているルクレティアは、「姦通に同意して身を汚した女」ではないとする、当時の一般的な評価に依拠するにとどめ、明確な答えを見いだすことなく、この問いかけについての考察を終わらせる。

(3)「神の律法から逸脱した女性」

ルクレティアについて、アウグスティヌスが導き出した結論は、人々から疑惑の目で見られるという屈辱を誤った仕方で避けようとして、「神の律法」から逸脱した女性である、というものである。すなわち、彼はルクレティアの自殺は「貞節への愛によるものではなくて、むしろ羞恥心から出た弱さによるもの」であるとし、ルクレティアを「他人が彼女の身に行った醜行を耐え忍んだならば、自分もその行為の仲間だと思われはしないかという思いに耐えられなかった」弱い女性であるとみなしている。

キリスト教徒の女性たちは、アウグスティヌスによれば、神の前で貞節でさえあれば、人々から疑惑の目で見られようとも、自分以外の人間にそれを証明しようとはしないとし、凌辱の結果としての自殺の妥当性を否定している。このようなアウグスティヌスの見解は、リウィウスなどにおける倫理観とは明らかに異質なものである。リウィウスにおいては罪がないということだけでは十分ではなく、他者の目に映る不名誉を消し去ることが重要なのであり、アウグスティヌスにとっては神の前における罪の有無が唯一の問題となっている。イアン・ドナルドソンは両者の違いを「恥の文化から罪の文化」への移行という考え方を援用して説明している。

(4)「普通の人情」による判断

アウグスティヌスにとっての本題であったはずの、凌辱された後も生き続ける決断をした女性たちの弁護についても、教義に関する考察とは別のところですでに結論がでている。第1巻19章から展開されるルクレティアの議論に先立ち、17章の冒頭部分において、「辱めを受けまいとして自殺した女たちに対して、普通の人情をもっているものならば、

だれがこれをゆるそうと思わないであろうか」と主張している。さらにその上で、「他人の恥知らずな行為を避けようとは思わなかったために、自殺を拒んだ女たち」の決断を「犯罪だと主張する者」は、「思慮のない者だという非難を避けることはできないであろう」と述べている。彼は宗教的議論によってではなく「普通の人情」としてそれを許容すべきであると呼びかけている。

結局のところ、アウグスティヌスはルクレティアについても、凌辱された修道女たちについても、この時代を生きた1人の人間として妥当な判断をし、教義との折り合いをつけようと努めているようにみえる。

(5) 自ら命を断った聖人たちの問題

真摯な態度で、あらゆる可能性を論じ尽くそうとしているかにみえるアウグスティヌスの考察にも、かならずしも公平ではない面があることを確認しておく必要がある。彼の論考においては『旧訳聖書』に記されているサムソンの自殺は弁護されており、凌辱を避けるために命を投げ出したとして賞讃されている初期キリスト教の聖女たち、先にふれた聖ペラギアなどは、その考察のなかには一切含まれていない。この点についてドナルドソンは、「ローマの伝説を否定することと、その死がキリスト教会で公式に認知され、賞讃されている女性の死を問いなおすのは別のことであった」という示唆に富んだ指摘をしている。

すなわち、アウグスティヌスがルクレティアを引き合いに出したのは、その物語が広く知れ渡っていたからだけではなく、彼が直面していた問題が、宗教的問題を引き起こすことのない異教の貞女をとおしてでなければ論じることが難しいものであったことを示している。あるいは、ルクレティアの物語が非常にあつかいやすい題材であった、と言い換えることができるであろう。

V　凌辱と自刃の問題への配慮

(1)「創造的刺激」と「躓きの石」

　凌辱の被害者が命を断つ必要がないとするアウグスティヌスの本来の論点は、多くの関心を集めることなく、彼がルクレティアに対して抱いた困惑のみが注目され、以後のルクレティア像に大きな影響を与えることになる。ドナルドソンの指摘によれば、アウグスティヌスは自殺の問題という宗教上の「躓きの石」を明確にしただけではなく、彼が意図せずして際だたせる結果となったルクレティアの挿話の官能的な側面が、「創造的刺激」として作用し、ルクレティアを題材とした作品の可能性を拡げたとしている。もし彼女がエウセビオスに登場する「あのローマの婦人」たちのように、純潔を守り通して自ら命を絶った女性たちの1人であったとするならば、貞淑さの手本とはなったものの、多くの作品であつかわれることはなかったであろう。ルクレティアが多くの作品の題材となった最大の要因は、彼女が異教の女性であることに加え、その物語のなかの官能性と父権的な教訓が、とりわけ男性にとって、魅力的なものであったからであろう。

(2) チョーサー

　アウグスティヌスを意識しながら、ルクレティアを好意的にあつかったのは、ジェフリー・チョーサーである。彼は『善女伝説』のなかで、男性からないがしろにされた愛すべき女性たちの物語を書き連ねており、クレオパトラ、シスビー、ダイドーなどとともにルークリースをあつかっている。チョーサーは具体的記述においても雰囲気においても、主にオウィディウスに依拠し、感傷的で哀愁をただよわせた読み物に仕上げている。そして、アウグスティヌス的問題については知的に解決するのではなく、漠然とさせたまま、彼女の不幸を強調することで、読者の

情に訴えることにより回避しよう試みている。

　凌辱の場面についてチョーサーは、「ローマの女たちはとても名誉を大切」にしており、凌辱の間ずっと「死んだような状態で、気絶して横たわっていたので、／腕や頭を切り落とされようとも、／何も感じない状態」(1816-18行)にあったとして、アウグスティヌス的疑念が一切生じないよう配慮している。彼女の自刃については、彼女を「愛に忠実な」(1874行)女性として賞讃し、男性の側の気まぐれと身勝手を強調することにより、その死をより受け入れやすいものとしている。さらには、ルークリースが以後ローマにおいて「聖人」(1871行)とみなされ、その記念日は彼らの教義に従って崇められていると結ぶことで、異教の女性をさながらキリスト教の聖人のようにあつかっている。

(3) シェイクスピア

　チョーサーが情に訴える物語的な語り口により、読者の関心を危うい問題から反らそうとしたのとは異なり、シェイクスピアによる『ルークリースの凌辱』は凝った比喩表現と細やかな心理描写を特徴としており、この問題のあつかいはより困難になっている。彼は凌辱の場面をほとんど描くことをしなかったものの、それによりルークリースは「命より大切な宝を失った」(687行)としており、この点についてはローマや初期キリスト教の精神に依拠している。自刃の場面においては、「自らを殺すこと」は「肉体を汚して、哀れな魂までも汚すことに他ならない」(1156-57行)というアウグスティヌス的な描写をしており、死に際においては、ルークリースは自ら自殺の問題を回避するかのように、「あの男、あの男が、皆様方、あの男が／この手を導いてこの傷を与えるのです」(1721-22行)と語りながら命を絶つ。さながら彼女自身の手ではなく、その場にいないタークィンが剣を突きつけてくるかのように描くことで、自殺の問題は曖昧にされており、その後、彼女の魂が救われるこ

とが示唆されている。

　シェイクスピアの関心は、全体として筋が通った見方を示すことよりも、それぞれの場面を精緻に描きあげることに向かっている。しかしながら、死に際のルークリースの言葉を改めて読み直すならば、やや不自然で作りものじみた響きを帯びていることは否定できない。作品に登場するルークリース自身が、アウグスティヌス的問題を避けようと、他殺に見えるよう演技をしているようにすらみえる。凌辱の結果自ら命を絶つという場面には、表現上多くの制約があり、シェイクスピアにとっても迫真性をもって描くことが難しかったのかも知れない。

(4) 〈ラディスラオ氏〉の見解

　16世紀における保守的な男性の視点を代弁するフェデリコ・ルイジーニの著書『女性の美と徳について』(*Il Libro Della Bella Donna*, 1554) においても、「不運なルクレツィア」に関する見解が述べられている。架空の対談に登場する人物〈ラディスラオ氏〉は、「まず、この世で何にもまして大切に守られるべきものは、女性の名誉と純潔でしょう」と持論を披瀝したうえで、「女性という性の恥がその喪失にある以上、まさに多くの女性が、自分の命より純潔を尊重しようとしたとして、いったい何を驚くことがありましょうか」と述べ、つぎのように続ける。

　　…純潔を失うくらいなら死を選んだものたち、あるいは、もし純潔を失う前に死ぬことができなかった場合には（意志に反して純潔を失うことは、肉の罪であって心の罪ではないので、実際には失ってはいないといえるとしても）、ルクレツィアのように、その後に自分の手で命を絶った多くの女性たちについても、ここでは言及を控えましょう。彼女たちは、苦悩の果てにどこかの河にまっ逆さまに落ちてしまったのです。その例は、今しがた述べた『宮廷人』の著書

の学識深い書のなかで永遠に生き続けることでしょう。

〈ラディスラオ氏〉はルクレティアについては言及をひかえるとしながらも、実は能弁に言及している。また凌辱の結果としての自殺の問題についての明確な判断を巧みに避けながら、賞讃している点も興味深い。〈彼〉の語り口の曖昧さには、当時の男性たちの考え方に潜む矛盾が典型的なかたちで反映されていると考えることができる。

VI 『マンドラゴーラ』

ニッコロ・マキャヴェッリ（Niccolò Machiavelli, 1469 – 1527）もまた、その著作のなかで何度かルクレティアにふれている。彼はその物語に対し徹底して冷めた眼差しを向けており、政治論『ディスコルシ』（*Discourses on Livy*, 1517）においては、「もしタルクィニウスがきちんと統治したら、たとえルクレティアを凌辱したとしても失脚することはなかったであろう、もしきちんと統治していなかったならば、ルクレティアを凌辱していなくても失脚していたことだろう」と政治の力学を分析している。

さらに、『マンドラゴーラ』（*Mandragola*, 1518）と題した他愛のない喜劇のなかで、アウグスティヌスが際だたせた問題を皮肉な喜劇の題材としている。この作品は初演以来大きな成功を収め、現在もヨーロッパの観客に親しまれている演目であるというが、そこではルクレティアの物語がパロディとして徹底的に戯画化されている。タルクィニウスに相当するのは容姿端麗で裕福なカッリーマコという若者である。ある日イタリアの女性とフランスの女性のどちらが美人かという話題がもちあがる。話のなかである男性が、ニチア・カルフッチ博士の若妻のルクレツィア〔ママ〕という女性の美しさと貞節を誉めたたえると、その話を聞いたカッリー

マコは彼女に夢中になってしまう。

　カッリーマコは何とかルクレツィアに近づこうとするが、彼女は非常に身持ちの堅い女性であり、容易に糸口をつかむことができない。しかし、彼女の年の離れた夫のニチアが子供を欲しがっていることを知ると、彼は医者に変装してまずニチアに接触し、マンドラゴーラの根から抽出し調合した水薬を女性に飲ませれば不妊に高い効果があると偽る。そのうえで、唯一の問題は薬を服用したあと、その女性と最初に交わる男性がその毒素を吸いとってしまい、8日もしないうちに死んでしまうことであると騙り、そのような些細な役目は界隈をうろついている見ず知らずの男に任せてしまえば良いと持ちかける。愚かな夫は容易に欺かれるが、貞淑な妻ルクレツィアがそれを受け入れるはずもない。そこでカッリーマコはルクレツィアの「昔は蓮っ葉だったらしいが、今では金持ちになった」母親と、懺悔聴聞僧ティモーテオを味方につけ、この2人が協力してルクレツィアにたいしその行為が罪ではないと信じ込ませる役割を担う。

　夫以外の男性と関係をもたねばならず、しかもその男性が命を落とすことになるという話を聞くと、ルクレツィアはその提案を頑なに拒絶する。それにたいして、ティモーテオは「罪を犯すのは心であって、体ではないのですから。夫を喜ばせないことは、それこそ罪ですよ」と反論するのであるが、言うまでもなくこの一節はリウィウスにおいて男たちが語る「体ではなく心が罪を犯すのだ。その意図がなかったならば、お前には罪はないのだ」という言葉をもじったものである。ティモーテオはさらにそれを「天国に［ルクレツィアの］席を予約」する行為であるとすら語る。この2人の説得によりルクレツィアは、その行為を受け入れるが、「分かりましたわ。でも明日の朝は、わたしは生きていませんから」と語り、その罪深さを嘆く。

　しかしながら、カッリーマコと一晩を過ごし、明け方にことの次第の

全てを明かされると、ルクレツィアは、「あなたをお殿様とも、主とも、導き手とも崇めるわ。あなたはわたしの保護者、後見人、わたしのあらゆる幸せの泉になってもらいたい」と語り、「私の夫が一晩だけのことだと言って頼んだけれど、これからはいつもこうしたいもの」とまで伝える。その後、人のよい夫自身の提案で、家の「回廊の脇の部屋」の鍵がカッリーマコらに渡されるが、そこが今後の2人の逢い引きの場となるのは明らかである。夫は自分が欺かれていることに全く気づくことなく、一同が祈りをささげるために教会に入ってゆく場面で幕となる。

　この劇はイアーゴーによる、「ヴェニス女は、ふらちな行為を神様には平気で見せても、亭主には隠すのです」(3幕2場206-7行) という台詞を彷彿させる物語となっているが、マキャヴェッリによるルクレティアは、文字通り〈二人の者が姦淫を犯し〉、〈二人の者が罪を犯し〉ており、さらには彼女は〈相手の欲望に明らかに同意して〉いるのであり、アウグスティヌスの思索に対する徹底的なまでの皮肉となっている。

Ⅶ　絵画におけるルクレティア

(1) ボッティチェッリ

　『詩の弁護』のなかでフィリップ・シドニーは、「人の目が見るのに最も適した」絵画の題材としてルクレティアをあげている。そして、すぐれた画家によって描かれた彼女の姿には「悲しみに沈みつつも、毅然とした様子」が描かれており、そこには「淑徳の外観そのもの」があるとしている。

　イタリア初期ルネサンスの画家サンドロ・ボッティチェッリ (Sandro Botticelli, 1444/5 - 1510) が描いた《ルクレティアの死》("The Tragedy of Lucretial," c.1500. ボストン、イザベラ・ステュアート・ガードナー美術館蔵) に描かれた彼女の姿は、シドニーの見解に比較的近いもので

あろう。この絵画はもともと結婚の花嫁衣装を入れるカッソーネと呼ばれる箱の装飾として制作されたものであるが、画面が縦割りで3つに分割されており、ルクレティアの物語がそれぞれ別々に描かれている。しかしながら、その題名に反してこの絵のテーマはルクレティアというよりは、タルクィニウスに立ち向かうために集結する力強い男たちである。彼らの姿は中央の最も大きな画面に描き込まれ、剣を手に壇上に立って人々を鼓舞するブルトゥスを頂点に円錐型に配置されており、観る者の視線が自然にブルトゥスに集まるよう構成されている。この画面に描かれたルクレティアはブルトゥスの足下に横たえられ、集結した男たちの視線はおおむね、上に立つブルトゥスに向けられるか、下方に配置された彼女の亡骸のいずれかに向かっている。この画面の主役はあくまでも男たちであり、彼女ではない。分割された左側の画面にはタルクィニウスが剣でルクレティアを脅す場面が描かれている。右側の画面には憔悴し倒れかかる彼女を夫と父親が支えている場面が配置されている。

　1枚の絵の画面を分割することにより、ボッティチェッリは物語をかなり忠実に再現することに成功したが、この絵画におけるルクレティアはあくまでも男たちの引き立て役となっている。ローマ史における彼女の位置づけを考えるならば、それはむしろ自然な描き方であると考えることができる。

(2) 裸体画となったルクレティア

　16世紀以降ルクレティアそのものを主題とした絵画が数多く制作されてゆく。それらはボッティチェッリが描くことをしなかった2つの場面、凌辱の場面と、自刃の場面を題材としたもので、とりわけ後者はルクレティアを題材とした絵画において最も多く描かれ、1530年頃から盛んに制作されてゆくが、多くはリウィウスなどの記述からはあまりにかけ離れたものとなっている。その典型的な構図は、短剣を手にしたル

クレティアが独りたたずんでいるというもので、その場にいたはずの夫や父親は見あたらず、その気配すら感じられない。あえて好意的に考えるならば、それは孤立した彼女の心象風景の投影であるとみなすことも可能であろう。しかしながら、最も大きな問題点は、それらの絵画の多くにおいてルクレティアが、裸体で描かれているということである。オウィディウスの記述は、隠し持っていた短剣を「心臓めがけて突き立て、切っ先に身体を預けて息絶える」という激しいもので、しかも「死の直前まで衣服の乱れ」に気を遣っていたとされている。このような記述とは無関係に、ルクレティアは裸体画のための格好の題材となってゆく。

　再度、ルクレティアの物語にたち返って考えるならば、その凌辱の直接のきっかけとなったのは男たちによる窃視であり、その自殺もまた他者の眼差しを強く意識したものとなっている。その後、彼女の亡骸は圧政を忍従している民衆を鼓舞するために、広場へと運ばれ、人々の目にさらされる。ここまでは彼女自身の希望とそれほど離れてはいないが、その姿は後世の画家たちによって、彼女の意図とは全く異なったかたちで、多くの人々の眼差しにさらされてゆくことになる。神話の女神たちと同様に、異教の女性の絵画においては、キリスト教の聖女におけるような表現上の制約がないうえに、美しさと貞淑さを兼ね備えた女性の鑑を描くという便利な口実もあった。ドナルドソンはこのような裸体画について、凌辱と自刃というの2つの出来事を1つの画面に圧縮した結果であるとしているが、たとえそうだとしても、このような絵画によって新たな〈物語〉が創造されたことは間違いなく、繰り返し描かれるなかでその姿はさらに変貌してゆく。

(3) 職人、ルーカス・クラナッハ (父)

　裸体画の題材としてのルクレティアにいち早く注目し、その絵を量産したのはルーカス・クラナッハ (Lucas Cranach der Ältere, 1472 –

1553) である。彼が描いたルクレティアの絵の多くは、美術史家ベルトルト・ヒンツの分類によれば、「半身像で半裸」、「四分の三身像で半裸」、「四分の三身像で裸体」、「全身像で裸体」の4つに分けられる。最も多いのが「全身像の裸体」であり、小型から等身大のものまで様々な大きさのものが残されている。その多くは彼が描いたヴィーナスの絵画と同系列にあり、画面構成はほぼ同じで、細身の剣と裸体にまとった薄いベールにより区別されるのみである。クラナッハが聖女を画く際には着衣あるいは半裸で画いたが、「全身像で裸体」で描かれた絵画におけるルクレティアの表情は多様である。天を見上げて絶望的な表情を浮かべた絵もあるが、裸体にネックレスなどの装飾品のみを身につけたもの、薄く透き通った布をまとったもの、さらには見るものに向かって誘惑的な微笑を送っているかのようなものすらある。手にしている短剣は命を絶つには細すぎ、先が体に刺さっている場合であっても血は流れていない。ヒンツの指摘によれば、クラナッハはこの物語の本来のテーマには全く無頓着で、ルクレティアの「自刃というテーマ」は、「美人が無実の罪をきせられてこの世に別れを告げるという感動的な場面」に仕上げられたとされている。さらに、残された数少ない資料からは、それらの絵画がもっぱら「男性への贈り物」であったことが示されているという。職人としての誇りを高くもち、商人でもあった画家が注文主の意向を読み取って制作したことは間違いなく、それは男性の側の都合によって、新たに創り上げられたルクレティア像にほかならない。

(4)「淫乱なウェヌス」と「貞潔なルクレティア」

裸体画の口実としてのルクレティア像は確実に定着してゆく。18世紀の思想家ジャン・ジャック・ルソー（Jean-Jacques Rousseau, 1712 – 78）は、『エミール』（*Émile ou de l'éducation*, 1762）のなかでローマの宗教についてつぎのように述べている。「貞潔なルクレティアは淫乱な

ウェヌスを崇拝していた。勇敢なローマ人は『恐怖』に犠牲を捧げていた。ローマ人は、自分の父を傷つけ、自分の子供の手にかかって黙って死んでいった神に祈りを捧げていた。このうえなく軽蔑すべき神々がこのうえなく偉大な人々によって祭られた。」

　ルソーはルクレティアとヴィーナスを対極に位置する女性としてあつかっているが、すでにふれたクラナッハにおいては両者は同じ範疇に入れられていた。手にした短剣と足下のキューピッドによってのみ描き分けられているのではないかと思われる作品すらある。また、裸体画としてはかなり早い時期に描かれた、ティツィアーノ・ヴェチェッリオ (Tiziano Vecellio, 1488/1490 – 1576) 作の《ルクレティアの死》("Death of Lucretia," 1525. 英国王室コレクション蔵)[6]のポーズは、《キュレネのヴィーナス》("Aphrodite of Cyrene," 2世紀. ローマ時代模刻, ローマ国立博物館蔵)から得たと考えられており、教育者ルソーの考えとは全く異なったかたちで創作されてきたことが分かる。女神ヴィーナスの身体と気高い精神と貞節さをもった人妻ルクレティアの物語は、ルネサンス期の男性にとってきわめて魅力的な題材であった。

(5) 背けられた視線

　ルクレティアの自刃の場面は、通常、彼女が自らの胸を貫いた短剣を手にした姿で描かれるが、その視線は剣から背けられ、多くの場合、さながら自らに迫ってくる剣に気づいていないかのようである。このような姿勢で描かれたのは、すでに述べたようにキリスト教における自殺の禁止の問題を曖昧に回避するためであった。『ハムレット』(*Hamlet*, 1601) に登場する墓堀は、オフィーリアの死について「もしも、水の方がだ、その人間のところまで出かけて行って、溺れたとする、となりゃあ、てめで勝手に溺れたってことにはなるめえ」(5幕1場15-19行) という詭弁を述べる。ジュリエットの父親は、短剣により命を絶った娘の亡

骸を見て、「この短剣、帰る家を誤りおった」(5幕3場202-4行)と述べる。彼は、さながら剣そのものが収まる場所を間違えてしまい、ロミオの鞘ではなく、自分の娘の胸に誤って収まってしまったかのような表現をもちいる。ルクレティアの絵画においても、同じ詭弁が使われており、意志に反して迫ってくる剣から、彼女が可能なかぎり視線をそらせようとしているかのように描かれた絵すらある。

　16世紀の画家パルミジャニーノ (Parmigianino, 1503 – 40) による《ルクレティア》("Lucrezia," 1538 – 40. ナポリ、カーポディモンテ国立美術館蔵) においては、彼女の顔はマニエリスムのデフォルメにより極限まで剣と反対側に背けられている。短剣は胸に半分近く刺さってはいるものの、腕に力を込めている様子はなく、まさに胸に誤って収まっているかのようである。流れ出ている血は、注意しなければ確認できないほどわずかに描かれているのみで、細部を吟味するならば、画面のなかには不可思議な箇所が散在していることが分かる。しかしながら、このパルミジャニーノの作品を含め、絵画においてそのポーズの不自然さが際だたされることはほとんどない。彼の作品についても、ジョルジョ・ヴァザーリ (Giorgio Vasari, 1511 – 74) は、「神々しいくらいの出来ばえで、彼の手による傑作の一つ」と評価している。また、その身体は「バラ色に染まった顔にみられる真珠のような輝き、肌の上品さ」[7]が表現されていると解説されるほど、美しい仕上がりとなっている。

　画家たちはルクレティアを描くとき、そのポーズの不自然さをむしろできる限り消し去ろうとしているようにみえる。その主な理由は絵画を描く側とそれを鑑賞する側の関心が、主題とは別のところにあったからであろう。グイド・レーニ (Guido Reni, 1575 – 1642) による《ルクレティア》("Lucretia," c.1636 – 38. 東京、国立西洋美術館蔵) においては、明らかに官能的な肉体表現が絵の主題となっている。上を見上げたルクレティアの表情からは切迫した苦悩を読み取ることはできない。むしろ

この絵を見る者は、女性がふと上を見上げた瞬間を覗き見しているかのような印象を抱くのではないか。短剣は握られておらず、ベッドの上に置かれており、その上に彼女の手が被さっている程度で、単にルクレティアの絵画であることを示すための口実として描き込まれているに過ぎない。さらに言うならば、彼女を描いた絵画が人気を博した理由のひとつは、剣から背けられた視線が、その裸体を見つめる者の視線と交錯することがないからであると指摘することすらできる。

(6) 描き込まれた第3の男

凌辱の場面もまた、絵画の題材として取り上げられてきた。ティツィアーノはその場面を描いた絵を3枚残しており[8]、そのなかの1枚《タルクィニウスとルクレティア》("Rape of Lucretia[Tarquin and Lucretia]," 1568 – 71. ケンブリッジ、フィッツウィリアム美術館蔵)は、敬虔なキリスト教徒スペイン国王フェリペ2世 (Philip II, 1527 – 98) のために描かれた。絵のなかでは、浅黒い肌をした着衣のタルクィニウスが短剣を振り上げ、裸体のルクレティアにおおいかぶさるように脅している。彼女は手で彼を押し返すような姿勢でベッドに腰をおろしており、その身体は迫力に圧倒されるように、やや後ろに傾いており、眼差しは振り上げられた剣に向けられている。非常に劇的で迫力のある画面構成となっており、一見したところ何一つ不自然には感じられない。しかし、細かく見てゆくと理にかなわない点が散在する。皆が寝静まった後、寝室を抜けだし、凌辱を目的に来たはずのタルクィニウスが、いくつものボタンでしっかりと留められた胴着、靴下などを着用し、正装に近い服装をしているのは奇妙である。ルクレティアの方は、髪の毛はまだ整えられたままで、なぜか裸体にネックレス、腕輪、イヤリングだけを身につけている。ゴッフェンによれば、タルクィニウスが堂々とした服装をしているのは彼の強さを、ルクレティアの裸体はその弱さと純真さを、

それぞれ象徴的に示しているとされているが、2人の対照的な姿が隠微な雰囲気を強めていることは否定しがたい。画面に描かれたものは、まだほとんど乱れてはいないにもかかわらず、巧みな構成により、つぎの瞬間に起こるであろう出来事への好奇心をかきたてるよう構成されている。

　この絵において特に注目したいのは、絵のなかに描き込まれた、もう1人の男の姿である。それはルクレティアが凌辱されようとする瞬間をカーテンごしに窃視している男である。リウィウスなどの記述にはその場には誰もいなかったことになっており、ディオニシュオスにおいては部屋の外で奴隷が寝込んでいたとされているが、部屋の中にいたとは記述されておらず、翌朝の彼女の話しにおいても一切言及されてはいない。ティツィアーノが描き込んだその男の表情と眼差しは、帽子の陰に隠され、ほとんど描かれておらず、彼女を助けに来た者なのか、タルクィニウスの協力者なのか、全く明らかにはされていない。ティツィアーノがこの絵の構図の参考にした可能性がある版画のうちの2枚にも3人目の男の姿が描かれているが、彼らの人物設定とその描写に曖昧さはない。[10] ゴッフェンはティツィアーノが描き込んだこの男の視線について、この絵を見る者の眼差しと同じで、この後に起こるであろう事態を予測していながら、ただ見ているだけで何もしようとせず、結果的に犯罪の共犯者となっていると指摘している。すなわち、この曖昧な視線は、どちらかと言えばタルクィニウスの側に近く、この絵を見るとりわけ男性の視線と重なり合うものとなっている。

(7)　鑑賞する者の眼差し

　ゴッフェンが指摘したような不純で偽善的な眼差しを考えるとき、シェイクスピアがその劇作品『トロイラスとクレシダ』(*Troilus and*

Cressida, 1602)において描いたクレシダについての描写が参考になる。

> あの女の目も頬も唇もものを言う、それどころか
> 足まで話しかけるようだ。淫蕩な性質が
> 四肢五体の一挙一動に顔をのぞかせている。
>
> (4幕5場55-57行)

　人質交換により敵側のトロイからギリシア側の陣営に連れてこられたクレシダは、将軍たちによりつぎつぎに口づけをされるという不純な〈歓迎〉を受ける。その場にいる将軍たちは魅力ある若い女性に口づけをしようと互いに競い合う。その様子を目にしたユリシーズは男性の側の不純さには一切言及することなく、クレシダについて、目や頬や唇だけではなく、身体の細部にまで放縦な淫蕩さをみいだす。この描写はクレシダ自身のあり様というよりは、ユリシーズを含めた男性の側の眼差しを表現している。この場面でクレシダが男性たちの不純さを翻弄しているのは否定できないが、男ばかりの敵陣のなかに1人で連れてこられ、危うい立場にあるクレシダにとって、それは生き延びるための手段であるとも考えられる。少なくともこの場面において不純なのは、彼女を見つめる男性の側の視線であり、彼女自身ではない。

　『女性の美と徳』における〈ラディスラオ氏〉は、「名高いルクレツィアがセクストゥス・タルクィニウスに気に入られた」のは、真の美が彼女にそなわっていたからであるとし、「もし見せかけではなく、本当の美が災いをもたらしたとすれば」、それは「美が時には有害であるからにほかなりません」と述べ、男性が悪なのではなく、女性の美そのものが悪であるかのような議論を展開するが、そこにはユリシーズの台詞におけるのと同じ精神が反映されている。誘うような眼差しのルクレティアを描いたとき、クラナッハは男性の注文主のこのような身勝手な欲望に

応えようとしたと考えることができる。

(8) 描き変えられたルクレティア

ルクレティアに向けられた眼差しが常に不純であったわけではないようである。クラナッハが描いた彼女の裸体画の上に、18世紀頃の所有者によって衣服が描き加えられた例があるという。1910年に修復され、白黒写真が残されているのみであるが、そこにはさながらキリスト教の聖女のように分厚い衣服が描き加えられている。しかしながら、この加筆は当時の所有者の美徳を示しているというよりは、「偽善的な謙遜」[10]と呼びうる屈折した行為であったとみなす方が正しいであろう。17世紀オランダの画家レンブラント（Rembrandt van Rijn, 1606－69）は着衣のルクレティアを重厚で決意に満ちた姿に仕上げた《ルクレティアの自決》("Death of Lucretia," 1666. ミネアポリス市、ミネアポリス美術館蔵）を描いた。ベッドのわきで「最後の力を振り絞って復讐を懇願する」ルクレティアの表情は、「リウィウスの記述にふさわしく、鑑賞者に同情を乞うてはおらず」、[11]男性の眼を楽しませることをも拒絶している。しかしながら、このような絵画はレンブラントならではの重厚な光と静謐な筆致によってのみ成立するもので、非常に稀な作品のうちの1つである。

16世紀初頭に制作され、《マグダラのマリア（ルクレティア？）》("Maddalena discinta[Lucrezia?]," c. 1515. 個人蔵）という奇妙な名をつけられた作品がたどった経緯もまた興味深い。制作者は明確ではないが、ダ・ヴィンチの影響を受け、数々の作品を制作したジャンピエトリーノ（Giampietrino,？－？）作とされている。描かれているのは、半身像で半裸の女性が、服の下にまとった薄く透き通ったレースを右手でゆったりと引き上げながら、ごく自然なポーズで顔をかたむけ、斜め右上を見つめている姿である。この絵はマグダラのマリアを描いたものであると

考えられてきたが、分析の結果、女性がもともと握っていたのはレースではなく短剣であり、本来はルクレティアを描いた絵画であったことが判明した。[12] 過去における乱暴な加筆や修正はめずらしくはないが、なんらかの経緯で、胸に向けられた短剣が消し去られ、薄いベールが描き加えられ、マグダラのマリアを彷彿させる宗教画のように仕立て上げられた。自殺を想起させる短剣が好ましくないと考えられた可能性もあるが、官能的な絵画においても、異教の女性より、キリスト教の聖女の方が受け入れやすいものであったことを示す一例となるであろう。

Ⅷ　シェイクスピア

(1)『ルークリースの凌辱』

　物語詩『ルークリースの凌辱』において、シェイクスピアはリウィウスなどと同じ題材をあつかっているが、その関心は凝った比喩表現と一連の物語における2人の精神の動きや揺らぎを丹念に描きあげることに向かっており、まったく異なった世界として成立している。先行して著された、同じく物語詩の『ヴィーナスとアドーニス』(*Venus and Adonis*, 1592 – 93)において、シェイクスピアは女神による求愛と誘惑の様子を官能的に描いたが、次作においては扇情的な要素は排除されており、前作から受けた印象を残し、不純な動機を抱いて読む読者の期待を意図的に裏切ろうとしているかのようである。

　他にも、この作品には読む者に違和感やとまどいを引き起こさずにはおかない点がいくつかある。ドナルドソンはこの作品について、部分的には巧みな部分もあるが、統一性をもちえておらず、全体として説得力のある物語とはなり得ていないとしているが、他者の眼差しを一切意識することなく、一心不乱に誘惑に没頭するヴィーナスの姿を読む者は、窃視者としての自意識を免れた状態で、作品の世界に浸ることができる

であろう。それに対し、ルークリースが独りで悲嘆に暮れる場面を読む者は居心地の悪さを禁じえないように思われる。ルークリースは貞淑で気高い精神をもった女性であるが、その様子は凝った比喩でじっくりと読み解かれるべく描かれている。また、憔悴した彼女が夫たちの到着を待ち続ける間の心の動きは、集中力を維持して読み続けるには一貫した流れがうすい。さらに、シェイクスピアは凌辱する側のタークィンの精神もまた丹念に描いており、悪人であるはずの彼もまたある程度共感しえる人物として提示されている。

　読者はさながら、自分がティツィアーノによって描き込まれた3人目の人物のような立場にあると感じるかもしれない。すなわち、幾分かの不純な期待を抱きつつ作品を紐解き、曖昧な状態で読み進み、一時的にはタークィンにも共感することになるのである。

(2) 内面の反映としての欲望

　この作品においては読む側の視点だけではなく、作中における人物の眼差しにも興味深い混乱が潜んでいる。例えば、シェイクスピアが描いたタークィンが、ルークリースへの情欲を募らせるきっかけは、じつは彼女を〈見る〉ことによってではない。それ以前に彼はコラタインの話を〈聞く〉ことにより激しい欲望をつのらせているのであり、眼差しはむしろ彼自身の内面の欲望を追認するにすぎない。

　　恐らく「貞節な」というその名が、不幸にも、
　　彼の鋭い欲情に鈍ることのない切っ先を付けたのだろう、
　　コラタインが迂闊にも、
　　彼の喜びのあの空に栄光と満ちて輝く
　　比類なく清らかな赤と白を存分に褒め称えたときに。

　　　　　　　　　　　　　　　　　　　　　　(8-12行)

ルークリースの容姿の美しさを形容した比喩についての考察はここでは省くこととし、さらに読み進むと、「もしかして、女王然たるルークリースを我が物とした彼の自慢話なのか、/この増上慢の王子を唆(そそのか)す原因となったのは。/私たちの心は、耳から入るものによってしばしば汚されるから」(36-38行)という記述もある。タークィンの内面の欲望に火をつけたのは、実はコラタインによる不用意な自慢話に他ならない。すなわち、聞くことによってかきたてられた欲望の対象が、予想に違わず美しかったに過ぎないのであり、目で見た美しさのゆえに執着したとされてはいないのである。

　目的を達成した後、意気揚々と帰途につくリウィウスなどのタルクィニウスとは異なり、シェイクスピアのタークィンは、なんらの喜びも達成感もみいだすことができない。彼の「燃えたぎる」欲望は、「凍える後悔の念へと」(691行)変わり、その精神は「良心の呵責」(688行)に苛まれる。彼は自らを動かし続けてきた内面の欲望が何ら満たされることなく、単に「肉の快楽」(713行)という一時的な情欲に耽溺したにすぎないことに気づかされるのであり、後に残るのは後悔と自責の念でしかない。このような経過は「暴走する欲望」に溺れてはならないという教訓でもあるが、欲望そのもののあり様を示していると考えることも可能であろう。シェイクスピアが描くタークィンが執拗に〈見つめ〉続けてきた欲望の本当の対象は、彼自身の精神のなかにある。それは〈聞く〉ことによってかきたてられた、明確な像を結ぶことのない欲望であり、あらかじめ挫折することを運命づけられた欲望なのである。同様の欲望は国王殺しへと向かうマクベスに〈見える〉「剣」の幻影にみいだすことができる。彼の欲望は魔女たちの予言を〈聞く〉ことによって掻きたてられたものであり、「剣」の幻影は決してつかむことができない欲望のあり様を示している。意を決して実行した国王殺しにより得た地位は、それを手にし

た途端、何ら意味をなさないものへと変貌するのである。

(3) 内面の反映としての眼差し

　ルークリースの眼差しもまた彼女自身の内面の反映となっている。元来、彼女の精神は他者の眼差しを意識することのない、一種の楽園のような状態にあったと考えることができるが、凌辱を契機に突然それを意識し始めるのである。あるいは執着し始めると言ったほうが正しいであろう。彼女が意識する眼差しは、彼女自身が心に抱く罪悪感の反映であり、彼女自身の自らに対する眼差しにほかならない。

　取り返しのつかない状況を呪詛し続けながら、ルークリースは視界をさえぎる夜の闇が永遠に続くことを願う。夜明けが近づくと、その光が自分を詮索していると感じ（1087行）、さらに自分に見えるすべてのもののなかに自らの状況を投影する。たとえば、トロイ落城の運命を描いた絵に目を向けるくだりでは、「私はタークィンに応接した。そうして、わたしのトロイは滅んだ」（1547行）と語り、彼女は描かれた絵のなかに自らの運命を読み取るのである。

　さらに、ルークリースは自らの眼差しと他者の視線を区別することをせず、「私の眼はよく分かっている、わたしの眼に見える／恥辱は、必ずやだれの眼にも見えるはず」（750-51行）とも語る。しかも、彼女に「見える」ものは、彼女自身の内面の投影に他ならず、夫らに宛てた手紙を渡した従僕の顔が紅潮しているのを見て取ると、彼女は自らの凌辱を見透かされたと思い込み、実際には存在しない「眼差し」を読み取ろうと、彼が戸惑うほどその顔を凝視するのである。

　シェイクスピアにおいては、ルークリースの眼差しも、タークィンの欲望も、彼らの内面の反映でしかなく、その精神はさながら鏡の迷宮のなかにあるかのようである。あるいは、この作品そのものが読む者を迷宮へと誘い込むよう意図されているようにすら思われる。

Ⅸ 18世紀

(1) フランス革命とブルトゥス

　絶対王政の時代に生きたシェイクスピアにとって、政治的転覆と共和制の誕生というテーマは危険をともなうものであったが、彼は物語の焦点をひたすら2人の人物の精神の揺らぎに絞ることにより、危うい問題を回避した。15世紀のボッティチェッリ以来、再びルクレティアの物語の政治的側面が注目されるのは、大きな政治的変動が起きた18世紀末のフランスの革命期においてである。その約30年前に、ルソーは彼女を題材とした劇の執筆を試み、「この不幸な女性がもうフランスのどの劇場にも現れないとき、もう一度あえて登場させ」、「皮肉屋連中をあっと言わせ」ようと考え、実際に1754年頃に筆を執ったが、未完に終わり、今ではその断片が残るのみである。ボルテール (Voltaire, 1694 – 1778) による劇『ブルトゥス』(*Brutus*, 1730) もまた、初演ではあまり評判を呼ばなかったが、革命後の1790年代の上演で大きな成功を収めた。

　革命が近づくと絵画においてもブルトゥスのほうが注目されるようになる。イギリス新古典主義の画家ゲーヴィン・ハミルトン (Gavin Hamilton, 1723 – 98) による《ブルータスによる誓い》("The Oath of Brutus," 1763 – 64. コネティカット、イエール大学英国美術センター蔵) において、画家は描く瞬間を少し先にずらすことで、絵の主役をブルトゥスに移すことに成功している。この絵の左下方に描かれたルクレティアは、まさに息絶えようとしており、画面の中央ではブルトゥスが力強く王制打倒を説き、3人の男が決意を固めている。男たちの視線はもはや彼女には向かってはおらず、男性のなかで悲しんでいるのは夫のコラティヌスのみである。ルクレティアは下から手をのばし、ブルトゥスのチュニックを力なくつかむことにより、かろうじて賛同の意を示す

文化的表象としてのルクレティア　341

のみである。さらに、その視線はブルトゥスが掲げた短剣（それは彼女が自らの胸を貫いた短剣であるが）に向けられており、男たちの団結を見届けてから息絶えようとしているかのようである。ドナルドソンが指摘するように、この絵には女性の世界から男性の世界への移行、すなわち個人的な局面から公的な局面への転換が表現されており、主役は明らかに男性の側に移っている。

(2)『クラリッサ』

　18世紀イギリスの小説家サミュエル・リチャードソン（Samuel Richardson, 1689 - 1761）の小説においても、ルクレティアについての言及があり、そこからは革命期のフランスとは異なる、もう1つのルクレティアの物語の受容のあり様を読み取ることができる。当時大いに人気を博した小説『パミラ』（*Pamela, or Virtue Rewarded*, 1740）において、パミラの主人のB氏が、彼女の首や唇に強引にキスをした後、「誰が凌辱されたルクレチア[ママ]を責めるものか、責められるのは乱暴した奴だけさ」と開き直る場面がある。パミラが反論し、「では、乱暴されたら、ルクレチアのように死んで身の潔白を示してもよろしいですか」と問いかけると、B氏は「たいした娘だ、よく本を読んでいるな」（手紙15）とあざけりの態度を示す。B氏は女性の召使いであるパミラがルクレティアを知っていることにより、自尊心を傷つけられたようにみえる。このエピソードから、18世紀イギリスの読者にもルクレティアの物語はある程度は知られてはいたものの、もはやそれほど一般的ではなくなっていたことがうかがえる。

　大作『クラリッサ』（*Clarissa Harlowe, or the History of a Young Lady*, 1747 - 48）における状況は非常に深刻である。主人公クラリッサは薬を飲まされ、意識を失った状態で凌辱され、病により死に至る女性であるが、凌辱者ラブレスは、敬虔なキリスト教徒であるクラリッサにつ

いて、「例のローマの既婚婦人［ルクレティア］のように自ら命を縮めるような真似は、あれだけ良識を備えた彼女には思い及ばないことなのだ」(第7巻手紙2)[13]と考え、彼女が自殺する可能性などないと確信している。他方、クラリッサは、さながらルクレティアのようにナイフの「切っ先を自らの胸に向け、決然とした様子で柄の部分をすっかり握り締め」ることによって、ラブレスを戸惑わせることすらする(第6巻手紙13)。さらに、ラブレスは自らの凌辱について、「一部の者たちはこの件での俺のことをタルクイニウスのように考えているとしても」、自分は「権力の座にあるタルクイニウスなのではなく、従って、そこからは何らの国家的な問題も生じない」(第7巻手紙2)と述べている。クラリッサとルクレティアの状況はたしかに類似してはいるものの、ラブレスの手紙に示されているように、ルクレティアの物語は、ひとたび政治的背景を失うならば、〈起こりうる〉あるいは〈実際に起こっている〉出来事となり、その特別な魅力はほとんど消え去ってしまうかのようである。18世紀のヨーロッパにおいては、それは根深い社会的問題、あるいは法的問題となっていたのである。

X 19世紀

(1)「自己犠牲的女性の鑑」

クラリッサは男性たちに利用され蹂躙されたのち、病により死に至るが、作者リチャードソンはその原因を明確にはしてはいない。ドナルドソンが指摘するように、その病は彼女自身が引き寄せたものであるとも考えられる。しかも、彼女は復讐をうながすこともなく、むしろラブレスを許すよう願うことすらするのである。病の床で憔悴して死んでゆくクラリッサの姿は、どちらかと言えば、断固としたルクレティアというよりは、シェイクスピアが描いたオフィーリアに近い。彼女はハムレッ

トに翻弄されても、ひたすら忍従し続け、狂気のなかで溺死により命を落とす人物である。

19世紀末のヨーロッパにおいて空前の人気を博したのは、そのオフィーリアである。ブラム・ダイクストラによれば、オフィーリアは「狂気に陥ることによって、恋人への献身を最も完璧に立証」した女性と考えられ、「愛により狂乱した自己犠牲的女性の鑑」であるとみなされたという。アルフレッド・テニスン(Alfred Tennyson, 1809 – 92)が、その詩「シャーロットの乙女」("The Lady of Shalott," 1833)のなかであつかった乙女や、『国王牧歌』(Idylls of The King, 1859 – 85)でラーンスロットへの愛に殉じるエレインといった、報われない愛のなかで死んでゆく女性が人気を博した。

シェイクスピアが描いた人物のなかで、オフィーリアのほかに人気を得て、絵画の題材として多くあつかわれたのもまた過剰なまでに無力で従順な女性たちである。不当な言いがかりにより婚約を破棄されながらも、何ら不平を言うことなく、小姓の歌で気を紛らし続けるマリアナ(『尺には尺を』)、ルクレティアと同じように夫により賭の対象とされ、さらにはその夫の指示で自らが殺されようとしていることを知ってもその運命を甘んじて受け入れ、ひたすら夫の幸せを願い続けるイモージェン(『シンベリン』)といった女性たちである。このような献身的従順さが、女性の美徳とされるなかで、ルクレティアの過激な「自己犠牲」はもはや時代の雰囲気と全く合致しないものとなっていた。

(2) 閉じられた眼差しと無遠慮な視線

19世紀の絵画の題材におけるもう1つの流行は、無力で、眼差しが希薄な女性たちである。ジョン・エヴァレット・ミレー(John Everett Millais, 1829 – 96)の《オフィーリア》("Ophelia," 1852. ロンドン、テート・ブリテン蔵)においては、女性が溺死しかけているにもかかわらず、

何らの苦しみも描かれてはおらず、その視線は曖昧で、すでに焦点を結んでいない。それはダクストラが言うところの「光を失った目」と呼ぶことができる眼差しである。

　上述のイモージェンは眠っている姿で描かれることが多かったが、19世紀末にアカデミー派やそれ以外の画家たちにも共通して好まれた題材は〈眠る女性〉である。エドワード・バーン＝ジョーンズ（Edward Burne-Jones, 1833 - 98）による《眠り姫——連作「いばら姫」》("The Sleeping Princess: Briar - Rose Series," 1872 - c. 74. ダブリン、ダブリン市立ヒューレイン美術館蔵）のシリーズはその典型であろう。4人の乙女が静寂のなかで安らかに眠っている。彼女たちは妖精によって呪いをかけられ、若い王子がいばらに閉ざされた宮殿に分け入り、口づけにより目を覚まされるまで眠り続けるのである。これらの絵にはもはや背けられた眼差しすらなく、意志を失った虚脱状態の姿があるのみである。

　典型的な例としては、アレクサンドル・カバネル（Alexandre Cabanel, 1823 - 89）の《ヴィーナスの誕生》("The Birth of Venus," 1863. パリ、オルセー美術館蔵）がある。そこには横たわって顔を覆って眠っているかのような女性の姿が描かれており、彼女の上を無邪気なキューピッドたちが飛び回っている。題名こそ神話の女神からとられているが、その身体は若くなまめかしい女性の裸体にほかならない。また、ジャン＝レオン・ジェローム（Jean-Leon Gerome, 1824 - 1904）による《法廷のフリュネー》("Phryne before the Areopagus," 1861. ドイツ、ハンブルク美術館蔵）は、眠ってこそいないが、全裸で手で目を覆った白い肌の女性が無防備な姿で浅黒い肌の男たちの眼差しにさらされている。これら2枚の絵に描き込まれたキューピッドの無邪気な眼差しとオリエントの男たちのぶしつけな視線は、一見したところ、対極にあるように思われるが、〈鑑賞者〉の眼差しに関していえば、果たしている役割がそれほど異なっているわけではない。すなわち、どちらも無防備な女性の裸体

を見つめる者の罪悪感を軽減するか、あわよくば消し去ろうとする役割を担っているのである。

(3) 「鏡は我々に仮面しか見せない」

19世紀末においては妖艶な女性サロメもまた、〈宿命の女〉というカテゴリーのなかで人気を博した。ルクレティアと同じ異教の女性サロメやユディトも多く描かれた。オスカー・ワイルド（Oscar Wilde, 1854 – 1900）の耽美的な劇『サロメ』（*Salome*, 1891）は、当時、上演禁止の憂き目にあったが、彼が描いたサロメはその美貌と官能性のゆえに男たちの視線を集める女性である。彼女に恋をした若いシリア人は、彼女を見つめすぎたために、報われない情熱のなかで命を絶つ。ヘロディアスは「あれはサロメを見すぎていた」と語るが、その王自身もサロメを見つめ過ぎることにより、取り返しのつかない過ちを犯す。彼女の踊りを〈見た〉代償がヨカナーンの首であることを知ると、ヘロディアスは「私はお前［サロメ］を見つめ過ぎた。だが、私はもうお前を見ない。人は何も見つめるべきではない」とし、その官能性に眩惑されるのを防ごうとサロメを見つめることを自らに禁じる。興味深いことに、彼はさらに続けて、「鏡なら見つめてもかまわない。なぜなら鏡は我々に仮面しか見せないからだ」という謎めいた言葉を語る。なぜ、「サロメ」と「鏡」が比較されるのだろうか。この一節を本稿の論旨に即して考えるならば、〈鏡は我々に害を及ぼさない。なぜなら、鏡は人の心の奥底にある暗い欲望を映し出す際にも、それを体裁良く繕った「仮面」として映すに過ぎないからである〉と言い換えても差し支えない。あるいは、見つめている対象が「鏡」である限りは、冷静な判断をうしなって欲望の虜になることはない、ということになるであろう。上述のシャーロットの乙女は、呪いにより鏡をとおしてしか外の世界を見ることができず、直接ラーンスロットの姿を見ることが命取りとなるが、女性に向けられたこ

の19世紀的な〈教訓〉とほぼ同じ構図が、ワイルドによって男性の欲望に向けられた教訓とされていることもまた興味深い。

　タルクィニウスがルクレティアを「見つめすぎる」ことにより、王位を失ったとするならば、本稿で論じてきたルクレティアをめぐる作品群は、ヘロディアスが言うところの「鏡」に相当する。作品として仕上げられたルクレティアの姿は、人の内に潜むタルクィニウスの欲望に「仮面」をまとわせることで、正当な娯楽として仕立て上げられ、提供され続けてきたのである。

XI　忘れられるルクレティア

(1) 挑発する眼差し

　ワイルドが描いたサロメは単に見つめられるだけでなく、ヨカナーンを激しく見つめる女性でもあった。しかし彼女は自らの眼差しに溺れるのみで、自らに向けられた無遠慮な眼差しに挑もうとはしなかった。19世紀の絵画においては、見る者を挑発的に見つめ返す女性が登場し始める。エドゥアール・マネ (Édouard Manet, 1832 – 83) の絵画《オランピア》("Olympia," 1863. パリ、オルセー美術館蔵) は、ティツィアーノなども用いたベッド上に横たわるヴィーナスという伝統的な構図をとりながらも、神話という口実を拒絶した作品である。絵のなかでは明らかに娼婦と分かる全裸の女性が、何ら媚びることのない毅然とした表情でこちらを見据えており、「光を失った目」や〈眠る女性〉とは対極にある挑発的な作品となっている。また、半裸の姿で描かれたグスタフ・クリムト (Gustav Klimt, 1862 – 1918) の《ユディトⅠ》("Judith I," 1901. ウイーン、オーストリア・ギャラリー蔵) は、ホロフェルネスの首を抱え、恍惚とした強烈な官能性を漂わせた眼差しでこちらを見つめており、見る者をたじろがせずにはおかない。

男性の画家によって描かれた絵画だけではなく、実際に生きた女性や女流画家についても、少数ではあるが、ふれておきたい。ワイルドによる『サロメ』で主役を演じる予定となっていた、女優サラ・ベルナール(Sarah Bernhardt, 1844 - 1923) は、自分に向けられた観客の期待を十分に知り尽くしたうえで、自らのやつれたイメージをつくりあげた。ダイクストラによれば、それは「当時の文化的好みへの実に完璧な反応」であり、彼女は眼差しを利用した見事な自己演出により、人々の喝采を得ることができた。

　20世紀初頭に大衆的芸術家として人気があったタマラ・ド・レンピッカ (Tamara de Lempicka, 1898 - 1980) もまた、自らをさながら女優のように官能的に写した写真を多数撮影させるなど、自らの美貌と他者の眼差しを強く意識した画家であった。現在のファッション写真の先駆け的な絵画、《ブガッティに乗る自画像》("Self-Portrait in the Green Bugatti," 1929. バーゼル、ルノー・コレクション蔵)においては、美貌の画家が「やや嘲笑の色を湛えて」こちらを見つめている。彼女が所有していたのは実際には大型のブガッティではなかったが、当時はまだ男性の側に属していた車という「近代技術の領域」において、「女性の除外や制限に関するいかなる議論も、最初から無効にしてしまう」[14]ほどに、力強く冷笑的な表情をうかべている。画家は自らに向けられた眼差しには全くの無関心を装っており、その視線は鑑賞する者の眼差しを際どくかすめるのみで、我々はその魅惑的な視線をとらえることができない。そこには、単に自らの姿をさらすのではなく、周到な自己演出により、見つめる者を魅惑し、その眼差しを操ることによって、さらに多くの視線を集めようという画家の戦略が感じられる。

　ベルナールやレンピッカは、自らに求められている姿と自分が見せることを望む姿との間のバランスを巧みにとることによって、社会的にも成功することができた数少ない女性たちのなかに位置している。

(2) 都合のよい「鏡」

とりわけ19世紀末においては、創作の自由度がかなり拡がり、人々は自分たちの嗜好に合わせた物語を創り上げることができるようになる。裸体画を描く口実もさらに巧妙となり、『旧約聖書』の聖女たちですら半裸で描かれた。さらに指摘するならば、もはや背けられた眼差しと短剣は、画家にとって制約でしかなく、むしろ匿名性のほうが性的なモティーフの表現の可能性を拡げる要因となる。19世紀に爆発的に流行した、社会の表にでることのない小説群は、教養を身につけた知的な男性たちによっても読まれていた。世紀の半ばに発明された写真もまた、中・上流階級を含め多くの人の眼差しを大いに満足させた。ルクレティアが作品の題材として利用されなくなってゆくのは、すでに述べたように男性たちが自らの欲望を映し出すもっと都合の良い「鏡」を手に入れたからにほかならない。[15]

註

(1) 名前の表記は原則としてルクレティア、タルクィニウス、ブルトゥスとした。原文が英語、イタリア語などの文献からの引用については、それぞれの言語の発音に近い表記を用いた。翻訳箇所については、訳者がある場合には、その表記にしたがった。

(2) シェイクスピアの劇作品からの引用は、すべて小田島雄志訳(白水社Uブックスシリーズ)による。その他の著作からの引用は、翻訳のあるものは参考文献に記した書籍による。

(3) 本稿は参考文献に記した、ドナルドソン、ゴッフェン、ダイクストラ、若桑みどりの研究に多くを負っている。

(4) このブルトゥスは、カエサル暗殺の首謀者とは関連がないと考えられる。この挿話に登場するブルトゥスは貴族であり、カエサル暗殺の首謀者は平民である。ドナルドソン、106頁参照。

(5) 『黄金伝説』に登場する聖ペラギアとは異なる。

(6) この絵をティツィアーノ作とみなすことには異論もある。ゴッフェン、198頁参照。
(7) マリーナ・サントゥッチ『パルマ――イタリア美術、もう一つの都』高梨光正、東京読売本社事業部編、深田麻里亜訳（読売新聞関東本社、2007年）、120-21頁。
(8) 他の2枚は、ティツィアーノ工房の作品 "Rape of Lucretia (Tarquin and Lucretia),"c. 1570, Bordeaux, Musée des Beau-Arts と、"Rape of Lucretia (Tarquin and Lucretia)," c. 1570–76, Vienna, Akademie der Bildenden Künste である。
(9) 2枚のエッチングについてはゴッフェン、206頁参照。
(10) M. Georges de Miré, 'Les Fausses Pudeurs,' (*Connaissance des arts*, Vol. 15, 1953), p.13.
(11) マリエット・ヴィステルマン『レンブラント』岩波世界の美術、山口昭男訳（岩波書店、2005年）、308-09頁。
(12) カルロ・ペドレッティ『ダヴィンチ美の理想』大野陽子訳（毎日新聞社、2011年）、52-53頁。
(13) 『クラリッサ』の翻訳は渡辺洋訳による。http://yorific.cll.hokudai.ac.jp/、2012年。
(14) シュテファニー・ペンク『タマラ・ド・レンピッカ』岩波アートライブラリー、水沢勉訳（岩波書店、2009年）、60-61頁。
(15) 20世紀においても、ベンジャミン・ブリテン、ジャン・ジロドゥなど、多くはないが、すぐれた作品がある。

参考文献

Britten, Benjamin. *The Rape of Lucretia* (DVD), English National Opera Orchestra. Kultur Video, 2005.

Chaucer, Geoffrey. *The Complete Works of Geoffrey Chaucer*. Ed. F.N. Robinson. Oxford University Press, 1979.

Chong, Alan, Richard Lingner, Carl Zahn. *Eye of the Beholder: Masterpiece from the Isabella Stewart Gardner Museum*. Izabera Stewart Gardner Museum, 2003.

Donaldson, Ian. *The Rapes of Lucretia: A Myth and its Transformations*. Clarendon Press, 1982.

Dionysius of Halicarnassus. *Roman Antiquities II*. Trans. Earnest Cary. Harvard University Press, 1939.

Goffen, Rona. *Titian's Women*. Yale University Press, 1997.

Hendy, Philip. *European and American Paintings in the Isabella Stewart Gardner Museum*. Trustees of the Isabella Stewart Gardener Museum, 1974.

Livy. *The Early History of Rome: Books I-V of The History of Rome from Its Foundations*.

Trans. Aubrey De Sélincourt. Penguin Books, 1960.
Proudfoot, Richard, Ann Thompson, David Scott Kastan, eds. *The Arden Shakespeare / Complete Works*. 1988.
Richardson, Samuel. *Pamela; or, Virtue Rewarded*. Oxford World's Classic. Oxford University Press, 2008.
Richardson, Samuel. *Clarissa Harlowe; or The History of a Young Lady*（Kindle Edition）, Vol. 1-9. Amazon Digital Services, 2012.
Roe, John, ed. *The Poems*, New Cambridge Shakespeare. Cambridge University Press, 1992.
Sidney, Philip. *An Apology for Poetry (or The Defence of Poesy)*. Ed. R. W. Maslen. Manchester University Press, 1973.
Tatlock, John S. P., Percy MacKaye. *The Modern Reader's Chaucer: The Complete Poetical Works of Geoffrey Chaucer*. Macmillan, 1966.
Voltaire. *The Works of M. De. Voltaire: Oedipus. Mariamne. Brutus....* Nabu Press, 2012.
Wilde, Oscar. *Complete Works of Oscar Wilde*. Ed. Merlin Holland. Collins, 2003.

アウグスティヌス『アウグスティヌス著作集』第11巻、赤木善光・泉治典・金子晴勇訳、教文館、1890年
井村君江『サロメの図像学』あんず堂、2003年
ウォラギネ、ヤコブス・デ『黄金伝説』第4巻、前田敬作・山中知子訳、平凡社、2006年
ヴァザーリ、ジョルジョ『続ルネサンス画人伝』平川祐弘・仙北谷茅戸・小谷年司訳、白水社、2009年
エウセビオス『エウセビオス「教会史」』下巻、秦　剛平訳、講談社学術文庫、講談社、2010年
オウィディウス『祭暦』叢書アレクサンドリア図書館、高橋宏幸訳、国文社、1994年
小野寺玲子、毎日新聞社企画事業部（野呂珠里・山之内郁治）（編）『ヴィクトリアン・ヌード――19世紀英国のモラルと芸術』毎日新聞社、2003年
河村錠一郎（監修）『バーン・ジョーンズ展』東京新聞、2012年
末廣幹（責任編集）『国家身体はアンドロイドの夢を見るか――初期近代イギリス表象文化アーカイブ1』ありな書房、2001年
鈴村聡「手紙と遺書――『ルクリースの凌辱』論」『明治大学教養論集』187号、pp. 157-97、明治大学教養論集刊行会、1986年。
シドニー、フィリップ『フィリップ・シドニー』富原芳彰訳註、研究社、1970年
シェイクスピア、ウィリアム『新訳シェイクスピア詩集』大塚定徳、村里好俊訳、大

阪教育図書、2011年
ジロドゥ、ジャン『ジロドゥ戯曲全集』第6巻、内村直也訳、白水社、2001年
上智大学中世思想研究所（編訳、監修）『中世思想原典集成4　初期ラテン教父』平凡社、2003年
ダイクストラ、ブラム『倒錯の偶像——世紀末幻想としての女性悪』富士川義之他訳、パピルス、1994年
高橋明也、カロリーヌ・マチュー『マネとモダン・パリ』三菱一号館美術館、2010年
ダンテ『神曲』寿岳文章訳、集英社、1980年
ヒンツ、ベルトルト『クラーナハ』パルコ美術新書、佐川美智子訳、1997年
マキャヴェッリ、ニッコロ『マキャヴェッリ全集』第4巻、岩倉具忠（代表）訳、筑摩書房、1999年
マップ、ウォルター、デオフラトゥス、聖ヒエロニムス『ジャンキンの悪妻の書』南雲堂フェニックス、瀬谷幸男訳、2006年
リウィウス『ローマ建国以来の歴史1』西洋古典叢書、岩谷　智訳、京都大学出版会、2008年
リチャードソン、サミュエル『パミラ、あるいは淑徳の報い』英国十八世紀文学叢書第1巻、原田範行訳、研究社、2011年
ルイジーニ、フェデリコ『ルネサンスの女性論3　女性の美と徳について』岡田温司、水野千依訳、ありな書房、2000年
ルソー、ジャン・ジャック『ルソー全集』第1巻、白水社、小林良彦訳、1979年
ルソー、ジャン・ジャック『エミール』中巻、岩波文庫、今野一雄訳、岩波書店、1963年
若桑みどり『象徴としての女性像』筑摩書房、2000年

21世紀における表現行為の可能性

文化・表象・虚構を考える

石 井 康 夫

1　21世紀的「滅び」・ゲーム化する感染症

　虚構に何ができるか？――できない。この問いと答えは、現代においては、ある種の前提であるとも考えられる。民間伝承や神話が根強く残っている地域――あるいは伝統的神が存在する地域とも言うべきであろうか――は別として、産業・大量消費を主たる活動とする文化圏では、現実世界こそが画面上・画像上で幾重にも物語的様相を呈して展開する。現実の自然災害の脅威や実際のあらゆる力の前には、物語や映画などはほぼ無意味だ。餓死や内戦の映像の前では、作り事は茶番でしかない。世界を明晰に理解できるか否かということでなく、報道でさえも世界を明晰に捉えられえない以上、なおさら虚構に真実を求めることはできないのだと思う。

　1950年、ナタリー・サロート（Nathalie Sarraute, 1900 - 99）は、『不信の時代』において、虚構の可能性に懐疑の眼を向けている。第2次世界大戦の残虐、強制収容所の非人間性の記録の前には、作りものは遥かに及ばないと示唆した。バルザック（Honoré de Balzac, 1799 - 1850）やフローベール（Gustave Flaubert, 1821 - 80）、ドフトエフスキー

(Fyodor Mihaylovich Dostoevskiy, 1821 − 81)たちが表現した詳細な描写——人物がどのような色彩と材質の衣服を纏い、どのような表情で窓辺にたたずんでいたかなどの——物語の出来事に臨む人間たちへの細密な描写は、ガスで殺され、焼かれて炭化した死体や、戦車に弾き潰された肉塊の写真の前には、あまり意味がないというのだ。そのような見解は、報道の問題も含め、現実認識という観点から必要なことではあるだろう。

　「写実」という概念は、絵画の世界も含め、「客観」的描写というものの可能性のうえに成立していたものである。しかし、少なくとも近世・近代的意味の主観・客観の概念は滅びてしまったとも考えられる。それからすでに相当の時間が経過しているが、状況はそう変化してはいないのではないか。また表現主義以降の「主観」に根ざした内観の姿勢も摩滅してしまった。内観＝普遍という構図もとうの昔に猜疑の彼方に追いやられた感はある。カンディンスキー（Wassily Kandinsky, 1866 − 1944)のコンポジションや、モンドリアン（Piet Mondrian, 1872 − 1944)が表した色彩と造形は、内観を経て「抽象」という形象に至る、しかしそのプロセスと結実も、「抽象」の名の元での自己消化に過ぎない、と解釈されうる。それでは、徹底したリアリズムはどうか。たとえばオットー・ディックス（Otto Dix, 1891 − 1969)の絵画は、戦争や人間の醜悪さ、残酷さを表現するには極めて強烈な説得力を持っていた。それはディックスがデューラー（Albrecht Dürer, 1471 − 1528)やクラナッハ（Lucas Cranach, 1472 − 1553)以来の伝統的描写を限りなく継承していたからである。あの破壊的なディックスの絵画の暴力性は、デューラーもしくはホルバイン（Hans Holbein, 1497 − 1543)的な「緻密さ」に由来するのである。カンディンスキーは心の深遠に対象を見出したが、ディックスは、一貫して現実の世界を描いた。画家は可視的なものを創造を通じて別のものに仕立て上げるもの、と考えていたからだ。「別のもの」とは

もっと「よく見えるもの」という意味である。ディックスは2つの大戦を経験して、大量殺戮が外部からの力として作用する時代を生きた。

　21世紀の今日は、人々が食材に不安を抱き、食に安全を求め、耐性菌やウィルスの大量感染に怯える時代でもある。ウィルスによるパンデミック（世界的汎流行病）の虚構に震える時代でもありながら、一方では遺伝子修正によってマラリア媒介のヴェクターである蚊を根絶できるかもしれない技術力を有する時代でもある。

　冷戦終結以降も、政情不安・内戦の脅威は地域によってまだ続く問題である。そのような根絶することのない紛争は人倫の問題をつねに孕む。虚構は現実を乗り越えられない、とはいうものの、たとえば大岡昇平（1909－88）の『野火』（1951年）は、戦場の人肉食に関する人間の尊厳の問題を提示した。これは虚構を通じて考えさせる課題でもあった。映画『キリング・フィールド』（*The Killing Fields,* 1984）、『ホテル・ルワンダ』（*Hotel Rwanda,* 2004）などが示すジェノサイドの問題も、映画という媒体を通じて人倫の問題を投げかけた。サロートは、当時から、小説の役割は映画が担うであろうと指摘している。しかも映画も結局は小説と同じような疲弊を見るだろうという示唆も加えている。虚構は虚構でしかない以上、その可能性には限界は存する。映画が提示する惨劇は、作り物の惨劇でしかないのであるが、惨劇は極限的世界におけるドラマとして扱われる。極限的世界は「死」や「滅び」を根底においた神話的虚構を形象化するからだ。

　文学（的）作品は、遥か昔から基本的に「死」や「滅び」を主題としてきた。ギリシア悲劇では滅びの惨劇こそはドラマの中心であった。そこからカタルシスを得ることが一つの了解事項であった。社会と人間関係、愛情や絆など、あらゆる共同体の結束が、「滅び」というドラマを通じて確認される。その意味で「滅び」は皮肉なことに感動の誘引源になる。人間の本性や、運命の残酷が誘因する、「滅び」＝感動というシステ

ムは理解しやすいのだ。カミュ（Albert Camus, 1913 − 60）の表現を借りれば、「こんなことが起きるわけがない」という不条理が悲劇を代弁する。[1] S.ソンタグ（Susan Sontag, 1933 − 2004）は、惨劇とそこにまつわる大量破壊は、極度に単純化された道徳を共感するための道具にすぎないと指摘する。[2]「悲惨」というドラマには、惨劇に伴う破壊と殺戮が供えられ、殲滅と虐殺は道徳を高揚させる効果音のようなものだ。本来的に文学が扱うものの一つが不条理の領域である以上、ドラマを構築する要素が非日常的・非現実的なものであることがある種の前提でもある。トロイの悲劇にまつわる屍や奴隷にされる女性の数に比例して感動を伴う惨劇が存在することになる。この「滅び」／惨劇＝悲劇＝共感という図式は、時代の経過ともに変化することはない。『ニーベルンゲンの歌』（Das Nibelungenlied, 1200 − 05?）、ウィリアム・シェイクスピア（William Shakespeare, 1564 − 1616）の『リア王』（King Lear, 1605）など、悲しみの内に死が訪れる物語がもたらすものは、道徳的教訓よりも、まず劇的な悲哀である。物語性は、人や社会の運命をいかに劇的に描ききるかに関わっている。このことに関して、文学の持つ意義は昔も今も同じことだ。物語の役割は、虚構である限り、その虚構の枠の中で消化されるヒューマニズムを提示することにあったと考えられるのだ。

「滅び」のスケールが変わったのは、フランス革命やロシア革命、第1次・第2次世界大戦ではなく、冷戦時代の抑止力＝核兵器による。21世紀の現在も状況は同じだ。核兵器は確実に地球全体を滅ぼし、人間のみならず、およそ生物が生存する可能性をなくしてしまうからだ。20世紀の小説、ウィリアム・ゴールディング（William Golding, 1911 − 93 ）の『蠅の王』（Lord of the Flies, 1954）、ネヴィル・シュート（Nevil Shute, 1899-1960）の『渚にて』（On the Beach, 1957）などの背景にあるのは冷戦下の核戦争だった。SF小説では核戦争が人類絶滅の原因である場合が多い。ブラッドベリ（Ray Bradbury, 1920 − 2012）の『火星年代記』（The

Martian Chronicles, 1950) では火星に残った人以外の地球人は核戦争で滅びてしまう。手塚治虫（手塚治，1928 − 89）の『火の鳥 未来編』(1967 − 8年) でも人類は一瞬にして水爆により滅びる。映画『ザ・デイ・アフター』(*The Day After*, 1983) では、核攻撃による大国の崩壊が初めて映像として描かれた。20世紀中頃以降は、特に映画の世界におけるグローバルな「滅び」が頻繁に扱われるようになる。それこそ人類が根こそぎ滅亡するという惨劇が日常化し、大衆娯楽の中で地球は際限なく滅びていった。冷戦以降、通信や経済・貿易流通が一層加速されたグローバリズムの潮流に乗じて、「滅び」のスケールもグローバルに拡大される。20世紀末から21世紀の今日にかけては、特に映像世界であるが、良くも悪くも人類滅亡という「滅び」の惨劇が繰り返された。たしかに、核兵器に対する恐怖は、第2次大戦以降、物語に決定的な「滅び」を与える要素として扱われる材料であったことには違いない。昔の刀や槍の戦争と違うのは、全部滅びることである。英雄譚や道義的教訓が遺されるわけではなく、およそ生物という生物が死滅する点が決定的に異なる。絶滅する側の人間が文化・文明の絶滅を描くという矛盾はある。ゲーム感覚で、ゲームソフトの惨劇が量産される時代であり、絶滅・崩壊願望を表現する滅亡が今日的「滅び」であるともいえる。

　核戦争以外の絶滅要因は何かというと、病原菌や異星人ということになるが、20世紀後半からは病原菌・ウィルスが「滅び」の元凶であるという映画作品やドラマが増えた。映画『アウトブレイク』(*Outbreak*, 1995) は実際の風土病「エボラ出血熱」を参考にして作られた。人類は昔から数度のペスト菌による大量死（とくに西欧では）を経験し、20世紀に入ってもスペイン風邪により大戦よりも多くの命が地球規模で失われた。実は死をもたらす病に対する恐怖は、人間同士の闘争より大きいのだ。しかし、一見、戦争はドラマになるが、マラリアによる病死はドラマにならない。エボラ出血熱がドラマになるのは、たまたま出血死というイ

21世紀における表現行為の可能性　357

ンパクトが恐怖心を煽るからだ。人間同士の殺し合いは「悲劇」を生み、戦争はドラマ化されるのである。

　第2次大戦以降も、アフリカや東南アジア、中南米、中東、中央アジアでは内戦・地域紛争、冷戦に乗じた部族・経済戦争で無数の命が奪われてきた。ダイヤモンドの利権をめぐるリベリアやシエラレオネの内戦では、少年兵士の問題が国際的に明らかにされた。アンゴラ、モザンビーク、チャド、ルワンダ、スリランカ、エルサルバドル、ニカラグアなど、数えきれないほどの内戦が行われた。内戦の地域はどれも悲惨と残酷を極めた。20世紀中期以降も人間は殺戮を繰り返してきたのである。そのほとんどは描かれもせず、詳細な報道もされず、資源を巡る利権が絡まなければ国連による介入もない。大昔の見たこともないはずのテルモピレーの戦いで数百人のスパルタ兵がペルシャの大軍に挑むのはドラマになっても、スーダンの内戦は「悲劇」にはならない。その意味で、じつは、戦争による「悲劇」というものは、今日的視点からするとほとんどまったく無意味である。悲惨や極限だからということで虚構の題材になるわけではない。ドラマは情報操作や娯楽でしかなく、人間の倫理的本質を描写して世界に提示しているわけではない。

　一方で娯楽作品は、地球規模のウィルス感染による絶滅の物語を執拗に繰り出してきた。未知のウィルスが恐怖を喚起するという内容ばかりである。細菌でなく、ウィルスというのも「滅び」の増幅剤だ。コンゴ熱帯雨林に実在する「エボラ」ウィルスによる全身出血症状は、たしかに戦慄である。被感染の生物が持つ受容細胞の機能をのっとり、複製を作出して増えるというウィルスの増殖システムは圧倒的な脅威に感じられる。　生物学的には生物でないウィルスの複製作出メカニズムそれ自体が脅威なのである。人間や有性生殖をする生物とは生殖過程がまったく異なるからだ。

　これにより、戦争（兵器）による「滅び」の「物語」も変容した。ウィル

スや遺伝子組み換え、クローン作出法が解明され、遺伝子工学の発達が物語のドラマを構成するようになった。培養細胞の技術とゲノム解析が進歩すればするほど、物語に出鱈目に応用される。ある意味では21世紀の「滅び」の物語はキメラの作出の願望が生み出したものでもある。実際には医療に用いられるワクチン開発が、「滅び」の中の人間の生存を握るキーポイントになったり、腫瘍抑制効果の実験動物とその抗癌成分が、文字通りのキメラ出現の糸口になってしまったりする。ミノタウロスやガリヴァのフウイヌムは、もはや神話や寓話の生物ではなく、不可能ながらも、理論的には「有り得る」という暗示にかけるのが21世紀の虚構の劇的効果なのである。

映画『バイオハザード』(*Resident Evil*, 2002)のように、話のソースはゲームソフトであり、医療開発・ウィルス・感染・ゾンビ・殺戮・「滅び」という展開を含む今日的「滅び」の要因と結果が備わったお話はその代表的なものだ。物語は兵器による物理的な破壊や死よりも、感染による死滅と死滅から復活する死者＝ゾンビ＝による殺戮という傾向を持つようになった。感染・死滅・ゾンビ・殺戮という幼稚なプロセスは、核兵器による破滅のプロセスとはまた異なるが、人類の「滅び」というドラマとしては同じようなものでもある。要は、すべてが死滅して、それ以降の生存の可能性がないということだ。

古代ギリシアの悲劇は、カタルシスを経て、思慮の重要性を共有することが重要であった。「滅び」を通じて生きるうえでの「正道」倫理を考察し、次世代や他者との関わりのなかでの精神的財産として価値を認められた。その意味での劇場であり、物語であったはずだ。しかし、全てが滅びる物語では、語り継ぐべき「正道」は見出せない。死滅が目標であり、「滅び」そのものが主題だからだ。大衆娯楽・ゲームを通じて、果てしない殺戮の反復・人類絶滅のテーマが延々と反復される時代になってしまった。文明・文化というのは、それを構築する人間にとっては

「滅び」が前提で存在するわけではない。命の尊厳、あるいは生物多様性と生命尊重という問題は、20世紀以降、ようやくその倫理観の進化（対象となる生命の種を拡大するという意味で）と共に育まれてきた。その一方でゲーム感覚の「滅び」が当たり前になっているという矛盾が21世紀の現実の一端である。しかし、日常レヴェルでは「滅び」が前提で社会や生活が成立しているわけではない。歴史的尺度では、たしかに文明は滅びる志向性を持つような感覚に襲われる。ノアの方舟の物語やヘーゲル（George Wilhelm Friedrich Hegel, 1770 - 1831）の歴史観を持ち出さずとも、「繰り返される」興亡の概念は21世紀の高度に発達した社会生活の中で「直感」されうることでもある。「直感」する思考そのものがある種の破滅願望でもある。

　文明は、その社会に進歩と発展をもたらす、技術的・開発的知の源泉を備えた磁場と考えられる。文化は、その社会・地域・諸民族によるあらゆる歴史的過程を通じて学習された事象すべてを含む。そのように考えても文明・文化は恐らく「滅び」の領域にいつかは到達するのではないか、という潜在的脅迫観念があらゆる物語の「滅び」の要因になっている。ローマ帝国の興亡、19世紀末のデカダン、20世紀の冷戦、21世紀のウィルスなどに潜む「滅び」の誘惑には、文明や文化に対する根源的・潜在的「不信」感と、邪まともいえる不信への「願望」があるはずだ。その死滅というテーマがゲーム化されているのが今日的様相である。人類を滅ぼすのは、異星人よりも、自らが開発したA.I.やプログラム、あるいは新型ウィルスかもしれない、という衝撃に対する自己陶酔を望んでいるのだ。人間の文化圏を駆逐・一掃し、個々人を殺戮するのが、じつは人間が開発したA.I.であり、あるいは医学薬学で制圧しようとしたウィルスであることが劇的なのだ。人間は全部死ぬから、カタルシスなき「滅び」の悲劇ゲームが展開される。要するに、人間は自らが制御しようとしたものに虐殺されるという仮想ゲーム時代にあることを楽しん

でしまっている、といってもよい。

　虐殺にまつわる歴史的事実はそれこそ無数にあるだろう。新世界発見以来のスペイン人による先住民制圧、モンゴルによる東欧からアラブ世界の蹂躙、20世紀初頭の東欧におけるユダヤ人へのポグロム、第二次大戦以降のビアフラ、カンボジア、ソマリア、モザンビークの内戦など、繰り返しになるが、人類の歴史に殺戮のない時代はない。人体は血肉の塊でしかなく、寛容さは笑いの対象であり、殺戮によって歴史はつづられてきた。一方で、ソフトの中では感染ゲームで人類が死滅したり、殺戮を楽しむゲームソフトが無制限に横行する。現実の悲惨さをよそに、虚構の殺戮と「滅び」を望むのが、先進国的文化圏の矛盾に満ちた醜悪な様相である。虚構そのものがウィルスのようなものである。これが21世紀の安っぽい虚構世界の今日的状況だ。

　モダニズムの思潮は虚構の存在意義そのものを問うことになった。それからすでに数十年、いや一世紀近くが経過しようとしている。従来型の悲劇や「滅び」の主題が文化形成の役割を喪失しつつある現在、生・死を扱う表現に対する洞察を深める必要は、時代を超越した人間社会の責任であり、また表象と虚構に課せられたテーマであると考えられる。しかし、娯楽をはじめとするあらゆる表象行為――小説から現代的アートと考えられる絵画彫刻にいたるまで――は、むしろ文化の汚染源的役割にいたるような衰退ぶりをみせているのではないか。

2　近代から現代までの「死」と存在の概念の変遷について

　かつてポール・ヴァレリー（Paul Valéry, 1871 - 1945）は『精神の危機』（*La crise de l'esprit*, 1919）のなかで、現代における（西洋）文明の脆弱性を示唆した。あらゆる文明は死を免れない存在である、と規定したのである。[3] 多くの人々にとって第1次世界大戦を経た（西洋）文明の死は

むしろ自然に思えたであろうし、当時のヴァレリーにとっては、西洋文明の脆弱性は、彼の説く「希望」を打ち砕くような無慈悲な現実がつきつけた事実でもあった。平和とは、創造的競争の時代・生産闘争の時代のなかで、創造的行為の基に顕在化する事態である、と厳しく認識したヴァレリーは、その平和や自由については、個々の人間と社会システムの探究と実現に任せた。内観による純粋理性・精神・自我を最も重要視したヴァレリーは、西欧の知の本質が理性に根ざした洞察であり、それを基盤にして文明が構築されたと捉えた。しかし大戦を経て彼が感じたものは、「滅び」にいたる文明の脆弱性である。テスト氏という内観の怪物を作り上げたヴァレリーは、文明とは死を免れ得ないものと断定した。普遍的精神による理知を重んじたヴァレリーは、じつは理性に基づく文明の自滅を悟ったのである。しかし、実はどの時代も理性的な規範や行動で社会は成立していたはずである。悟性に基づくシステムが非理性的行為で滅ぼされるという矛盾、その矛盾こそが歴史や社会そのもののあり方であり、流転の根源であるという認識は、むしろ通常の考え方だ。そのような矛盾のなかで、虚構の役割は何であったのか。

　「普遍性」を求めた詩人ヴァレリーは、そもそも「物語」に対して批判的であった。個別性から普遍性への転換を許さなかったヴァレリーは、虚構の構築に疑念を持っていた。一層の内観に向かった理由はそれである。精神の内奥に潜む者への自問により自身はテスト氏に変貌した。虚構の人物を描くより、精神という衣を纏ったキメラ的人物の描出がヴァレリーの1つの方法となった。生や死について思索する、ヴァレリーの「滅び」の概念は、その意味で非常に繊細なものであったといえる。

　20世紀、モダニズムの思潮は表現そのものへの懐疑・問題提起を表明し、メタ的志向を示した。言葉で表現する事物がその存在を剥奪され、非在を経験したうえで言葉が空虚を表わす、という否定的概念が、たとえばブランショ（Maurice Blanchot, 1907 － 2003）によって提示され

た。要は、言語表象の否定である。「文学は啓示することを自分から不可能にしながら、啓示が破壊するものの啓示となろうとしている。」「自分自身の中に逃げ込んで自分が姿を現している事物の背後に身をかくすために払う馬鹿げた努力、これが現在文学が表明し教示するところのすべてである」とブランショは述べた。[4] ブランショも、バタイユ（George Bataille, 1897 - 1962）同様、「死」という非連続性と、人間存在あるいは社会共同体の「生」の連続性は供犠を通じてつなぎとめられる、という共通認識を持つ。「存在に到達する死は不条理な狂気、つまり自己のうちに死と存在を集め、存在でもなければ死でもない実存の呪いを示す。死は存在に達する、それが人間の希望であり務めでもある。なぜなら虚無こそ世界を作ることを助け、虚無こそ働き理解する人間において世界の創造者だからである……人間によって死は存在となり、人間によって意味が虚無の上に建てられるからである。われわれは、われわれの生存を奪うことにより、死を可能にすることにより、死の虚無に関してわれわれが理解するものを毒することにより、はじめて理解できる。」ブランショの虚構の言語に対する姿勢は過剰であり辛辣でもある。[5] だから彼は、言葉の意味が、存在物を殺戮するものと捉えた。そのような死と虚無への固執から生まれたものが『謎の男トマ』（*Thomas l'obscur*, 1942）や『アミナダブ』（*Aminadab*, 1942）であった。彼の文学的領域にあるものは、何よりも生きることの病、人間の罰課である。ブランショが書いたものは、人間存在への根源的呪いが主題である、と考える。彼が、文学・虚構は何でもないものである、とした根底には、彼の言語観が深く関わる。少なくとも20世紀中頃までは、このような言語表象の在り方そのものが問題視された時代でもあった。日常の言語と文学的（詩的・虚構的）言語を区別するというのは猜疑の余地はあるが、仮にそうだとすると、虚構の言語には、非現実世界と人との間の何らかの橋渡しをする可能性がある。「言語はもろもろの存在の過剰の象徴であり、自分自

身は世界や社会や文化の跡や沈殿物のような存在であるから、無である場合にのみ純粋である。逆に物語の文章は、われわれを虚構の本質である非現実の世界と関係をもたせる」という指摘はとてもわかりやすい。[6]日常の言語とその意味には、あまりにもいろいろなものを引き摺るか、あるいは単に日常の言辞の中に留まるか、にある。虚構の言語はその意味で神話を生み出す象徴作用がある、とブランショは考えた。しかし彼自身の作品は、死や沈黙に絶えず対峙する人間存在の描出に終始した。

　言葉は作者から離脱し、沈黙と死の間をさまよう、そのような思考の源泉はカフカ（Franz Kafka, 1883 – 1924）の作品であったと考えられる。20世紀的な人間の「滅び」の様相は、カフカの描いた不条理性、存在の呪いによって描かれた、あるいは提示された、ということは既に語り尽くされたことである。虚構には、何もできない、という部分と、描きうるものは、存在することと死ぬこと、という部分が融合し、存在者と死と社会という主題だけが残ったかに見えた。20世紀半ば以降は、文学の成立が不可能であることを示唆した時代でもある。それにより、「存在することの病」が主題と化した現代文学は自己閉塞状況に陥ることになった。生きても死んでもいない、本質的な生存者でしかないと規定してしまうことの閉塞である。文学に対する、言語に対する本質的な懐疑とその実在に対する問いは、内観的作品を更に観念の在り方そのものへ、つまり言語の在り方と存在の在り方への、根源的問いに向かっていったのである。そこには沈黙と言語、人間存在と非在、生と死が対立と同化の中で溶濁し、結局何でもないものに還元されてしまう。なぜなら本来言葉の機能とは、結局のところ、意味を持ち、相互に理解されうると錯覚するあらゆる沈殿物を表象するだけだからだ。それが20世紀の虚構がおかれた「状況」であると推察されてきた。

　カフカの示した不条理世界から始まり、ブランショ、あるいはベケット（Samuel Beckett, 1906 – 89）に至る経緯は、そのように解釈するこ

とができる。しかしながら、文学作品の主題は本質的に何ら変わっていない。人間の社会的営み、生と死を描くことである。ブランショのカフカに対する多くの指摘があるが、文学あるいは芸術行為は「不幸の意識であり、不幸の埋め合わせではない」とする背景には、社会とそのシステムに追い詰められる不幸の捉え方が根底にある。[7] カフカ作品では、不幸、または絶望や死といったあらゆる共通観念の要因は、個の外部・社会システムに求められている。登場人物は常に外部の様々な因子により、孤絶と死の脅威に晒される。(ブランショのいう、不幸の意識から先の「外」の概念は、むしろ夢想であり、ブランショが矛盾を生んでいる部分だ)。「死」という、絶対的に経験しえない「生」の部分の主題は、カフカに限らず、あらゆる文学作品に潜んでいる。文学は人間と社会を反映させるという前提の上に成立しうるものである。その中で人間の不幸を意識すること、悲劇と人間存在の本質を描くことがその役割だ、という認識は普遍的なものである。古典的な物語では、歴史や戦乱の中に翻弄される人間像が描かれ、滅びと死が描かれた。20世紀では、社会と個人そのものの生の不安と死が描かれた。カフカの例は現代社会システムにおいて描かれた個人の死や希望、生の果てしない「暗さ」を示しているといえる。「カフカの作品は死という絵であるが、それはまたその絵を暗くする行為でもある」「最も悲劇的に希望を苦しめる物語」と形容されるのはそのためである。[8] 21世紀においては、世界の死滅がゲーム化されたが、近代においては、個人の死滅はロマンティシズムの思潮中で「美しく」「表現」されていた。

　かつてノヴァーリス (Novalis / Friedrich von Hardenberg, 1772－1801) は、死への願望を謳った。その理由は、彼自身に起因する。死を想う夜の讃歌が主題である。そのような主題は感傷に過ぎる気もしないではない。「死において永遠の生は識られる ／ あなたは死であって、しかもはじめてわれらをすこやかにする」「永遠の夜こそ頌められよ ／ 永

遠の眠りこそ頌められよ」ノヴァーリスの時代では、愛と死が結びつくことが美徳の如く謳われても不思議ではない。「死は生の発端である。生は、死のためにある。死は、終焉であると同時に始原であり、別離であると同時にいっそう近しい自己結合である。死によって還元が完成する」。[9] ノヴァーリスは、自己沈潜と死の省察のなかに思索の聖性を求めた。その思索の中で彼の指摘する追憶と予感の中にポエジーを見出した。それゆえノヴァーリスにとっての死は、弱い生に血液を流す原動力であったといえる。死想は、ポエジーとして楽観的に受諾するしかない。これにはノヴァーリスの生きた時代性を考慮する必要がある。あるいはヘルダーリン（Johan C. Friedrich Hölderlin, 1770 – 1843）の過剰に流麗な言葉を思い起こせば、ノヴァーリスの表現とある種の表裏一体的なものであることがわかるだろう。ディオティーマをめぐる、ヒュペーリオンのほとばしる熱情は、言葉に乗って詩情を形成する。確かにヘルダーリンの表現は「時代性」を感じさせる。「血管は心臓で別れてまた心臓へ帰る。そしていっさいは、一なる、永遠の、灼熱している生命なのだ」というヒュペーリオンの結びはヘルダーリンのあらゆる思惟する内容を集約しているようでもある。[10] 血液循環がすべてを象徴する、平和・戦争、生と死、人間存在の腐敗と成熟、離別と美の再会など、あらゆる離反する様相は、人間という混沌界おいては、流転と勃興の反復の断片に過ぎない。きわめてロマンチックなヘルダーリンの詩情は、生と美の賛歌の中で憂鬱と復活を繰り返す。過剰なまでの表現力は、絵画におけるフリードリヒ（Caspar D. Friedrich, 1774 – 1840）の自然と人間存在の対比にも通じるところはあるだろう。ノヴァーリスの死想も、決して憂鬱と絶望に向かう病ではなく、始原的生への讃歌である。

レオパルディ（Giacomo Leopardi, 1798 – 1837）の個人的な絶望観、これはまさに死との直結である。「生まれいづる日こそ、生くるものの死に逝く日なり」「夜の静寂と幽暗のうちに、亡びゆくわが生をひたす

らに嘆きつつ、色褪せゆくわれ自らのためにわれはわが死の歌をつづりぬ」生を絶たれた運命を生きるものの詩想は、死だけであり、生への憧憬ではない。⁽¹¹⁾ この詩人にとっては、主題は純粋な感傷に起因し、死に寄せる言葉は、絶望という精神を通じて、感情との一致を見ることになった。言葉と語り手の心情が一致する、という条件がのみこめる時代であるならば、そのような感情表現は言葉によって巧みに表わされる、と信じられた。

　言葉は情念を表わすことができるという信頼感がある、近代はまさにそのような時代である。言語の表象機能が疑念に曝露されることのない時代である。ノヴァーリスたちの表現は、近世において、「心情は言葉に託される」と考えられていたことを明らかに示しているのである。

　ところが、世紀を隔てると、死と生と存在・言葉に対する観点が変化する。個人主観が普遍となりうるよう詩的言語が意味を担う基盤が、その安定性を喪失したのだ。現実には人間の尊厳という認識はあるが、人間の大量死は言語でカバーできるものではない規模になる。内観による「直情的」な死への想念は、表現する対象ではなくなる。ヘーゲルが考えたような、芸術とは理性と悟性による高次の精神が結実したものである、という概念は近代で終焉を迎えた。現代では、悟性判断の弁証法的プロセスによる精神の昇華作用は否定される。その意味で、ロマンティシズムは近代的概念形成のシステムの遺産であり、もはや現代感覚にはそぐわないのだろう。

　現代、20世紀初頭に、リルケ（Rainer Maria Rilke, 1875 - 1926）は、『マルテの手記』（*Die Aufzeichnungen des Malte Laurids Brigge*, 1910）の断章で、語り手の口から「何もかもが死んでゆく」という死に対する想いを綴らせている。「自分自身の死を持ちたいという願望は、ますます稀有になりつつある。いましばらくすれば、そういう死は、自分自身にふさわしい生と同様、ほとんど見当たらなくなってしまうだろう。（……）

ソコニアナタノ死ガゴザイマス、オ客サマ。成り行きにまかせて死んでゆく。病みついた病気の言うがままの死を死ぬわけだ」大病院で毎日のように、死んでいく人間。死の在りようなどを考える間もないほどに命が消えていく都市の現実を見るマルテの感性は、20世紀的な意味での都市と人間の「とりあえず」の生存をすでに表現している。[12] 確かに本来固有の死などというものは存在しない。ここでは近代的システムの中で生きる個人のリリシズムはもはや感じられない。リルケが示そうとしたのは、病院でメカニカルに、些細なものとして処理されていく人間の死を認知することにあった。水平的な大量死、抽象化された死の洪水が都市で、20世紀の社会で認識されるようになる。人口増大と膨張する都市において、マルテという語り手を通じて「見られる」ものは、そのような水平的な死の認知である。人間の死の性質そのものが変わるはずがない。変わったのは視点である。マルテ以上に暗鬱な状況に孤絶して生きる人間像を描いたのがカフカであろう。カフカ的不幸とは、彼に影響を与えたキルケゴール (Søren A. Kierkegaard, 1813 – 55) 的な絶望の状況である。キルケゴールが『死に至る病』(Sygdommen til Døden, 1849) を通じて述べようとしたことは、近代的方法・主観的悟性判断に基づく人間性の回復であろう。キルケゴールの概念形成で重要なことは、道徳を模索する弁証法的思惟にその本質があるということだろう。絶望という死への病の認識がその根底にある。救済とは、死んだように生き続けることを意味し、絶望の苦悩とは、自己自身がそこからの脱出が不可能なため、「死ぬことのない」苦悩と絶望の生を生きるほかなく、それが死に至る病なのである。「絶望の苦悩とは、死ぬことができない」「死という最後の希望さえも残されないほど希望を失っていること」と定義される。[13] 終局への絶望感覚は、言説の空洞化をもたらす。カフカはそのような点に影響された。カフカの小説の主人公、自己自身から脱出できないグレゴール・ザムザやヨーゼフ・Kが置かれた状況がまさにそれに

該当する。20世紀の文学は、あらゆる現代社会のシステムからはみ出し、絶望する個人の存在を描出するという主題を扱ってきた。カフカが描いた世界は、近代的システムの西欧では存在しなかった現代人のあり方を寓話「的」に示したものであり、カフカ的感性の飛躍は、近代的システムから20世紀的システムへの変遷を暗示するものであった。

　「死」の主題に固執したブランショは、カフカを執拗に論じている。カフカが扱う主題は、社会制度に対峙する自己・存在である。国家・世界と自己、職業・社会システムと自己、父と子としての自己、女性と対峙する男性（主人公）としての自己など、制度や構造に対峙する存在の関係性が物語の構造である。『判決』(Das Urteil, 1913)『審判』(Der Process, 1914 − 5)『流刑地にて』(In der Strafkolonie, 1919)『城』(Das Schloss, 1926)「巣穴」("Der Bau," 1931)「ある犬の研究」("Forschungen eines Hundes," 1931) などは、すべて、主人公と制度との対立関係を示す物語である。カフカが提示する最大の問題は、世界を構築する制度こそが実は明晰でないことである。社会制度とは、実は不条理性に基づくものでもある、という仮想が主題となっている。不条理（と思われる）社会システムのなかで喪失する存在者の絶望が寓話として描かれる。しかしシステムそのものが不条理でありながらも、寓意＝「ものの喩え」は機能しないところに作品の特異性が表われる。これに関して、カミュが的確な指摘をしている。カミュは、カフカが悲劇を日常的なものの中に、そして不条理を論理的なものの中に捉え、虚構を描いたと考える。制度という論理の中に不条理性を、人物の不安・絶望感をごく普通の日常に設定した。不条理な制度・倫理に従うこと、明晰さと整合性を持たない世界を受け入れることがその不条理性を隠すことにほかならないというのだ。[14] システムからの脱出は生存に関わることであり、システム内の倫理への忍従は死を受諾することを意味する。『審判』のヨーゼフ・K、『判決』のゲオルク・ベンデマン、『流刑地にて』の将校の運命がそれに相当

する。人間が陥るのはシステム内での悲劇だ。しかしシステム自体が非現実的な、明晰さを喪失したものであるために、寓話にもならない。寓話にもならず、悲劇にもならない。そこのところにカフカ的な非情さ、人間存在の脆弱さが露呈するのだという。そこに虚構による教訓とか、倫理性が入る余地はない。ブランショは、「虚構が道徳と結びつけば腐敗し、道徳と無関係になれば堕落する」と指摘した。[15] 生と死・存在の呪いを主題として扱うことは、道徳的世界観、理性的判断に基づく倫理性と縁がないのだ。近代におけるロマンティシズムからモダニズム的潮流のなかで、「個人」にまつわる死と存在の概念は変貌を遂げた。西洋文明の構築基盤であった理性、近代において確立された（と錯覚された）個人の絶対的精神、つまり悟性による理知的判断能力は、個人の存在条件を保証できなくなった。社会システムのなかで個人の理性は翻弄され、弱体を晒す。そのような人間像がカフカやカミュ、ソルジェニーツイン（Alexandr Isaevich Solzhenitsyn, 1918 – 2008）の作品で示された。メタ化に向かったブランショやベケットの作品では、言語表象そのものの機能が崩壊し、存在を保証する言語基盤が動揺するにいたった。20世紀中頃・冷戦下からさらに50年ほど経過して、21世紀の個人は地球規模でのパンデミック・ゲームのなかで死滅する。かつてヴァレリーは高度な文明の「滅び」についての危機感を表明した。その時代背景の違いはともかくとしても、決して的外れではないようにも思える。正面からのヒューマニズムの考察と人倫への考察が困難な時代になり、危機を危機として把握しにくいのが21世紀的状況である。

　少なくとも虚構の世界では、「滅び」がゲーム化し、個人の死の概念は近代から今日にかけてすっかり摩耗してしまった。生の尊厳を扱う虚構も成立しにくくなった。文学・芸術の扱う主題は、根源的には死であり、「滅び」である。近世・近代から現代までの変遷を通じて、個人の存在・生・死に対する表現も、変貌を遂げたというのは極論だろうか。少なく

とも、近代的感覚で情念をダイレクトに言葉化することに躊躇を感じるのは確かである。死の荘厳や社会構造の維持を求めにくくなっているのも、確かなことであるのだ。

3　現代的造形思考の概念　対象・描写・ヴィジョン

　彫刻という表現様式は、立体としての人体塑像の表現を追求してきた。西洋芸術において、これはギリシア・ローマ時代から受け継がれた芸術分野として位置づけられている。宗教的な意味での塑像も含め、ルネサンスから近世・近代を経て、彫刻芸術は西欧美術のなかで確立されたものとなった。これはジャン・ロレンツォ・ベルニーニ～アントニオ・カノーヴァ～オーギュスト・ロダン (Gian Lorenzo Bernini, 1598 － 1680; Antonio Canova, 1757 － 1822; François-Auguste-René Rodin, 1840 － 1927) に至る古典・新古典主義から20世紀直前にいたる西洋美術としての彫刻を見ればあきらかなことだ。近世から近代にかけての言語表現に美が伴っていたのと同様、造形芸術の文化にこそ美が具現化し、視覚にうったえてきたことは間違いない。20世紀以降の彫刻では、しかしながら、表現されたものは、それまでの概念にあった「美」とは異なるものを作品として表現するようになった。

　例えば、20世紀初頭のエルンスト・バルラハ (Ernst Barlach, 1870 － 1938) の彫刻は、それまでの表現美とは異なる様相を呈している。ロダンにいたる西洋彫刻芸術が目指したものとは、対極の位置にあるバルラハの造形作品は、「貧者」が主題であった。リューベック・カタリーナ教会の装飾壁龕に設置された聖者像や、一連の木彫作品・《耳をすますひとたちのフリーズ》(*Fries der Lauschenden*, 1930? － 35製作) などは貧者＝聖者のイメージを明瞭に伝える作品である。1937年、バルラハ自身がナチスの弾圧と困窮に苦しんでいるときの作品、《笑う老女》(*Lachende*

Alte, 1937) は、そのような苦境の最中を思わせない仕上がりを見せている。写実とデフォルメが混淆した、バルラハ独自の柔和な輪郭線を保持した人体造形は、彼の傑作のひとつだ。

　ドイツ人バルラハが特に影響を受けた東欧の風景、素朴で飾らない民衆の姿に彼は人間の「生」の姿を見て取った。「生」は「死」と一体であり、既成宗教に捉われない、原初的な信仰を、バルラハは生身の人間の生と死から学んだのだ。それが彼が赤貧の聖者を追究した理由でもある。ギリシア彫刻の伝統、ミケランジェロ（Michelangelo Buonarroti, 1475 – 1564）からロダンにいたる西洋美術の彫刻における美の追求と人体塑像の具現の方向を、20世紀のバルラハは歩まなかった。彼が歩んだのは、可能な限りの簡略化、過剰さを避けた「人間」、内観を通じて圧縮された貧者の像である。しかし、赤貧への志向性は退廃芸術・反ドイツ的芸術の烙印を押された。「ギリシヤ的西洋人の造形」を安っぽく具現したヨーゼフ・トーラク（Josef Thorak, 1889 – 1952）やアルノ・ブレーカー（Arno Breker, 1900 – 91）の人物造形が「アーリア的」高等な文化遺産と評価された時代である。バルラハが志向したものは、伝統に委ねられただけの外部形態でなく、内観により抽出される人間の本質的部分の具現化にあった。余分なものを削ぎ落とし、人間の本質的な部分、生きる、笑う、水を飲む、たたずむ、怯える、といった主題を扱った。それがときに痩せ細った人間の塑像につながっていった。《喉の渇いた人》（*Der Durstige*, 1933）や《風の中を彷徨する人》（*Wanderer im Wind*, 1934）などの作品は、人間の素朴な振る舞いの一瞬をとらえ、人間存在とは根源的に苦しみのなかにあるものとするバルラハの思想を体現している。苦しみ・生きる人間の姿を塑造すること、これが彼の目的であった。シンプルで柔らかなラインの肉体、痩身の貧者が削り出されていったのである。
　一方、スイス出身で終生フランスのアトリエから離れることのなかったアルベルト・ジャコメッティ（Alberto Giacometti, 1901 – 66）は、人間

の存在を鋭い洞察で肉付け＝削ぎ落としをした彫刻家である。

　アルベルト・ジャコメッティは、一時的にシュールレアリスムに傾倒した作品を制作したが、1940年頃から、そのスタイルを一変させる。45年以降の一連の「細い」人間像はあまりにも有名である。サルトル (Jean-Paul Sartre, 1905 − 80)、ミッシェル・レリス (Michel Leiris, 1901 − 90)、ジャン・ジュネ (Jean Genet, 1910 − 86)、アンドレ・マッソン (André Masson, 1896 − 1987) ら思想・文筆・絵画分野での親交もあり、実存哲学的な解釈を通じた紹介もされた。肉体の肉の部分が限りなく削られる現象が根源的な人間存在を表象するものと解釈されたのである。また表現行為そのものが不可能であることを証明した彫刻という、20世紀文学についてと同様の解釈もなされた。ハーバート・リード (Herbert Read, 1893 − 1968) による現代芸術批判の的にもなった。

　そのジャコメッティがベケットの『ゴドーを待ちながら』(*En attendant Godot*, 1952, *Waiting for Godot*, 1955) の枯れ木の造形を手がけたのは、1961年のことだ。[16] ジャコメッティ自身は認識していなかったが、何もない殺風景な『ゴドー』の舞台上に置かれたジャコメッティの細い木は効果的なものであり、ベケットの世界を象徴する役割を担った。

　彫刻・絵画・文筆とその活動は多岐にわたったが、ジャコメッティの作品を考える上で重要なことは、そのデッサン、写実に対する姿勢である。ジャコメッティが心底から取り組んだ仕事は、「対象を描くこと」に他ならない。彼は父ジョバンニの影響を誠実に受けてきた人間であること、このことが最も重要なことなのだ。彼は、父の言葉「芸術家とは、如何にして見るかを知っている者であり、芸術を学ぶことはものの見方を学ぶことでもある」を継承した人間である。[17] 息子であるアルベルト・ジャコメッティは、マゾリーノ (Masolino da Panicale, 1383 − 1440?)、ティツィアーノ (Tiziano Vecellio, 1488/90 − 1576)、ボッ

チチェリ (Sandro Botticelli, 1445? − 1510)、デューラー、グレコ (El Greco, 1541 − 1614)、ベラスケス (Diego Velázquez, 1599 − 1660)、セザンヌ (Paul Cézanne, 1839 − 1906)、マティス (Henri Matisse, 1869 − 1954)、などあらゆる先達の絵画の画集などを模写した。また、造形という観点から、アフリカ、中南米、アジアの仮面やトーテムなどにも非常な関心を示し、影響も受けた。先達の絵画などをコピーする理由について、ジャコメッティは「よりよく見るため、より理解するために写し取るのです」と応えた。これは読書でも同じだという。ジャコメッティは、「本を読むとは、本を写し取ることではないかな？重要なことがあれば、ゆっくり、同じ箇所を何度も読みます、恐らく何度も。」彼は「再読」の重要性を強調する。再読は、対象を写し取ることとほとんど同じであるという。[18]

セザンヌ以降、対象を描く意義が変ってしまった、これはジャコメッティに限らず、じつは現代の芸術家のほとんどすべての宿命であった。対象を再現する際に、対象と自己との距離・時間の「ひずみ」に悩まされた者ともいえる。対象は決して静止していない。人間の表情は無限に変動し、動作も同様である。彼の言葉「人体は透明なコンストリュクシオン」を受け入れるならば、ジャコメッティはそのような描出不可能な対象を描きつつ、さらに透明な人体を通じて肉付けを行わなければならなかった。[19] その結果、人体の現実の肉的な部分は削ぎ落とされて、しかも縮小されていった。

　1958年に描いた油彩《人と木と山》(*Man, Tree and Mountain*, 1958) において、人間と山と樹木は全て等価である、としたジャコメッティの姿勢は、1つの手がかりにもなる。彼は物質の永続性を信じなかった。あらゆるものは無関心の対象でしかなかった。西欧の伝統はもとより、芸術の価値も彼にとっては重要なことではなかった。ジャコメッティにとっては、チマブエ (Cimabue, 1240 − 1302) やジオットー (Giotto di

Bondone, 1267?－1337)の絵画や、ビザンチンのモザイク芸術は、近代的リアリズムよりも遙かに価値あるものであり、彼が最も敬愛を注いだ対象の1つでもあった。しかしチマブエもビザンチン様式も彼自身の創作においては、何も反映されなかった。ジャコメッティの造り出した人間達は、一様に枝のような生き物でしかない。目の前にいる人間を写し取ろうとすればするほど、極端なまでに細くなり、あるいは小さくなっていく。眼前のリアルなモデルを「写し取る」不可能性を認識しつつ、対象―人間―は透明なコンストリュクシオンであるとして、それを再構築するという矛盾のなかで創作を続けざるをえなかった。このプロセスのなかで、人体は無関心な存在に変貌していった。ある空間において、対象との距離には存在と非在、理解と不可知の困難が充満している。時間において、存在は絶えず変動・変貌し静止はありえない、時間のなかで「生」を捉えきることは不可能である。時空が対象を写す行為の阻害となり、捉えられる部分、可能な部分だけを彫塑するとなれば、その肉体は微かな、主観のなかで可視的な部分だけが肉付けされる。ジャコメッティが第2次大戦後、人間の存在がきわめて薄弱であり、無関心のものにしか見えなくなったことを自ら証言している。自然物も人体も対価として等しく、また空無なものでしかなくなった。デッサンと写実・対象描写を第一としながらも、ジャコメッティの創作は、対象を通じた超越的主観の産物であると考えられる。対象は、究極、自身の思考を確かめるための契機である。間主観的省察により、自身の思惟を多重に確認する行為、それがジャコメッティの芸術プロセスである。可視の部分と、存在認識の部分でようやく確認がとれる限界の部分が具体化されたもの、それが針金のような塑像となる。ジャコメッティの人体造形は、それまでの西洋美術の形態論にはなかった行為に基づく。造形美としての伝統、近代的システムによる人間存在についての理想像は拒否される。20世紀の現代的システムの中で知覚される人間存在、リル

ケがとらえたようなメカニカルなシステムで生活する矮小な人間存在と同様の姿がジャコメッティによっても直観されたと考えてよい。ジャコメッティが対象描写を重要視しながらも、自身の洞察、直観、執拗なまでの間主観的な思惟による対象への想念が生み出したものは、きわめて脆弱にも感じられる棒のような人体でしかなかったからだ。ジャコメッティにとって、人間はそのようにしか映らなかった、との解釈もおそらく可能であろう。しかしながら、ジャコメッティは人体頭部・とくに眼と「まなざし」の重要性を認識していた。おそらくは、人間の最も人間らしい部分として分析し、捉えるべき対象の「まなざし」、それは個々の人間を人間たらしめている、きわめて根源的な要素だ。人格は、まなざしに表出する。それをジャコメッティは認識していたが、少なくとも彫刻の作製プロセスにおいては、人体造形全体の中で、人間の最も人間らしい部分は石膏の中で埋没し、曖昧なものとなった。[20] 人間存在の観点の変遷を考慮すると、近代から現代への変遷過程において、ジャコメッティの彫刻はまさに現代の人間像を的確に捉えている、と考えざるをえない。この現象はベケットでも同様であったし、おそらく問題を言語に転換してしまったブランショでもそうであっただろう。お互いが無関心でおんなじようなサイズの生き物として、現代人は描かれだした。無論そのような観点のみが正当化されるべきでもないが、近代から現代への変遷過程では、人間存在というものに対する見方が、それまでの近代的な等身大のリアリズムで描出されることに疑念を抱かざるをえない状況に陥ったことは間違いないことかもしれない。神話的ヒロイズムや写実的リアリズムで対象を表現できない歪みを受け止めたうえで現代芸術は成立してしまっている。そこには、芸術が本来もつであろう美、その美は現実の社会や人々に享受されるべきものであろうが、その概念が欠如してしまっている。ガダマー等の現代美術批判の理由はそこにあるだろう。[21] そのような批判は、文化的遺産としての伝統性や美観

を喪失し、個人の極端な主観に根ざした作品に芸術は相当しない、という見解に根ざしたものだ。たしかにジャコメッティの針金人間に美を見いだせるものではないし、表現主義以降の西洋現代美術には伝統「美」を感じられないものが多いのだが、そもそも伝統美を描く時代ではなくなってしまったのだ。ジャコメッティ自身も近代までの芸術は社会と宗教に仕えてきたと認識しているが、もうとっくにそのような時代ではない。ジャコメッティ自身も「美」には全く無関心であった。現代芸術における表現への批判はたしかに理解できる部分もある。文学も芸術も人間と社会を扱う上で、あまりに「表象」することの機能と意義への内省を深めすぎた、あるいは社会からまったく乖離しすぎてしまった。そこで描かれる人間像は、人間という対象を考察した所産であるにもかかわらず、人間としての形態を喪失したものになってしまった。ジャコメッティの人物造形は、20世紀の半ば、第2次大戦を終えた不安の世界のなかで、まだフッサール (Edmund Husserl, 1859 – 1938) やハイデガー (Martin Heidegger, 1889 – 1976) からサルトルにいたる人間存在への考察が十分汲み取れる時代において評価を受けることとなった。人間の存在の根源的なものを表現する、といううえで評価や批判がなされたのだが、ジャコメッティ自身が認識しているように、ラオコーンのような古典的作品（それが現代ではすっかり色褪せて評価されてしまったものと解釈されているわけだが）への価値観の変遷が示すように、不変の価値基準は存在しないのである。ジャコメッティの彫刻作品も、決して普遍的な評価がなされるものではない。21世紀では、少なくとも娯楽レヴェルでは、人間は一層グローバルな視野で処理されるようになる。相互に無関心というより、伝染病のパンデミックの中で滅びていくように、むしろ何もかもがいっしょくたに処理されるのだ。

　近代から現代にかけて、文芸の領域における人間、あるいは人間の生死への視点は変遷を遂げてきた。20世紀の世界においては、人間は

まだ自分の所属する社会システム＝国・民族・地域・イデオロギーのようなもののなかで、対峙すべき対象を認識しながら、その存在を不幸のなかに晒す虚構が成立した。不条理の死を表象したり、言語の意味が崩壊していくような物語の存在は、20世紀的社会システムを条件として認知することができたのである。21世紀においては、よりグローバルな市場と経済の変動のなかで、人間が地球規模の資源の利活用のなかで生活を営むようになった。情報も消費も地球規模であり、汚染も同様である。冷戦が終結しても、人間社会への脅威の要因は多様である。ガダマー（Hans-Georg Gadamer, 1900 - 2002）やフリードリヒ（Heinz Friedrich, 1922 - 2004）が現代芸術批判を行って久しい。フッサールがカント以来の理性に基づく理性主義について、現象学的還元・間主観性の概念を導入してからも久しいが、文芸の可能性を示唆できるような状況はもうなにも見えていないのではないか。人間社会が地球規模で資源を共有し、持続可能なエネルギーの利用を考える時代においては、表現の役割は滅び、ゲームのウィルスを拡散するだけに劣化してしまっている。ある種の「社会に仕える」ことの可能性を見いだせないまま、21世紀の初めの四半世紀に向かっていこうとしている今日、表現行為の終焉を認識する必要はあるだろうと感じる。終焉を睨みながら、その役割への可能性を考察することは、倫理につながるものである。虚構が道徳と結びつくのは堕落であるとしても、倫理を考察する契機となりうるギリギリの役目まで放棄してはならないからである。その理由は、社会システムが地球共生系的に一体化してしまったからであり、文化を固有の「個」としてだけ扱う時代ではなくなったからである。

　ジャコメッティの造形芸術による人間像は、20世紀の非人称的・無機質的な「生」と、なおかつ絶対的な人間存在の本質的領域の、ふたつを表象するものでもある。矛盾するようだが、存在にまつわる現代的解釈を吸収し、表象する作用がそこに内在されているのだ。その意味で、

近代的価値観にもはや適合しない現代人の姿がそこにはある。また20世紀は、人間存在とはそのようなものであると認識させる時代でもあった。人間は自然を破壊し、人間自身をも破壊する。また自然は人間を破壊する。そのようなあらゆる等価的関係のなかで、人間と社会が発達過程においてその脆弱性を露呈した時代でもあった。ジャコメッティのような造形概念はすでに旧式のものになってしまったが、その作品の持つインパクトはロダンのものとなんら変わらないのではないか。

終わりに

　虚構は何もできない。芸術に未来はあるか？と問われると、これに対してもあまり肯定的な答えは見いだせそうにない。すでにはるか昔に、芸術が神にも社会にも仕えることがなくなってしまい、現代的表現は、その主観性のゆえに、自己消化の行為の傾向を辿るようになってしまったからだ。古典作品のパロディも成立しえない時代である。
　21世紀は、エネルギーをめぐる問題、再生治療から癌、生活習慣病を含む現代医療の問題、高齢化や少子化、または人口増加などの地球規模の現実の問題にとつねに目まぐるしく焦点が当てられている。より困難なものとしては、資源をめぐる争い、政治・宗教・経済が複雑に絡んだ紛争や戦争がまだまだ、世界全体にわたって、起きている。現実が惨劇であり、また多くの人びとが自分という物語のなかで生存をかけて生きている。そのような国レヴェル／個人レヴェルの惨劇がネットを通じて流れ、多くの人びとの評論や批評がいつでもネット上の画面を通じて読める時代である。芸術・表現論は、哲学も含め、20世紀において一定の飽和状態にまで到達した。ガダマーの批判などは活かされることなどもなく、自由化の奔放な流れのなかで、表現行為すべてが（暴走的に）可能になっている。メタ的要素に埋没した表現、過剰な前衛、ある

いは安易な道徳や「滅び」の戯れの流出、そのような多大な作品を経てきたところに現在は位置する。これらを超えたところに今後、なにがしかの表象の可能性はあるだろうか。

　危惧すべきは、現実以外の、なにがしかの表現行為になんらかの希望や倫理を見出そうとしなくなることである。たとえば伝統芸能である能の『蝉丸』や狂言の『釣狐』に、時代を超えた悲哀を感じることは可能である。そのような再現芸術にも、重要な共感を喚起する力はあるのだ。伝統性や古さを超越する要素が存在するからである。それが倫理道徳に通じる、複雑な人間や社会の営みがもたらす、あらゆる想定可能な禍に触れるからだろう。人間は、あらゆる磁場と時間において、すべてを体験できるわけではない。不幸など意識したくはない。現実の自分の苦しみや不幸だけでたくさんなわけだが、どこかに別の「お話」を求め、あるいは別の世界を己の感性のなかに捉えたいと願う生き物でもある。ウィルスで滅び続ける物語が継続され、現実のパンデミックが生じるかもしれない今世紀、文化としての表現行為には、まだ人間性を考え続けさせる可能性があると信じるべきなのか、死を考えさせる、つまり生を考えさせる表現の価値を放棄する段階ではないと信じるべきなのか、そのような不安定なプロセスの途上に位置するのが今日的状況である。この不安定な状況は、それこそグローバルになにかのシステム的なものが変化しないかぎり継続されるだろう。文化とは社会と人間が時代を経て学習してきたものすべてであり、文明というより技術的・実際的な枠組みの中で、人間の情念や倫理を孕み表現する領域を含むものである。その意味で今後の可能性は問い続けられるべきであると考える。

註

(1) アルベール・カミュ「フランツ・カフカの作品における希望と不条理」『シーシュポスの神話』清水徹訳（新潮社、1969年）、p.182．カミュはカフカ作品の不条理を

自身の思想に絡めて論じている。
(2) S.ソンタグ「惨劇のイマジネーション」『反解釈』高橋康也・出淵博ほか訳、竹内書店新社、1987年。
(3) ポール・ヴァレリー「精神の危機」(杉捷夫訳)『アラン・ヴァレリー』世界の名著66(中央公論社、1980年)、pp.375-88.
(4) モーリス・ブランショ「文学と死ぬ権利」『焔の文学』重信常喜訳(紀伊國屋書店、1958年)、p.215. ブランショによる現代文学の死を指摘する論説として有効と考える。
(5) ブランショ、前掲書、p.233.
(6) モーリス・ブランショ「虚構の言語」『虚構の言語』重信常喜・橋口守人訳(紀伊國屋書店、1975年)、p.5.
(7) モーリス・ブランショ「カフカと作品の要請」『文学空間』粟津則雄・出口裕弘訳(現代思潮社、1983年)、p.91.
(8) モーリス・ブランショ『虚構の言語』pp.142-43.
(9) ノヴァーリス「夜の賛歌」(生野幸吉訳)『ドイツ・ロマン派集』世界文学大系26(筑摩書房、1979年)、pp.134-35 および『日記・花粉』前田敬作訳(現代思潮社、1986年)、p.116.
(10) ヘルダーリン『ヒュペーリオン』(手塚富雄訳)『ドイツ・ロマン派集』筑摩世界文学大系26(筑摩書房、1979年)、p.98.
(11) 堤虎男『レオパルディ研究』(村松書館、1988年)を参考にした。詩作品「アジアの彷徨える牧人の夜の歌」「おもいで」(堤虎男訳)からの引用。pp.148, 227-28.
(12) リルケ『マルテの手記』(高安国世訳)『リルケ』世界文学全集67(講談社、1976年)、p.5. ブランショは『文学空間』の中で、リルケがマルテを通じての「マルテの発見とは、非人称的死という、この、われわれの手にあまる力の発見」をしたと示唆している (p.176.)。現代における誰でもない者の死＝万人の死というコンセプトをリルケは提示したと考えられる。
(13) キルケゴール『死にいたる病』(桝田啓三郎訳)『キルケゴール』世界の名著51(中央公論社、1979年)、pp.441-42.
(14) カミュ、前掲書、pp.177-195.「悲劇的なものと日常的なもののあいだで、不条理と論理的なもののあいだで揺れ動きながら保たれている平衡関係は、カフカの全作品をとおして見いだされるものである」とカミュは述べる。
(15) ブランショ『焔の文学』pp.230-31.
(16) ベケットの短編"Worstward Ho"の表紙デザインもジャコメッティである。ジャコメッティはマッソン、タル・コットらの画家、レリス、ジュネ、ベケットらの作家と親交があった。

(17) Véronique Wiesinger "Giovannni and Alberto Giacometti: Father and Son" *Giacometti*（Basel: Beyeler Museum AG, Ostfildern: Hatje Cantz Verlag, 2009）, p.24.
(18) Foundation of Alberto and Annette Giacometti, *The Studio of Alberto Giacometti*（Paris: Centre Pompidou, 2007）, p.223. 読書という行為において、再読することは本そのものを写し取ることにほかならず、そこには多元的な解釈の可能性がある、とジャコメッティは示唆する。彼はデッサンや絵画も同様であり、芸術家の目も対象を通じて多様な解釈と印象の下に製作がなされると説く。
(19) アルベルト・ジャコメッティ『ジャコメッティ わたしの現実』矢内原伊作・宇佐美英治訳（みすず書房、1982年）、p.54.「人体は、私にとって、決して充満しているマッスではなく、いわば透明なコンストリュクシオンだった。」現実のヴィジョンのなかで対象を捉える時のジャコメッティには、根本的に人体とその骨格に対する欠如感があったという。
(20) 前掲書、pp.132-34, 158. 対話の中でジャコメッティは次のように述べる。「だれしも生きている者を彫刻したいと思う、しかし生きている者のなかで彼を生かしめているものは、疑いもなく、そのまなざしなのだ。(…) わたしは専ら眼を通して人々を見ていた。彼らの眼を通してね。」
(21) H.フリードリヒ、H.ガダマー他『芸術の終焉・芸術の未来』神林恒道監訳、大森淳史他訳（勁草書房、1989年）、pp.39-40.「理解できなくなる限界にまで芸術を異化することが、われわれの時代のような時代においては芸術が唯一、充実されるための法則となっている。造形芸術にしろ詩芸術にしろ、信を置くに足る内容とそこに形成される形式の間の相互に補填的な理想的統一といったものは、われわれの時代では、かつての伝統と呼ばれた時代のようには、もはや期待できなくなっている。」(ガダマー) このような現代芸術批判はセザンヌ、あるいは表現主義以降のほとんどの現代芸術について適応しうるものである。

正宗白鳥序説

不条理劇からの一視点

中　林　良　雄

　　　われながら、恐ろしい作家にとり憑かれたものだと思う。
　　生まれてきたことを恐ろしいと思わせるような作品でなけ
　　れば嘘だ、という意味のことを言ったのは、たしかわが正
　　宗白鳥だったが、「生まれたという罪」を呪いつづけるサミュ
　　エル・ベケットはまさしく白鳥のめがねにかなったであろ
　　う数少ない現代作家の一人だ。キリスト教的にいえば、聖
　　パウロの言った三つの最高の徳——信仰と希望と愛——を
　　これほど徹底的に否定してやまぬ作家は、あまりいない。
　　　　　　　　　——高橋康也『サミュエル・ベケット』より

はじめに

　これは「正宗白鳥戯曲」を前面にすえて論じようとするものではない。2、3の演劇研究者によって、その作業がすでに着手されているとは言え、戦後に上演された作品を中心とした批評が出ているだけで、まだ充分と

は言えない。「白鳥戯曲」40篇全体をかならずしも対象とするものではなく、それだけに周到な「白鳥戯曲」論の出現が待たれてならない。が、それがまだ適わない現在では、すでになされている範囲でのこととの限定はあるものの、「白鳥戯曲」論の観点から見るとき、正宗白鳥（明治12(1879)年〜昭和37(1962)年）の文学の本質はどのようなものとなるか、白鳥論としては興味ある事柄と言えよう。題して「正宗白鳥序説」とする所以である。

1　白鳥研究略史

　劇作家としての正宗白鳥、あるいは「白鳥戯曲」を取り上げて論じてみようとするとき、白鳥の正しい評価の時期はまだ到来していないのではないか、との思いを禁じえない。「白鳥小説」および「白鳥評論」においては、一応の評価が下されているとも考えられるが、それはただ白鳥を目してヘタな小説家、無視しえない批評家と見るか、あるいは特別の愛着を寄せる読者が、それほど多くはないが、それなりにいるということに尽きそうである。白鳥の全小説・全評論を系統だてて、全体的に検討するところまでは至っていないとしても、あるところまではすでになされていると言ってよい。そういった中途半端な状況が生じている主たる理由は、新潮社版『正宗白鳥全集』(全13巻、1965(昭和40)年〜1968(昭和43)年)の不備ということがあるであろう。この全集は、おそらく全著作の半分にも満たないものであり、小説に限ってみても、そこから漏れた作品のほうが多いはずである。しかし、それでも、いくぶんの救いがあるとすれば、この全集の編集方針が単行本未収録作品を極力収めることにあり、これによって従来、目にすることのなくなっていた小説や戯曲、初期の評論、それから日記や書簡などが読めるようになり、白鳥評価のうえでおおいに役立つものであった点は否めない。また、たとえ単

行本であっても、入手が難しくなっていた長篇小説『夏木立』が収載された ことは、特記されてしかるべきであった。白鳥は、スランプの時期も含めて、一生涯にわたってほぼ継続して雑誌や新聞からの注文を受け、また受けた仕事はかならず締切日に間に合わせるという作家であったが、2、3の例外（主に評論集）はあるものの、再版にまでなる本はまずなかったと言ってよい。二度ほど時流に乗って、選集〔①『白鳥傑作集』第4巻まで、1921（大正10）年〜1926（大正15）年 ②『正宗白鳥選集』全9巻のうち4巻のみ、1947（昭和22）年〜1949（昭和24）年〕の刊行が企てられもするが、刊行されたのは2度とも4冊きりで、文化的意義を除くと、期待したほどの成果は得られなかったらしい。

　白鳥の第1短篇集『紅塵』の復刻（1968（昭和43）年9月）は、初期の白鳥文学に対する関心を呼び覚ます一助となったことは指摘しておいてもよいであろう。最も遅れていた伝記研究の分野では、伊藤整（1905 − 1969）の『日本文壇史』（1953（昭和28）年〜1973（昭和48）年）での編年式記述による試みが最初ということになるであろう。そして、実地の踏査が始まるのは、瀬沼茂樹（1961（昭和36）年）や後藤亮（1966（昭和41）年；1969（昭和44）年）あたりからである。しかし、本格的研究はずっと遅く、磯佳和（1990（平成2）年〜1998（平成10）年）や中林良雄（1996（平成8）年〜2007（平成19）年）などによるもので、それもまだ全生涯にわたっているわけでなく、ようやくその緒に就いたと言って言えないこともない。こういった伝記研究の遅遅たる歩みが進められるなかで、とりあえず福武書店版『正宗白鳥全集』（全30巻、1983（昭和58）年〜1986（昭和61）年）がとどこおりなく刊行されたのは喜ばしい。日本探偵小説史家の中島河太郎（1917 − 1999）の永年にわたる「白鳥著作目録」のための調査成果が生かせた結果で、収載できなかった著作や翻訳が若干残ってしまったとは言え、新潮社版と比較すれば、大躍進と言うべきである。いずれにせよ、基礎的資料と研究に不備のあることは、「正宗白鳥年譜」を少しばかり検討すれば分かるこ

とで、2つの全集の編集に参加した中島河太郎の作成した、福武書店版『正宗白鳥全集』収載の「年譜」でもそれほど目立った改善がないのが現状である。では、「年譜」の事項はどうなっているかと言うと、著作の題名が大半を埋め尽していて、伝記事項が意外と少ない。いや、少な過ぎて、「著作目録」との違いがこれでは明確でない。とは言え、従来の「年譜」と比較してみると、これでもだいぶ改良されたほうなのである。いちおう、まがりなりにも、これだけ揃ってきて、そのうえ、白鳥論の数だけは、他の作家たちと比べてみても、けして少なくはないのに、白鳥評価の点では、ある種の物足りなさを感じざるをえないというのは、なぜであろうか。

　中島河太郎と一緒に、白鳥全集の編集に2度とも加わっている紅野敏郎（1922 – 2010）は、ある近代文学全集の解説（「正宗白鳥集解説」）で白鳥評価の歴史を簡略に辿っているが、それを一瞥するだけで物足りなさの理由のおおよその見当がつくのではあるまいか。それは、日本の自然主義文学の歴史のなかで白鳥文学を位置づけようとするとき、他の自然主義作家たち、つまり田山花袋（1871 – 1930）、島崎藤村（1872 – 1943）、岩野泡鳴（1873 – 1920）、徳田秋聲（1871 – 1943）などとは異質な要素を白鳥が持っていることによると思われる。外見上は主流に属していないかに見えた白鳥であったが、大正期に入ると、次第に最も自然主義者らしい作家と見られるようになったものらしい。これは自然主義に対する白鳥の見方の相違、あるいはその見方の根底にある資質の相違によるものであり、それは時に白鳥が虚無主義者(ニヒリスト)と呼ばれたことに対応するのであろう。その評言の当否はしばらく置くとして、現実の世界に対する白鳥の対応の仕方には、明らかに他の自然主義作家とは異なるものがあったからにほかならない。白鳥が最初に「虚無主義者(ニヒリスト)」のレッテルを貼られたのは自然主義文学の理論的指導者の一人と目された長谷川天溪（1876 – 1940）によるものらしい。こういう評言は戦前・戦後の白鳥論

（岡本一平・淺見淵・小島德彌などの評論）で使用されているところを見ると、そんなに奇矯な言でないことが解る。戦後の近代文学史家の猪野謙二（1913 – 1997）は、チェーホフ（Anton Čjehov, 1860 – 1904）の作品との比較を行ないながら、白鳥文学の本質を論じて、《この「地獄」や「徒労」のような作品は、観念的な文学が邪道視される日本自然主義の伝統の中で、きわめて特異な位置を占めるものであろう》（「初期の正宗白鳥」）と言っている。

つまり、問題なのは、日本の近代文学のなかで白鳥文学がもつ「特異性」ということなのだが、猪野謙二をもってしても、作家白鳥の資質にまでは迫まりえていないとの感が深い。だが、考えてみれば、それも致し方ないと言うほかないのではあるまいか。

明治期における代表的な白鳥論としては、世紀末デカダンスの時代思潮から見た本間久雄（1886 – 1981）や分析的で穏当な評価を下す相馬御風（1883 – 1950）の論などが代表的なものであった。大正期では生田長江（1883 – 1936）や岩野泡鳴あたりの論を挙げておきたい。昭和期では、右であれ左であれ、肯定するにせよ否定するにせよ、批評家であるならば、一度は触れずにいられないのが白鳥ではなかったかと思えるほど、多くの白鳥論が書かれている。先に挙げた伊藤整、瀬沼茂樹（1904 – 1988）、後藤亮（1909 – 2003）のほかには、荒正人（1913 – 1979）、寺田透（1915 – 1995）、中村光夫（1911 – 88）、山本健吉（1907 – 83）、兵藤正之助（1919 –   ）、勝呂奏（1955 –   ）、大本泉（生年不詳）らがいる。最後の二人は若い世代に属する研究者であるが、後者は作品論を新資料の博捜の下に行なっている点が特筆されなければならないであろう。前者は、白鳥の小説を手掛りにして、近代小説あるいは近代文学の理念の再検討に乗り出そうとしていて、きわめて意欲的な研究となっている。兵藤は白鳥の死とそれに伴う信仰論議をきっかけとする再評価の気運から研究を深めていったようである。荒・寺田・中村・山本は戦後すぐか

ら白鳥に注目していた批評家たちで、その点からすると俄仕込みの研究者とは自ずから異なる位置にいると言わなければならない。荒の場合は、『近代文学』に連載したままになっていたため、一般にはあまり知られていないと思われるが、寺田や中村の場合は、継続的に執筆された批評が評論集に集められているため、彼らの白鳥観を容易に系統立てて知ることができる。山本の場合は、白鳥の死の間際の信仰復帰について、復帰説を否定、持続説を展開したものであるが、それだけで1冊の本にまとめたというのは、白鳥論として大いに珍重されるべきであろう。

　白鳥の生前、1950年代（昭和30年前後）になって、ようやくのこと、白鳥の全文業にわたる研究を踏まえた白鳥評価が現れた。近代文学史家吉田精一（1908－1984）による日本の自然主義文学研究の一環としての白鳥論（「正宗白鳥（1～3）」『自然主義研究』上・下巻）がそれである。7年間の讀賣新聞社在籍中の記事を渉猟するなど、資料収集に万全を期した本格的な研究であった。吉田の論の特徴は、小説を主にしたことと、小説全体を主題別に4つに分類してみせたことにある。それを要約すると、

　(1) ロオカル・カラア
　(2) 日常生活
　(3) 特殊な境遇の女の特殊な心理
　(4) 鬼気・妖気ただようもの

となる。そして(2)の「日常生活」は、さらに2つに分類される——「市井の世相」と「身辺雑事」である。(1)は猪野謙二の2つの分類のうちの「郷土物」に該当する。(4)は「特異で観念的な主題のもの」に該当するであろう。筆者は、(5)として、「自伝的主題のもの」を付け加えることを提案したい。自然主義作家たちに共通する主題として自己の探求があるが、白鳥の書く小説においても意外と多く、従来の研究ではこの点がすっぽり抜けおちているように思われる。武田友寿（1931－　）はその著書のなかで「自伝的作品」という言葉を使っているが、それが回想記

の類にのみ適用されるというのは理解に苦しむことと言わなくてはならない。(自伝的作品の例をあげると、「村塾」「地獄」「最初の記憶」などがそうである。ただ作品によってフィクションが部分的に混っているので、扱いには注意が肝要である。)

　戦後の正宗白鳥再評価の試みは、昭和37(1962)年10月28日の死去によってにわかに起こった信仰論議から始まったわけではない。論議は歿後一年がたってもおさまらず、信仰問題が白鳥論の試金石となった感すらあるのは確かである。しかし、より本質的な議論は、歿後一周忌を記念して始まる劇団《風》による白鳥戯曲の上演で、それは昭和57(1982)年まで計17回も実施された。この劇団の主宰者は演劇史家で演出家の山田肇(1907－1993)である。山田は、日本での近代戯曲の確立を大正戯曲に求めているうちに白鳥戯曲に行き当ったものらしい。彼の評論「白鳥戯曲の位置」を読むとそのことが推測できる。しかし、山田が白鳥戯曲に注目し、その上演に情熱を傾けるようになるためには、それなりの用意なり、下準備なりができていたに違いなく、ヨーロッパの前衛演劇、とくにベケットあたりの不条理劇を知った眼で日本の近代劇を見返したとき、白鳥の戯曲は新しい相貌の下に立ち現われてきたのではないかと思われる。

2　白鳥戯曲の上演（戦前／戦後）

戦前

　白鳥が戯曲に手を染めた最初の作品は「白壁」(『中央公論』明治45・4)で、郷土を舞台に取り、祖父のことが題材となっている、手堅い自然主義的な作品である。日本の自然主義作家は概して戯曲に手を出すことが少なかったため、この作に研究者の注意が向けられずにきた。「イブセン会」(明治40・2・1～41・5・8(？))の会員であったばかりでなく、大の歌舞伎

ファンであった白鳥が書いた意味は大きかったはずであるが、あまり注目されず、二作目「秘密」(『中央公論』大正3・7)を書いたのちは、震災まで戯曲の創作は冬眠状態に入ってしまった。大正8、9年の倦怠期(それはスランプとは異る)、それから12年の関東大震災が過ぎると、白鳥は、俄然として、戯曲の創作熱に取り憑かれたかのように戯曲を書き続けるが、5年間で31篇とはどういうことであろうか。倦怠期でも小説の注文はあり、努力家の白鳥は執筆を続けるのだが、描写を主とする小説ではもはや表現意欲を満たせなくなっていた。中年になって戯曲の創作を始めた批評家の中村光夫は、大正末期より昭和初年にいたる白鳥の作家的危機は、《大正期にその仕事を一応完成させた作家たち》に共通する《時代の文学全体の危機》として捉えたうえで、つぎのように言っている——《新しい時代の波のなかで、それぞれの進路を模索することを強いられたのですが、氏(白鳥——筆者註)はそれを戯曲と評論を書くことで切りぬけたといえます。》《評論が、一人称でものを示すのを建前とする以上、筆者の意見の直接の表白であることは云うまでもありませんが、戯曲の場合も、作中人物の台詞と行動によって、作者の感じていることを、写実の約束に縛られた小説より、直接に表現できます。》つまり《直接的な自己表出の可能性》が生まれ、そのことによって、《文学への興味を新たにすることができた》(「白鳥感想」)という。たしかに、白鳥のような自己意識の強い作家を理解するのには、劇作が恰好の材料を提供してくれるのではあるまいか。日本の作家のなかでも、白鳥ほどその主観性を主張しつつもなお懐疑に止まりつづけた作家はいない。たとえ戯曲において大成することはなかったとしても(大成ということは、彼の本質からいってけして生まれてこない観念であろう)、日本文学の可能性を考えるうえでも、白鳥戯曲40篇は充分、検討に値するはずである。白鳥は戯曲第2作目「秘密」を大正3(1914)年7月の『中央公論』に発表するが、これは名編集者の呼び名の高い滝田樗蔭(ちょういん)に「新脚本号」のためにいわば

強要された結果であった。ところが大正13年（1924）以降の多量の劇作、つまり13年の「影法師」以下5篇、14年の「隣家の夫婦」以下7篇、15年の「ある文学者の心」以下4篇、昭和2年の「勝敗」以下の7篇（以降省略）などは、自己表出の手段を得て、一気に表現意欲が解放されたかの感が強い。ちょうどこの頃のこと、白鳥は、ある雑誌記者から、戯曲を書き出した動機について問われて、つぎのように答えている——《小説でも勝手にやれば宜い訳だけれども、自然主義系統の筆法がたたつてゐるのか、いやに皮相な表面的な事実に拘泥する気味が小説にはある。或ひは其方が本当かも知れないが、戯曲だと、僕はその風習に感染してゐないから、外形的な皮相な事、自然らしさと云ふことを破つて仕舞ふことが出来るから、却つて思ふやうに書けて宜いやうです。尤もそれを一々上演すると云ふことを考へれば面倒でせう。が、それを念頭に置かないで書けば、読物としても自分の自由に書けて宜い。》（「正宗白鳥氏と思想と人生観に就て語る」『新潮』大正15・1）もっとも、このような発言があるからといって、世に「戯曲時代」と言われたこの時期に、あたかも戯曲が小説の一形式であるかのように、安易な気持で書かれた小説家たちの似而非戯曲がたくさん誌上にあふれかえり、フランス近代劇を学んで帰国したばかりの岸田國士（「戯曲時代」『演劇新潮』大正13・11）によって揶揄されるような状況が一方にはあったことを知らないわけではない。

　白鳥戯曲の第3作目（「戯曲時代」での第1作目）の「影法師」（『中央公論』）が発表されたのは大正13（1924）年2月である。人生の意義、あるいは人間自身および人間の置かれている状況の不可解さを問う戯曲群の始まりであるが、戯曲の体を成さない作品と菊池寛（1888 – 1948）など、既存の劇作家は見ていたらしい。第4作目の「人生の幸福」（『改造』大13・4）もまた同様の扱いを受けたが、今回の場合で違っていたのは、7ヵ月して、この戯曲がある小さな劇団によって採用され、舞台で演じられるという幸運を得たことであった。その劇団というのは、今ではほとんど知る人

もないような、マイナーな劇団であった新劇協会である。上演の翌月の『演劇新潮』で、自身も諷刺劇を盛んに書いていた高田保（1895 − 1952）が、皮肉まじりに、つぎのように書いている——《今年度での劇作壇での第一作はと問はれたならば、私は何の躊躇もなく、正宗氏の『人生の幸福』を挙げる。しかし不幸にして、この作品は発表当時、所謂月評家諸君の多くの眼には止らなかつたらしい。諸君はこの作品の中に含められた異常に劇的なものを見逃したのである。げに見逃したのだ。存在しないのではない。》（「二つの非劇評」）高田は新劇協会の会主の畑中蓼坡（りょうは）（1877 − 1959）から創作劇の上演で相談を受けたとき、即座に「人生の幸福」を推挙し、畑中も同感し、早速、作者の白鳥に上演許可を願い出ると、《もし君があの中に劇を発見したといふなら上演するがいゝでせう》（同上）と、白鳥は応えたという。畑中は、在米10年の経験者で島村抱月（1871 − 1918）の芸術座研究劇で有島武郎作「死とその前後」に出演し、好演したのが初舞台であったという。大正7（1918）年に芸術座が解散となると、8（1919）年6月に新劇協会を組織し、舞台監督（今でいう演出家）を兼ねる俳優として活躍。だが、経済的苦闘を続けながらの公演は、菊池寛により「新劇界の志士」と呼ばれ、菊池の後援を受けた。畑中は新進の劇作家の創作劇の上演と芸術主義を旗印にかかげていた。この点で白鳥戯曲は幸運であった。レーゼドラマ（Lesedrama）とならざるをえないと思っていた作者には、驚きであった。劇の体をなしていないと批判的だった菊池寛の後援する劇団によって上演され、演劇界や文壇の一部から注目されるとは皮肉なことであった。上演を観た25歳の川端康成（1899 − 1972）が《現代の日本に我々と共に生ける天才を見た。》（「新著だより」）と書いたのはよく知られている。この時、川端がストリンドベリ（August Strindberg, 1849 − 1912）に言及したことを知る者は少ない。高田保は当時、日本で認められていた戯曲と白鳥の戯曲を比較して、つぎのように述べている。《多くの戯曲は、その中に含まれる劇、

戯曲としての生命的核心。それをば芝居的粉飾の下に置いて、故らに派手々々しく際立たせ置くを常とする。それ故に読者は歴然とそれを見ることが出来もするであらう。けれども『人生の幸福』に於ては寧ろ却つてそれら一切の剝奪である。ために哀しや月評諸君は僅かに羅列されたる文字のみを読んだ。そしてある人々は難じて小説的と称した。正宗氏は結局小説家である。この勇敢な断定が得々として言はれたのを私は記憶してゐる。それ故に私は余計熱意をもつてこれを畑中君に推讃したのかも知れない。》（同上）上記、高田の評言中で記録にぜひとも留めておきたい部分は、言うまでもなく、「それら（芝居的粉飾）一切の剝奪である。」であろう。

　では、高田は、「人生の幸福」を具体的にはどう観ていたのだろうか。（長文の引用となるが、埋れた資料とさせないためである。）

　　この戯曲は決して事件を描いてゐはしない。それはたゞ正宗氏を語るものである。扱はれた一つの事実は、たゞ表現のために用ゐられた一つの手法にしか過ぎない。それ故にその効果に於てすべての劇的事実は空幻の如く消えて、残るものは作者が傷ましき自己探求の姿である。しかもそれはその作中のどの一人かの姿の上に残り留まるものではない。これこそまた空幻の如くしかしまた歴然としてその戯曲全体の中に浮び現はれるものである。しかして私はこれをこそ劇とみた。現はされたる作者の心霊、思索によつて孤独にされたる一個の傷ましき人間、恐らく絶望的な孤独人、永遠の懐疑者、誰がこれを劇的でないと言ひ得るであらうか？
　　正しくこれは叙自劇(イッヒ・ドラマ)である。舞台は作者の心霊の展開し行く姿である。更にその展開し行く劇中の事実は、観客にとつての外在的事実ではなく、たゞその作者の心霊にとつての内在的事実でのみある。決してこれは写実的作品ではない。現象の描写でなくして、それを

越えてその奥に潜む物自体の主観的表現である。現実の核心を握むだ彼自身の表現である。見給へ、その手法に於て彼は、太い線描と簡素な輪画(ママ)とを選んで、自然主義的な細叙法の多くを捨てた。いや時には不自然的構図をさへ選んでゐる。読者は殊に第二幕に至つてその著しいのを見るであらう。そこでは目前に殺人が行はれる。しかしこれは決して一つの事件の頂局(クライマックス)としてではない。単に単純な一つの行為として、しかも全く唐突に描き出されてゐるに過ぎない。更にしかもその行為に対する場面の急迫も興奮も決して劇的としての表現を持たされてはゐない。たゞそこに歴然として現はされたものは、人生に対する希望と恐怖と不安との錯述した搖曳(ママ)である。そしてこれは作者自身の世界に外ならない。(「二つの非劇評」)

高田の評言は現在から見て1つもおかしいと感じさせるところはない。それはなぜであらうか。彼の演劇的教養がどのようなものであるのか知らない。(おそらくドイツ系のものであることだけは解る。)またそれを調査する暇とてもないのは残念であるが、ここでは、高田が何ものにも囚れることのない澄んだ批評眼を持っているからで、ただそれだけの単純な事実を指摘するに留めておく。高田は実際の舞台を観たあとの感想も書き留めてくれている。これも、いとわず、記録として引用しておく。

　新劇協会の演出は、以上の表現の方向(叙自劇のこと——筆者註)に於て、合致しやうとする意図をかなりに見せてはゐるが、しかしなほ決して充分とは言へなかつた。その殺人の場合に於ても、恐らく俳優諸君に所謂「殺」しの意識が幾分なりあつたのではなかつたか、頂局(クライマックス)として演じられてゐたとは言へぬまでも、少くとも頂局的(クライマキシカル)であつたといふ点で、私は決して同意し得ないのを遺憾とする。ばかりで(ママ)なくまた全体を通じて、写実主義的演技から蝉脱し

やうと努力しながら猶ほ且つ無残にも時にその残骸の露呈を見せた
ことに於て、私はかなり不満を覚えずにはゐられなかつた。しかし
この失敗は何故であつたか？　——君等は芝居を知り過ぎてゐた。
第一に大橋君の喜多雄は所謂手に入つた型の技巧のための失敗であ
る。第二に畑中君の豊次郎は思索に落ちた底の窮屈さのための失敗
である。そして一人高橋豊子君の妹役だけ、その稚拙によつて彼等
よりも成功した。稚拙によつて。ここにこの戯曲の上演に対するよ
き暗示が読まれるであらう。もし協会がこの再演を企てるならば、
一応の考慮をここに費されんことを望むで置く。(同上)

　高田の劇評に対してなにも付け加えることはない。ただ演技の「稚拙
(さ)」こそが重要だとする点を指摘するだけで十分である。
　ところで、高田の劇評のもう一つの優れた点については、ぜがひでも
記録しておきたい。現在の劇評に求められているものこそこの点である
と思うからである。それは観客の反応である。高田は、つぎのように書
き記している——

私は当夜異例に感激した観衆の嘆息と戦慄とを如実に見た。確かに
彼等らにとつて一つの動感(センセーション)であつた舞台である。よしそれが原作
の力に依るものであつたとは言へ、幾分はなほ演出者のものであら
う。(同上)

　これからは、川端康成の批評は、高田のいう「観衆」の一人から発せら
れたことを、川端の劇評に言及する者は、忘れてはならない。
　なお、高田は戯曲集『人生の幸福』が刊行されたときにも書評の形で
白鳥戯曲評を書いていて、そこでは他の作品についても述べているが、
ここでは触れないでおく。

戦後

　戦後になって、白鳥戯曲再評価の気運をつくったのは劇団《風》〔1961（昭和36）年創立〕を主宰する演劇史家で演出家でもあった山田肇である。白鳥歿後1年目の1963（昭和38）年10月より1982（昭和57）年まで20年間に17作品を上演している。〔筆者は、遅蒔きながら、創立20周年記念、第24回公演（白鳥「梅雨の頃」／内田百閒「道連・花火」1981・5、みゆき館劇場）を観ることができた。〕新潮社版全集（1965年－1968年）によって、白鳥戯曲40篇のうち18篇に触れていた白鳥研究家たちのほとんどがこぞって山田たちの上演を観て、驚きの声・感嘆の声を発したのであった。吉田精一、然り。中島河太郎・中村光夫・大岩鑛（1901－？）・山本健吉・後藤亮・紅野敏郎など、皆然り、である。彼らの反応の1つ1つをここで検証する必要はないであろう。むしろ山田肇の指導を直接に受け、第18回公演（「保瀬の家」）では自らも演出を手掛けている野田雄司（生年不詳）の評論の検討から始めることにする。

　山田や野田が白鳥戯曲に出会うのは、日本での近代戯曲の確立を大正戯曲に求めるうちのことであったのは事実として、その一方で、おそらく戦後のヨーロッパの前衛演劇との出会いということもまたあったに違いない。事実、山田は、共訳という形であれ、マーティン・エスリン（Martin Esslin, 1918－　）の主要著作の1つ、『ブレヒト――政治的詩人の背理』（1959年）の翻訳（1963年刊行）に従事しているのである。山田には、前衛演劇としての「実存劇」あるいは「不条理の演劇」についての論考があるのかどうか、知らない。晩年の論集『山田肇演劇論集』（1995年）にもそれらしい論文は見当たらない。幸いにも野田が「含羞の演劇人・正宗白鳥」（1976年）を書いているので、山田らの主張を代表する論文として、以下では、扱うことにしたい。野田は、山田が白鳥戯曲に「演技的感受性」なるものを認めていて、俳優が演ずるときに働かせるのと同じ感受性を白鳥が働かせて書いているので、上演に適さないわけがないとの山

田説を支持するばかりか、日本の新劇運動の歪曲は白鳥戯曲を素通りしたためだという杉山誠(1907－68)説にも共感を示し、続けてつぎのように述べている——

　というのも、もし、日本の演劇が白鳥戯曲を適確に経験していたならば、少なくとも、次の三つのことに触れていたに違いないと思われるからである。一つは「詩劇」である。散文体で書かれた詩である白鳥の文章は、特に、戯曲と評論に於てその真価を発揮する。氏の戯曲には共通して、天と地の間に人が在って、その周囲を薄気味悪い風か、ちゃらっぽこなおとぼけ風（かぜ）が、そよそよ吹いている、という風（ふう）がある。「常にあらゆる形を否定していった」人だから、決してありありと認められるものではないが、含羞を堪えた文体の底に、その様子が漂う。詩劇たる由縁である。

　次に、氏の戯曲は「実存的戯曲」である。或は「不条理劇」である。殊に、先に記した薄気味悪い風の吹く作品、「影法師」「人生の幸福」「梅雨の頃」「安土の春」「勝頼の最後」「光秀と紹巴」「保瀬の家」などは、人間の実存、人間の不条理性を描きつつ、怪奇の影を感じさせる独特のスリラーである。三つ目は「諷刺劇（サタイア）」「もじり（パロデー）」である。それらに共通するのは「懐疑」と「遊戯」の心である。チェーホフを学び、イプセンを好み、ストリンドベリを認めつつも、西欧近代劇流の様（さま）に溺れぬ、したたかな「人間諷刺劇」や「パロデー」が誕生する。「秘密」「農村二日の出来事」「隣家の夫婦」「老醜」「歓迎されぬ男」「間違ひ」「みんな出鱈目」「岩見重太郎」「天使捕獲」などの作品がそれである。
（「含羞の演劇人・正宗白鳥」）

野田（そして山田）の白鳥戯曲の再評価は、いまでは36年前のものであるが、少しも古びていないのではないだろうか。白鳥戯曲を「実存的戯

曲」(あるいは「不条理劇」)と「人間諷刺劇」(あるいは「パロデー」)の2つに分類して見せたのは、野田が最初である。白鳥戯曲の再評価において、現在、望みうるかぎりの唯一の卓越した評論が野田の白鳥戯曲論であると思われるが、それはつぎの2つの点から言えるであろう。

1つは、野田が従来の固定した戯曲観からは否定的にしか見られなかった白鳥戯曲に、まったくと言ってよいほどの新しい光を投げかけ、初めてその本質を抉りだしたことである。それは、一面において、学界での大正戯曲再評価の気運に乗って出て来たかのように見えるが、けしてそれだけではない。そこで、2つ目ということになるが、野田は、白鳥戯曲の再評価を日本の近代劇の成立のなかで行なう姿勢を保ちながら、他方で世界演劇の流れのなかで白鳥戯曲を捉える視点を明確に採用している点である。

もっとも、野田論文について、それを最初にして唯一のものと言ったが、彼の前に露払いの役を果たした論文のことを言っておかないと不公平の議をまぬがれないであろう。じつはもう1人、演劇史家の永平和雄(1923－2004)がいて、1972(昭和47)年刊行の『近代戯曲の世界』で、つぎのように言っていたのである——《著名な小説家としてこの一時期(大正の「戯曲時代」のこと——筆者註)劇作に従った作家のうち、谷崎潤一郎と正宗白鳥は見るべき作品を残している。ことに白鳥の場合はドラマトゥルギーを無視し、舞台の制約を顧慮しない、気ままな創作態度をたびたび表明しながら、「人生の幸福」「ある心の影」以下の戯曲が、近代写実劇の枠を越えて、いちはやく非写実的な不条理劇に迫った異色の作品であることに注目しなければならない。「大正戯曲」の代表作家たちが近代と近代自我との幸福な共存を打ち砕かれることなく、したがって、近代知識人としての己れの生の追求を戯曲というジャンルに定着しえなかったのに対して、戯曲家白鳥の近代への不信と懐疑の深さとの相違を見るべきであろうか。》永平は野田の視点に接近し、「いちはやく非写

実的な不条理劇へ迫った異色の作品」が白鳥戯曲であるとしながら、この評価の線を進めることはなかったようだ。永平が「現代文学講座」(至文堂)に寄せた原稿「白鳥戯曲の本質」(1975(昭和50)年)では、野田よりも綿密に白鳥戯曲全体に検討を加えている。①作者の創作意図 ②書評や劇評の検討 ③戦後の《風》による上演とその反響 ④作品分析などの観点から、「白鳥戯曲の本質」に迫っていることは確かなのだが、①「イブセン会」の会員であったことと、②チェーホフに傾倒したことには軽く触れはするものの、永平の観点は終始一貫、日本の近代演劇史のなかでの「白鳥戯曲」として捉えることにあり、「非写実的な不条理劇」として読み換えてみることはなく、この論文には「不条理劇」の要素の存在を暗示する言葉は注意深く避けられているかに見える。つまりそこでは比較文学的観点はきょくりょく締め出されていると言ってよい。

永平の論文「白鳥戯曲の本質」のなかから結論的部分を引用するのは難しいが、第1章の総論のまとめ部分から引用するのがよいであろう。大正13(1924)年が文学史上において重要な年であることを2つの雑誌(プロレタリア文学系の『文藝戦線』と新感覚派文学系の『文藝時代』)の刊行によって示し、あわせて新しい演劇の動向を5つの点(すなわち①『演劇新潮』の創刊 ②築地小劇場の開場 ③岸田國士(1890－1954)の登場 ④眞山青果(1878－1948)の戯曲による復活 ⑤白鳥の本格的な戯曲創作の開始)に求めたのち、永平は、白鳥と岸田を比較して、つぎのように論じる——

> 大正十三年という時点に、岸田國士と正宗白鳥を並べてみれば、その作品は、フランス帰りの新鋭の演劇青年と中年を過ぎた自然主義小説家といった作家の印象と同様の対照を示している。『人生の幸福』の一部での好評はあったにしても、たとえば『チロルの秋』の鮮烈な新しさに匹敵できたであろうか。しかし今白鳥戯曲を読直せば、

登場人物の性格の欠如、未解決の幕切れ、ストーリーの中断、写実から幻想への飛躍、言葉と心理との背理など、一見しただけでも岸田戯曲には見いだすことのできない現代戯曲の特徴に遭遇するのではなかろうか。(「白鳥戯曲の本質」)

　白鳥と岸田との比較は、演劇史的に言ってとくに意味ある比較である。畑中蓼坡は「人生の幸福」を帝國ホテル演劇場で上演したとき、岸田の「チロルの秋」(大正13(1924)・9)を第2番目の出し物に選んでいたからである。「チロルの秋」をお目あてに観劇した本庄桂輔(1901－1994)の「正宗白鳥の中のイプセン」によると、《岸田先生も『人生の幸福』には脱帽されている》ということであるから、パリで学んできたフランス演劇とは異なる演劇であったにもかかわらず、白鳥戯曲を理解したのは、従来の「劇的なもの」に対して、岸田が「言葉の生命」を重視していたからであろうか。

　永平は、先に紹介したように、菊池寛などの考える演劇(菊池以外に白鳥戯曲を批判した生田長江を加えてもよいであろう)と岸田國士の創作戯曲とは明確に異なる白鳥戯曲の特徴を5つ挙げてみせたわけだが、過去の戯曲観からすれば、それらはことごとく否定的な要素となるはずである。しかし、それらの特徴を持つものこそ「現代戯曲」である、と永平はいう。では、ここでいわれる「現代戯曲」とはなにか？　それは、いつから始まったものなのか？　こういったことには、永平は演劇史家としての節度を守ってか、なにも語っていない。それでは、永平と野田の両氏の間隙は、どのようにして埋めるべきであろうか。米国の科学史家トマス・クーン(Thomas Kuhn, 1922－96)が提唱した「パラダイム(意識枠)論」によって説明すべきことなのであろうか。それともこの間隙になんらかの橋をかけるべきなのであろうか。次章では、その問題について考えてみることにする。

3　自然主義(ナチュラリズム)の文学から不条理の演劇へ

　演劇史家永平和雄のように、日本の近代劇の成立のなかだけで白鳥戯曲を再評価するのでは、白鳥戯曲は、しょせん、例外的作品と位置づけられるにすぎない。たとえ、白鳥戯曲が他の「大正戯曲」の代表作家たちと「近代への不信と懐疑の深さ」の点で、いかに相違があると認識されても、その特異性が強調されるだけで了ってしまうであろう。戦後の劇団《風》による白鳥戯曲の連続的公演は、敗戦を経たのちの日本人が同時代的に白鳥戯曲を捉え、現代劇として再評価したことを意味した。だが、それは、日本の近代文学の流れのなかにおいてだけでなく、世界文学の流れのなかで捉え直したことにより大きな意味があったのである。

　《風》の主宰者山田肇には、最初から白鳥戯曲を現代劇として捉えるという考えはなかったらしい。むしろ白鳥戯曲に「演劇的感受性」なるものを感じ取ったのが最初で、そのことはすでに述べた通りである。第1回公演から演出助手として参加し、第18回公演(「保瀬の家」)では自らが演出を手懸けた野田雄司が、いつから白鳥戯曲を不条理劇として捉えるようになったのか、文献資料によって言い当てることは難しい。だが、劇団《風》が第13回公演(創立十周年記念)で用意したパンフレット『風／13／PNEUMA』では、演目の一つ「みんな出鱈目」には「〈不条理〉の喜劇」との謳い文句が添えられている。この年は1971(昭和46)年にあたっていて、それまでの世界の現代演劇での新しい傾向は「反演劇(アンチ・テアトル)」(anti-théâtre)などの否定的名称で呼ばれていた。が、それに理論的・包括的名称を与えるマーティン・エスリンの『不条理の演劇』(1962年)が刊行されるにおよび、新しい演劇の意味づけが行なわれ、一部の人びとのための前衛劇あるいは実験演劇がにわかに世界演劇の趨勢に影響することになった。(この本の日本語訳は6年後の1968年に出ている。)日本でもベケット(Samuel Beckett, 1906 − 89)やイヨネスコ(Eugene

Ionesco, 1912 – 94) の作品がさかんに翻訳され、研究されていたのであった。そのようななかで、高橋康成 (1971年) がベケットと白鳥を比較し、野田雄司 (1976年) が白鳥戯曲を不条理劇と認識することになる、というのが日本の現代演劇のおおまかな時代状況であった。筆者に関しては、その頃、高橋の言葉に勇気づけられ、「白鳥よりベケットへ」と題する短文をつづり、勤務校内の半ば私的な雑誌に寄稿したことがある。日本において白鳥とベケットの戯曲を比較して論じた例は、その時もまたその後も、寡聞にして知らない。概略だけを述べただけのもので、ことさら問題とするにあたらないが、その時の筆者の心のゆらぎ、ためらいといったものについては、ここに少しだけ書き留めておいてもいいのかも知れない。それは、すでに表題に現われているように、二人の作家の比較ということなのだが、とくに日本の作家と外国の作家の比較は、そこに明らかな影響関係が存在しないときは、比較文学的には、**比較**が成立せず、それは単なる**対比**とされてきた。現在では、本場のフランスでも、事情は一変していて、いわゆる米国型の比較文学が認知され、「クセジュ文庫」でも別の執筆者による同一タイトルの新版が刊行されるまでになっている。

　ところで、拙文の「白鳥よりベケットへ」の主旨は、白鳥の延長線上にベケットを見るならば、それは、二人の東西の作家の作品がたがいに照射し合って、それぞれの作品のより良い理解のために有効ではないか、と言うものであった。しかし、ここではむしろヴェクトルを逆にして、「ベケットより白鳥へ」と変えることにより、白鳥戯曲とベケット戯曲を共時的に読むことができはしまいかと問うてみたい。しかし、そうは言うものの、物の順序としては、「白鳥よりベケットへ」でなしたように、自然主義の流れのなかから、いかにしてペシミスティックな不条理文学／演劇が生まれてきたかを見ておいたほうが、彼らに対する理解を早めかつ深めるうえで適切な処方と言えるのではないだろうか。

「ナチュラリズム展望」

　自然主義(ナチュラリズム)の文学から筆を起こし、そこより、いかにして現代の不条理の演劇は生まれたかを明解に概括してみせたのは、あの『不条理の演劇』(1962年)を書き不条理の演劇運動のバイブルと目されるようになったマーティン・エスリンである。論文は、題して「ナチュラリズム展望」という。1961年4月号の『ドラマ・レヴュー』に発表された。周知のように、エスリンはイヨネスコやベケットなどの新しい現代劇の潮流に初めて「不条理の演劇」の名称を与え、形なく名付けがたいものの実体をすくい上げ、概念化した英国の演劇評論家である。ハンガリーに生まれるが、一家とともに政治的亡命を果たし、ウィーンに移住するが、1938年のナチスの侵入を受けて、ブリュッセルに脱れ、さらに英国に渡った。1940年にはBBCに入り、台本を作ったり、プロデューサーの仕事をし、1947年に英国に帰化している。元来が演出家希望であったが、演劇批評家として文化的・社会的視野の広さと深さには定評がある。それが彼を単なる解説者以上の存在たらしめているのではないかと思う。

　ところで、この「ナチュラリズム展望」の論旨であるが、要約すると、自然主義の文学を単にゾラ(Émile Zola, 1840 – 1902)の文学にのみ限定せず、広義において受け取り、その影響がじつは今日まで及んでいるさまを示めすことにある。ここでエスリンが明らかにしたことは、おおよそ、つぎの3点に集約できよう。

　第1は、文学運動の1つとしての自然主義が歴史的文脈において示したことは、「精神的・芸術的衝動」——言い換えれば、「完全な自由への新しい出発」の要求であったが、そういった衝撃的な力が現代にもなお力強く脈搏っている点を洞察したことである。

　第2は、自然主義が「真に革命的な要素」として主張した「形式より内容の優位」ということ、より正確を期して言うならば、芸術の形式を「その内容の固有の表現として」見るようになったことを、チェーホフ、ハ

ウプトマンの文章を引きながら、正しく解釈したことである。

　第3は、「絶対的真実」を追求し、呼びかける自然主義は、科学的態度をもって「観察され実証された実験的真実」を探求するが、その一方で「観察者の主観性」「個人の視点」を容認するため（なぜかと言えば、凡人の日常生活が対象化されるからである）、「芸術の目的を公認の道徳律のプロパガンダ」と見なすまでに貶めてしまうような人びとが根拠とする「倫理的絶対性」といったものを峻拒して、「真実性と、観察の正確さと、観察の結果を直視する勇気とが、芸術家の唯一の倫理的絶対性となった」ことの解明である。

　自然主義が歴史的に果たし、今もなお時代の底流となって働いているとエスリンが考える、上記3つの役割は、綿密な考察と適切な理解の上に立って導きだされ、結論づけられたものと言ってよい。一言で言うならば、自然主義が持つロマン主義的側面を言い当てたのである。エスリンの言う自然主義の3つの歴史的性格は、それらをまずベケットの文学に当てはめ、つぎに日本の近代文学のうちでも「特異な位置を占める」（猪野謙二）正宗白鳥の文学に当てはめてみるとき、より一層の納得が得られはしないだろうか。イプセン、ストリンドベリ、チェーホフなど、西欧の近代戯曲に親しみ続けた白鳥ならばこそ、ヨーロッパの自然主義の最も正統的な感応者・創作者たりえたのではあるまいか。

白鳥の文学的出発

　白鳥の文学的出発は、明治34(1901)年、東京専門学校文学科卒業の年の4月から、ということに「年譜」などではなっている。島村抱月指導の下で、『讀賣新聞』紙上の「月曜文学」欄の批評（文学・音楽・美術などが対象）を毎週1回、友人たちと担当したからである。しかし、よりいっそう自覚的には、日露戦争（明治37－38(1904－05)年）前後、社会がようやく西洋追随から目覚め、少しずつではあるが、自立の意識をもつに

いたる、ある種の過渡的な時代に始まった、と言ったほうがより正確であろう。とくに、日露戦争後の一時期には、一種の思想的混乱のなかに真空状態が現出したように思われる。明治43(1910)年6月に起こった大逆事件までの間のことなのだが、大逆事件を契機にして、石川啄木が「時代閉塞の現状——強権、純粋自然主義の最後及び明日の考察」を書いたのは周知のことである。この論文は、直接には、明治44(1911)年8月22日の『東京朝日新聞』の文芸欄に載った魚住折蘆(1883-1984)の論文「自己主張の思想としての自然主義」に対する啄木の反論として書かれたが、同紙に掲載されなかった。またとうとう生前に発表されることもなかった。(『啄木遺稿』東雲堂書店、大正2(1913)・5に収録される。)
評論家山崎正和(1934-)は、この時代を目して、「対象をもたない感情」として「不機嫌な気分」が志賀直哉・永井荷風・夏目漱石・森鷗外という、それぞれ世代を異にする作家の心を領していた時期、と指摘している。山崎の視点を借りて、荷風と生年を同じくする白鳥の場合を見るならば、「不機嫌な気分」と言われるものが、白鳥においては、「無関心」や「無感動」あるいは「虚無的な気分」として出てきていることが分かる。自然主義が本来的に求める「自由」と類似の性質のものを、日露戦争後に、時代的な解放感として感じていた白鳥に特有の気分として、それらが強く現われたのではあるまいか。少なくとも、『何処へ』(『早稲田文學』明治41(1908)・1～4)の主人公菅沼健次の寄る辺ない生活の気分は、白鳥自身のものであるとともに、ある程度の教育を受けてきた若者たちが共有する感情であった。

　ところで、「無関心」あるいは「無感動」なるものは、言うまでもなく、エスリンが言う「倫理的絶対性」というものに対しての感情であり、時代からは一歩退いた態度であったため、「消極的人生態度(または人生観)」と見なされ、時に批判にさらされたのであった。また、「虚無的な気分」なるものは、正しくは、ヨーロッパのニヒリズムのように、神

あるいは「絶対的真実」を失っている心の状態をいっているのであって、神といった明確な対象をもっていない、消極的・悲観的な人生観と見るならば、それは「無関心」「無感動」ということになるに違いない。いずれにせよ、これら2つの心的態度は、ある対象物を失っているということで、共通していると言えるのである。

　自然主義のもつ歴史的性格の第3の点（すなわち「絶対的真実」の追求とそれに伴う観察の重視）ということで言えば、形式に囚われないというよりも、内容が自ずととらせる形式、その意味での自由な形式を、評論はもとよりのこと、小説・戯曲においても追い求めずにおかない白鳥の文学的航跡が自ずと思い合わされてくる。主観性・自意識を前面に出してはばからないにもかかわらず、いつも《判断の停止》（デカルト）を保持しえたのは、白鳥の「真実」に対する情熱のなせる業と見なければならないのではないか。白鳥の評論文の著しい特徴の1つである、あの断定を避け、ただ疑問を呈するだけの、言うなれば、素気ない物言いの仕方の背後には、《開かれた体系》を求める、自然主義的な情熱が隠されていると見るべきなのであろう。それは、けして思考の中絶といったようなものではなく、《判断の停止》と言うべきであろう。ここに白鳥文学が日本的自然主義の陥穽に足を取られなかった理由がある。白鳥が晩年に至るまで、なにものにも囚われない、自由で柔軟な知性を持ちつづけたことはよく知られていることであるので、多言を費すまでもないであろう。

4　ベケットより白鳥へ

　私たち人間にとって、「なにが真実であるか」を第一義的なこととする点で、白鳥の文学とベケットの文学は1つの接点で重なり合っているように思われる。自然主義がもっとも強調したことは、「なにが真実であ

るか」であったから、それを第一義とする文学の流れのなかで、ベケットの不条理劇なるものと「白鳥戯曲」を対比させるならば、白鳥文学の「特異性」とそれがひそめる「可能性」あるいは「欠陥」がともに明らかになるのではないだろうか。そしてまた、この試みは、現代の日本文学にとって、けして無益なものとはならないのではないだろうか。日本文学のもつある種の狭苦しさが吹き払われることになるかも知れない。日本的自然主義をいくら批判しても、ヨーロッパ文学からの移入の時の誤謬をいくら説いたところで、原因はいっこうに明らかにならないばかりか、事態の好転を望むことさえもできないにちがいない。

　ところで、断っておかなければならないが、筆者は、ここで、「白鳥戯曲」がベケットの不条理劇を先取りしていたと主張するつもりは毛頭ない。ただ2人の作家がそれぞれの言語の伝統の下にあって、自らの感受性を微妙な色合いに染めあげていながら、その伝統をあえて1度は払拭して、逆説的に無からの創造に向かったさまに注目したいのである。彼ら2人は、芸術によっては表現しえないものがあるかも知れないという思いにしきりとかられていたのではないだろうか。とくにベケットにあってはその自覚が鋭く、ジョイス (James Joyce, 1882 - 1941) などとはまったく逆に、表現すべき手段はおろか、表現すべきものもないといった、きわめて貧しく、裸出した人間の状況そのものが出発点として選び取られているのである。白鳥にあっては、一生涯の主題は、唯一、「人生とはなにか」あるいは「人生はいかに生きるべきか」(白鳥「人生如何に生くべきか」参照)であった。そして自分の書いたものは、いつも否定されるべきものでしかなかった。ベケットと白鳥の伝記的類似点をあげつらうということもできなくはないが、しょせんはベケットの人型を白鳥の人型の上に乗せて裁断するようなものである。まずは作品の上での比較が先決であろう。そこで、たとえば、つぎのような取り合わせが考えられはしないだろうか。戯曲では、ベケットの『ゴドーを待ちながら』

(*Waiting for Godot*, 1952; 1954)に対して白鳥の「保瀬の家」(昭和2(1927)・2)を、あるいはいっそうのこと、最後の戯曲作品「死んだやうな平和」(昭和32(1957)・1)を、それから『すべて倒れんとする者』(*All That Fall*, 1957)に対して「人生の幸福」(大正13(1924)・4)を配してはどうであろう。小説では、戯曲ほど簡単には行かないが、ベケットの3部作『モロイ』(*Molloy*, 1951; 1955)、『マロウンは死ぬ』(*Malone Dies*, 1951;1956)、『名づけえぬもの』(*The Unnamable*, 1953; 1958)に対して白鳥の代表的な中篇として「何処へ」(明治41(1908)・1〜4)、「徒労」(明治43(1910)・7)、「人を殺したが…」(大正14(1925)・6〜9)を試みに配してみたい。とは言え、明らかな影響関係が存在する場合とは異なるので、傾向としては共通する要素があるとしても、むしろ相違点が目立つことになるのかも知れない。が、比較することでそれぞれの特徴がはっきり捉えられるという利点もまたあるに違いない。

　西洋演劇研究家の山内登美雄(1925−　)によると、伝統的演劇と「不条理演劇」とでは、「劇を劇たらしめるもの」としての「行動」(action)が中軸を成している点で変わりないが、その他の3つの構成要素である「プロット」(plot)と「性格又は人物」(character)と「言葉」(word)の占める割合が異なり、比重が最も少なく、その極北にあるのがベケット劇ということになる。また「行動」がもっとも重要である演劇では、劇作家の「演技的感受性」(histrionic sensibility)の有無が問われなければならないが、演出家の山田肇が「白鳥戯曲」にはこれが強く感じられるとしたのは前述のとおりである。もっとも「演技的感受性」とはなにか、と問い詰められると、その説明は容易でないが、ここでは、登場人物の言動から、その「心の動き」がかなり微妙なところまで知覚できる能力、とだけ言っておく。(山内登美雄、参照)

　「不条理の演劇」の特徴は「プロット」や「性格又は人物」「言葉」といった「文学的要素」をできるだけ削り取り、劇を純粋、つまり裸形の状態

に近づけたことである。「白鳥戯曲」では、ベケットほど意識的になされ
ているわけではないが、小説における描写力において円熟期を迎えてい
た白鳥が、描写ということに倦怠を覚え、「人類生存の根本的の憂ひ」
(白鳥「ある夜の感想」)に、つまり人間の置かれている実存的な状況の真実
に関心を集中し始めていたのである。白鳥自身はベケットほど哲学的で
なかったので、「人間の実存的状況」において「『生の嫌悪』『死の恐怖』」
(白鳥「三十代」)を感じ、孤独のなかで「空想」と呼びなす世界を紡ぎ続け
る。「白鳥戯曲」の題名のなかから「空想」領域を端的に表わすキーワー
ドを拾うとすれば、秘密・影法師・心の影・大地震・老醜・春・最後・
夢・退屈・死などがあげられよう。

　さて、いよいよ「白鳥戯曲」と「ベケット戯曲」の比較に取りかかるこ
とにする。ベケットの『ゴドーを待ちながら』(*Waiting for Godot*, 1952;
1954)に比較できるものが果たして「白鳥戯曲」に見出せるのであろうか。
ベケットの作品中でも特異であるだけでなく、まれにみる大成功をおさ
めた作品に匹敵する作品を探すということ自体が無理な話である。が、
そこの所をあえて無視してやるとすれば、『ゴドーを待ちながら』に対し
て、白鳥の「保瀬の家」あるいは「死んだやうな平和」を持ち出したのは、
これらが戯曲の形式面においてとても単純な構成をとっているからであ
る。「保瀬の家」では劇全体が父親の誕生会とその1年後の兄弟会の2つ
の時に分けられ、それぞれの時には3つの場面が用意されている。だが、
場面は3つとも前の時の繰り返しとなっている。「死んだやうな平和」で
は、3つの場面が「同じ部屋」との指定がまずあり、1と3の場面にはほ
ぼ同じ長さの時間的配分がなされているが、2の場面だけは3分の1弱
と短い。

　「プロット」についてみると、「保瀬の家」では、登場人物にそれぞれ
個性の違いがあるが、3人の主要な人物が、前の場面と後の場面とでは、
性格に変化が起きてしまっていて、別人と言えないこともない。「死ん

だやうな平和」では、4人の人物が登場するが、2人の脇役の態度が、ある時を境にして、ガラっと変わってしまうことが目立った特徴となっている。それは『ゴドー…』でのラッキーたちの変化に似ていなくもない。

　山内登美雄は、『ゴドーを待ちながら』の「行動」を要約して、「来るか来ないかわからないゴドーを待つこと」と述べている。これにならって、白鳥の上記2篇の「行動」を要約すると、前者は「兄弟がそれぞれの《思わく》を持って別荘に集まること」となり、後者は「死んだような平和な日常生活から脱出しようとすること」とでもなるだろうか。ベケットが「待つこと」に与えた、その多義的でかつ深遠な意味のことを考えると、比べること自体がそもそも間違いであるに違いないのだが、白鳥がどちらかというとまだ諷刺の段階に止まっているところで、ベケットは道化の要素を注入することで喜劇の域に達していることだけはぜひとも指摘しておきたい。ちなみに、『ゴドー…』の英語版では、フランス語版に欠けている副題で「悲喜劇」との指示が加えられている。

　さて、残りの「人生の幸福」のほうはどうであろうか。この戯曲とベケットの『すべて倒れんとする者』との取合わせは、後者が「ラジオのための作品」とあっては、土台、比較にならないのは解りきった話であるが、しょうがない、苦肉の策とご承知願いたい。2作品に共通する点は、ただひとつ、殺人があることである。ただ殺人ということでは、白鳥のほうは、2つの殺人が行なわれていて、2つとも弟がやったとの自白がなされるにもかかわらず、兄の殺人は、妹が兄に首を締められて、反対に妹が兄の首を締めてしまうもので、それは妹の自白であきらかとなるのだが、一方、弟がもう1つの殺人の本当の加害者なのかというと、本当のところはどうなのか分からない、というのが正しいであろう。もっともベケットの作品で子供が列車から落ちた事故も、女主人公の夫がどうもやったらしいと推測できるとしても、それが犯罪事件として取沙汰されるまえにこのラジオドラマは終わっている。白鳥もベケットも、妹

であれ子供であれ、「その存在の不幸な状態から救出するため、殺すこと」を考える人物を登場させた点では共通している。このような思想はおおよそ東洋的でなく、白鳥がレールモントフ (Mihail Ljermontov, 1814 – 41) の『現代の英雄』(1840年) の部分訳、小金井喜美子 (1870 – 1956) による「浴泉記」(『しがらみ草子』明治25(1892)・10 ~ 27(1894)・6) から得たものであることは言うまでもない。つまり西洋文学からの輸入思想であって、その当時にあって、そのような厭世思想に共鳴したのはおそらく白鳥ひとりであったはずである。この翻訳のことは田山花袋に教わったのだが、花袋においては知識のうちに留まっていたに違いない。

　「人生の幸福」でわざと明白にされず、サスペンス性を持たせているのは、別荘の近くで夜のうち起こった女性殺人事件である。兄は弟が「やった」と言っているので、まず兄がやっていないことだとすると、それは本当に弟の犯罪なのだろうか。兄が「やった」と考えて、その罪を弟が負ったと考えられなくもない。弟は兄が発狂しているとはどうも見ていないようで、兄の死も自分であるとするなど、弟の言動には謎が多い。そこがこの戯曲の面白いところと言えなくもない。ここで、ベケットと白鳥の戯曲のうえでの比較は打切りとするが、すでに述べたように、白鳥戯曲が不条理劇の先駆となっていると主張することにこの論考の主旨はなく、ヨーロッパの自然主義文学の流れのなかから不条理劇が誕生したとすれば、日本人として、西洋文学に対してかなり素直な受容態度を示した白鳥が、その戯曲作品においても、他の同僚作家たちとはかなり異なり、西欧作品に思いのほか近い様相の作品を物したとしても、それほど不思議でなかったのである。以上で予定の紙数も尽きた。残された問題として、ベケットと白鳥の小説の比較ということがあるが、この検討のためには同じだけの紙数が必要となるであろう。そこで、ここでは2つのことを予測的に書き留めるだけですましたい。

　1つは大正7(1918)年より9(1920)年にかけての帰郷の決意についてで

ある。白鳥は、自筆の「著者年譜」(『正宗白鳥集』現代小説全集第14巻、新潮社、大正14(1925)・8)で、大正7年の頃につぎのように書いた――《近年次第に執筆難を感じ、且つ人生に対する倦怠を覚ゆること甚し。》こういった倦怠期が生じた理由としては、肉体的なものと精神的なものとがあったと考えられ、小説の創作方法である「描写」ということに《倦怠》するようになったことは、すでに触れた。ただこの時期をどう見るかでは、単なる「スランプ状態」とするか、それとも新しい形の「創生の胎動」とするかで意見は分かれそうであるが、筆者としては後者の説をとりたい。この創生胎動説に基づいて「白鳥戯曲」を再評価し、ひいては白鳥文学の本質を考えてみようとしたのがこの論考であったわけだが、2つ目のこととして、では、白鳥の小説はどうであったかという問題がつぎのこととして浮かび上がってくるに違いない。

今までのところでは、この問題に初めて果敢に取り組んだのは松本鶴雄(1996年)である。白鳥の戦後の長編小説『お伽噺日本脱出』(昭和24(1949)・8)を手懸りにして、近代小説の理念に対する白鳥の懐疑とその点からの実作のうちに白鳥文学の困難と限界を見るとともに、日本の近代文学の困難と限界を見ている。筆者の見る所、未だしの感を拭えないが、1960年代の「純文学論争」以降の日本の文学状況のなかに置いて見るならば、その論の当否は別にしても、避けては通れない問題を提起しているとしなければならない。これについては稿を改めて取り上げたい。

追記
本論考は同人誌『時間割』第2号(1981・10)に途中までを発表。同誌が廃刊となったため中絶したままになっていたが、論旨にとくに変更の必要がないことが判り、論証部分と結論に手を加えたため、おおよそ2倍の長さとなった。

引照文献

秋庭太郎「畑中蓼坡」『日本演劇大事典』早稲田大学坪内博士記念演劇博物館編、昭和36(1961)・3

淺見淵「正宗白鳥のニヒリズム」『文藝春秋』大正13(1924)・9

荒正人「正宗白鳥について」『近代文学』昭和38(1963)・2〜9

生田長江「小説家が劇を書きだしたのは」『新潮』大正15(1926)・1

伊藤整『日本文壇史』全24巻、講談社、昭和28(1953)・11〜54(1979)・5

猪野謙二「初期の正宗白鳥」『日本文学史』(岩波講座)第11巻、岩波書店、昭和33(1958)・6

磯佳和『伝記考証若き日の正宗白鳥——岡山編——』(三弥井選書25)、三弥井書店、平成10(1988)・9

岩野泡鳴「胃病所産の芸術——正宗白鳥短篇論」『新潮』大正2(1913)・12

大本泉「正宗白鳥『梅雨の頃』——その新しい文学の可能性」『目白近代文学』第11号、平成6(1994)・10

岡本一平「『にひりすと』に非ざる『にひりすと』」『新潮』(最近の正宗白鳥)大正13(1924)・12

川端康成「新著だより」『演劇新潮』大正14(1925)・2[『時事新報』か初出とされるが不明。再録誌に拠る。]

楠山正雄『近代劇十二講』上・下巻、新潮文庫、新潮社、昭和15(1940)・1

紅野敏郎「正宗白鳥集解説」『岩野泡鳴・近松秋江・正宗白鳥集』(日本近代文学体系第22巻)、昭和49(1974)・1

―――「正宗白鳥——「人生の幸福」をめぐって——」『悲劇喜劇』(特集・正宗白鳥の戯曲)昭和60(1985)・10

小島徳彌「ニヒリストの正宗白鳥」『文壇百話』新秋出版社、大正13(1924)・3

勝呂奏『正宗白鳥——明治世紀末の青春』右文書院、平成8(1996)・10

瀬沼茂樹「正宗白鳥入門」『正宗白鳥集』(現代日本文学全集　第30巻)、講談社、昭和36(1961)・9

高田保「二つの非劇評」『演劇新潮』大正13(1924)・12

―――「(ブツク・レヴイユ)正宗白鳥氏の戯曲集『人生の幸福』のこと——或ひは抹消すべき一つの評言——」『演劇新潮』大正13(1924)・12

―――「二月の戯曲を読んで」『演劇新潮』昭和2(1927)・3

武田友寿『「冬」の黙示録　正宗白鳥の肖像』日本YMCA同盟出版部、昭和59(1984)・9

高橋康也『サミュエル・ベケット』(今日のイギリス／アメリカ文学3)研究社出版、昭和46(1971)・2

寺田透『作家論集　理智と情念』上巻、晶文社、昭和36(1961)・7
中林良雄「白鳥よりベケットへ」『玉川レヴュー』第2号、玉川大学英文学会、昭和52(1977)・3
永平和雄『近代戯曲の世界』(UP選書)、東京大学出版部、昭和47(1972)・3
―――「白鳥戯曲の本質」『大正の文学』(解釈と鑑賞別冊　現代文学講座7)、昭和50(1975)・5
中村光夫「白鳥感想」『漱石と白鳥』筑摩書房、昭和54(1979)・3
畑中蓼坡「黒幕万歳」『文藝日本』大正14(1925)・6
兵藤正之助『正宗白鳥論』勁草書房、昭和43(1968)・12
本庄桂輔「正宗白鳥の中のイプセン」『悲劇喜劇』(特集・正宗白鳥の戯曲)、昭和60(1985)・10
本間久雄「正宗白鳥論」『新小説』明治44(1911)・5[『高臺より』(現代文芸叢書第21編)、春陽堂、大正2(1913)・2]
正宗白鳥『正宗白鳥全集』全13巻、新潮社、昭和40(1965)・4～43(1968)・12
―――『正宗白鳥全集』全30巻、福武書店、昭和56(1963)・4～61(1968)・10
松本鶴雄『ふるさと幻想の彼方――白鳥の世界――』勉誠社、平成8(1996)・3
松本徹「正宗白鳥の戯曲」『姫路工業大学研究報告』(一般教育関係)、28(B)号、昭和53(1978)・12
山崎正和『不機嫌の時代』中央公論新社、昭和51(1976)・9
山田肇「白鳥戯曲の位置」『正宗白鳥全集』第5巻(付録6)、新潮社、昭和41(1966)・7
山内登美雄『ドラマトゥルギー』(紀伊國屋新書)、紀伊國屋書店、昭和41(1966)・2
山本健吉「正宗白鳥の戯曲の意味」『風／5／PNEUMA』昭和40(1965)・12[『悲劇喜劇』昭和60(1985)・10に再録]
―――『正宗白鳥――その底にあるもの』文藝春秋、昭和50(1975)・4
吉田精一『自然主義の研究』上・下巻、明治書院、昭和30(1955)・11～33(1958)・1

Beckett, Samuel. *Molloy*. Paris: Editions de Minuit,1951; *Molloy*. New York: Grove Press, 1956.[『モロイ』安堂信也訳、白水社、1969年]
―――. *Molone meurt*. Paris: Editions de Minuit,1951; *Malone Dies*. New York: Grove Press, 1959.[『マロウンは死ぬ』高橋康也訳、白水社、1969年]
―――. *En attendant Godot*. Paris: Edition de Minuit,1952; *Waiting for Godot*. New York :Grove Press, 1954. [「ゴドーを待ちながら　二幕」『ベケット戯曲全集』第1巻、安堂信也・高橋康也共訳、白水社、1967年]
―――. *All That Fall*. New York:Grove Press, 1957; London:Faber, 1957.[「すべて倒れんとする者　ラジオのための作品」『ベケット戯曲全集』第1巻、高橋康也・安堂

信也共訳、白水社、1967年]

―――. *L'Innommable*. Paris: Editions de Minuit, 1953; *The Unnamable*, New York: Grove Press, 1958. [『名づけえぬもの』安藤元雄訳、白水社、1970年]

Esslin, Martin. *The Theatre of the Absurd*. London: Eyre & Spootiswood, 1962.[『不条理の演劇』小田島雄志・森康尚・中野弘太共訳、晶文社、1968年]

―――. *Brief Chronicles: Essays on Modern Theatre*. London: Temple Smith, 1970; *Reflections: Essays on Modern Theatre*. New York: Doubleday & Company, 1971.[『現代演劇論』小田島雄志訳、白水社、1972年]

あとがき

　今から14年前の1999年3月31日、当学会はじめての記念論文集『読み解かれる異文化』が出版された。経済不況や学会活動の停滞状況がつづくなかでの出版であった。その6年前の1993年の総会で、会を活性化するためなのか、それとも誰でもよかったのか、役不足で本人も全く自信のない私が会長職に任命されてしまった。どのように仕事し、職を全うすべきかまったく分からない私は、はじめての挨拶のなかで、苦肉の策として、次のようなことを提案してしまった。それは（1）30周年の記念論文集を出版すること、（2）年に一度、外部から講師を招いて講演会を催すことであった。いまから思えば、特別な提案などではなく、どこの学会でも行なっていることだが、1994年7月9日に金関寿夫氏の「英米現代詩をめぐって」という題目での第1回目の講演会が行なわれ、つづいて95年10月21日に大澤正佳氏の「おかしなアイルランド小説」、96年10月19日には佐伯彰一氏の「ジャンルにご注目──文学史の活性化」、そして97年11月8日には川本静子氏の「『ドラキュラ』を読む──世紀末の不安の背後にひそむもの」、さらに98年11月14日、村山淳彦氏による「1930年代の旅人」などの講演会がそれぞれ成城大学で行なわれた。その後、私が会長の職を辞した後も講演会は続けられている。記念論文集も藤井健三会長、中林良雄編集長のもとで、40周年記念論文集『問い直す異文化理解』が、つづいて本年齋藤久会長、中林良雄編集長により45周年記念論文集『新たな異文化解釈』が出版された。

　しかし、30周年記念論文集が出版されて以来すでに14年が経過している。最近では、語学関係が文学関係に取って代わり、各大学の英文科

が消えつつあるのが現状だ。文学に関わる学会の現在の状況は14年前より厳しいといえよう。しかも当学会では、各大学で活躍されていた諸先輩方がすでに現役を退かれ、当時中堅の会員であった私たちの世代も停年を迎える時期が近づいている。約20年前の私たちの〈つなぎ〉の期間から本当の意味での世代交代の時期が近いうちにやってくるであろうと思われる。

　しかし、45年前に当時の大学院生により同人誌として発足した「中央大学大学院英米文学研究会」が、昭和47（1972）年に「中央英米文学研究会」と名称を変え、さらに現在の「中央英米文学会」となる長い歴史を考えると、私には、当学会の将来についての心配はほとんどない。50周年記念論文集は当然のこと、必ずや若い会員の活躍により60周年、70周年記念論文集が出版されるものと期待している。（幹事　齋藤忠志）

＊

　ここに第3論集『新たな異文化解釈』を世に送る。第1、第2論集が30周年、40周年記念として出版されたのであるから、つぎは50周年記念となるはずであった。だが、実際には、前倒しにして、5年早めて出すことになった。それには2つの意味がこめられている。1つは、この変化の激しい時代に、10年に1度の刊行というのではあまりにも遅すぎはしないかとの懸念から早めたということがある。文化系の研究にすぐ廃たるとか、古びるということはないとはいえ、時代の流れと無縁でよいということにはならない。むしろ時代の流れのなかでこそ研究することの意味が問われなければならないのではないだろうか。もう1つの意味は、会も45年（実際には、準備の1年を含めて46年）を経ると、同人誌時代からの会員のうちには鬼籍に入られた方も多い。私のことで言えば、会誌の第4号からの会員であるから、いわば第2世代と言ってもよいの

であるが、それでも40有余年を閲みしたことになる。私自身が果たして50周年まで生きていられるかどうか、それは神のみぞ知るであろう。研究に卒業がないのは言うまでもないが、会の中心は第3世代、あるいは第4世代に移ってこそ会の存続も計られるというものであろう。しかし、事情はかなり変わってきている。会員が東京都内、あるいはその周辺に居住しているのが大多数とはもはや言えないのが実情なのである。それに加えて、会員の高齢化問題もご多分にもれずある。5年を待たずに45年を記念する周期とした所以である。第3論集は、題して『新たな異文化解釈』という。異文化研究には、「読み解く作業」が必要なのは言うまでもないが、それとともに、つねに「問い直す姿勢」がなければならない。そこで第1論集では、自ずから、『読み解かれる異文化』のタイトルが採用され、第2論集では、『問い直す異文化理解』のタイトルが選ばれることになった。今、ここに第3論集を編むにあたり、各執筆者はできるだけ「新しい解釈」を打ちだすべく努めることになった。日本人の観点からの異文化理解に「新たな一歩」を進めえたのではないかと考える。執筆者を中心に第3論集のタイトルの素案を出し合い、数回、議論し検討した結果、『新たな異文化解釈』に落着くこととなった。とくに名案とも思えないが、私たちの思いがそこに自ずと集約されたのではないかと思う。今回の第3論集の特徴は、原稿枚数を400字詰原稿用紙30枚前後から50枚前後と変更したことから、比較的長い論文が多く集まったことであろう。どっしりと腰を据えた、文字通り重厚な論文が6編ほどになった。英国文化関係の論文よりもアメリカ文化関係の論文が多いのは、すでに予想されていたことであったが、論文の対象が文学作品だけに止まらず、絵画・音楽・映画・演劇に及び、また研究方法としても他分野への目配りとか、インターネットからの情報の収集とかが進んだように思う。最近、自分の研究対象以外への関心が稀薄になってきていることからすると、喜ぶべきことなのかもしれない。今回、比較文化研

究といえるものは3編だけだが、もっと殖えてもおかしくないのではないかと思う。研究の姿勢という点から、再考があってしかるべきである。その点から言って、「註釈」の仕事が1編、加わったのは歓迎すべきことである。論を立てる前の準備的作業として、「註釈」の仕事は、今日と言えども、無視されるべきではない。私たちも、若い時に、先輩から誘われて教科書の註付けをなん度かやったが、テクストを微細に読む訓練としてきわめて有効なものであったことを思い出す。「註釈」においての執拗な追求から、《新しい発見》と《確固たる自信》が生れてくるのではないだろうか。研究論文において、《新しい発見》と《新しい主張》がなければ、書く意味がない。それにしても、私たち研究者といえども、作家たちと同様に、表現とか伝達とかにもっと工夫や努力があってもよいのではないか。編集後の偽らざる感想である。単なる自己満足の論文だけは書きたくないものである。

　今回の「論集」は、一昨年（平成23年）の10月、介護施設でのリハビリが功を奏してきた矢先、急逝された故藤井健三氏に献げたいと思う。『中央英米文学』創刊時からの中心的な会員で、多くの論考を寄稿されただけでなく、私ども後輩の希望を受け入れられ、二度の会長職を務められた。とくに二度目の時は固辞されたにもかかわらず、実務的なことは斎藤忠志氏と私が責任をもって執り行うので、代表の名義だけで結構ですからとの私どもの強い要請を受けて下さったのであった。今もって感謝する次第である。現在、思うところがあり、藤井夫人のお許しをえて、藤井氏の生涯とその業績を追想して、伝記を編みたく準備中であるが、私が氏より初めていただいた葉書が手許に残されていることが最近になって判った。私信とは言え、おそらく藤井氏は、後輩、あるいは教え子たちに対して、等しく同じような温情にあふれる態度で臨まれたのではないかと思い、その1つの例として、つぎに原文のままに掲げることをお許しいただきたい（消印、昭和45. 8. 18／住所、徳山市舞車町［藤

井氏の実家])——

　残暑お見舞申し上げます。お葉書ありがとうございました。小生今夏は郷里で過しておりますが、暑さは東京よりむしろ酷(はなはだ)しく閉口しました。二十六日に帰京の予定です。九月早々に同人誌[『中央英米文学』のこと]印刷の件で至急総会を開きたく思っております。原稿は九月五日締切りです。お体に余り無理をしない程度で、短いものでも是非お寄せ下さい。先日発表されたのを二つ乃至(ないし)三つぐらいに分けて発表されるのもいいのではないでしょうか。末筆になりましたが『ガザに盲いて』ありがたく存じます。ではいずれ拝眉の折に。

　因みに、通信内容について説明すると、私が春に入会し、初夏の頃（？）、飯田橋の家の光会館で開かれた例会で初めて研究発表したものについての助言が１つ。「印刷の件」云云は、研究会の会誌の印刷をお願いしていた教科書出版社（ここが２度目であった）からの発行ができなくなったことを指す。３つ目の「『ガザに盲いて』」云云は、氏が探書されていることを聞き、私が所有する新潮社版「世界文学全集」所収のオールダス・ハックスリの同書を差しあげたことに触れられたものと記憶している。氏が在世ならば、この記念出版を喜ばれ、上記の葉書に類するものがすぐにも私の手許に送られてくるに違いない。しかし、今は天上にあって、あの遺影の笑みを含んだ鋭い目差しをもって私たちの活動を見守っていられることと信じる。願わくは御魂にとわの平安のあらんことを。（編集　中林良雄）

執筆者紹介（掲載順）

和田　忍　　神奈川大学経営学部特任助教
宮本正秀　　大東文化大学スポーツ・健康科学部専任講師
坂　淳一　　長野県短期大学多文化コミュニケーション学科准教授
齋藤　久　　東京理科大学名誉教授
齋藤忠志　　成城大学社会イノベーション学部教授
石本理彩　　平和祈念展示資料館学芸員
森　孝晴　　鹿児島国際大学国際文化学部教授
安達秀夫　　立正大学文学部教授
渡部孝治　　中央大学文学部講師
長尾主税　　中央大学文学部講師
熊谷順子　　中央大学商学部講師
若林　敦　　長野県短期大学多文化コミュニケーション学科准教授
石井康夫　　麻布大学獣医学部准教授
中林良雄　　神奈川大学外国語学部講師

新たな異文化解釈

2013年3月31日　初版第1刷発行

編　者　中央英米文学会
　　　　代表　齋藤　久
発行者　森　信久
発行所　株式会社　松柏社
　　　　〒102-0072　東京都千代田区飯田橋1-6-1
　　　　電話　03(3230)4813(代表)
　　　　ファックス　03(3230)4857
　　　　Eメール　info@shohakusha.com
　　　　http://www.shohakusha.com

装幀　常松靖史［TUNE］
組版　エニカイタ・スタヂオ　奥秋圭
印刷・製本　倉敷印刷株式会社
ISBN978-4-7754-0192-7
Copyright ©2013 Chuo English and American Literary Society

定価はカバーに表示してあります。
本書を無断で複写・複製することを固く禁じます。

JPCA 本書は日本出版著作権協会（JPCA）が委託管理する著作物です。
複写（コピー）・複製、その他著作物の利用については、事前に
日本出版著作権協会　日本出版著作権協会（電話03-3812-9424, e-mail:info@e-jpca.com)
http://www.e-jpca.com/ の許諾を得てください。